für Isa,
die mir ihre Erinnerungen geschenkt hat,
& für Max, Leo und Victoria Sophia

Petra Hauser, geb. 1950 in Karlsruhe, hat in Heidelberg Germanistik und Anglistik für das Lehramt an Gymnasien studiert. Sie unterrichtet heute in verschiedenen Institutionen der Erwachsenenbildung Englisch und Literatur.

Petra Hauser

Das Glück ist aus Glas

Ein Karlsruhe-Roman

Lindemanns Bibliothek

Ein Stammbaum befindet sich
auf der letzten Doppelseite
(S. 314, 315)

Lindemanns Bibliothek
Literatur und Kunst im Info Verlag

herausgegeben von
Thomas Lindemann

Bibliografische Information Der Deutschen Bibliothek:
Die Deutsche Bibliothek verzeichnet diese Publikation in der
Deutschen Nationalbibliografie; detaillierte bibliografische Daten
sind im Internet über http://dnb.ddb.de abrufbar.

Foto der Autorin:
Portrait Atelier Bauer, Karlsruhe

3. Auflage © 2010 · Info Verlag GmbH
Käppelestraße 10 · 76131 Karlsruhe
www.infoverlag.de

Lindemanns Bibliothek · Band 77
ISBN 978-3-88190-553-4

Dass sie einander haben,
einander in den Armen halten können,
ist wie ein Panzer um ihre verwundeten Seelen;
trübe Gedanken prallen ab
und fallen in das Loch einer Nacht,
die sie wie viele überleben.

Erster Teil

1

„Nein, Vater, ich will nicht zu den Soldaten!"

Im August 1877 sitzt der Lehrer Andreas Wolf am großen Esstisch in seiner Wohnung in der Karl-Friedrich-Straße 4, bei ihm nur noch sein dritter Sohn, der vierzehnjährige Albert.

„Maler will ich werde! Die Louis' sagt, ich hab Talent. Sie hebt alles auf, was ich zeichne und male und guckt es immer und immer wieder an, grad, als ob es sie glücklich machen würd'."

Louise ist die älteste Tochter von Andreas Wolf. Sie wurde nach seiner Frau benannt. In jener Zeit benennt man älteste Kinder nach dem Vater oder der Mutter. Einmal deshalb, weil man während der Schwangerschaft viel zu abergläubisch ist, um sich Gedanken über Namen zu machen, und dann deshalb, weil man nach den Hausgeburten so erschöpft ist, dass man einander nur noch selig in die Augen blicken kann, dann auf das Kindchen, und jeder den Namen des anderen haucht, voll Dankbarkeit, dass alles vorbei ist. Das erste Kind heißt also Louise.

Beim zweiten ist das Wunder nicht mehr so groß und der Verstand hat sich leise eingeschaltet. Es mag sogar zu Gesprächen gekommen sein zwischen den Eheleuten. „Emil würde mir gefallen", sagt der Vater. Seit Wochen liest er wieder in dem französischen Roman, der Frau Wolf gar nicht gefällt; viel zu schwierig ist er für sie. Aber sie liebt ihren Mann und stimmt zu. Der dritte Sohn heißt Friedrich, weil es in jeder Karlsruher Familie mindestens einen Karl oder einen Friedrich gibt. Dann kommt wieder ein kleines Mädchen an. Es heißt Ida. Der Name ist in Mode. Und warum nicht. Andreas Wolf kann zustimmen. Immerhin ist der Berg Ida die Geburtsstätte des Gottesvaters Zeus. „Andreas!“, schimpft Frau Louise und schüttelt den Kopf über ihren Mann, der vor lauter Gelehrtheit so manches Mal vergisst, dass er ein Christ ist!

Dann kommt ganz zum Schluss noch ein kleiner Junge an. Er heißt Albert, nach dem Lieblingsdichter des Herrn Andreas Wolf, Adelbert von Chamisso. Frau Louise erinnert sich an damals, an ihren Hochzeitstag, an dem sie nach den Reden des Brautvaters und des Bräutigams aufgestanden ist und auswendig zitiert hat: „Ich werd ihm dienen, ihm leben, ihm angehören ganz, hin selber mich geben und finden verklärt mich in seinem Glanz.“ Als Anerkennung an ihn, ihren Ehemann, als Dank für die vielen schönen Zeilen, die er gedichtet hat für sie in der Zeit der Werbung. Und als trotzigen Schutz gegen ihren Bruder und den Vater, die statt einem Gelehrten lieber einen Kaufmann gehabt hätten in der Familie.

Albert sagt also dem Vater, dass er nicht Soldat werden wolle. Der Vater ist nicht sehr traurig darüber. Es war ihm nicht ernst, als er seinem jüngsten Sohn vorschlug, zu den Soldaten zu gehen, nachdem er gerade von der Einweihung des Kriegerdenkmales am Ettlinger-Tor-Platz gesprochen hatte. Wenn er es recht bedenkt, war dieser Hinweis auf den Soldatenberuf in der Tat nicht besonders klug gewählt. Die Ehre der Namensnennung auf einem solchen Denkmal setzt schließlich den Tod voraus. Einen gewaltsamen, vorzeitigen Tod.

Heute hat die Badische Zeitung die 266 Namen der gefallenen Soldaten abgedruckt und dem Stolz der Stadt, dieser kleinen Provinzhauptstadt, Residenzstadt, Ausdruck verliehen, ihren Beitrag geleistet zu haben zu jenem einmaligen großen Sieg, dem die Gründung des deutschen Reiches folgte, das nun blüht und gedeiht von seiner Hauptstadt Berlin bis hierher ins badische Ländle.

Herr Wolf drückt seinen Kneifer auf die breite Nase und greift in die kleine Seitentasche an seiner Weste, um mit dem Daumen den Ring zu fühlen, der die silberne Kette in einer Schlaufe hält. Das hätte ich mir denken können! Der Albert ist anders. Kein

Kaufmann, kein Gelehrter. Er ist ein sehr sensibles Kind und hat ein schönes, in sich ruhendes „Ich". Aber es fehlt ihm die Energie seiner Brüder und deren schnelles Mundwerk. Sein Bedürfnis nach Liebe und Beachtung ist dennoch mindestens ebenso groß wie das ihre, wahrscheinlich aber um einiges größer. Seit er entdeckt hat, dass er ein anerkennendes Lächeln auf die Gesichter zaubern kann mit seinen Zeichnungen, die er, im Winkel eines Zimmers sitzend, in wenigen Sekunden verfertigt, strichelt und zeichnet er den ganzen Tag. Man muss dem Einhalt gebieten, sonst wird er in diesem Jahr das Klassenziel nicht erreichen.

Herr Wolf ist ein lieber, sanfter Mann. Einer, der seine Kinder nicht schlägt, sondern sie an die Hand nimmt, mit ihnen in den nahen Schlosspark geht und sie dort auf die prächtigen Rosenblüten in den Rabatten hinweist, sich hinunterbeugt mit ihnen zu den Gräsern und Kleeblättern am Wegrand, ein Blättchen abzupft, es nah ans eigene Auge führt, dann den Kindern überlässt und mit ihnen zusammen den Bauplan der Natur bewundert, wie er es nennt. Andreas Wolf ist ein selbstbewusster Bürger seiner Stadt, auch ein ergebener „Sohn" seines Landes, der den Großherzog mit gezogenem Hut grüßt, wenn er in seiner Kutsche vorüber fährt, und seinen Söhnen erklärt, dass auch sie einen „Diener" machen sollen, denn das ist unser Landesherr, der die väterliche Hand über uns hält. Andreas Wolf weiß, dass Güte und Milde weiter bringen als Zwang. Die beste Taktik bei der Kindererziehung ist Geduld und stille Wachsamkeit, das ist seine Meinung. Er ist ein Schöngeist, der an seinem Schreibtisch sitzt, die Korrekturen zur Seite schiebt und Gedichte auf lose Blätter kritzelt. Der diese Blätter heftet mit einer Kordel und sie seiner Frau zum Geschenk macht, obwohl er weiß, dass sie seine Poesie aus Liebe zu ihm lesen wird, nicht aus Interesse, obwohl er weiß, dass sie sich von ihrem Bruder ab und zu Sticheleien einhandelt, die auf ihren reimenden, sanften Mann zielen.

Sie ist eine kluge Frau. Sie weiß, dass sie auf ihren Bruder zählen kann, wenn es ernst wird. Immerhin, der Bruder ist „Kommerzienrat", Firmengründer der „weltberühmten" Kosmetikherstellung „Kaloderma", wie Louise ihn ab und zu stolz verteidigt.

Aber er ist Kaufmann, das Künstlerische ist ihm fremd. Er verwaltet den Teil ihres Geldes, den sie vom Vater geerbt hat, und er hat mit einer gewissen Großzügigkeit verfügt, dass sie dieses Haus allein besitzen soll, zum Ausgleich wurden ihre Geschäftsanteile gekürzt, aber in einem kunstvoll gedrechselten Vertrag steht es auch schwarz auf weiß, dass der Kommerzienrat Wolff dereinst seinen Neffen Friedrich, genannt Fritz, in seine Firma aufnehmen wird und neben seinen eigenen Söhnen am sich vermehrenden Vermögen beteiligen wird.

Durch Heirat hat Frau Louise eines ihrer „f" eingebüßt. Aus Louise Wolff wurde Louise Wolf. Sie ist in die zweite Reihe gerückt, aber immer noch gehört sie und damit ihr Mann und ihre Kinder zu jenem Zirkel wohlhabender Familien, die der Stadt ihr Profil geben, zu denen man aufschaut, weil sie sichtbarer sind als der Adel und interessanter als die Kleinbürger, die mit vorsichtigen Schritten durch die Hauptstraßen huscheln, schnell wieder dem Osten, dem Süden der Stadt zustreben, wo sie sich in hohen Stadthausblöcken eingerichtet haben mit ihren Kohldüften, ihrem Kindergeschrei, den stinkenden Toiletten im Hof, mit ihrer derben Aussprache und den schwelenden Protestgelüsten vergangener Tage.

„Warum nicht", kommentiert Andreas Wolf also die Ankündigung seines jüngsten Sohnes und denkt, wir werden schon sehen. Die halbherzige Zusage und der verschwiegene Zweifel kommen bei seinem Sohn an wie ein Segen für seine Zukunft. Eines Tages wird er sich darauf berufen.

2

Major Spoerin steht in seinem Arbeitszimmer, hat den Uniformrock noch an, aber aufgeknöpft, den Kragen abgenommen. Die Hände hat er auf dem Rücken ineinander gekrampft, er starrt aus dem Fenster. Er war dabei, er hat vor dem Denkmal gestanden, als es enthüllt wurde, direkt neben seinem Duzfreund, dem Prinzen Wilhelm und dessem kleinem Sohn Max.

„Sorgen?", fragte der Prinz seinen „Babbel"- und Zechkameraden, denn der Major sah abgespannt aus und verstört.

Dass der Major vor wenigen Wochen seinen um einiges älteren Bruder begraben hatte, hätte dem Prinzen geläufig sein müssen, wenn er etwas mehr Interesse aufbrächte für diese Stadt, zu der er gehörte, denn immerhin war der Bruder des Majors der Leiter des örtlichen Bahnhofs gewesen und als solcher durchaus auch ab und zu vorstellig im Schloss. Aber der Prinz ist ein Prinz von Gottesgnaden wie in alten Zeiten vor den Revolutionen, also ein Prinz von Geburt an, nicht aus Überzeugung, und als Berufung betrachtet er seinen Stand schon gar nicht. Als dritter Sohn steht er im Schatten anderer und kann dort ein ganz behagliches Leben führen. Sich auch mit bürgerlichen Militärs durch die Kneipen trinken und dabei schwadronieren über die Jagd, die Berliner Etablissements, die er regelmäßig und gerne aufsucht und die, wie ganz Berlin, Welten – wirklich, mein Lieber, Welten! – entfernt sind von Karlsruhe, diesem verschlafenen Operettennest mit all seiner bürgerlichen Behaglichkeit, seinem lobenswerten Mittelmaß, seiner Provinzialität.

„Ja, in der Tat! Sorgen." Aber will der Prinz wirklich wissen, was ihn bedrückt?

Der Tod des Bruders hat ihm vom einen auf den anderen Tag eine Familie beschert. Diese brüderliche Familie, diese Hinterlassenschaft, die Witwe und die beiden Kinder, ein Mädchen und ein Junge, liegt nun auf den gestrafften Schultern des Majors. Er hat seine Schwägerin immer bewundert für ihre heitere Ausgeglichenheit, mit der sie gegen das schwere Blut seines Bruders und gegen dessen düstere Skepsis anhielt. Nun aber scheint sie ihm unerreichbar. Sie schlägt die Augen nieder, wenn er sie um ihre Meinung bittet, errötet gar wie eine Jungfer, sie spricht nur das allernötigste mit ihm und mit ihren Kindern. Stundenlang sitzt sie am Klavier. Bach-Präludien perlen wie romantische Elegien durch die verschlossene Tür. Ganz selten auch singt sie mit ihrer tiefen, rauchigen Stimme „Ach, ich habe sie verloren" oder singt sie „ihn verloren"? Hat sie ihn geliebt? Den um vieles älteren Mann, diesen ein bisschen sturen, fadengeraden Beamten?

Jetzt jedenfalls lebt sie in seinem Haus, in seiner Wohnung. Die Kinder sind für zwei Wochen bei Verwandten in Mannheim. Das Mädchen hat seinen freien Tag. Er öffnet das Fenster und lässt die milde, warme Sommerluft ins Zimmer wehen. Dann setzt er sich und windet seine Füße am Stiefelknecht aus den engen Lederschäften, wirft den Uniformrock auf eine Stuhllehne, wechselt Hemd und Hose. Mit festem Griff öffnet er die Tür, schnell hinüber über den Flur, ein kurzes Klopfen, dann betritt er das Wohnzimmer.

„Gertrude, wollen wir spazieren gehen?"

Sie gehen oft spazieren. Sonst mit den Kindern zusammen. Aber heute nur zu zweit.

Schnell erreichen sie den Stadtrand. Obstbäume säumen den Erdweg, das Gras ist gelb, die Wiesenblumen lassen schon die Köpfe hängen. Es hat schon viele Tage nicht mehr geregnet. Die Luft ist eine warme Hülle, die die innersten Impulse nach außen lockt.

„Bist du zufrieden mit deinem Leben, Gertrude? Vermisst du ihn?" Ruhig geht sie neben ihm her. Wird sie ihm antworten?

Sie hat ihm geantwortet, ein erstes Wort gefunden als Brücke zum Schwager. Es ist ein Liebespaar aus ihnen geworden. Für eine gewisse Zeit. Und nach etlichen Jahren soll sie ein Kind erwartet haben von ihm. Damit war der Schein gesprengt, die Wohlanständigkeitsfassade zerbrochen. So machte sie sich eines Tages auf, nahm nur ihre Handtasche mit und einen Schirm und fuhr mit dem ersten Zug am frühen Morgen zurück in ihre Heimatstadt Mannheim. Dort wusste sie einen Ort, den sie geliebt hatte als Kind, dorthin zog es sie, sie packte sich Steine in die Manteltaschen und überließ sich langsam dem grauen Wasser, ohne oder mit Gewissensbissen, denn ihre Tochter hätte die Mutter noch gebraucht. Sie war jung und schön und musste sich doch einen Mann wählen, oder sich wählen lassen. Wer also konnte sie nun beraten, welcher der richtige für sie wäre?

Der Sohn vermisst sie, die Tochter vermisst sie. Dann fordert das Bewusstsein der eigenen Lebendigkeit seinen Tribut, das Leben geht weiter.

Zwei Waisen sind nun also zurückgeblieben. Gertrude Annas Sohn hatte gerade auf Anraten des Majors, seines Onkels, die Schule mit dem Einjährigen beendet, um eine kaufmännische Lehre bei einem angesehenen Betrieb zu beginnen. Der Onkel hatte seine Beziehungen spielen lassen. Gertrude Annas Töchterchen war bereits als junges Mädchen eine Schönheit, ihr Haar hatte einen warmen Goldschimmer, die Augen etwas Kesses, sie war schlank und doch rundlich dort, wo es gebraucht wird, sie war intelligent genug, zu schweigen, wenn sie nichts wirklich Wichtiges zu sagen hatte, und zu reden, was den anderen gefiel, sie konnte sticken, häkeln, stricken, sie war musikalisch, spielte Klavier, besser als all ihre Freundinnen, und sie hatte eine schöne, warme Sopranstimme. In der Tanzstunde folgten ihr die Blicke der am Rande aufgereihten Mütter mit Respekt, der schon fast in Neid umschlug, es sei denn, diese Mütter hatten auch noch einen wenige Jahre älteren Sohn, für den man Vorschau halten musste. Immerhin, sie war eine Waise, aber doch die Tochter des Bahnhofsvorstehers und Nichte des Majors, den man im Dunstkreis des Hofes gesehen hatte.

3

Die 48er-Revolution des 19. Jahrhunderts wirkte in Karlsruhe kaum nach. Ein paar Gesetzesretuschen ergaben sich, aber wer sprach darüber? Das Heer der Armen, die klagend durch die Straßen zogen, passte nicht hierher. Die Bevölkerung, auf die es ankam, das satte Bürgertum, blieb dem Hof treu, und diese Treue prägte das Klima in der Stadt.

Die Karlsruher Bürger sahen auf die großherzogliche Familie mit Stolz und Achtung, sie kopierten manches und distanzierten sich von vielem, was sie dort sahen, das war der Bürgerstolz, das war auch das Selbstbewusstsein der Handwerker, mit ihrer Hände Arbeit und gekrümmtem Rücken das Leben der hohen Damen und Herren wesentlich mitgestalten zu können, wenn es vielleicht auch nur um das Funktionieren der Wassertoilette oder des elektrischen Lichtes ging.

Die Karlsruher Bürger schielten auch nach unten, bestaunten das wachsende Proletariat, welches sich in den schnell aufschießenden Häuserblöcken der „Bahnhofsvorstadt“ einrichtete und rasch vermehrte.

Man sah auch auf die „Künstler“, das Theater mit den Schauspielern und Musikern. Man sah auf die Maler und Bildhauer, die Schriftsteller. Viele von ihnen kamen in Anzügen, mit Hut und Spazierstock daher, gerade so wie die Beamten und die Herren Fabrikbesitzer. Bürgerlich.

Karl Spoerin und seine Schwester Elisabeth, die beiden Kinder der durch Selbstmord geendeten Schwägerin des Majors Spoerin, essen, trinken, leben.

Karl findet mühelos Zugang zur Jeunesse dorée der Stadt. Da treffen sich Bürgersöhne, der heranwachsende Adel, Geldadel und die Söhne und Töchter jener Handwerker, die schon kleine Unternehmer sind. Beamter zu sein ist eine gute Sache, Beamtenwaisen haben keine goldenen Betten, aber sie besitzen alles, um sich weiterhin selbstbewusst in ihrer Schicht zu bewegen: die richtige Erziehung und den äußeren Schein.

Karls Charme, sein gutes Aussehen, die Tatsache, dass er um sich Fröhlichkeit und gute Laune verbreitet, machen ihn zum gern gesehenen Gast bei vielen „Gesellschaften" in Privathäusern und halbprivaten Zirkeln. Er kann Klavier spielen, singt dazu, auch eigene Vertonungen frivoler oder frecher Verse, und besitzt den Takt, seine Darbietungen exakt der Stimmungslage seines Publikums anzupassen, ihrem Alkoholpegel, der Wärme ihrer Wangen, ihres Blutes. Er hat ein Gespür dafür, wie viel er wagen kann, und seine Wagnisse liegen immer gerade so viel vor dem Mut der anderen, dass diese ihn dafür bewundern.

Oft nimmt er seine hübsche kleine Schwester mit, hält ihr die Ohren und Augen zu, wenn es einmal allzu toll zugeht, bringt sie nach Hause, bevor er mit seinen Zechkameraden noch einem „Etablissement" zustrebt, wo man einen angeregten Abend in eine Nacht münden lässt, in der sich alle bürgerlichen Vorbehalte in blauen Dunst auflösen.

Irgendwann einmal treffen die Spoerin-Geschwister auf Albert Wolf. Auch er hat inzwischen den Vater verloren. Die Familie hat heiße Tränen um den geliebten, sanften Andreas Wolf geweint, seine Witwe hat dafür gesorgt, dass er einen guten Platz bekommt auf dem neuen Friedhof.

Albert sollte nach dem Einjährigen in die Fabrik zum Onkel.

„Nein", hat Albert gesagt, „ich will Maler werden. Der Vater war damit einverstanden. Er hat's mir zugesagt."

Keiner weiß davon, aber man hält für wahrscheinlich, dass es stimmt, denn erstens hingen die zwei aneinander wie Zucker und Zimt, zogen immer Hand in Hand miteinander aus, um die Natur zu bestaunen, und lasen sich gegenseitig Gedichte vor; und zweitens ist der Albert ein grundanständiger und ehrlicher Bursche, er würde nicht lügen; und drittens wirft die Fabrik inzwischen so viel ab, dass man sich einen Künstler in der Familie durchaus leisten kann.

Also darf Albert zuerst die Kunstgewerbeschule besuchen und lernt dort Technik, Perspektive, zeichnen, malen, drucken, Gipsmodelle fertigen und Umgang mit Holz, mit Stein, alles von Grund auf wie ein Handwerk. Seine runden Hände, die kräftigen, biegsamen Finger schmiegen sich um den Werkstoff, packen ihn, um ihn zu formen; den Stift und den Pinsel hält er, indem er Zeige- und Mittelfinger auf den Stift stützt und ihn sich damit sichtbar unterwirft.

Er besteht mühelos die Aufnahmeprüfung der Akademie. Jetzt hat er einen Ruf ans Hoftheater erfahren und wird dort in den Theaterwerkstätten als rechte Hand des technischen Direktors Ludwig Dittweiler für das Herstellen der Kulissen mitverantwortlich sein. Eine feste Stelle! Jetzt fehlt ihm nur noch eine Frau.

Als er Karls Schwesterchen das erste Mal sieht, ist sein Schicksal besiegelt, so drückt er es aus. Sie ist wunderschön, sie ist lieb und sie lächelt wie ..., nicht wie ein Engel, eher wie Susanna in Figaros Hochzeit oder Adina im Liebestrank, so ein ganz kleines bisschen kess, herausfordernd. Aber wenn ihr einer nahekommt, das hat Albert schon bemerkt, dann schlägt sie die Augen nieder, weil sie ein anständiges Mädchen ist. Neben der Arbeit im Theater, den Entwürfen für die nächsten Opernpremieren, neben den Dekorationen für den Hof und seine große Neujahrsgesellschaft wälzt Albert nun Möglichkeiten, wie er sich ihr nähern kann.

Die Tochter der Gertrude Anna fühlt sich wohl in ihrer Haut, das sieht man ihr an, aber nicht immer in Gesellschaft. Einmal hat sie da gestanden und auf die Freundin gewartet, die sich noch einmal pudern musste, da hörte sie hinter vorgehaltener Hand zwei Matronen tuscheln.

„Das Schennerle hat ja einen Verehrer. Ist das nicht der Sohn vom Bahnhofsvorsteher Spoerin? Der soll sich doch ..."

„Nein, das ist anders. Sie, seine Frau, soll sich ... ist ins Wasser gegangen. Mein Gott, als ob's keine dezentere Lösung gegeben hätte. Das ist doch was für Dienstmädchen, das Wasser."

„Wo kam sie eigentlich her, seine Frau? Nicht von hier."

„Nein. Eine Fremde. Von Mannheim, glaub' ich."

„Ach so! Aber der Sohn ist ein hübscher, netter Kerl. Intelligent, strebsam. Arbeitet bei ‚Junker und Ruh'. Und soll sich schon einen Namen dort gemacht haben."

„Also glaubst du, er hat Chancen bei der kleinen Printz?"

„Das glaub ich sicher. Die Jenny ist die dritte Tochter. Und die Brauerei geht sowieso an den Sohn."

„Aber das Mädchen, die Schwester vom Karl. Sie muss darauf schauen, dass man ihre Mutter ganz vergisst. Sonst sehe ich ziemlich schwarz für sie."

Plötzlich steht sie da vor den beiden Matronen, macht einen Knicks und schlägt die Augen dabei nieder. Die Musik hat gerade aufgehört, alle sind ein bisschen erschöpft vom Tanzen, vom Schwätzen, vom Trinken.

„Guten Tag", sagt sie. „Ich bin Lise, die Tochter von Gertrude Anna Spoerin, geborene Mayer, aus Mannheim." Dann rafft sie ihre Röcke, greift nach dem Fächer, der an einem rosa Seidenband lose an ihrem Handgelenk baumelt, und öffnet ihn geschickt mit einer schnellen Wendung der Hand. Sie eilt durch den Raum und hält da und dort an, wo andere Frauen und Männer beieinander stehen, sie knickst und sagt ihr Sprüchlein auf, und irgendwann steht sie auch vor den jungen Burschen, die sich um den Flügel scharen, um ihren Bruder Karl. Albert steht auch bei ihnen, hat gehofft, dass die Schwester die Nähe des Bruders suchen würde und er im allgemeinen Gewimmel auf sie stoßen könnte. Wie zufällig. Er sieht die Röte in ihrem Gesicht, er sieht ihre Augen schimmern, sieht, dass die zierliche Hand, die mit überschnellem Geflatter den Fächer führt, im ellenbogenlangen Glacéhandschuh zittert. Da tritt er an sie heran, greift ganz zart ihren Ellbogen, und bevor sie zu Ende gesprochen hat, zieht er sie weg, hinaus auf den Balkon, stellt sich neben sie, schweigt, wartet, bis sie sich wieder gefasst hat.

„Schenken Sie mir den nächsten Tanz?"

Sie sieht ihn an, ihr Blick kommt wie von weit. Sie sieht ihn das erste Mal, sein Lächeln mit geschlossenen Lippen, die Augen, die humorvoll blitzen. Sie spürt seine Konzentration auf ihre Wünsche, spürt, wie er alles, was er will, zurückhält und nur auf ihre Zustimmung wartet.

„Ja!“, lächelt sie zurück.

Das ist der Anfang. Sie hat das Startsignal gegeben.

Jetzt kann Albert mehr wagen, kann ein Kuvert abgeben in ihrem Haus. „Das muss das Fräulein sofort erhalten.“ Die alte Mina nickt und tut, was ihr der junge Herr sagt.

Die Tochter der Gertrude Anna öffnet das Kuvert und sieht ein großes Blatt, darauf mit Feder in schwungvoller Schrift ein Gedicht. Um die Zeilen ranken sich Maiglöckchen und Vergissmeinnicht, winzig kleine Blütenblättchen. Lise berührt sacht mit den Fingern die Farbe, die sich ihr spürbar entgegenkräuselt, sie nimmt das Blatt näher ans Auge und sieht, was schimmert, ist nur ein Tupfer Grau, ein Tupfer Weiß, winzige Farbpünktchen, es können höchstens zwei oder drei Pinselhaare gewesen sein, die das vollbracht haben. Er ist verliebt in mich, denkt sie, und er ist wirklich ein Künstler, dazu noch ein lieber, freundlicher Mensch, ein sanfter Mann, nicht gerade ein Adonis, doch mit diesem breitrandigen Hut und dem Anzug aus bestem Tuch macht er eine gute Figur. Außerdem gehört er zu einer der angesehensten Familien der Stadt. Lise, die Tochter der Gertrude Anna, lächelt in sich hinein, ist stolz und vergnügt. Es gibt keine Mutter, keinen Vater, denen sie das beichten müsste, damit sie auf das Wohl ihrer Tochter schauen könnten, denn was zwischen einem Mann und einer Frau passiert, muss bestimmte Formen einhalten, und Eltern denken immer gleich an Heirat. Lise will erst einmal die Anbetung all ihrer Verehrer genießen und sich dann den besten aussuchen. Der Onkel ist so abgerückt in seinem Studierzimmer, er wird lange nicht merken, dass es hier einen ernsten Bewerber gibt, wenn der Karl mich nicht verrät, denkt sie. Sie nimmt die Karte und legt sie zwischen ihre Wäsche in den Schrank.

Schöne Menschen stehen anders im Leben. Bevor sie „ich“ sagen oder denken können, erfahren sie so viel Zuwendung, dass sie in eine Hülle von Anspruchsdenken und Erwartung verpackt daher kommen.

Lina Schuberg, die beste Freundin der Lise Spoerin, erfährt als Einzige von Albert Wolf. Da gesteht sie Lise in einem traulichen Gespräch beim Spaziergang unter duftenden Bäumen, wie sehr verliebt sie sei in Karl, Lises Bruder. Das wäre doch schön, wenn sie in einer Doppelhochzeit vereinigt werden könnten.

„Ach Gott Lina, sei nicht so romantisch! Schlag dir den Karl aus dem Kopf. Der passt überhaupt nicht zu dir. Er ist in die Jenny Printz verliebt und die wird er auch heiraten. Sie sind schon heimlich verlobt."

Lina beißt sich auf die Lippen. „Aber er hat ja noch nie richtig mit mir gesprochen. Er kennt mich doch nicht wirklich."

„Eben, siehst du. Er bemerkt dich nicht und sein Kopf ist voll von Jenny, der ‚Printzessin'." Für die schöne, stolze Tochter von Gertrude Anna ist das Thema damit erledigt. Vielleicht zieht sie die Freundin ab und zu noch auf: „Na, immer noch Liebesschmerz wegen meinem Bruder oder hast du inzwischen ein anderes Herz erobert?"

Lina schweigt und leidet – die Freundinnen sind entzweit. Wenn sie einander begegnen, zufällig, haben sie einander nichts mehr zu sagen. Höfliche, kurze Briefe, die in Kenntnis setzen über die großen Veränderungen in ihrem Leben, sind alles, was die beiden noch verbindet. Lina begräbt ihren verletzten Stolz, ihren Schmerz über die Aussichtslosigkeit einer innigen, einseitigen Liebe tief in ihrem Herzen. Ihre Freundin macht sich keine Gedanken darüber. Irgendwann, viel, viel später wird Lise herabfinden von ihrem hohen Ross.

Für Lise Spoerin und Albert Wolf beginnt die Zeit der Werbung. Billets werden einander zugesteckt, worauf man sich verschlüsselt Hinweise gibt, wo man sich das nächste Mal treffen kann, und man trifft sich in Begleitung all der anderen jungen Leute, die Feste feiern, die zusammen durch die öffentlichen Gärten der Stadt promenieren, den Tiergarten, den Stadtgarten. Sie spazieren zum Schützenhaus in den Hardtwald, trinken dort Apfelmost und singen Lieder, haken sich ein und schunkeln im Takt der Musik hin und her. In der Dämmerung kann man auch mal richtig nah zusammenrücken, und verstohlen findet eine kleine Hand in eine große, warme mit kräftigen, biegsamen Fingern, die diese kleine Hand packt, um sie zu besitzen.

Für Albert war es eine ernste Sache vom ersten Blick in Lises Augen, für Lise war es noch ein Spiel, sie war gerade achtzehn geworden.

Karl mag den Albert, weil ihn jeder mag, man muss ihn einfach mögen. Karl wäre der Albert lieber für die Lise als jeder andere seiner Spießgesellen, denn von den anderen weiß er zu viel, hat sich zusammen mit ihnen rumgetrieben dort in plüschigen Hinterzimmern der Stadt und hat ihre zotigen Witze mit angehört. So einen will er sich nicht mit der Schwester im Tête-á-tête vorstellen; deshalb macht Karl dem Onkel Spoerin, dem Major, schließlich eine Andeutung, und der richtet es ein, dass sein Spaziergang ihn wie zufällig am Haus in der Karl-Friedrich-Straße vorbeiführt, wo die Schwestern Alberts eine Niederlassung der Parfümeriefabrik führen, ein schönes Geschäft mit den edelsten Accessoires aus aller Welt und dazwischen Kaloderma-Seife, der Verkaufsrenner der eigenen Produktion. Der Major betritt das Geschäft, kauft einen Schildpattkamm und lässt sich die neuen Nagelpolierpolster zeigen. „Aus dem Leder ungeborener Ziegen, mein Herr“, sagt die nicht mehr ganz junge Frau; das muss wohl eine der Besitzerinnen sein. Sie bedient ihn, ohne dabei dienstbar zu sein. Stolz trägt sie den Kopf, die Schultern sind gestrafft und ihr Blick sagt: Du und ich auf gleicher Ebene.

Also gut. Der Albert Wolf darf kommen, sich beim Major vorstellen.

Lange sprechen die zwei im Studierzimmer miteinander. Lise ist nicht da, sie erfährt es erst später, als der Onkel sie zu sich ruft und die Stirn in Falten wirft, lange herumdruckst, bevor er herausrückt mit seinem Anliegen.

„Den Albert Wolf, magst du den?“

„Ja sicher. Der ist lieb. Er malt so schön. Und tanzen kann er auch gut.“

„Lisele, der Albert will dich heiraten. Ich sag dir was. Du bist noch jung und es gibt viele Burschen mit schönen Augen und einem strammen Rücken hier. Ich sehe schon, dass sie um dich schwirren wie die Motten ums Licht. Aber das sag ich dir, der Albert, das ist ein ganz besonderer Mensch. Und wenn so einer will, dann soll man nicht lange überlegen. Es könnte sein, dass man nur einmal im Leben so eine Chance hat!“

Also sagt sie Ja und es wird die Verlobung der Lise Spoerin mit Herrn Albert Wolf angezeigt auf schönem Büttenpapier mit Reliefdruck, der ein Maiglöckchen und ein Vergissmeinnicht darstellt, die sich ineinander schlingen.

Jetzt können die beiden sich auch ohne die Eskorte der anderen jungen Leute in der Öffentlichkeit zusammen zeigen und bewegen und können auch hinaus ziehen in die Wiesen vor der Stadt, wo Albert seine Staffelei aufbaut und Lise malt, wie sie ihn anschaut; das rote Sonnenschirmchen hält sie schräg über den Kopf.

Zu Hause hat Lise jetzt viel zu tun. An ihre Aussteuer war bisher nur sporadisch gedacht worden, da fehlt wirklich die Mutter! Aber jetzt, unter Anleitung ihrer zukünftigen Schwägerinnen, die sie sofort ins Herz geschlossen haben und die sich freuen auf diese Hochzeit, füllt Lise ihre Truhe mit Bett- und Tischwäsche, mit Geschirr und Silberbesteck, Messerbänkchen, Zuckerzangen, Eislöffeln und Etagèren. Dann gehen die Brautleute zu Julius Weinheimer, dem Möbelladen, und betrachten dort die Schränke und Betten. Aber nichts gefällt Lise. Die Betten hätte sie gern anders, lieber mit diesen und jenen Schnörkeln, und den Sekretär für ihr Boudoir natürlich in Mahagoni, glänzend, mit vielen kleinen Schubladen und einem Geheimfach. Sicher, das versteht Albert, er kennt sich aus in solchen Dingen. Oft genug hat er mit dem Dittweiler zusammen die Kulissen für die nächste Festvorstellung so geplant, dass die großherzogliche Familie ihren Spaß beim Wiedererkennen von einzelnen Requisiten haben kann, das heißt, er kennt das fürstliche Mobiliar in- und auswendig. Bei solchen Aktionen muss man mit äußerster Vorsicht handeln. Die Anspielung muss eine Huldigung sein. Also darf zum Beispiel der Sekretär der Gräfin in Figaros Hochzeit, an dem sie das Schreiben verfasst – „Wenn die sa-hanften A-habendlü-hü-hüfte …“ –, natürlich nicht, das ist ja klar, dem Sekretär Ihrer

Hoheit auch nur im Entferntesten gleichen, sonst könnte man ja vermuten, dass der Großherzog wie der Graf gern auf fremden Weiden grast, nein, das geht natürlich nicht, und das weiß der Albert Wolf. Er erzählt seinem „Bräutchen" alles, was er weiß und was er erlebt. In ihr sammelt sich Stolz über ihren zukünftigen Mann, der so eng mit dem Hof verbunden ist. Bei diesen Gesprächen kann sie auch seinen Humor kennenlernen, seine Empfindsamkeit, auch seine Empfindlichkeiten, seine zarte Seele. Und wenn sie sich verabschieden, küsst sie ihn auf den Mund, atmet dabei den Duft seiner Haut ein, ein bisschen Farbe, ein bisschen Eau de Toilette aus der Familienfabrik und das bisschen Albert darunter, das sie sehr mag, obwohl es fremd ist für sie.

Schließlich ist der Hochzeitstermin festgesetzt und die Wohnung in der Karl-Friedrich-Straße eingerichtet. Jedes Möbelstück ist von Albert entworfen, Hölzer, Stoffe von ihm persönlich ausgesucht, und dann haben die Arbeiter der Theaterwerkstätten in vielen von ihm bezahlten Überstunden die Möbel gefertigt.

Am Tag vor der Hochzeit hat Albert das Gesicht und den Hals voller roter Flecken und ein Kopfweh, dass er meint, er muss sich übergeben. Nicht aus Angst vor dem ernsten Schritt, der vor ihm liegt, sondern weil das Geschenk für seine Braut noch nicht geliefert wurde. Am Morgen nach der Hochzeit sind Alberts rote Flecken und das Kopfweh verschwunden. Das Geschenk ist da: ein Thürmer Klavier, das der Hoflieferant Schweißgut noch gerade rechtzeitig aus Sachsen hat kommen lassen.

Stolz führt Albert seine junge Frau von Zimmer zu Zimmer bis in ihr Boudoir. Sie setzt sich an den Sekretär aus Mahagoni und öffnet die kleinen Schubladen. Albert nimmt ihre Hand und führt ihre Finger an eine geheime Stelle, bis sich mit einem leisen Klick ein Schlitz öffnet und eine Vertiefung freilegt.

„Au!", schreit sie leise auf, etwas hat wehgetan. Noch mal greifen sie vorsichtig zusammen hinein und holen eine rote Rose heraus. Lise ist selig, so sagt sie später den Schwägerinnen. Selig, wirklich! Und hochzufrieden. Und sie sagt es nicht nur, sie glaubt auch daran und vor allem glaubt sie, dass sie einen guten Mann gefunden hat.

4

Das junge Paar hat im Haus in der Karl-Friedrich-Straße 4, in dessen Innenhofwerkstatt Alberts Großvater einst seine ersten Kaloderma-Seifen und -Cremes herstellte, die Wohnung im „dritten“ Stock bezogen, in Spucknähe zum Schloss und zum Marktplatz.

„Guck, Lisele, wenn Karlsruhe ein Mensch wäre und sein Kopf der Schlossturm von Karlsruhe, dann wohnten wir da, wo man den Herzschlag fühlen kann“, sagt Albert und fasst Lise an die warme, weiche Stelle am Hals, unterm Ohr, wo die Hauptschlagader im Takt ihres Herzens pocht.

Das Leben als verheiratete Frau gefällt ihr. Sie hat ein schönes großes Schlafzimmer, ein Wohnzimmer, ein Esszimmer, ein Boudoir, die Küche, das geräumige Badezimmer und eine Toilette daneben, dazu kommen das Bügel- und Nähzimmer, Alberts Bureau und das Gästezimmer. Der lange Flur verbindet alle Räume miteinander. Mina hat eine Nichte aus ihrem Heimatdorf mitgebracht, die nun eingelernt wird von dem Mädchen der Schwägerinnen. Diese Nichte heißt Lina. Sie stellt sich gut an, ist fleißig und genügsam, stolz, hier in der Stadt zu sein, dort oben unterm Dach bei den anderen Mädchen zu wohnen, wo es zwar kalt, aber doch meist lustig ist.

Lises Schwägerinnen, Louise und Ida, freuen sich über jede Frage, die Lise ihnen stellt, und auch ihre Schwiegermutter, die alte Louise, die bei ihren beiden unverheirateten Töchtern lebt, ist ihr sehr zugetan. Lise ist klug. Sie lächelt und schaut den Leuten direkt in die Augen. Sie ist glücklich, jetzt eine richtige

Familie zu haben, und diese Familie ist groß. Da sind die Brüder ihres Mannes, Emil, der Studienrat, Humanist wie der Vater, aber anders, versichert der Albert, „so ein richtiger Lehrer halt, weißt du! Einer, der dekliniert und erklärt, aber der keine Gedichte schreibt.“ Seine beiden kleinen Mädchen, Gertrud und Ilse, sehen aus wie Puppen, so hübsch werden sie von ihrer Mama ausstaffiert. Dann Fritz, der beim Onkel in der Firma eingestiegen ist, noch vor dem Bau des schönen neuen Fabrikgebäudes am Ostrand der Stadt, mit seiner Emma und den beiden Buben. Emmas verkniffene Lippen und die zögerlichen Antworten, die sie gibt, sind Lise noch ein Rätsel, das sie sich zu lösen vorgenommen hat. Schließlich sind da, ein wenig abgehoben, aber gnädigst doch immer auch zugehörig, die Cousins aus der Seifenfabrik, der Georg und der Friedrich. Der Georg, der Schorsch genannt wird, hat in die Färberei Printz eingeheiratet, die aber nichts mit der Brauerei Printz zu tun hat, leider, sonst hätte Lise jetzt als verheiratete Frau vielleicht ihrem Bruder behilflich sein können, der in seiner Werbung um die schöne, zarte, lichthellblonde Jenny nicht so recht vorankommt. Was hat man denn gegen ihn? Man spürt ihm an, wie ihn diese Kälte und Abweisung versteinert, sein Lächeln ist wie angeknipst, manchmal jedenfalls. Am Schennerle liegt es nicht. Man kann sehen, wie sie nach ihm schmachtet, was soll sie aber machen gegen den Vater und all die Brüder? Es kommt bald noch schlimmer, Jenny wird in ein Pensionat geschickt, in die Schweiz, da ist sie erst mal weg. Jetzt werden Karls Lieder immer frivoler und er wartet nicht mehr, bis die anderen sie hören wollen, er singt sie laut, sie dröhnen durch die Zimmer und Festräume, er greift in die Tasten dabei, als ob er das Klavier zertrümmern wollte, und oft kommt er erst im Morgengrauen nach Hause, riecht nach Rauch und billigem Eau de Cologne. Das vertraut der Major a. D. seiner Nichte an beim Mittagessen, das er nun täglich bei ihr und ihrem Mann einnimmt.

Lise freut sich, dass diese beiden sich so gut verstehen. Der Major nimmt Anteil an Alberts Sorgen und Verstimmungen, die von seiner Arbeit kommen. Es eröffnet sich dem alten Soldaten eine ganz unbekannte Welt, die Ähnlichkeiten mit seiner eigenen hat. Er hat sich eine Broschüre gekauft mit dem Titel „Das Karlsruher Hoftheater“ von Wilhelm Harder, einem Zugewanderten aus Leipzig, „Mit einem Anhang: Die Karlsruher Oper“ von Joseph Siebenroth. Er zieht sie aus seiner Westentasche hervor, umständlich und mit spitzen Fingern, als ob es etwas Kostbares oder Fragwürdiges wäre, setzt den Kneifer auf und liest dem neuen Neffen daraus vor: „In Herrn Dittweiler besitzt unsere Bühne einen ungewöhnlich begabten Dekorationsmaler; unvermeidlich scheint es, dass bei den in dieser Richtung hochgehenden Ansprüchen die maschinellen Einrichtungen manchmal hinter den Erwartungen zurückbleiben.“

„Der hat gut schreiben. Wenn sie uns keinen Ingenieur bezahlen, müssen sie halt mit dem zufrieden sein, was sie kriegen! Und dann kommt der Mephisto halt nicht auf den ersten Schwung aus dem Hades rauf, sondern beim zweiten!“ Albert ist erbost über die „Schreiberlinge“, die mit einer dicken Zigarre und einem Cognac im Café sitzen und sich's gemütlich dort machen, sich einen Heldenmut antrinken und dann über die hart arbeitenden Spaßmacher am Theater herziehen.

„Albert, das musst du denen auch mal mitten ins Gesicht hinein sagen. Darfst es nicht immer schlucken!“

„Ach, Onkel, das würde meinen Kopf kosten. Nein, das geht nicht. Von oben runter kommt das Sagen, und unten muss gebuckelt und gehorcht werden.“

Ja, das versteht der Onkel gut, so läuft das, Befehle von oben, Gehorsam von unten.

„Und schließlich, wenn's sogar unserm Großherzog nicht anders ergeht! Der muss doch auch nach der Berliner Pfeife tanzen. Stimmt's nicht?“

Es stimmt. Das badische Ländle hat viele Privilegien aufgegeben, um das deutsche Reich noch hervorragender mitzugestalten. Man muss bedenken, Politik ist nicht für den Bürger da, der Bürger ist für die Politiker da, für alle, für die, die den Fürsten einflüstern, was sie zu wollen haben, und auch für diejenigen, die sich als Gesangs- oder Turnverein in den Gasthäusern treffen, um sich einzuschwören auf „Veränderungen“.

Lise streichelt ihrem Albert den Ärger weg, sie baut einen Zaun aus Zärtlichkeit und Schmeicheleien um ihn, wenn sie allein sind in ihrem schönen, nach ihren Wunschvorstellungen gefertigtem Schlafzimmer, für dessen Herstellung der Albert einen dicken Batzen gebraucht hat, sich einen Kredit geben ließ vom Cousin, den er jetzt abstottern muss, und das noch ein paar Jahre lang.

Bald nach der Hochzeit sitzt Lise das erste Mal in der Loge, die den Angehörigen der Bühnenleute vorbehalten ist. Sie spürt die neugierigen Blicke von unten und genießt sie.

„Es hat mir so gut gefallen, Onkel, wie die Elisabeth ihre Liebe auf ihrem Gesicht zeigen kann.“ Wagners „Tannhäuser“ hat man gegeben.

Tagelang noch singt Lise „... der Seele, die nach jenen Höh'n verlangt ...“ und von nun an will sie, dass man sie Elisabeth nennt, so wurde sie getauft. Lise, das ist für Kinder, aber sie ist jetzt eine Frau.

Lise besinnt sich gerade rechtzeitig auf ihren richtigen Namen, um dem Kind, das sie nach kurzer Ehe auf die Welt bringt, diesen Namen weitergeben zu können. „Elisabeth“, haucht Albert, als er an ihr Bett eilt und den Schweiß auf ihrer Stirn sieht, die vor Erschöpfung glänzenden Augen.

„Ja, sie soll Elisabeth heißen.“

Am 21. September 1894 wird Elisabeth geboren, Alberts und Lises erstes Kind.

Sie wird geboren in eine heile Welt, sie wird geboren einer Mutter und einem Vater, die sich und sie lieben, in einer Stadt, die gerade begonnen hat aufzublühen, im neuen Kaiserreich, in einem Land, das eine blendende Karriere vor sich zu haben scheint, in Europa, das sich wie eine Schöne zum Ball schmückt, auf einer Welt, die sich noch ein allerletztes Mal durchsortiert hat nach dem alten Muster feudaler Systeme und die gerade in rasender Fahrt auf einen Abgrund zutreibt.

5

Wenn die Exzellenz Bürklin, der oberste Herr des großherzoglichen Theaters, Hof hielt, wurden Albert und Lise eingeladen. Im schönen Palais in der Kriegsstraße, die damals noch eine prächtige Allee war mit stabilen Villen auf Sockeln, jede in ihrem eigenen Gepräge, das spielerisch auf den Geschmack der Herrschaft und des Baumeisters verwies, trifft sich vor allem das Bildungsbürgertum. Dort werden Meinungen geäußert und abgefragt. Man hat eine eigene Meinung, muss sie sich nicht erst von Spezialisten schustern lassen wie im Schloss, oder kann sie sich gar nicht leisten wie im „Eisenbähnlerviertel" in der Südstadt oder „im Dörfle".

Albert ist ein sehr geschätzter, charmanter Zuhörer. Jeder meint, dass er ganz einer Meinung mit ihm sei, weil er seine eigene Meinung niemals laut äußert, und hat er denn wirklich eine? Wenn ja, dann ist er überall verständnisvoll, für die Rechten und die Linken, fürs Kapital und die Arbeiter. In Wirklichkeit liegt ihm nur eins am Herzen, das ist seine Arbeit, sind seine Kulissen, die neuesten technischen Raffinessen, Lichtinstallationen, „echtes" Feuer auf der Bühne, ein „echter" Wasserfall, und einmal sogar ein echtes Pferd! Phänomenal! Enorm! Der Dittweiler hält nicht viel von „Echtheiten", aber er wird allmählich alt und müde und gesteht Albert immer mehr Freiheiten zu.

Lise lässt sich nicht kleinreden von den „affigen" Ehefrauen der Honoratioren, sie macht zu Hause ihrem Albert nach, wie die von Sowieso oder die andere, wie hieß die noch mal, dasaß und wie sie die Zigarettenspitze abspreizte. „So, siehst du, Albertle, und dabei ist ihr die Asche in ihr Dekolleté getröpfelt. Huch da ist sie aber aufgeschreckt, so …“

Albert kugelt sich vor Lachen und freut sich an dem komödiantischen Talent seiner Frau. Sie fühlt sich noch ermutigt dadurch, und bald sagt man im familiären Kreis oder auch in der um gute Freunde erweiterten Runde gern: „Lise, wie sieht der Soundso aus, wenn er einen Handkuss gibt? Wie muss der Gabelsberger sich zu seiner Frau hinaufstrecken, wenn er sie küssen will?“ Lise magnetisiert dann alle Aufmerksamkeit, man lacht sich die gebotene Hochachtung, den erforderlichen Respekt nach oben, unten, neben sich weg von der Seele, bis man selber gut und glänzend da steht. Maden im Speck des Karlsruher Bürgertums. Das ist alles nicht böse gemeint, man will ja nichts als glücklich sein.

Lise ist zwanzig und gerade haben die zehn besten Jahre ihres Lebens begonnen. Es sind auch die zehn besten Jahre im Leben ihrer Tochter Elisabeth, die eben erst geboren wurde. Lise hat sich gewünscht, dass das Kind seinem Vater ähnlich sehen und vielleicht ein bisschen was von ihrem eigenen nüchternen Sinn für das Leben geerbt haben möge. Bald schon stellt sich heraus, es ist anders, das Kind hat die Schönheit der Mutter geerbt und die Liebenswürdigkeit des Vaters, auch dessen Feinnervigkeit, dessen Weichheit, Verletzlichkeit. Man darf das Kind nicht laut ansprechen, dann füllen sich die großen, hellbraunen Augen mit Tränen, über das Gesicht legt sich wie ein Schatten ungläubiges Staunen und der kleine Körper macht sich steif vor Abwehr. Lise kümmert sich um das Kind mit großer Zärtlichkeit, vor allem aber schmückt sie Elisabeth wie eine Puppe, staffiert sie aus mit feinstem Batist und hellrosa Schleifen, Spitzen, wo immer sie hinpassen, auf jeden Fall sind sie raffinierter und auffälliger als die der beiden Cousinen, Gertrud und Ilse, „dem Emil und der Gertrud ihre Mädle“. Stolz führt Lise ihre Tochter spazieren, präsentiert sich und nimmt die Bewunderung der Passanten huldvoll entgegen. Das Kind sitzt in seinem Wagen, schaut mit großen, ängstlichen Augen in die Welt und traut sich nicht zu reagieren auf die vielen fremden Bewunderer. Lises Kinn rundet sich zum Hals hin. Sie hat jetzt eine Tournüre umgeschnallt, der hält sie die voller gewordenen Schultern und den aufgeschnürten Busen entgegen. Die Hüte trägt sie schräg ins hochgesteckte Haar gedrückt, natürlich immer noch Glacéhandschuhe. Die Handschuhe sind eng und schwer an- und auszuziehen, deshalb ist es ihr auch recht, wenn sie jemand auf den Spaziergängen begleitet, der dann dem Kind den Mund säubern kann oder die abgelutschten Fäustchen. Aber ein Kindermädchen braucht sie nicht, sie will ihr Kind selber erziehen. Also wandeln die Schwiegermutter, die Schwägerin und ab und zu auch Lina, das Mädchen, mit raschelnden Röcken neben ihr auf den staubigen Wegen des Schlossgartens oder durch die Karl-Friedrich-Straße bis hin zur Festhalle und wieder zurück.

Lise ist keine Frau, die sich im Muttersein erschöpft. Sie lebt ihre Tage auf die Abende zu, wo sie im Theater in der Loge sitzt und sich anschaut, was aus den Entwürfen ihres Mannes schließlich geworden ist, denn sie nimmt lebhaft Anteil an der Planung, wenn er ihr am Mittagstisch oder beim Abendessen erzählt. Und am Wochenende haben sie immer „eine Gesellschaft“, das heißt, sie haben Freunde und Verwandte zu Besuch oder sie sind eingeladen. Man isst und trinkt, der Tisch wird mit raffinierten zusätzlichen Scharnieren versehen und erlaubt jetzt, mit bis zu 24 Personen besetzt zu werden. Auch ihr Geschirr und die Gläser sind auf diese Personenzahl aufgestockt. Lise weiß genau, was sie will. Albert erfüllt ihr jeden noch so kapriziösen Wunsch, wenn sich auch sein Beutel leert, sein Konto auch und er wieder mal Geld borgen muss beim Cousin aus der Seifenfabrik.

Nach dem Essen geht's dann ans Klavier. Man hat „Musik für Alle“ abonniert, Potpourris der gängigen Opern und Operetten, Duette und Quartette für mehrere Stimmen. Lises Sopran beginnt mit einem sicheren Ton: „Bei Mä-ännern, we-elche Lie-iebe fühlen, fehlt a-auch ein gu-u-tes He-erze nicht.“ Alberts samtiger Bariton antwortet: „Die sü-üßen Trie-ie-be mi-i-i-it zu fühlen, ist dann der Weiber erste Pflicht“ und schließlich zusammen: „Wir wo-ollen uns, der Li-iebe freun, wir leben durch die Li-ieb allein ...“

Die Liebe – die Liebe ist eine Himmelsmacht! Operette ist Lise doch noch das Allerliebste. Das Leichte, Unbeschwerte. Sie ist ja noch so jung und das ganze Leben liegt vor ihr.

Zunächst zwingt es sie wieder zum Einhalten, denn ein zweites kleines Mädchen kommt an. Elisabeth ist jetzt schon groß, drei Jahre alt, sie trägt kürzere Röcke und geschnürte Stiefelchen aus Ziegenleder, weil sie selber gehen kann, springen, tanzen, allerliebst. Sie ist eine Freude für die vielen Erwachsenen im ganzen Haus, wird von Hand zu Hand gereicht, immer gibt es einen, dessen Aufmerksamkeit ihr ganz und gar zugewandt ist.

Albert kann nun „Elisabeth" hauchen am Wochenbett seiner Frau, das hilft nicht mehr, der Name ist vergeben. Lise ist auch längst nicht so gerührt wie bei der ersten Geburt, die immer und für jede Frau doch das größte Wunder ist, das sie erlebt. Ihr praktischer Sinn setzt sich durch. Sie hat Sorgen um ihren Bruder Karl, der allzu sehr abgedriftet ist in lockere Gesellschaft, der nach der fernen Jenny schmachtet, die man jetzt auf eine Weltreise geschickt hat, damit sie möglichst lang abwesend sein muss und damit sie sieht, dass es auch noch andere und ebenso nette Männer gibt. Lises zweites kleines Mädchen wird mit dem Namen Karola dem unglücklichen Bruder als Patenkind ans Herz gelegt. Es wirkt! Karl Spoerin ist vernarrt in die kleine, süße Nichte. Dieses Mal hat sich auch Frau Lises Wunsch erfüllt, das Mädelchen hat den sanften Kinnschwung des Vaters geerbt, seine dunklen Haare, sein rundes Gesicht. Nur die Nase ist vielleicht mehr nach der mütterlichen geraten, gerader Rücken, geblähte Flügel und an ihrem knubbeligen Ende ein kleiner Aufwärtsschwung.

Bald schon schiebt Lise wieder ihren schönen Kinderwagen auf hohen Rädern durch den Schlosspark, an der Hand der begleitenden Schwägerin geht brav die kleine Elisabeth.

6

Elisabeth sitzt in ihrem Zimmer, dem wunderschönen Kinderzimmer, in das man das vormalige Bügelzimmer verwandelt hat durch das Anbringen von Blümchentapeten mit umlaufenden Girlanden ganz oben unter dem Stuckrand der Wände, ein eisernes Kinderbett steht darin, von der Decke fließt „Voile" herab, ein Spitzenvorhang, spinnwebenfein. Das hochbeinige Gestell ist mit kleinen und größeren Kissen reichlich aufgemöbelt, üppige Volants fehlen daran ebenso wenig wie eingenähte Stickbilder, auf denen Puppengesichter, aber auch Hasen und Katzen, Fische, sogar ein Löwe mit lockiger Mähne deutlich zu erkennen sind; das Schaukelpferd hat Albert von Frankfurt kommen lassen, es ist nicht nur schön, sondern auch stabil.

An Weihnachten tauft Pfarrer Fischer Karola, die dabei auf dem Arm von Onkel Karl selig schläft, der ein so „aufgeräumtes Gesicht" macht, das hört Elisabeth später, als sie unter dem großen Esszimmertisch sitzt, nach dem Essen; Papa und Mama fühlen sich allein, sie sprechen viel und lang und ganz andere Sachen miteinander als in Elisabeths Gegenwart.

Dann sitzen die Eltern immer wieder lange am Bett der Schwester in ihrem Schlafzimmer, und keiner darf dort hinein, vor allem sie nicht. Die kleine Karola ist krank, sie hustet, sie läuft dabei ganz blau an und erst gestern hat sie wirklich aufgehört zu atmen, war steif wie ein Teddybär, das hat Elisabeth gesehen, hat die Mama gerufen, die kam und riss die kleine Lola aus der Wiege heraus, schüttelte sie, schrie dann laut um Hilfe: „Hilfe, Louise, Mutter, Albert, ist denn da niemand! Hilfe, das Kind erstickt, es stirbt, es ist schon tot, hilft mir denn keiner." Elisabeth wurde von der Panik der Mutter ergriffen, rannte ans Fenster, kletterte auf einen Stuhl und drehte und drückte an dem Knauf, bis es sich öffnete. Die Mutter rannte auch dorthin, riss Elisabeth mit einer Hand zurück vom offenen Loch und hielt mit der anderen die kleine Schwester an die kalte Luft, die hereinströmte.

Der Hilfeschrei fiel hinunter zwischen die Passanten, wurde weitergereicht und kam bei einem Mann an, der gerade mit seiner Ledertasche unterwegs war zu einem seiner Patienten. Doktor Homburger eilte dem Hilferuf entgegen zum Haus in der Karl-Friedrich-Straße, in den Parfümerieladen rein und mit der alarmierten Besitzerin die drei Treppen hoch zu der verzweifelten Lise. Er nahm ihr das Kind ab und rettete es. Schicksal, dass ein Kinderarzt um den Weg war, um Karola zu retten. Vorsehung! Die Götter! All solche Beschwörungen werden geraunt im Familiengespräch, man ist dankbar, alle sind dankbar, und nach und nach wird der Kinderarzt Doktor Homburger der Hausarzt für Kinder, Frauen und Männer in der Karl-Friedrich-Straße 4.

Dieser Rettung kann Lise Wolf lange Zeit – eigentlich nie so richtig – trauen. Das kleine Mädchen wird immer ihr besonderes Kind bleiben, ein Kind, das sie dem Tod aus den Armen gerissen hat, das all ihre sorgfältige Zuwendung, den größeren Batzen ihrer Liebe braucht und erhält. Die kleine Elisabeth, versteht das sehr gut, sie ist schon groß und so vernünftig, verständig, und sie liebt doch das Schwesterchen genau so wie jeder in der Familie.

So gruppiert sich die Familie neu nach diesem spektakulären Ereignis, und das Zentrum ist die kleine Karola. Sie tut einen Pieps, und alle wenden sich ihr zu, da lächelt sie, lacht und freut sich und gewöhnt sich daran, der Mittelpunkt zu sein mit jedem ihrer Atemzüge und ohne dass sie sich zu irgendetwas besonders anstrengen muss.

Die Verwandtschaft zerreißt sich die Münder, sie ist hysterisch, die Lise, macht ein Tamtam, will immer was Besonderes sein und haben, und so soll nun auch eine ganz normale Kinderkrankheit eine Todesgefahr gewesen sein. Wer will darüber befinden, heute noch, und auch damals war es schwer, wie es immer schwer ist, eine objektive Tatsache wörtlich zu machen. Es geht nicht. Und dennoch bleibt etwas zurück, das Gefühl für eine Veränderung, die Weichen gestellt hat für das ganze Leben danach.

Elisabeth ist nicht zur Nebenfigur geworden, nur zur zweitwichtigsten Hauptfigur im Leben der Familie Albert Wolf eben. Daran gewöhnt sie sich allmählich, sie lernt geduldiges Warten, wenn es auch schwerfällt, sie übt sich darin, ihren Kopf zu gebrauchen, wagt sich vorsichtig hinein in die Freiheit, die ihr erwächst hinter den elterlichen Rücken, die sich über das kränkelnde Schwesterchen runden.

Das Schwesterchen wird gesund, aber es ist ganz wichtig, dass es eine Luftveränderung bekommt, deshalb beschließt man, in den Theaterferien in die Sommerfrische zu gehen. Auf einer der Samstagsgesellschaften wird das Thema angesprochen, der Emil und seine Liesel, der Fritz und seine Emma, die eine Schwester von Liesel ist, die Louise und die Ida, alle Wolf-Geschwister finden die Idee so gut, dass sie mit von der Partie sind.

Es geht nach Schrunz im Montafon. Dorthin geht es jahrelang immer wieder. Man mietet sich ein in einem oder zwei Hotels, je nachdem, wie viele Familienangehörige mitgehen. Man frühstückt, isst zu Mittag, hat eine Brotzeit oder einen Nachmittagskaffee und abends auch noch mal Kaiserschmarrn mit heißen Kirschen, dazu Schampus, ganz oft, denn man muss die Feste feiern, wie sie fallen. Zu Hause isst man genau so gern und man versucht jetzt auch die herrlichen Mehlspeisen aus Schrunz nachzukochen, sogar Lise hat inzwischen mehr Interesse am Geschehen in der Küche, werkelt dort herum und hat sich einmal selbst eine Schürze umgebunden und mitgeholfen, weil die Lina das einfach nicht verstanden hat, „die dumme Gans, aber kein Wunder, die weiß noch nicht mal, wo Schrunz liegt, also, was will man eigentlich von der!“ Man wird rund und schwerfällig dabei, bürgerlich gesetzt.

Zu dieser Zeit gab es Erdbeeren nur im Mai und Trauben hatten dicke braune Kerne, aber sie schmeckten nach Trauben, so sehr, dass man sich diesen Geschmack ein Leben lang merken konnte. Das Jahr verging schnell, nur diese vier Wochen im Sommer, die dehnten sich schier ins Unendliche. Das Altbekannte, das man jedes Jahr wieder fand, war das Schönste an ihnen.

Man geht hinaus in die herrlichen Bergwiesen, der Albert stellt seine Staffelei auf und skizziert mit zusammengezwickten Lippen, was er später im Atelier fertig malt. Er lässt das Sonnenlicht durch die Blätter eines alten Baumes sickern, so dass man den Lufthauch des Windes zu spüren glaubt, der in der Mittagsstille die Gesichter streichelt und den Mädchen bis unter die Röcke weht. Und dann schenkt er seine Bilder seiner liebsten, allerliebsten Lise zu allen möglichen Gelegenheiten

Ja, Schrunz – die Sommerfrische! Was für eine glückliche Zeit!

Manchmal nimmt Albert seine beiden Mädchen an die Hand und zieht mit ihnen hinaus, zeigt ihnen, dass die Bienen ganz fleißige und nützliche Tiere sind, dass man sie achten und schützen muss, auch wenn ihr Stich unangenehm sein kann, geht mit ihnen zu den Pferden, und Karola sagt: „Mhm die riechen richtig gut! Ho, hü, komm, du Alterle, komm her." Sie klettert auf das Gatter und beugt sich weit hinüber, damit sie den wilden Hengst des Schirlhubers richtig am Hals tätscheln kann, das macht sie so gut, dass der nicht genug kriegen kann davon, aber Lise ist auch um den Weg und schreit: „Albert, du bist verrückt! Das Kind!" Sie reißt Karola vom Gatter und führt sie an der Hand zurück in Sicherheit. Das kesse Lolale dreht den Kopf um und zieht ein Gesicht. Es wird bestimmt nicht von Dauer sein, das mütterliche Sicherheitsregiment. Der von seiner Frau gemaßregelte Albert wischt sich den Schweiß von der Stirn und macht ein bockiges Gesicht. Tagelang kann er einen Kopf hinhängen, wenn man ihn auf dem falschen Fuß erwischt hat, er redet nicht darüber, aber er leidet. Elisabeth schmiegt ihre Hand in die des Vaters und zieht ihn weiter auf die Wiese hinaus zur Bank beim Marterl, wo man sehen kann, wie Wolken die bleichgrauen Gipfel streicheln. Sie bleibt bei ihm, setzt alles daran, ihn aus der Reserve zu locken, geht auch mit ihm am frühen Morgen runter zum Bergsee und steigt ins Wasser rein, bittet und bettelt, bis der Vater ihr das Schwimmen beibringt. Aus Trotz gegen die Übervorsicht seiner Ehefrau tut er das, denn bezweifelt sie etwa, dass er ein guter und fürsorglicher Vater ist?

Elisabeth hat einen Ort gefunden, den nur sie ausfüllen kann, an der Seite des Papas als seine kleine Begleiterin beim Schwimmen. Später nehmen sie das Fahrrad der Wirtin und der Papa springt neben ihr her, sie lehnt sich ganz auf ihn drauf, aber dann rollt das Fahrrad schneller, und plötzlich kann der Papa nicht mehr mit, das Rad rollt trotzdem weiter, rollt, und sie tritt die Pedale und fühlt den Wind ihre Haare aus dem Gesicht zausen. Herrlich! Freiheit! Sie beginnt ein eigener Mensch zu werden, der etwas kann, was viele andere nicht können und der vieles darf, was Karola nicht darf.

Zwischen all diesen geschwisterlich ähnlichen Jahren beginnt ein neues Jahrhundert.

Irgendwann darf Elisabeth zum ersten Mal mit ins Theater und die Oper „Hänsel und Gretel" sehen. Wie schön hat der Papa das Haus eingerichtet, in dem die arme Häuslerfamilie wohnt. Elisabeth staunt und ihre Wangen glühen, wenn sich das Haus wegdreht, die Kinder durch eine Tür in den Wald treten, der immer dunkler und immer dichter, immer gruseliger wird, sie zittert mit den beiden Geschwistern, bis sie wieder zurück sind in der väterlichen Stube, und ist froh, wenn das Licht angeht und man sieht, dass alles Unheimliche weg ist, verschwunden hinter den dichten, dicken Samtvorhängen.

Zu Weihnachten wünscht Elisabeth sich ein Puppenhaus, das aussieht wie das Haus von Hänsel und Gretel. Da lächelt der Papa und macht etwas ganz anderes, er lässt von seinen Leuten die Möbel aus der elterlichen Wohnung en miniature nachbauen, denn „wir sind doch keine armen Leute, das soll man auch sehen", auch so ist der erfüllte Wunsch noch eine wundervolle Weihnachtsüberraschung. Damit schießen die Wölfchen vom Albert an Weihnachten den Vogel ab. Bei der Verwandten-Tour von Haus zu Haus, die den Höhepunkt jedes Jahres markiert, werden die weihnachtlichen Geschenke bestaunt. Es besteht der unausgesprochene Wettbewerb, wer wohl das schönste und beste Geschenk bekommen hat. Elisabeth und Karola sind Sieger und lachen sich kugelrund über das langweilige Spiel, das „die Mädle vom Emil gekriegt haben, wo sie was lernen sollen dabei. Buh, schlau sein macht so hässlich, gell, Isale, des stimmt doch, oder?“ Sie liegen im dunklen Kinderzimmer, in dem es noch nach Zimt und Kerzengeflacker riecht, hören draußen das Gemurmel der Erwachsenen, fühlen sich glücklich und geborgen, freuen sich auf den nächsten Morgen, auf das Spielen mit dem Puppenhaus, das endlose Unterhaltung verspricht, bis zum sechsten Januar, das wissen sie, bis die Sternsinger kommen und ihr KMB mit der Jahreszahl über die Eingangstür stricheln, den Weihrauchkessel schwenken, dass sich das ganze Treppenhaus mit dem ungewohnten, merkwürdigen Gewürzduft füllt. So lange wird das Puppenhaus bleiben, dann wird die Lina alles wieder sorgfältig in Wachspapier einwickeln, in eine große Holzkiste legen, die auf dem Speicher landet.

Die kleine Lola hängt sehr an der großen Schwester und erkennt sie ohne Einschränkung als Autorität an, aber die pfiffigen Ideen hat sie selber. Elisabeth staunt über ihre Einfälle, und manchmal ist die große Schwester der Karola zu ernst, dann muss die Kleine sie ein bisschen reizen und sticheln, damit sie wieder lacht und fröhlich ist mit ihr zusammen.

Karola ist ein lustiger, immer zu Possen aufgelegter Irrwisch, Elisabeth eine „brave, ernste Madame“, so nennt sie der Onkel Karl.

Und dann passiert in einem Jahr etwas Wunderschönes. Eine Hochzeit findet statt. Ein rauschendes Fest, von dem man sogar in der Zeitung lesen kann: Das Schennerle und der Karl finden zusammen. Endlich! Jahrelang war der Karl immer unsteter geworden, er war auch noch in seiner Freizeit ständig auf Reisen gegangen, fuhr am Rhein entlang in die Schweiz; schließlich rückte er mit dem Grund heraus, indem er bei Schwester und Schwager ein dickes Buch auf den Wohnzimmertisch legte: „Da! Da können sie sehen, was die Spoerins für Leute sind. Keine Nichtskönner, keine hergelaufenen Rumzieher. Vielleicht sogar vornehmer als die ganze Printzenblase zusammen.“ Mit Hilfe eines Historikers hat er recherchiert, wochen-, monate-, jahrelang und eine Chronik der Familie Spoerin verfasst, die zurückgeht bis in die Zeit der Hugenottenkriege, hat das Werk drucken und in weiches, hellbraunes Leder binden lassen. „Schau mal, da steht dein Name und dort deiner!“, sagt er zu den beiden kleinen Mädchen, den staunenden Nichten. Als die Jenny von ihrer Weltreise zurückkam, brachte er ihr diesen Wälzer als Geschenk, es war aber eher für ihre Eltern und die hochnäsigen Brüder gemeint. Er erschrak bis ins Herz hinein. Wie sah sie bloß aus? Nicht schön und glücklich, sondern ganz blass und schrecklich dünn. Sie hatte sich lagenweise Tüll um den ausgemergelten Körper geschlungen, damit man nicht sah, dass sie nur noch aus Haut und Knöchelchen bestand. Krank war sie. Richtig sterbenskrank. Hatte die Sehnsucht nach dem Karl nicht ertragen, genauso wenig wie er sie ertragen hatte, nur er, der Mann, fand andere Heilmittel, hat die Sehnsucht in Wut verwandelt, in Selbstverachtung, in Lust auf Verlorensein, Verruchtsein, ist wieder sehr oft an Tischen in Hinterzimmern gelandet, hat dort Karten geklopft, Geld verloren, viel getrunken und sich schließlich von ihm unbekannten Händen, von denen er sich erträumte, sie könnten Jennys sein, die Wut wegstreicheln lassen. Für die Jenny aber gab es – so wie im Märchen – nur ein Mittel gegen diese Krankheit, nämlich, dass sie endlich ihren Karl heiraten durfte. Der Doktor redete den alten „Printzen“ ins Gewissen, das erfährt Elisabeth auf ihrem Horchposten unterm Esszimmertisch und bespricht dann alles mit Karola, die neugierig zuhört, wenn die Schwester ihre Weisheiten weitergibt.

„Sie wäre fast gestorben vor Liebeskummer und das hätte den Printzen recht geschehen. Warum wollen sie unseren Karl nicht haben? Den schönen, flotten Karl!“ Elisabeth ist Expertin in diesen erwachsenen Angelegenheiten, sie hat das Informationsmonopol. Mit unter den Tisch lässt sie Karola nicht. „Noch nicht! Da bist noch zu klein dafür“, sagt sie und Karola gehorcht ihr wie ein Hündchen.

So gibt es zuerst eine Verlobung und die Jenny fängt wirklich wieder an zu essen, so dass sie am Tag der Hochzeit rosige, runde Wangen hat und wunderschön aussieht wie eine Fee. „Gell, Isale, wie eine Fee sieht sie aus, eine gute Fee mit schönen, hellblauen Sternenaugen." Karola ist begeistert von der Braut, Elisabeth eher verliebt in den Onkel, der aussieht wie ein Märchenprinz, sie ist ja auch schon neun, und da verliebt man sich eben auch leichter als mit sechs. Es gibt Programm, den ganzen Tag lang. Man singt in verschiedenen Kombinationen und man spielt Theater, bei einem Stück sind „alle kleinen Wölfe und Printzen" auf der Bühne, verwandelt in Tiere, Zwerge und Feen, fast nicht zu erkennen, und sie spielen, als ob das ihr täglich Brot wäre.

Elisabeth geht zu diesem Zeitpunkt schon seit vier Jahren in die Victoriaschule, zusammen mit der kleinen Regina Wachenheimer aus dem zweiten Stock. Die Wachenheimers sind eingezogen mit ihrer großen Tochter Hedwig, dem Sohn Manfred und der Tochter Regina, und das war ein guter Tag in der Karl-Friedrich-Straße 4, weil sich die Spielmöglichkeiten so erweitert haben, dass für Elisabeth und Karola fast nichts zu wünschen bleibt.

Die Familien pflegen regen Umgang miteinander. Manchmal wird es der Lise fast zu rege, dann nämlich, wenn Hedwig, kaum dass Karl die Wohnung betreten hat, an der Tür klingelt und – was will sie eigentlich? – hereinschleicht, einfach durchgeht ins Wohnzimmer, wo der Karl im Sessel lümmelt, eine Zigarette schmaucht, mit den Ohren wackelt und mit dem einen Auge zwinkert. Hedwig setzt sich, ohne aufgefordert worden zu sein, aber sie stört ja nicht, sie sitzt nur und starrt den Onkel Karl Spoerin an, wie er seine Späßchen macht, sie kriegt rote Ohren dabei und ihre Unterlippe klappt nach unten. Wenn sie gegangen ist, sagt Lise: „Karl, du hast eine Eroberung gemacht." Da trippelt er durchs Zimmer mit niedergeschlagenem Blick und lässt plötzlich die Unterlippe nach unten klappen, bis alle sich vor Lachen krümmen. Nur der Albert lacht nicht. „Pfui, wie grob ihr seid. Das ist ein ganz armes Mädchen. Sie versteht sich halt nicht mit dem alten Wachenheimer, ihrem Stiefvater, und sucht sich anderswo Aufmerksamkeit."

Warum Stiefvater? Ja, der Herr Wachenheimer, das ist nur der Vetter von Hedwigs Vater und nur der echte Vater von der Regina und dem Manfred. Die Hedwig hat ihren richtigen Vater nie gekannt. Er starb noch vor ihrer Geburt. Das sind verwirrende Verhältnisse und das macht neugierig. Wer kann das erklären? Die Eltern ziehen sich wie so oft hinter die Formel „Das erklären wir euch, wenn ihr noch ein bisschen größer seid" zurück, also muss man in die Küche zu Lina. Oder warten, bis die Schneiderin kommt und man mal einen Augenblick mit ihr allein ist, muss sie mit Schokolade oder Kuchen bestechen, bis sie ein bisschen was preisgibt: Die Frau Wachenheimer war zuerst mit dem Herrn Wachenheimer seinem Vetter verheiratet, und da „kam" die kleine Hedwig. Aber als Hedwig kam, da war der Herr Wachenheimer, also der Vetter von dem jetzigen, schon tot. Und so hat also dieser jetzige Herr Wachenheimer die Frau Wachenheimer geheiratet und dann kamen die Regina und der Manfred. Also, wenn dieser andere Herr Wachenheimer schon tot war, als die Hedwig kam, und der jetzige Herr Wachenheimer sie dann aufgezogen hat, warum ist er dann nicht der Vater von der Hedwig, sondern der Stiefvater? Wie im Märchen, bei Schneewittchen und bei Aschenputtel! Ach so. Trotzdem, man wüsste nur zu gern, wie ein Mann ein Vater wird von einem Kind. Mit dem Mutter-Werden, das weiß man nämlich inzwischen schon sehr genau, weil man die graue Katze der Tanten gesehen hat, wie sie dick und dicker wurde und ihr an den vollen Bauch gegriffen hat, in dem es sich regte. Dann hat man sie gesehen, als sie eines Morgens wieder ganz dünn geworden war und neben ihr lagen sechs winzige Kätzchen, die waren nachts aus ihrem Bauch rausgekrochen.

„Wunderbar! Was die Katzen können, das ist doch wirklich wunderbar, gell, Lina, findest du das nicht auch?"

„Ach, was soll da dran so wunderbar sein. Das ist grad so wie bei allen Tieren und bei den Menschen auch."

Blicketausch aus kugelrunden Augen. Abends im Bett, wenn die Schwestern zusammenschlupfen, wägen sie ab. Die Lina ist dumm, das sagt die Mama immer, andererseits hat man von ihr schon manches erfahren, was sich als richtig herausstellte. Es könnte also doch stimmen!

Dass die Hedwig ein armes und ein bisschen verrücktes Mädchen ist, wird ganz und gar deutlich, als es eines Nachts so laut unten an der Tür klopft, dass das ganze Haus wach wird und gerade noch rechtzeitig alle aus dem Fenster schauen können, bevor zwei Polizisten die Hedwig zwischen sich ins Haus hineinschieben. Am nächsten Tag schnauft Herr Wachenheimer schon früh um neun herauf und wird ins Wohnzimmer geführt. Elisabeth und Karola halten jede ein rotes Ohr an die Tür, aber sie verstehen nichts. Wenn die Mama die Hedwig danach trifft, gibt sie ihr eine spitze Hand, Karola zeigt der Elisabeth wie, so als ob sie sie zurückstoßen wolle, und fragt sie kaum, wie es ihr geht, und schaut sie trotzdem so an, als ob etwas nicht mit ihr stimmte. Allmählich schieben sich andere Ereignisse in den Vordergrund und man vergisst diese nächtliche Aufregung.

In der Schule trifft Elisabeth weitere kleine Mädchen und befreundet sich mit ihnen. Sie muss ihrer Mama erzählen, mit wem die Großherzogin am längsten gesprochen hat, wenn sie ihre monatliche Visite abhält und jedes Mädchen einen Knicks vor ihr machen muss. „Wie gehtt ess Ihrem Herrn Vatter, grüßen Sie Ihre lippe Mutter!", zitiert Elisabeth mit spitzen Lippen und imitiert den preußischen Ton der Landesherrin. „Isale, zeig, was das Frölein von Strassen falsch macht", will Karola wissen. „Hier – Margarethe von Scheffel." Elisabeth hält sich ein unsichtbares Lorgnon vor die zusammengekniffenen Augen. Dann verwandelt sie sich blitzschnell, steht da, das Kinn ein bisschen vorgereckt, zieht die Augenbrauen hoch: „Margaretha!", sagt sie mit Nachdruck und einem nur angedeuteten Knicks.

Elisabeth ist nicht die Klügste in der Klasse, nicht die Fleißigste, nicht die Vornehmste und nicht die Hübscheste. Aber sie ist immer mittendrin im Kreis der Kameradinnen. Die Lehrerinnen bescheinigen ihr Erfolg in der Schule und vor allem eine sehr gute „mitmenschliche Moral", wie die Vorsteherin, Fräulein von Strassen, Lise Wolf berichtet. Wenn es irgendwo Streit gibt, kommt Elisabeth sofort hinzu und versucht zu schlichten. Sie ist zu jeder Mitschülerin in gleicher Weise freundlich, hat auch für Außenseiter Verständnis. „Man spürt ihr an, dass es ihr ein Anliegen ist, ihr eigenes Harmoniebedürfnis wohltuend auf andere auszudehnen", so steht in ihrem Zeugnis. Lise ist stolz auf das gelobte Kind, aber auch bang. Wie Albert, denkt sie, der es immer jedem Recht machen will, der jeden versucht zu verstehen, bis er zerrissen wird zwischen allen Kräften.

Elisabeth ist neun und wirklich ein glückliches Kind.

Lise ist neunundzwanzig. Sie ist die Ehefrau eines Mannes mit angesehenem Posten bei Hofe, gehört zu der Handvoll Karlsruher Familien, die alle miteinander bekannt und gar verwandt sind, so dass man meinen könnte, sie sind Karlsruhe. Jeden Tag fügt sie ein winziges Detail hinzu, das dieses Leben noch angenehmer macht, denkt dabei nicht nur an sich, sondern inzwischen auch ganz bewusst an ihre Kinder, die es eines Tages gut haben werden in diesem warmen, behaglichen Nest.

Dann aber schlägt das Schicksal zum ersten Mal zu. Wie sehr hat sie sich auf das dritte Kindchen gefreut. Die Geburt war ganz leicht, aber doch zu früh, immerhin, das sagt der Arzt und schaut bedenklich, als er das winzige Bübchen dem Vater in die Arme legt. Wie Raureif legen sich diese Bedenken auf das Herz der Eltern, lähmen ihre Zuversicht, sie sind nicht imstande, einen Namen für den kleinen Sohn zu wählen, und er braucht auch gar keinen Namen, denn er bleibt nicht bei ihnen. Schon nach zwei Tagen wird er zum Engel.

„Er hätte doch ruhig bleiben können, wir hätten auch mit einem Bübchen gut spielen können, gell, Isale? Dann hätten wir halt gelernt, wie das geht mit der Eisenbahn, das hätte uns doch nix ausgemacht!" Die zwei Schwestern rücken enger zusammen, haben Angst umeinander. Weil sie zum ersten Mal den Tod erlebt haben in allernächster Nähe, ahnen sie ihre eigene Sterblichkeit.

Lise weint tagelang. Sie bleibt im Bett und will nicht, dass man die Vorhänge aufzieht. Albert schleicht sich aus der Wohnung, zieht sachte die Tür hinter sich zu, denn gerade ist beruflich für ihn eine ganz wichtige Zeit. Lise fühlt sich im Stich gelassen von ihm, will auch ihre beiden Töchter nicht um sich haben. Die verdrücken sich, gehen zu den Wachenheimers oder ganz runter zu den Tanten, wo sie auch nicht gelegen kommen, sie werden gescheucht, „Sch-sch! Still sein, der Oma geht's nicht gut!"

Lise liegt noch im verdunkelten Zimmer, da wird ins Haus ein Sarg herein und hinaus getragen und Lise hat noch einen weiteren Grund zu trauern, denn sie hat die Schwiegermutter sehr gern gehabt, wie eine eigene Mutter so gern. Die Solidarität der alten Frau war ein großer Rückhalt für sie gewesen, eine Art Schutzabwehr gegen alle Angriffe der Verwandten, die doch immer wieder das ein oder andere bemängeln an Lises und Alberts Lebensstil.

Der Frühling bringt Hoffnung. Lise bestellt die Schneiderin, sie lässt sich die neuen Modelle zeigen, Stoffmuster und die raffiniertesten Knöpfe, sie entwirft Kleider für sich, die Mädchen und die Schwägerinnen, berät sie auch, denn es fehlt ihnen eben der Chic. Schwarz muss es für sie sein, das ist klar, sie haben die Mutter verloren, aber der Schnitt kann doch ein bisschen modischer sein und hier ein Krägelchen drauf, der Umhang sollte mit einem Pelzrand besetzt werden.

Louise schüttelt traurig den Kopf: „Ich weiß nicht, Lise. Für mich muss es nix Besonderes sein. Du bist jung und dir gehört die neue Zeit. Aber ich find mich da nimmer zurecht. Alles ist so aufgezwirbelt. Grad wie dem Kaiser sein Schnurrbart und sein zackiger Stechschritt. Ich mag ihn halt nicht. Er hat was Ehrgieriges an sich. Und des Ehrgierige ist die neue Mode geworden. Das mag ich nicht. Mach du da nur mit, das ist gut, wenn man auf dem Wellenkamm mitschwimmt, besonders wenn man Kinder hat. Mädchen! Bei Mädchen ist es ja noch wichtiger. Die müssen mithalten können mit der Konkurrenz, sonst bleiben sie sitzen, so wie ich."

„Ach Louisle, du bist doch nicht sitzen geblieben, hast halt nur den Richtigen nicht gefunden, oder er hat dich halt nicht gefunden, gell so war's doch. Irgendwo läuft er rum, der für dich bestimmt war, und ist einsam und allein, aber du hast doch uns!"

Die Kinder sollen ruhig auch auf den Maskenball gehen, warum nicht. Man hat getrauert, jetzt nimmt der Alltag seinen Lauf.

Elisabeth und Karola sollen Holländerinnen sein. Die Mutter sitzt mit dem Vater am Tisch und zusammen entwerfen sie Kostüme, den langen weiten Rock mit breitem Saum, damit der schwere Stoff gut fällt, eine Schürze darauf, die Streifen des Schürzenstoffes sind in hellerem Blau gehalten, sitzen dichter beieinander, weiße Unterblusen, ein Miederchen darüber und zum Schluss ein auf der Brust überkreuztes Tuch mit Lochspitzenrand. Am Hals, da stellt Lise sich Samtbänder vor. Albert zeichnet geduldig, und Lise gibt Anweisungen für Veränderungen, bis alles gut ist. Das kann er, der Albert; er schafft es, genau dorthin zu kommen, wo seine Frau ihn haben will. Als die beiden Kostüme gebracht werden, das größere für Elisabeth und das ganz genau gleiche kleinere für Karola, strahlt Lise so glücklich wie lange nicht mehr. Jetzt zum Hoffotograf Ruf in die Amalienstraße. Der Herr Ruf gibt sich die Ehre, selbstverständlich, Frau Direktor Wolf, das mache ich mit eigener Hand, kann gar nicht anders sein, bin so frei. Er buckelt und krümmt sich unter sein schwarzes Tuch, kriecht wieder heraus und rückt die beiden zurecht. Elisabeth ist es nicht so wohl bei der Sache, aber das kesse Lolale hat keinerlei Scheu, es schiebt den linken Fuß nach vorn und rafft die Röcke, damit der Holzschuh auch zu sehen ist, dann strahlt sie ihre Schwester an, und die lächelt zaghaft zurück. Allerliebst, meine verehrte Frau Direktor Wolf, also wirklich, da könnt man Geld mit verdienen. – Bitte, bitte, lieber Herr Ruf, dass mir die Kinder nicht eitel werden. Eitel! Natürlich sind sie längst eitel, die beiden, Lise müsste doch wissen, bei all dem Aufwand, den sie um ihre Kinder betreibt, dass diese wie einen verschluckten Stock in sich ein Wertgefühl tragen, das sich über jede einzelne Pore in sie hineingeschlichen hat. „Die Lise und ihre beiden Puppen" heißt es jetzt im Verwandtenkreis, nicht ohne Missgunst, aber nur hinter vorgehaltener Hand.

Lise ist inzwischen die oberste Autorität im Haushalt. Die unverheirateten Schwägerinnen stehen hinter der jüngeren, verheirateten Frau respektvoll zurück. Lise wächst hinein in diese Verantwortung, und sie hat vielleicht auch schon eine Herrschaftsader in sich gehabt.

Wenn man spazieren geht, grüßt man gravitätisch. Man ist jemand. Wolf mit einem ‚f', aber verwandt mit dem Fabrikant, dem Herrn über ein paar hundert Angestellte und Arbeiter, dem stolzen Besitzer der neu erbauten Prachtvilla im italienischen Stil, die jetzt schon als „Wolff-Villa“ in aller Munde ist.

Wenn man zu den Verwandten in die Villa geht, müssen die Mädchen zunächst in der Karl-Friedrich-Straße an der Hand bleiben. Aber dann in der Kriegsstraße dürfen sie unter den Bäumen und zwischen den eingehegten Gärtchen springen, können ihre Reifen treiben oder den Puppenwagen schieben, und das ist ein richtiger Ausflug!

Elisabeth wird elf, zwölf, dreizehn. Hat kleine Brüste bekommen und irgendwann muss sie sich ins Bett legen, weil sie blutet. Das wird jetzt jeden Monat einmal so sein, dass sie sich dicke Baumwollstreifen zwischen die Beine packen und ins Bett begeben muss, bis sie wieder wohlauf ist. Elisabeth erschrickt fürchterlich und würde die Mama so gerne fragen, ob sie bald sterben muss, aber sie traut sich nicht. Sie merkt allerdings jetzt, dass auch Regina manchmal „unwohl“ ist, und nach und nach werden fast alle, schließlich wirklich alle Schulfreundinnen von dieser Krankheit angesteckt.

Karola macht sich große Sorgen. Was wird aus ihr, wenn die Elisabeth auch noch ein Engel werden sollte, so wie der kleine Bruder?

Elisabeth ist mürrisch und will nicht darüber reden. Sonst hat auch keiner Zeit. Karola schafft es, hinaus, hinunter zu gehen in den Hof, da ist immer etwas los, dann vors Haus, dann in den Schlossgarten, dann an den Teich. Sie setzt sich an den Rand und lockt die Enten. Lange sitzt sie und macht kleine Geräusche, bis die Enten kommen, sie rupft Gräser ab und wirft sie den Tieren hin. Da spricht sie ein alter Mann an und sagt ihr, dass das nicht das richtige Futter ist für diese Vögel, sie mögen kleine Würmer, die in der Erde sitzen. Also lernt Karola Würmer zu finden, anzufassen und aus der feuchten Erde zu ziehen. Plötzlich merkt sie, dass es schon dunkel wird und eilt heim. Keiner – das ist ein Wunder –, keiner hat ihr Fehlen bemerkt. Von da an büchst sie regelmäßig aus. Elisabeth erzählt sie als Einziger von ihrem Freund, dem alten Mann. Die Schwester deckt sie auch, als die

Mutter das erste Mal bemerkt, dass Karola, ohne sich abzumelden, weg ist, den wohlgehüteten Schutzraum verlassen hat.

„Sie ist unten bei der Regina."

„Bei der Regina, was macht sie denn da?"

„Die Hedwig, die macht was mit den beiden. Geheimnis, Mama, für Geburtstag und so."

Elisabeths Herz klopft bis zum Hals. Sie hat gelogen! Sie weiß, dass das etwas ganz, ganz Schlimmes ist, aber sie musste lügen und hat es nur gekonnt, weil sie das Schwesterchen beschützen musste.

Als Karola zurückkommt, sagt Elisabeth ihr, dass sie das nicht mehr darf, einfach weggehen und so lange wegbleiben.

Karola ist jetzt randvoll mit Wissen und hat auch etwas erfahren, das für Elisabeth wichtig ist: „Isale, du bist gar nicht krank. Dass du bluten tust, das ist ganz normal. Dein Bauch wird sauber gemacht, dass du ein Kind kriegen kannst. Das Kind wächst wirklich dort im Bauch, sieht aus wie ein Fisch, hat auch so andere Lungen wie die Fische. Und dann kommt es raus, muss atmen lernen. Das hat unser Brüderchen nicht geschafft ..."

Du liebe Zeit, also jetzt wird sie ein Kind im Bauch haben?

„Nein! Das nicht. Weil, es muss ja erst dort reingesteckt werden. Also das geht so ...!"

Die Karola hat über Enten, Katzen, Hunde vieles erfahren von dem alten Mann am Teich, der bereitwillig jede ihrer Fragen beantwortete, bis zum allerletzten Wie, Warum, Was, Woher und Wohin.

Was die Schwester da erzählt, ängstigt Elisabeth. Am Abend klettern sie zueinander in ein Bett, kuscheln sich aneinander und reden sich mutig, bis ihnen die Augen zufallen.

Elisabeth hat das Gefühl, dass ihre Sünde zu schwer wiegt, um sie im Verborgenen zu tragen, und überlegt sich, wie sie es anstellen soll, der Mama zu beichten, dass sie gelogen hat. Denn schließlich könnte dieser Mann ein böser Mann sein, man soll nicht mit Fremden reden! Das ist doch oberstes Gebot!

Da treffen sie eines Tages beim Sonntagsspaziergang einen alten Mann mit Bart dort am Teich, da weiß Elisabeth sofort, dass das Karolas Freund ist. Als er sich nähert, zieht der Papa seinen Hut, verbeugt sich tief und grüßt den Fremden respektvoll. Karola legt den gespitzten Zeigefinger auf die Lippen und rollt mit den Augen. Der alte Mann zieht auch seinen Hut und geht schmunzelnd weiter.

„Die Exzellenz Hoffmann ist ein einsamer alter Mann geworden, seit seine Frau und die Tochter tot sind", sagt der Vater.

„War das der Nikolaus, Papa?", fragt das schlaue Karolchen.

„Ha, könnte sein! Sieht fast so aus, gell. Nein, das ist der Vater vom Tierpark, der alte Professor Hoffman."

Aha, jetzt weiß man Bescheid. Elisabeth atmet auf. Kein „böser" Mann also. Karola pfeift triumphierend vor sich hin, so wie es der Onkel Karl ihr beigebracht hat, und die Mutter freut sich, dass das Kind so fröhlich ist.

Der Onkel Karl allerdings war schon lange nicht mehr fröhlich, obwohl er und Jenny einander gern hatten, das konnte man deutlich sehen, wenn die Familie sich traf dort bei den Spoerins in ihrer großen, eleganten Wohnung. Sie „wünschen" sich ein Kind, aber Jenny „verliert" das Kind immer wieder, bevor man es je zu Gesicht bekommen hätte. Die Mädchen sind nachdenklich und beobachten alles genau, wenn sie mitdürfen zu den vergnüglichen Samstagabenden. Es wird gesungen, getanzt und irgendwann schreiben sich alle ein in ein schönes, ledernes Gästebuch. „Albert Wolf, Moler", schreibt Albert. „Elisabeth Wolf, Molerin, Isa, Molerskind, und Lola Doda" kritzeln sie kichernd daneben. Den ganzen Heimweg über lachen sie über ihren Streich, über diesen respektlosen Gebrauch des eleganten Buches, das der Jenny so viel bedeutet.

„Die Printzessin hält Hof", lacht Lise und macht die Schwägerin nach, wie sie dahertänzelt, die Röcke rafft, die ondulierten Locken zurechtschiebt.

Man war erhaben über dieses erzbürgerliche Getue, man war Künstler, nahm das Leben wieder und noch ein allerletztes Mal leicht.

Wo irgendein Fest ausgestattet wurde, brauchte man Albert. Nicht nur am Hof, im Theater, im badischen Kunstverein, in seiner Freimaurerloge, auch bei Freunden und auch bei den Excellenzen, den hoffähigen Bekannten, die man von den Empfängen beim Großherzog und den turnusmäßigen „Gesellschaften" kannte. Er machte Skizzen, Pläne, Entwürfe, die er drehte und wendete, bis sie allen gefielen, bis tief in die Nächte hinein, und nebenher das Pflichtprogramm fürs Theater.

Dann wurde der Dittweiler krank und ein Nachfolger wurde gesucht.

„Albert, bewirb dich! Du bist gut, hast doch schon die ganze Zeit die Arbeit gemacht!", sagt Nicolai, der gute Freund aus Jugendtagen. „Und Albert, dränge drauf, dass du Beamter wirst!"

Das macht dem Albert Kopfzerbrechen, wie er fordern soll, dass man ihm die Gnade erweisen möge, ihn zum Nachfolger zu ernennen, er schläft fast gar nicht mehr in der Nacht, braucht ein Pülverchen für dies und ein anderes für das, zittert so, dass er Tassen fallen lässt, hat einen knallroten Kopf. Einmal wird ihm schlecht und er ist in Schweiß gebadet. Der Doktor Homburger kommt und macht ein sehr bedenkliches Gesicht. „Ihre Gesundheit ist zerbrechlich, Herr Wolf. Denken sie an Ihre Frau und die Kinder!"

Es geht dann leichter, als er so lange gefürchtet hat. Er wird Technischer Direktor des Hoftheaters, im Beisein von Frau und Kindern feierlich ernannt im Schloss.

Im Theater grüßen die Mitglieder der großherzoglichen Familie jetzt huldvoll in Lises Loge hinüber, und nach den Premieren erscheint ein Lakai und bringt ein Bild des Großherzogs als Belobigung, und noch eins und noch viele, bis Lise einmal in Anwesenheit des Dieners vor sich hinzischelt: „Jetzt können wir bald die Wohnung damit tapezieren."

„Elisabeth!", schimpft ihr Mann und zittert vor den Folgen.

Nach der nächsten Premiere kommt ein Päckchen, wird wortlos überreicht, aber mit einem Grinsen des Überbringers. Lise packt aus. Es ist eine Porzellantasse mit dem Portrait des Großherzogs darauf.

„Schön ist die ja nicht. Aber vielleicht können wir sie mal verscherbeln, wenn wir in Not sind", sagt sie, und jetzt kann

Albert auch lachen über die trockenen Kommentare seiner Frau, über ihre Respektlosigkeit, ihr unbeirrbares Selbstwertgefühl. Er beneidet sie darum.

Ja, man ist aufgestiegen.

Lise bewundert ihren Mann. Die Mädchen bewundern den Papa. Die Familie lobt die Kulissen, die technischen Tricks. Längst funktioniert die Technik besser, denn Albert tüftelt und probiert ganze Nächte durch, bis alles klappt.

Karola darf jetzt auch mit ins Theater. Am Tag danach zeichnet sie aus dem Gedächtnis die wundervollen Kostüme nach, die Damen haben Katzengesichter, die Männer Pferdeköpfe. Sie legt die Zeichnungen als Geschenk dem Papa neben seinen Teller und er lacht. Elisabeth schaut der Schwester zu, wie sie den Zeigefinger und den Mittelfinger auf den Stift bogt und flink strichelt mit sicherem Schwung, sie lächelt und bestaunt das Ergebnis, ist stolz auf ihr geschicktes Schwesterchen. Im Malunterricht in der Schule kriegt allerdings Elisabeth die guten Noten, weil sie macht, was die Fräuleins sagen. Die Lola ist eigenwillig und zu verspielt, hört die Mutter, hat keine „Ausdauer", sie kann sich nicht ein-, nicht unterordnen, sie spielt das Kaschperle, und es fehlt ihr vollkommen der nötige Ernst fürs Lernen.

Daheim ist Lise zufrieden mit den Kindern, mit beiden. Immer noch ist es ein Wunder für sie, dass Karola lebt, oft träumt sie nachts davon, wie die Kleine blau anlief und aufhörte zu atmen. Statt sie zu ermahnen, nimmt sie sie in den Arm und küsst sie auf die Stirn, lässt sie springen, verspricht ihr alles, was sie will.

Die Kinder lernen lesen, schreiben, rechnen, zeichnen, Französisch bei Mademoiselle Cheveux, Englisch bei Miss Trout, dann vor allem sticken, häkeln, nähen. Ins Haus kommt ein Musiklehrer, der Singen mit ihnen übt und ihnen Klavierunterricht gibt. Elisabeth singt mit Inbrunst die Arien der Operetten, in die sie mitgehen darf. Manchmal geht sie jeden Abend in der Woche mit der Mama ins Theater. Sie hat jetzt schon einen eigenen Kleiderschrank, in dem die vielen Musselinkleider hängen, die Taftcapes, die Blusen aus Crêpe de Chine und Samtröcke, alles nach neuester Mode.

Elisabeth sitzt am Klavier und begleitet sich, sie spielt das Bachpräludium, singt Gounods Gebet an Maria dazu, Karola tänzelt um sie herum und summt und trällert eine eigene Melodie, die sich über oder unter die Gounod'schen Töne rankt.

Gerade ist der Generalmusikdirektor Felix Mottl beim Vater, hat was mit ihm zu bereden, hört diese Musik.

„Meine Töchter", erklärt Albert.

„Mmm. Sehr musikalisch, die Kleine", sagt Mottl. Als er weg ist, überlegt sich Albert, was er wohl gemeint hat, Elisabeths warmen, schönen Sopran, der sich brav an den vorgezeichneten Noten entlangschraubt, oder doch Karolas eigenwilliges „Quod libet", das das klagende Lied entlastet durch einen hellen Kontrapunkt.

Zu Elisabeths fünfzehntem Geburtstag wird ein großes Fest geplant. Elisabeth wird bald die Schule abschließen, also darf sie noch einmal all ihre Schulkameradinnen einladen, die Cousinen und Cousins dazu, das ist klar, und dann noch die Soundso, diese und jene, alles, was Rang und Namen hat. Dazu die Mütter und Väter, es kommt auf den ein oder anderen nicht an.

Es wird ein Maskenball werden: „Eine Nacht in Montevideo" wird das Motto sein. Die Tante Ida lässt sich als Kreolin verkleiden, der Papa als Simon de Bolivar, die Mama ist Königin Isabella von Kastilien, und was passt zu Elisabeth? Sie ist doch die Hauptperson, sie soll den Vogel abschießen!

Alberts Atelier wird herausgeputzt, eine ganze Straße nachgebaut, Häuser mit Innenhöfen – Kulissen aus „Carmen" – hellgelb mit Klappläden und Blumentöpfen an den Fenstern, auf dem Boden Pflastersteine aus Pappmaché, und diese Straße endet an einem Hafen, Netze, umgestürzte Fässer, auf dem Wasser fahren Gondeln aus „Eine Nacht in Venedig" auf Schienen, schmale, lange, schwarze Schalen mit hochgebogenen Schnabelschnecken, sie wogen auf und ab, so dass man meint, sie würden vorwärts gestakt von ihren Fährmännern. Es gibt nur gedämpftes Licht, rötlich violett. Die Damen tragen schwarze Perücken, sind braun geschminkt, haben Ohrringe angesteckt, um den Kopf schlingen sie die Spitzenschals aus „Cavalleria Rusticana". Tante Ida gibt eine so wunderschöne Kreolin ab, dass Albert sie hernach malt in ihrer ganzen Exotik.

Und Elisabeth, das Geburtstagskind? Sie muss ja anders sein, ein Gegensatz, dass man sie auch als das Besondere wahrnimmt, das sie ist an diesem Tag. Ganz im Hintergrund des Ateliers haben die Bühnenarbeiter ein Fenster aufgebaut, Holzleisten mit Zellophanpapier bespannt, dahinter kann man die Auslage eines Geschäftes mit schönen Gegenständen wahrnehmen, riesig wie bei Brobdingnag, Schüsseln so groß wie ein Kleiderschrank, Tassen, Teller, Gläser, alles selbstverständlich falsch, aus bemaltem Holz, Papier und Stoff, mittendrin steht ein kleiner runder Sockel, der sich drehen kann. Darauf sie, gekleidet wie eine Porzellanfigur aus Meißen. Sie hat Spitzenunterhosen an und geknöpfte Stiefel aus weißem Nappa, ein rosa Seidenkleid, das von der Olympia aus „Hoffmanns Erzählungen“, eine silbergraue Perücke, ganz aus seidigen Locken, die furchtbar juckt. Sie muss auf einem Fuß stehen, für den anderen hat man ihr einen kleinen Holzzapfen als Stütze aufgeklebt, damit sie ihn scheinbar in der Schwebe halten kann. Eine Spieluhrfigur soll sie sein! Vorne am Sockel gibt es einen Schlüssel vom Ausmaß einer Schiffsschraube. Wenn man den einige Male umdreht, quietscht es laut, und dann beginnt ein Glockenspiel „Phöbus stolz im Sonnenwagen“ zu klimpern. Die Spieluhr dreht sich und Elisabeth muss aufpassen, dass sie nicht herunterfällt. Sie schafft es, dabei ganz entspannt und anmutig zu lächeln. Je größer die Bewunderung ist, die sie in den Augen ihrer Gäste wahrnimmt, desto leichter wird ihr ums Herz dort oben auf ihrem Sockel.

Alles das haben der Papa und die Mama zusammen geplant und die Bühnenarbeiter haben es ausgeführt. Erst am Morgen nach dem Fest fühlt Elisabeth das Glück dieses Erlebnisses so richtig. Mit geschlossenen Augen kann sie jeden einzelnen Moment im Erinnern noch einmal auskosten. Allein. Mit den Tanten. Mit Karola und den Eltern. Das geht dann so:

„Hast du die Margaretha gesehen? Die konnte kaum laufen in ihrem Ballonkleid! Den Fritzle habe ich gleich erkannt, an seiner langen Nase, guck mal, die hat die Maske, die er aufgehabt hat, soo aufgebluuschtert und wieder angesaugt. Dann hat er zu der Henriette Kastner gesagt, ‚Sie bezaubern mich, Sie machen mich blind und taub', aber so hat er nicht ausgesehen, ganz gierig hat er seine schwiemeligen Augen verdreht! Buh, stell dir vor, Isale, du wirfst den Frosch an die Wand und dann ist plötzlich das Fritzle da, was würdest du dann machen? Ich würde fortlaufen."

Das Übliche also. Die anderen werden zurechtgestutzt, zum Lachobjekt gemacht, man hat vor niemandem Respekt außer vor Krankheit und Tod. Drei Tage lang wird gefeiert. In der Zeitung steht unter den Gesellschaftsnachrichten eine mehrzeilige Notiz, und die ganze Stadt spricht darüber.

Sie sind glücklich, die Wolfs.

Dass Glücklichsein nichts mit einem guten Leben zu tun hat, macht sich keiner bewusst in ihrer Nähe und deshalb auch sie nicht, es besteht keinerlei Anlass. Allenfalls einer wie der alte Doktor Hoffmann, der im Herbst zu seinem Sohn einzieht in die gerade fertig gestellte Villa in der nördlichen Weststadt, wo ein ganz neues Gebiet entsteht, der weiß vielleicht über das Glücklichsein Bescheid. Er hat sich zwei Hunde angeschafft, schöne schlanke Münsterländer mit rotbraunem Grundton und blonden und weißen Flecken, die erzieht er voller Ausdauer zu treuen Begleitern, und dann beginnt er seine langen Spaziergänge hinaus an die Alb, dort unter den leeren Trauerweiden entlang bis zum Rhein. In den Wintermonaten sieht er früh am Morgen die Sonne ihren rötlichen Zauber auf den hellblauen Himmel zeichnen, vereinzelt hört er schon das aufgeregte Zwitschern der Vögel, die unermüdlich und immer wieder Nester bauen, Generationen von Vögeln, die einander zum Verwechseln gleichen und so scheinbar unsterblich sind. Spät am Abend geht die Sonne über den leeren Zweigen spazieren und der Wind treibt den Duft der aufgebrochenen Erde in seine Nase; sie riecht nach Winter, der hinter dem Frühling schon zurückzustehen beginnt, in Anerkennung seines größeren Reichtums an Leben und Schönheit, an Hoffnung, an Zuversicht für Mensch und Natur. Doktor Hoffmann, der Vater der Zootiere, trinkt diese Eindrücke wie Champagner und lässt die Berauschung in seine Adern eindringen, lässt die

Bilder seiner Lieben, die so unnötig früh von ihm weggestorben sind, einfach verschwinden und sehnt sich danach, eines Tages auch nicht mehr zu sein. Das ist Glück, das Genießen des Augenblicks und die Anerkennung des Todes als Ende des Sterbens. Manchmal ist der alte Hoffmann auf diesen Spaziergängen mit seinen beiden schönen Tieren, die Diana und Bella heißen, so glücklich, dass er zu singen beginnt, alles, was ihm einfällt: „Gaudeamus igitur“ oder auch „Lobe den Herren“. Wenn er dann jemandem begegnet, vielleicht einem Arbeiter der Kosmetikfabrik auf seinem Fahrrad, der von einem Dorf über dem Rhein kommt oder nach Hause fährt, und der ihn ein bisschen beunruhigt ansieht, den alten Mann mit dem Bart und dem breitkrempigen Hut, dann zieht er diesen Hut, wünscht einen guten Tag und sagt, er habe eben einfach singen müssen, weil die Welt doch so schön sei. Und das Leben so gut.

Aber gut ist das Leben schon länger nicht mehr, nirgendwo in Deutschland und bei den Wolfs ganz besonders nicht. Der Vater ist ständig überfordert und kränkelt. Er hat sich zudem um eine Professur an der Kunstakademie beworben, mehrmals, und man hat ihn hingehalten und ihm schließlich einen anderen vorgezogen, dem er es nicht von Herzen gönnen kann, weil er weiß, dieser Mann ist nicht besser, er hat einfach die effektiveren Kontakte ins Spiel gebracht.

Albert Wolf ist sicher nicht avantgarde. Er ist ein bürgerlicher Künstler, ein künstlerischer Handwerker, ein Kunsthandwerker und ein Techniker. Er schafft Bilder auf der Bühne, die die perfekte Illusion von Wirklichkeit hervorrufen, er braucht keinerlei Verfremdung, keinerlei Stilisierung. Er gibt dem Karlsruher Publikum, was es erwartet und womit es zufrieden und worüber es oft sogar begeistert ist.

Alberts Frau ist allseits beliebt und wird für ihre Schönheit bewundert, aber ihr Wesen hat sich verändert, das Leichte ist ihr verloren gegangen. Ihr Hang zum Dekorativen ist kostspielig und der Schuldenberg hält sich standhaft trotz mehrerer größerer Zusatzprämien vom Hof für besonderen Einsatz beim Besuch des Kaisers oder beim ersten Empfang des neuen Großherzogs.

Außerdem macht sie sich große Sorgen um ihren Bruder und die unglückliche Schwägerin, die eine Fehlgeburt nach der anderen erleidet. Ihre dem Grad ihrer Schönheit entsprechenden, hochfahrenden Erwartungen ans Leben haben sich nur teilweise erfüllt, noch hält sie mit dem Schönen, das sie um sich haben will, resolut gegen ihr Schicksal an, außerdem einigt die Freude am Schmücken die Eheleute über das Familiäre, Profane hinaus, gibt ihnen etwas, was sie gemeinsam planen und was sie, wenn sie täglich davon umgeben sind, glücklich an diese gemeinsamen Planungen erinnert, sie zusammenschmiedet.

Die schöne, stolze Lise will vor allem mittendrin sein, endlich unangefochten dazugehören. Mit fünfunddreißig ist sie nicht mehr die Tochter einer Selbstmörderin aus der Fremde, sie ist eine angesehene Dame der „Gesellschaft" und sie will, dass auch ihre beiden Töchter sich ohne Mühe dort einrichten können, in dieser Crèmeschicht des noch nicht alten, aber doch schon strahlenden Deutschen Kaiserreiches. Sie ist jedoch intelligent genug, die Unausgewogenheiten ihres Lebens zu spüren. Schatten legen sich auf die Stimmung im Haus, sie wachsen und es wird kühler. Lises Lachen klingt oft gekünstelt. Ihre Töchter werden streng angehalten, die Regeln zu beachten, durch die sie sich auszeichnen können: schön, freundlich und nett sein, höflich und auf Distanz nach oben und unten, ein kleines bisschen Bildung erwerben, aber nicht zu viel, intelligente Mädchen vermindern ihren weiblichen Charme bis zur Unberührbarkeit.

Am Tag nach dem denkwürdigen Geburtstag klingelt es um elf. Ein offizieller Besucher.

„Für das Fräulein Elisabeth", sagt Lina mit einem affektierten Knicks.

Lise nimmt Elisabeth an die Hand und geht mit ihr in den Salon. Da steht breitbeinig und mit geschwellter Brust der erste Heldentenor, Hermann Jadlowker, und hält einen Strauß dunkelroter Rosen in der Hand, tritt, bevor sich die beiden fassen können, auf Elisabeth zu, reißt ihre Hand an die Lippen und überreicht den Rosenstrauß mit seiner Verehrung, Bewunderung, wie er mit eindringlichem Blick und samtener Beschwörerstimme behauptet. Lise bietet ihm keinen Stuhl an, sie dankt und versichert ihm, sie wolle ihn nicht aufhalten, was er versteht. Sofort tritt er den Rückzug an und ist verschwunden, bevor die errötete Elisabeth protestieren kann. Aber dann platzt sie los. Mit schriller Stimme will sie wissen, warum die Mama ihn weggeschickt hat, das sei doch ihr Besucher gewesen, sie habe den Strauß erhalten.

„Du gehst in dein Zimmer und denkst nach", erwidert die Mutter kalt und äußerlich ruhig wie eine Statue.

Sie ruft Lina und schickt sie nach ihrem Mann ins Atelier, zieht sich in ihr Boudoir zurück und schreitet darin auf und ab. Ihre Röcke rascheln Unheil verheißend, verfangen sich in den gekrümmten Beinen des Mobiliars, das gefährlich zittert und nur mühsam standhält.

Albert kommt herbeigeeilt, den Hut in den Nacken geschoben, das Gesicht vom Schweiß gerötet, denn der September ist heiß wie ein Sommer in diesem Jahr. Sein Herz klopft unregelmäßig.

Kurz und knapp, aber voller Entrüstung berichtet ihm seine Frau von diesem Affront! Was bildet sich dieser Mensch eigentlich ein? Ein Komödiant, ein hergelaufener, ein Schürzenjäger, ihre Tochter, die fünfzehnjährige ... er vermasselt ihr womöglich auf Jahre die Cour. Was sollen die netten, anständigen jungen Männer, die seriösen Heiratskandidaten nur denken! Ohnehin umgibt die beiden Mädchen etwas Fragwürdiges durch die Nähe zum Theater, da muss man doppelt vorsichtig sein.

Albert setzt sich erst einmal, in ihm schlagen Wellen übereinander. Hat er sich so sehr in seiner Frau getäuscht – ihr Interesse für seine Arbeit –, wie soll er ihre Begeisterung für seine Erfolge, ihre Freude an seiner Position deuten, wo sie nun das Theater ins Jahrmarktsmilieu hineinschimpft? Ein Rosenstrauß, eine Huldigung am helllichten Tage und unter dem schützenden Blick der Familie, wie kann sie das so sehr aufbringen?

„Ich lasse mir nicht alles kaputt machen, was ich mühsam aufgebaut habe für die beiden, durch einen dummen Fehler. Sie sollen es besser haben als ich. Sie sollen wirklich von Anfang an dazugehören und nicht immer wieder zweifeln müssen daran."

„Geht das überhaupt, Lise, können sie es überhaupt je besser haben als wir? Gibt es zwei, die sich lieber haben als wir? Und ist nicht die Liebe alles, was zählt?"

Da setzt sie sich, Lise, gerade fünfunddreißig Jahre alt. Eigentlich wäre die Weisheit einer Fünfzigjährigen von Nöten gewesen, um gegen diese Impulse aus ihrem ehrgeizigen Herzen mit Sanftmut und Geduld anzuhalten. Ihre Schultern zucken und sie weint, sie schluchzt, sie bricht zusammen, beruhigt sich erst wieder, als Albert vor sie hinkniet und sie in den Arm nimmt und dort hält, bis sie wieder ruhig wird und flüstert: „Verzeih mir."

Elisabeth bleibt allein mit ihrem Zorn – sie nimmt keiner in den Arm und erlöst sie davon. Sie will die Mutter bestrafen für das, was sie ihr angetan hat, will sie auch unglücklich machen. Mit forschen Schritten erreicht sie Lises Boudoir, platzt hinein, baut sich vor der Mutter auf und kreischt: „Die Hedwig hat gesagt, sie weiß, warum die Jenny und der Karl keine Kinder behalten können. Der Karl war bei den Hexen in der Altstadt, und die haben einen falschen Zauber auf ihn geworfen. Sie hat es selber gesehen, weil sie ihm nachgegangen ist, dorthin, in der Nacht!"

„Dummes Zeug!"

Aber das führt zu einem weiteren Gespräch zwischen den Eheleuten und zu einem Gespräch, einem ganz vorsichtigen, sehr diplomatischen mit den Wachenheimers. Schließlich muss Albert mit Karl und Lise mit Jenny reden, und dann irgendwann im Frühling geht die Jenny in die Schweiz und ist wieder einmal lange weg. Der Hedwig hat inzwischen Herr Wachenheimer, der nicht ihr Vater ist, einen Ehemann gesucht. Es gibt eine schöne Feier in der Synagoge und im Haus in der Karl-Friedrich-Straße, und dann zieht Hedwig mit ihrem Ehemann fort über den Rhein nach Straßburg. Wenn man sich Mühe gibt, kommt alles wieder in Ordnung. Und Ordnung muss sein!

Das Erdbeben von Messina hat hunderttausend Tote gefordert, wie man in den Zeitungen lesen kann. Trotzdem ist das nicht so schlimm wie die interfamiliären Beben. Bei den Wolfs hat eine mächtige Götterfaust dreingeschlagen.

Lise und Albert reden viel in ihrem stilvollen, handvermessenen Bett und bis in den frühen Morgen hinein. Wie konnte er das tun, ihr Bruder, zu solchen Frauen gehen. Huren. Inzwischen kennt sie dieses Wort und seine Bedeutung, und Gott sei Dank kann sie mit Albert, ihrem engsten Freund und Vertrauten, darüber reden, mit wem denn sonst? „Tja, das älteste Gewerbe der Welt!" antwortet Albert mit hörbarem Achselzucken! Was heißt das? Geht da vielleicht jeder Mann hin? Und hat sich so eine scheußliche Krankheit geholt und die arme Jenny angesteckt, als wenn sie nicht schon genug hätte leiden müssen um ihn. Ist das nicht etwas fürs Proletariat? Für die Ungebildeten, Unkultivierten oder für gewissenlose Draufgänger, zügellose, unbürgerliche Elemente, die Offiziere oder die Künstler.

„Über die Künstler müsstest du doch Bescheid wissen, Liebes, hast doch selber einen genommen!"

Schweigen.

„Albert, bist du auch bei solchen Frauen gewesen?"

Schweigen.

Sie muss sich nur einmal vorstellen, wie das ist, appelliert er an sie, ein junger, temperamentvoller Mann „in Saft und Kraft", der von der holden Weiblichkeit so umschwärmt wird wie der Karl, dauernd den Duft der Frauen in der Nase hat und ihre weißen, weichen, warmen Dekolletés vor Augen, „Albert!" – „Haja, so ist es doch!" Es ist ein Verbrechen, dass man nicht zueinander ließ, was zueinander wollte, weil es die Natur so eingerichtet hat. Der Karl war ein Mann von zweiunddreißig Jahren, als man ihm endlich die Jenny zur Frau gab. Manche Männer können eben nicht so lange warten, und kennt sie nicht diese Seite der Liebe inzwischen selbst? Weiß sie nicht längst selber, dass nicht nur die Männer, sondern auch eine Frau, und nicht nur eine Mätresse, sondern auch eine ehrbare, verheiratete Frau unter Liebe nicht nur das versteht, was in den romantischen Schinken zu lesen ist, die reihenweise in ihren Bücherregalen stehen? Das kann Albert hinzufügen! Weil er weiß, dass sie weiß ...

Schweigen.

„Aber doch nur mit dir, meinem Ehemann. Und ich habe es nicht gewusst, als ich geheiratet habe. Ich hab's gelernt, weil ich dich lieb hab'. Für dich!"

In diesen nächtlichen Gesprächen, die Albert viel Kraft rauben, die er morgens brauchen könnte, wenn es hart auf hart geht und neue Projekte durchgesetzt und realisiert werden müssen, werden sie eine Seele und ein Fleisch, so wie es sein soll in einer guten Ehe. Die Differenzen des Geistes werden verdrängt ins Nichts für Bruchteile von Zeit, die sie ins Unendliche dehnen. Eines Tages muss Lise sich auf diese nächtlichen Stunden besinnen und muss sich ihre Bedeutung zurückrufen, um etwas zu verstehen, was sie fast nicht bewältigen kann.

Das Verhältnis zwischen Lise und ihrer Tochter ist angespannt. Elisabeth begleitet jetzt oft den Vater auf seinem Weg ins Atelier und holt ihn dort ab, geht Hand in Hand mit ihm und spricht mit ihm über ihre Sorgen und Träume. Sie sucht ihn auch im großen Theatergebäude, wenn er nicht im Atelier ist, streift durch die Räume, geht an den Künstlergarderoben vorbei, grüßt, wird erkannt und wieder gegrüßt, seit dem Geburtstagsfest ist sie eine kleine Berühmtheit. Wo ist die Garderobe von dem Jadlowker?

Hier! Sein Name! Sie klopft und hört „Herein".

Vorsichtig schiebt sie die Tür auf, und es schlägt ihr ein lauwarmes Duftgemisch entgegen: Schweiß, Parfüm, Schminke, Staub, Mottenkugeln.

Sie blickt direkt in ihre eigenen Augen, im großen Spiegel gegenüber der Tür. Sie tritt ein. Ein, zwei Schritte. Die Tür fällt zu. Sie wendet sich leicht nach rechts und sieht dort einen Sphinx, einen kahlköpfigen Halbkörper, der aus einem Berg von Taft und Tüll wächst.

„Ja?"

Elisabeth tritt in den Lichtkegel ein und erkennt jetzt das Gesicht der „Hochdramatischen" Beatrice Lauer-Kottlar, die sich das Netz vom Kopf nimmt und neben die Lockenperücke legt, sich durch die eigenen wirren Haare strubbelt.

„Was bringen Sie mir, meine Liebe?", sagt sie mit dieser Stimme, der herrlichen, warmen Zauberstimme, die „Friede, Friede,

Herr schenke mir Friede, schenke mir Frie-ie-de“ gesungen hat, gestern in der Premiere der „Macht des Schicksals“.

„Ich suche den Herrn Jadlowker“, sagt Elisabeth höflich und direkt.

„Und wer ist ‚ich‘?“

Die Diva hat nur leicht den Kopf gedreht, der Körper ist nach wie vor im Ungewissen der Stofffülle verborgen.

„Ich bin die Elisabeth Wolf, die Tochter von Albert Wolf.“

„Die Rokokopuppe also.“

Elisabeth lächelt geschmeichelt, aber ohne Verlegenheit.

„Kann ich dem Herrn Jadlowker eine Nachricht übermitteln, wenn er kommt?“

„Ich würde ihm gerne persönlich danken für die wunderschönen roten Rosen.“

„Aha. Und?“

„Meine Mutter hat sie ...“

Da dreht sich die Lauer um und winkt Elisabeth heran, zieht einen Schemel hinzu, auf den sie sich setzen soll, und entlockt ihr Geständnisse, die Elisabeth noch niemals einem Fremden gegenüber gemacht hat. Dass sie sich ihr Leben anders vorstellt als die Mutter, dass sie nicht wie eine Puppe gehätschelt und behütet werden will und dass sie vor allem den lieben will, den sie sich aussucht.

Die Liebe! Also darum geht es. Gott sei Dank weiß die Sängerin, dass Elisabeth ihren fünfzehnten Geburtstag gefeiert hat, so muss sie nicht nach Elisabeths Alter fragen, so hat sie Gelegenheit, in kleinen Portionen Wahrheiten über die Liebe auszupacken, die wie aus Pappmaché klingen für das Mädchen. Da Elisabeth aber schon viel gelesen hat, verklingt nicht alles ungehört.

Nebenbei schminkt sich die Sängerin ab; sie verschwindet schließlich hinter einem Paravent und schält dort aus der Verpackung eine recht normale, korpulente, gemütlich wirkende Mutterfrau heraus, zündet sich eine Zigarette an, schlägt ein Bein übers andere und hat sich damit wieder ins Mondäne zurückgezogen, bleibt mit einem Bein auf dem Sockel ihrer unbürgerlichen Existenz und plädiert von dort aus.

Sie mustert das junge Mädchen vor sich noch einmal, zieht deren Mut und die für ihr Alter ungewöhnliche Selbstsicherheit in Betracht, fügt in Gedanken hinzu, was sie weiß von der Familie des hoch geschätzten Kulissenmachers Wolf, vor allem von seiner Frau, dieser etwas arroganten, hübschen und oberflächlichen Person, die sich sehr charmant zum Mittelpunkt jeder Gesellschaft machen kann, das hat sie selber schon erlebt, und wölbt die nachgezogenen Augenbrauen, um sich in ihrem Kopf Raum zu schaffen für das, was sie sammeln will, um es wirkungsvoll weiterzugeben.

„Die Liebe muss erlernt werden, sie ist ein Handwerk und eine Kunst – so wie der Gesang! Ein gutes Vorbild ist wichtig, daran kann man die Regeln ablesen, die zum Erfolg führen. Ein schlechtes Vorbild ist auch hilfreich, man kann Fehler beobachten und sich Mühe geben, diese selbst zu vermeiden. Man muss neugierig sein auf alles und den Mut haben, sich selbst zu überwinden, dem anderen, dem geliebten Menschen, immer ein bisschen voraus sein, so wie der gute Künstler seinem Publikum mehr bieten muss, als es zu hoffen wagt. Man darf nichts erwarten und nichts verlangen, aber man muss genau wissen, was man mindestens haben will, wie weit man selber gehen will und wo genau die eigene Grenze ist. Man muss wissen, wer man selber ist, was man selber wert ist! Nicht, dass man dadurch den Wert des anderen bemessen sollte. In der Liebe ist es auch erlaubt, sich in den eigenen Ruin zu stürzen, indem man sich an ein fragwürdiges Gegenüber verschenkt. Dabei sollte man allerdings im Auge behalten, dass man es für sich tut, für die eigene Erfüllung, die man durch dieses Sich-Schenken erfährt, nicht um den anderen mit sich aufzuwerten. In der Liebe ist vieles erlaubt und möglich, aber nicht alles. Grenzenlose Liebe ist Dummheit. Und die Liebe will die Seele, den Körper und den Kopf, wenn sie wahrhaft ist."

Elisabeths Wangen röten sich, die Augen glänzen; als ob sie sich betrunken hätte, so tänzelt und taumelt sie hinaus und weiß schon, sie wird niemand, niemand davon erzählen. Auch nicht Karola, weil sie in letzter Zeit immer häufiger den Eindruck hat, dass Karola mit der Mutter paktiert, ihr zuträgt, wenn sie über die

Mama meckert und murrt, denn der Blick, mit dem die Mutter sie umfängt, ist anders als früher, abschätzend, kritisch, forschend, wie auf der Lauer.

Schulschluss mit einer großen schönen Feier! Zuvor haben die Mädchen noch Tanzunterricht bekommen. Für die letzten Tanzabende wurden junge Männer eingeladen, Kadetten und Studenten, damit man den Ernstfall proben konnte. Man übte Lançaise, Française, aber auch Walzer, Wiener Walzer, schnell und dann auch den schmeichelnden, weiten, langsamen Schritt, der die Paare in schwingende Verzückung versetzen konnte.

Das Abschlussfest! Neue Kleider, neue Schuhe, Kopfschmuck, eine neue Brennschere müssen angeschafft werden, dazu die Handschuhe, das Täschchen, das Spitzentaschentuch.

„Das kannst du dann fallen lassen, Isale, so, guck, und dein Verehrer nimmt's und drückt es an den Mund, verdreht die Augen dabei, so, und blickt dir nach, wie ein angeschossener Hirsch, weil er soo verliebt in dich ist!“ Karola ist aufgeregter als Elisabeth, beneidet die große Schwester ein bisschen, nur ein kleines bisschen, weil sie ja weiß, dass sie selbst in drei Jahren das Gleiche erleben wird, und sie wird alles noch viel schöner haben und besser machen, weil sie aus den Erfahrungen der großen Schwester lernen kann.

„Hast du schon einen Verehrer, gibt's einen, in den du verliebt bist?“

Vielleicht! Aber sie sagt es nicht!

Das ganze Komödienspiel hat für Elisabeth inzwischen seinen Reiz verloren, es erscheint ihr kindisch, sie hat andere Interessen. Längst hat sie alle Bücher im Regal der Mutter ausgelesen, auch die alten Sammelbände der Gartenlaube, und sie wirft ab und zu einen Blick ins „Kränzchen“, welches die Mutter für die Mädchen abonniert hat, aber inzwischen tauscht sie auch mit Freundinnen Bücher aus und hat angefangen, die Romane von Dickens zu verschlingen, mit den armen Waisenkindern in den abscheulichen, schmutzigen Straßen gezittert um ihr Überleben und ihr Glück, sich vorgestellt, dass irgendwo am Rand von Karlsruhe auch solche Kinder leben und die dünnen Ärmchen nach Almosen ausstrecken, hat den „Robinson Crusoe“ von Onkel Karl geschenkt bekommen, auch den zweiten Teil, und darin viel über Russland und den wilden Osten gelernt, hat auch den Roman einer Engländerin gelesen, der von einer armen Waise handelt, die sich in einen merkwürdigen Mann verliebt, der arrogant ist und schroff. Sie selbst, diese Jane Eyre, ist nicht sehr schön, aber schlagfertig und anders als die anderen aufgetakelten, so genannten Damen der Gesellschaft. Sie will keinen gelackten Jüngling, sondern einen Mann, diesen geheimnisvollen Mann, der sie abschreckt und anzieht zugleich. Elisabeths Lieblingsfigur aber ist „Lizzy Bennet“, das Mädchen, das zweimal einen Verehrer ablehnt, weil sie ihn nicht wirklich liebt, und das dann den stolzen und unnahbaren Herrn Darcy gewinnt durch ihre ganz besondere liebenswürdige, aber doch direkte und ehrliche Art. Später liest sie auch Effi Briest und schließlich alles von diesem Fontane.

„So schweres Zeugs ist doch nix für ein junges Mädchen“, die Mutter schüttelt den Kopf, da sie selbst nicht weiß, was da drin steht; da sie aber sehr wohl weiß, das ist eben „Literatur“, wird sie es nicht verbieten. Wenn die wüsste!

Elisabeth beginnt, sich der Mutter in dieser Nische ein kleines bisschen überlegen zu fühlen, gerade so viel, wie sie braucht, um langsam zu begreifen, dass sie Elisabeth Wolf, ein eigener Mensch ist, nicht Lises Geschöpf, sondern eben nur ihre Tochter.

7

Elisabeth wird von der Schule „eingeladen", noch eine weitere Klasse zu absolvieren, die so genannte „Selecta". Fleißige, erfolgreiche Schülerinnen erhalten die Möglichkeit, ihr Wissen in Literatur, Kunst und Geschichte aufzustocken, außerdem wird auch ein bisschen „richtige" Mathematik, Physik, Chemie geboten.

„Das machst du natürlich!" Der Vater ist begeistert. Aber die Mutter rät ab.

„Dort landen doch nur die Blaustrümpfe, die hässlichen Mädchen, die vielleicht keinen Mann kriegen und sich irgendwann ihr Leben selbst finanzieren müssen!" Die Gretel Knecht mit dem Hinkebein zum Beispiel.

„Das stimmt nicht! Das Saschale! Die Anna Jourdan, die Else Oppenheimer. Die Gertrud Willstätter. Die dürfen alle bleiben. Die wollen Lehrerin oder Ärztin werden. Das ist nicht nur zum Geld verdienen!"

„Ja – die! Die wollen immer eine Extrawurst!"

„Lise! Was willst du damit sagen?"

Elisabeth stutzt, denn so einen scharfen Ton zwischen Vater und Mutter hört sie nur selten. Inzwischen erkennt sie den Vater und die Mutter nicht nur als Einheit, als „Eltern", sondern auch als zwei getrennte Wesen, zu denen sie die Möglichkeit hat, zwei verschiedene Bande zu knüpfen. Ihre Neigung zum Vater war bisher instinktiv und kindlich, jetzt fühlt sie sich ihm nah, weil sie Ähnlichkeiten in der Denkungsweise, im Empfinden entdeckt, deshalb vertraut sie darauf, dass auch er diese Nähe fühlt und sie unterstützen wird. Die Mutter ist streng und kann sehr präzise formulieren, was man tut und was man zu lassen hat. Ihre Regeln, an denen sie festhält wie an einem Evangelium, sind schwer zu umgehen, aber das letzte Wort hat doch immer der Vater. Wenn er uneins ist mit der Mutter – selten genug lässt er es auf eine offene Konfrontation ankommen, dann fügt sie sich ihm stumm. Dass es ein Sich-Fügen ist, merkt man ihr deutlich an, aber ihre Unterwerfung geschieht nicht ohne Respekt vor seiner Meinung, eher so, als ob sie lange darüber nachdenken müsste, warum er ihr nicht recht gibt, und als ob sie sich am Ende ihrer Gedanken die Erkenntnis erhoffte, dass er wirklich recht habe, sie es nur noch nicht begriffen hatte. Vertrauend auf die väterliche Zustimmung wagt Elisabeth sich weiter vor.

„Und die Trudel Ellinger, die will zu ihrem Vater in die Klinik. Auch als Ärztin." Die Trudel ist eine enge Freundin. Elisabeth weiß, dass die Mutter dieses Mädchen sehr schätzt, ihr oft sogar als Beispiel vorhält.

„Brauchst du dann eine Brille? Isale, dann wirst du eine Brillenschlange, und so musst du dir dann die Haare straff ziehen, guck mal. Und die schönen jungen Männer machen einen Riiiiiiesenbogen um dich rum." Karola hört zu und verwandelt die Situation sofort wieder in eine Komödie. Sie zwickt die Augen zusammen und rückt eine unsichtbare Brille darauf zurecht.

Schließlich aber hilft Tante Louise, sie gibt den Ausschlag, redet ihrer Schwägerin ins Gewissen, erzählt ihr mit Stolz, wie froh sie ist, selbst eine richtige Ausbildung, eine kaufmännische Lehre gemacht zu haben, damals bei der Parfümerie Borell, das hat ihr nicht nur geholfen, ihr Brot verdienen zu können, sie hat sich dadurch auch den verheirateten Frauen wenn nicht ebenbürtig, so doch gewachsen gefühlt. Lise gibt nach und Elisabeth darf weiter auf die Schule gehen, außerdem gilt sie jetzt als „in die Gesellschaft eingeführt" und erhält die ersten Einladungen zu den Tanzveranstaltungen der Studentenverbindungen. Sie wird auch gefragt, ob sie einen Tenniskurs mitmacht, was sie gerne annimmt, denn jede Art von sportlicher Betätigung fällt ihr leicht und macht ihr Spaß. Im Winter friert der Stadtgartensee zu, rings um den See werden fahrbare Wagen aufgestellt, an denen dick vermummte, geschlechtslose Gestalten Maronen rösten, die ihre Duftfahnen über den See schicken. Auf einem Podest sitzen am Sonntag nach drei Seiten abgeschirmt und in warme Mäntel verpackt drei Musiker, die mit Wiener Walzer gegen die Kälte anhalten und dabei den umgekippten Hut am Podiumsrand nicht aus dem Blick lassen, in den es reichlich klimpert, weil die Herzen der Eistänzer froh sind und sich weit öffnen auch für denjenigen, der das Vergnügen nicht teilen kann oder sich gar, wie die Musiker, zu Markte tragen muss für den Spaß der anderen. Von ihrem Geburtstagsgeld, von dem sie sich Damaststoff für Servietten und Tischtücher kaufen sollte, – vom „eigenen" Geld, der Tonfall der Mutter nimmt den von ihr erwarteten Stolz vorweg – hat Elisabeth sich Schlittschuhe, einen Muff aus Feh und Ohrenschützer gekauft. Auf dem Eis trifft sie die Schulfreundinnen, die Cousinen, die Töchter der Bekannten aus dem gesellschaftlichen Umfeld der Eltern. Man kennt einander, man scherzt miteinander, und das Scherzen geht unmerklich in ein Flirten über, wenn sich ein Paar miteinander übers Eis dreht, rutscht und einander wie zufällig eng berührt, so eng, dass man den Atem des anderen im eigenen Gesicht spürt.

Elisabeth ist immer mittendrin, immer dabei. Sobald die Mutter die Namen derjenigen abgefragt hat, die sie begleiten, und Elisabeth weiß, welche Namen sie nennen muss, erhält sie die Erlaubnis, mitzumachen, mitzugehen. Karola bleibt zurück, weil sie zart ist und auf ihre Gesundheit achten muss, weil sie noch zu klein ist und weil die Mutter sie nicht gern aus den Augen lässt. So sehr hat sie sich an diesen Zustand gewöhnt, dass sie ihn angenommen hat und sich darin einrichtet für ein langes Leben. Sie braucht diese ganze Gesellschaft nicht. Eigentlich braucht sie überhaupt die Menschen nicht, sie ist verrückt nach Tieren, sie kann schon mit ihnen reden. „Doch bestimmt, Isale, die Kätzchen verstehen mich, und sobald ich kann, will ich einen eigenen Hund oder auch zwei, vielleicht werde ich überhaupt mal Hundezüchterin werden, das ist ein wunderschöner Beruf." „Karola, das ist kein Beruf!" Solche Eskapaden wären auch für die Mutter trotz aller Liebe, trotz ihres übergroßen Verständnisses für dieses kostbare Kind, nicht akzeptabel.

Dann kommt für Elisabeth ein weiterer Schritt zum Erwachsensein. Am 27. März 1910 wird sie zusammen mit den fünf evangelischen Mädchen ihrer Klasse und einigen anderen handverlesenen Töchtern und Söhnen der Stadt konfirmiert. Die Feier in der Schlosskapelle leitet Oberkirchenrat Fischer. Diese Feier ist sehr intim und vor allem sehr dekorativ. Beim Auszug der Konfirmanden stehen Neugierige Spalier. Elisabeth fühlt, wie ihr und ihrer Familie, die sich ihr anschließt, viele Augen folgen, als sie die zweihundert Schritte über den Schlossplatz bis zum Haus Karl-Friedrich-Straße 4 schreitet. Lise ist zufrieden mit diesem kleinen, feinen Fest, wie es der Vater nennt, und Elisabeth auch. Zu Hause füllt sich das Esszimmer mit gerade den vierundzwanzig Personen, die an den ausgezogenen Tisch passen. Da sind die vier „Wölfe" vom Albert, Tante Louise, Tante Ida und die Lina in einem feinen Kleid mit weißem Spitzenkragen, die in der Küche heute ersetzt wird von Berta: „Das mach ich gern, ganz gern mach ich das doch für das Frölein Elisabethle!" Dazu Onkel Emil mit Tante Gertrud, die „kleine" Gertrud und Ilse, Onkel Karl und Tante Schennerle Spoerin, aus der Fabrik der „ein-f-ige" Onkel Fritz, Tante Emma, der Fritzle und der Teddor, und die Wolffs, Onkel Friedrich und Onkel Schorsch mit Tante Berta Printz von der Färberei und ihren vier Kindern. Die Familie also. Wie so oft sitzen sie alle zusammen, als ob sie ein Leib und ein Geist wären, obwohl man in Abwesenheit voneinander manches aneinander auszusetzen hat, einander kritisiert und bemäkelt bis zum Überdruss, einander wieder zurechtrückt mit Beteuerungen der jeweiligen Vorzüge, die es nicht außer Acht zu lassen gilt. Sie sitzen da, als ob es ewig so weiterginge, jeder glaubt an ein langes Leben, das er vor sich sieht im Nebel ungewisser Erwartungen.

An diesem Tag fühlt Elisabeth das Glück. Glück heißt geborgen sein. Glück heißt auch, einer ungewissen Zukunft entgegengehen, die voller Verheißungen ist: Irgendwo lebt jetzt schon ein junger Mann, der für mich bestimmt ist, denkt sie, und eines Tages würde sie ihn treffen, sich in ihn verlieben, einen Haushalt mit ihm einrichten, eine Familie mit ihm gründen, so ähnlich wie es ihre Eltern getan haben. Im Geheimen hegt sie die phantastische Hoffnung, das Leben könnte noch ein bisschen mehr mit ihr vorhaben, ihr eine eigene Bestimmung zuerkennen, eine künstlerische Karriere vielleicht, Schauspielerin, Sängerin, das wäre sie sehr gern geworden. Gouvernante wäre denkbar, als Erzieherin netter Kinder in ein großes, adliges Haus, obwohl sie das sicherlich gegen den Stolz der Mutter durchsetzen müsste, die von jeder Art dienender Betätigung für ihre Töchter absolut nichts hält. Elisabeth freut sich auf ihre Zukunft, gerüstet mit dem festen Willen, nichts anzunehmen, zu dem sie sich würde zwingen müssen.

In der Schule kommt ein weiteres sehr nützliches Fach hinzu, „Gesellschaftsunterricht". Der Papa sagt: „Müsst ihr heute wieder durch den Reifen springen?" Bei dieser Komödie aber spielt die Mama nicht mit: „Albert! Mach dich nicht lustig. Es ist das A und O, dass man weiß, wie man sich benehmen muss. Schöne Kleider sind nicht so wichtig und einen adligen oder einen reichen Vater braucht man auch nicht unbedingt. Aber man muss wissen, wie man sich richtig bewegt. Dann kann man überall hin, auch ins Schloss und auch nach Berlin!"

Sie lernen den richtigen Hofknicks, das Niederschlagen der Augen, die leichte Konversation, sogar das Fallenlassen eines Taschentuches als mögliche Brücke für einen Verehrer, der nicht weiß, wie er sich comme-il-faut nähern könnte und durch ein solches kleines, aber durchaus akzeptables Zeichen ermutigt werden darf. Sie lernen auch, sich draußen zu bewegen, gehen in kleinen Gruppen mit Fräulein von Eichenberg durch die Stadt und durch die Parks, landen dabei eines Tages vor dem Dichterdenkmal im Schatten der Bäume. Es wird gekichert und mit staunendem Respekt, aber auch ein bisschen lauernd nach Margaretha geschielt. Wie wird sie sich verhalten, wenn sie hier dem steinernen Großvater begegnet?

Margaretha steht plötzlich abseits, alle anderen schauen mit unverhohlener Neugier zu ihr hin. Elisabeth tritt neben sie und hakt sie ein.

„Dein Großvater? Hast du ihn gekannt? Wie war er denn, der Dichter? So wie sein Ekkehard?"

Die selbstsichere Margaretha drückt das Kinn auf die Brust und wird weich an Elisabeths Arm: „Es ist nicht immer ein Vergnügen, einen berühmten Großvater zu haben. Alle meinen, man müsste mehr sein und mehr haben und mehr können als die anderen."

Margaretha von Scheffel nimmt den Finger an den Mund und beißt auf einen Nagel, dass man ein leises, aber energisches Knacksen hört, auf ihrer Stirn haben sich Falten gestaut, ihr Blick meidet den Kontakt mit den Augen der Kameradinnen.

Elisabeth drückt ihren Arm, einmal, zweimal.

„Guck, jetzt sind wir vorbei. Er muss dort stehen bleiben, und wir dürfen weitergehen!", sagt sie zu Margaretha.

Viele Tage scheinen allein da zu sein, um sich auf den dazugehörigen Abend vorzubereiten. Gesellschaften, Kränzchen mit der Mutter und Tanz bei der Tuiskonia, der Markomannia, der Cimbria Fidelitas.

„Zeig die Tanzkarte, Isale!" Karola will wissen, wer sich um Elisabeth bemüht, wittert hinter jedem einen Heiratskandidaten. „Ach Gott, der Schmiedling, ist das der mit den feuchten, kalten Händen? Stell dir vor, wenn der dir mit seinen glitschigen Händen dann so über die Backe streichelt, dass du eine richtige Gänsehaut kriegst!"

„Lass, Karola! Wart du nur ab, wer dir eine Gänsehaut machen wird."

„Mein Verehrer hat warme Hände!"

„Hast ja gar keinen!"

„Doch, hab ich!"

Es kriselt manchmal zwischen den Schwestern, aber sie rücken doch immer wieder zusammen, besonders, wenn die Mutter und der Vater Ruhe brauchen, und die brauchen sie jetzt oft.

Karola vertraut der Schwester an, dass es wirklich einen Jungen gibt, der ihre Nähe sucht, ihre Schultasche trägt, und auch kürzlich, als es regnete, einen Parapluie über sie gehalten hat und ihr dabei so nah kam, dass sie seinen Geruch wahrnehmen konnte.

„Ich könnt nie einen lieb haben, der nicht gut riecht."

„Ich auch nicht.“

„Und keinen mit kalten, feuchten Händen.“

„Und keinen, der zu mir sagt: Ich liebe dich, so hochdeutsch, weisch, ich liebe dich, das hört sich ganz schrecklich an, wie auf der Bühne, wie als ob's nicht ehrlich gemeint wäre. Ich könnt es nicht, einen Preußen könnt ich nicht gern haben, ganz bestimmt nicht.“

Elisabeth kitzelt die Schwester durch, bis sie den Namen des von ihr Angeschwärmten gesteht: Der Rudolf Fischer ist es, der Sohn vom Otto Fischer, dem das schöne Wäschegeschäft gehört, in dem die Karlsruher Mädchen sich ihre Aussteuer aussuchen. Ach, der Rudolf, der Bruder vom Leopold! Elisabeth kennt die beiden vom Tennisspielen. Nette, wohlerzogene Burschen, so urteilt die ältere Schwester fürsorglich. Der Rudolf hat offene, sanfte Augen und einen weichen Mund. Er ist ein stiller, verschlossener Junge, es ist schwer zu sagen, was er denkt, und er wirkt durch sein nach innen gewendetes Wesen vielleicht ein kleines bisschen hochmütig.

„Nein, hochmütig ist er nicht, bestimmt nicht, aber so ein bisschen scheu, weißt du, mag halt nicht so nah dran an die Menschen. Man muss vorsichtig mit ihm umgehen wie mit einem jungen Kätzle.“

Seine Bewegungen sind langsam, aber selbstsicher. Er hat Kraft in den Armen und sein Anschlag kommt scharf und zielsicher, oft gibt es keine Möglichkeit für einen Return. In ihm steckt mehr, als man auf den ersten Blick sieht, das glaubt auch Elisabeth, jedenfalls hat er ihre Zustimmung: „Da hast du gut gewählt. Zum Üben hast du dir einen guten Kameraden ausgesucht.“

„Ich will nicht üben. Ich habe ihn lieb, und er gefällt mir, und ich will ihn heiraten.“

Elisabeth lacht die dreizehnjährige Karola nicht aus, weil sie selbst viel zu oft darunter gelitten hat, nicht für voll genommen zu werden, mit dem „später“ der Mutter abgespeist zu werden, das jeden Einblick in die Welt der Erwachsenen verweigert. Dann aber wird wieder verlangt, dass man „vernünftig“ ist. Die Mischung ist ärgerlich und erregt Elisabeths Zorn, den sie nicht zeigen darf, weil Contenance angesagt ist. Das Zuhause wird kleiner unter ihrer kritischen Betrachtung und der Wunsch, selbst zu bestimmen, wie sie in Zukunft leben will, wird stärker.

Elisabeth liest gern und alles, was sie greifen kann. Auch die Zeitung, auch ein Flugblatt:

„Die Ausbeutung des Proletariats ist ein schweres Verbrechen, dem Einhalt geboten werden muss, wenn nötig auch mit Gewalt. Genossen, lasst euch nicht betäuben von den Almosen der Reichen, bleibt hungrig und wach."

Pro-le-ta-ri-at schlägt sie nach in Meiers Konversationslexikon.

„Wo hast du denn den Fetzen her?"

„Gefunden, auf der Straße!"

Gelogen. Die Berta hat ihn ihr gezeigt, das Mädchen der Wachenheimers. Die Wahrheit kann Elisabeth ja nicht preisgeben, die Berta käme „in Teufels Küche"! Ihr „Bräutigam" gab der Berta das Blatt, wollte sie mitnehmen am ersten Mai auf den Spaziergang hinaus zum Rhein. Aber die Berta mag solche Wörter nicht: „Proletariat" und „Gewalt". – „Mord und Totschlag! Das darf man nicht zulassen!"

„Nein, das darf man nicht zulassen. Das gibt sonst wieder Krieg!" pflichtet auch das Frölein Lanzmann bei, die Weißnäherin, die oben unterm Dach neben den Mädchenzimmern eine kleine Zweizimmerwohnung bezogen hat.

„Wenn's Krieg gibt, dann hast du deine Hochzeit gehabt, Berta! Dann geht es dir wie mir. Mir haben sie meinen Otto weggeputzt im Siebzigerkrieg. Einfach so – bum. Und des war so ein friedvoller Mensch! Jaaa", seufzt das kleine, vertrocknete Frölein Lanzmann, „so bin ich halt eine alte Jungfer geworden." Das will die Berta natürlich nicht. Sie will eine Familie haben, eine eigene, Kinder, für die sie sorgen kann. Das Sich-Sorgen, das ist doch das Schönste, was man machen kann.

Elisabeth ist so gern hier oben in den engen Kammern und hört zu, was die drei miteinander bereden, weil sie direkter miteinander umgehen, da wird nicht so verschlüsselt um die eigentlich wichtigen Sachen herumgeredet; was man besprechen will, wird beim Namen genannt. Was sie da alles erfährt! Dass der Bräutigam immer „mehr“ will, der Berta unter die Röcke und in die Bluse greifen will, sie „besitzen“ will, sogar schon einmal in ihre Kammer kam, ganz kurz nur „und bei Tag! Aber bleiben wollte der über Nacht!“ Gekicher. Die Berta ist ein anständiges Mädchen. Sie will kein „lediges Balg“ auf dem Hals haben.

„Mein Anstand, das ist mein Kapital, das hat mir meine Mutterselig aufs Herz gepackt auf dem Sterbebett.“

Alle sind beeindruckt, auch Elisabeth. Wenn tote Eltern ins Spiel kommen, dann muss sie sofort an den armen David Copperfield oder an Jane Eyre denken, und sie glaubt förmlich, den Gestank der Straßengräben in den Elendsvierteln der großen Städte zu riechen, sie fühlt die feuchte Kälte kleiner, schiefer Kammern in ihre Glieder beißen und wird ganz kribbelig, weil sie etwas tun will, um zu helfen, aber eigentlich gar nicht weiß, was sie tun dürfte und könnte.

Dann ist auch die Selecta beendet und trotz der Empfehlung der Schule, weiterzulernen, ist es ganz klar, dass Elisabeth genug zu tun hat mit Singen, Klavierspielen, Tennis, Tanzen und Sich-Schön-Machen und Schön-Halten. Ihre Schulausbildung ist jetzt endgültig zu Ende. Sie wird noch einen Kochkurs absolvieren und vor allem weiter Monogramme in ihre Aussteuerwäsche sticken. Vierundzwanzig Servietten, zehn Tischtücher, die Paradekissen, die Bettüberwürfe, und was nicht noch alles!

Elisabeth hat Glück. Sascha bleibt da, sie beginnt ihre Ausbildung zur Lehrerin an einem privaten Institut in Karlsruhe. Anna und Trudel müssen erst einmal Latein lernen. Sie haben zusammen einen alten Studienrat gefunden, der ins Haus kommt und sie unterrichtet. Auch sie verlassen die Stadt noch nicht.

Jeden Monat am zweiten Mittwoch treffen sich die Freundinnen im Café Bauer und fragen und erzählen kreuz und quer, tragen die neuesten Kleidungsstücke zur Schau und tauschen die Romane aus, in denen sie „studieren“, was sie erwartet: „Die Liebe, die Liebe, ist eine Himmelsmacht!“.

Elisabeth steht auch am Herd neben Lina und hört ihr zu, wie sie von ihrer Verwandtschaft erzählt, von der Schwester und ihren vier Töchtern, die Dinge erleben, die es noch nicht einmal in den Romanen gibt, die Elisabeth liest.

„Die Maria ist beim Hofrat Allinger in Frankfurt schon sieben Jahre und jetzt kommt sie mit einem Bauch heim und will nicht sagen, wer der Vater ist."

„Weiß sie das denn nicht?"

„Ha, doch weiß sie das, sie ist doch keine Herumtreiberin. Aber sagen will sie es nicht, das Lumpenluder. Und kriegen will sie es. Weil sie Angst hat, dass es ihr geht wie der Magdalena, meiner Mutter ihrer Schwester ihre Tochter, die hat es wegmachen lassen und ist dabei ein Engel geworden. So kann's halt gehen."

Im Theater bleibt Elisabeth seltener bei der Mutter in der Loge, sie sitzt lieber anderswo bei einer ihrer Freundinnen, mit der sie dann in den Pausen durch die Menge promeniert und Blicke sammelt wie Blütenblätter. Sie fühlt genau, wenn ihr einer nachschaut, und unauffällig prüft sie in den Gesichtern der jungen Männer, ob es dort irgendetwas gibt, das ihr Herz höher schlagen lässt. Sie will von der Liebe wie von einem Blitz getroffen werden, so stellt sie sich das vor, weil sie es gerade so in einem Roman gelesen hat. Ihr Interesse für Operetten ist einer Begeisterung für die große Oper gewichen. „Das Land des Lächelns", das hat sie gerade noch gelten lassen, besonders weil der Jadlowker so wunderschön geschmettert hat „Dein ist mein ganzes Herz, wo du nicht bist, will ich nicht sein!" Aber der Jadlowker ist doch wirklich ein bisschen zu klein, und so pompös, so steif. Elisabeth stellt sich den Prinzen Sou-Chong anders vor, nicht steif, sondern unnahbar, das Fremdartige an ihm sollte ein geheimnisvoller Makel sein, welcher einen Schauer hervorzurufen vermag, einen unheimlichen, dunklen Magnetismus, so, wie er vom Holländer ausgeht, gerade so! Ach, der Holländer, den hat sie jetzt schon viermal gesehen. „Preis deinen Engel und sein Gebot, hier steh ich treu dir bis zum Tod" singt sie lauthals, und die Mutter schimpft: „Überzwerches Zeug, der Wagner mit seinen schrecklich verbogenen Frauen." Die Mutter bevorzugt jetzt ganz und gar Mozart, Rossini, Weber, Donizetti, deren praktische junge Frauen, die genau wissen, was sie wollen und sich nicht von ihren romantischen Gefühlen in die Irre führen lassen. Es scheint so, dass sie ihre Bewunderung für Tannhäusers Elisabeth schon ganz vergessen hat.

Zu Elisabeths sechzehntem Geburtstag kommt der Onkel Karl pfeifend und voll bepackt mit Geschenken. Er hat die Jenny besucht, sie ist jetzt in einer Spezialklinik in Uchtspringe „in Sochsen“, näselt er vergnügt. Dort hat ein Professor etwas Neues entdeckt gegen ihre Krankheit, es heißt Salvarsan und es hilft! Sie wird bald nach Hause dürfen und wieder ganz gesund sein!

Aber dann am späteren Abend sitzen die Erwachsenen allein zusammen bei offenem Fenster, denn noch mal ist dieser Herbst heiß wie ein Sommer. Die Mädchen, beide in Elisabeths Zimmer auf deren Bett mit dem Durchblättern einer Modezeitschrift beschäftigt, hören Gesprächsfetzen von nebenan.

„Krieg! Er will Krieg. Er rüstet auf wie ein Besessener, der Kaiser, und einen Gegner, den wird er dann schon finden, wenn's soweit ist.“

„Du siehst das doch viel zu schwarz, Karl.“

„Schwarz? Du verstehst mich nicht richtig, ich bin dafür! Ich meine, wir können es ganz Europa ruhig mal zeigen, dass wir wer sind, wir Deutsche. Eine richtige Nation mit einer starken Armee und mit Disziplin.“

„Krieg bringt Tod und Armut und Sittenverfall! Krieg ist nie gut.“

„Ach Albert, du bist viel zu gut für diese Welt! Mal‘ du nur die Kulissen und lass die Versenkung nicht so laut quietschen, wenn der Lohengrin zum heiligen Gral heimgeht.“

Stühlerücken und lautes Türeschließen folgen, danach sind die Eltern allein.

„Nimm's dem Karl nicht übel, Albert! Er meint's nicht so direkt, wie er es sagt.“

„Weißt du, was mir weh tut, Lisele? Da kann man jahrelang mit der Familie zusammenleben, feiern miteinander und trauern miteinander, und dann merkt man ganz plötzlich, dass es Fremde sind. Fremd sind sie dir, die eigene Verwandtschaft, weil sie anders denken und anders fühlen und bockig darauf beharren.“

Am nächsten Tag liegt der Vater im verdunkelten Schlafzimmer und der Doktor Homburger kommt. Der Doktor kommt oft. Dazwischen erscheint eine Krankenschwester, der Karola den Namen Drache Dorothee gibt. Sie fegt alle anderen Leute aus der Nähe des Vaters und macht etwas mit ihm, das ihm wehtut, denn er schreit.

„Viel trinken, Herre Wolf, viel trinken, gelle!", schnattert der Drache beim Verlassen des Krankenzimmers.

Elisabeth schleicht sich zum Vater und will wissen, wie es ihm geht.

„Gut, mein Engele, gut", sagt er lächelnd. „Komm, erzähl mir mal was Neues."

Da erzählt sie ihm, dass die Herrad von der Schulenburg ihre Vermählung angezeigt hat mit einem gewissen Schmelzle aus Villingen. „Ach du liebe Zeit, den Schmelzle, den kenn ich gut. Das ist der Schraubenfabrikant aus dem schwäbischen Süden, ein stinkig reicher Mann, aber der ist doch schon sicherlich so um die vierzig. Kann der das wirklich sein?" Ja, er ist's. Ob das was mit Liebe zu tun hat, fragt Elisabeth. „Das hat mit Geld zu tun und das ist ein Verbrechen! Der Hochmut vom Adel ist soweit schon verkommen, dass sie nicht mehr unter sich allein heiraten, sondern nach frischem Blut in Form von Geld schielen müssen! Aber droben wollen sie bleiben auf dem hohen Ross. Isale, das sag ich dir, du wirst einmal den heiraten, den du liebst, da werde ich persönlich dafür sorgen!"

Elisabeth ist froh, dass der Papa und sie sich so gut verstehen.

Vergnügt widmet sie sich ihrem Tagesprogramm, um zehn Uhr Tennis, Doppel mit der Gertrud Willstätter gegen die Baumbachsöhne, und anschließend will sie noch zur Korsettmacherin Denninger in die Waldstraße; heute Nachmittag ist wieder Klassentreffen im Bauer, am Abend dann eine neue Oper von Richard Strauß, sie heißt der „Rosenkavalier", da freut sie sich drauf, der Papa hat schon so viele Andeutungen gemacht und mit der Mutter überlegt, ob die Mädchen überhaupt mitgehen können in diese Oper, denn der Inhalt und diese eine Arie, er hat sie jetzt so oft gehört, die ist wirklich sehr freizügig, nicht für die Ohren anständiger junger Mädchen aus gutem, bürgerlichem Hause, aber man kann sie nicht vor allem wegsperren, die jungen Ohren, irgendwann müssen sie ja erfahren, wie es im wirklichen Leben zugeht, und wenn's auch nur auf der Bühne ist!

Theo Baumbach kommt ohne seinen Bruder Gisbert zum verabredeten Match. Er habe aber für Ersatz gesorgt, ein Studienkollege aus München werde einspringen. Als er das sagt, zwinkert er mit dem einen Auge und Gertrud schlägt verlegen die Lider nieder, vermeidet Blickkontakt mit Elisabeth.

Da eilt er schon herbei, der Ersatz. Hermann Fribolin, stellt er sich vor, Kandidat des Rechts. Gut, dann kann das Spiel beginnen? Es beginnt und dieser Fribolin ist sehr zerstreut, verschießt die besten Bälle, seine Returns gehen direkt auf Elisabeths Schläger, als ob er es so wollte; die Mädchen gewinnen haushoch.

„Kann ich Sie ein Stück begleiten?", fragt er Elisabeth nach dem Spiel. Der Baumbach und die Gertrud haben es plötzlich eilig. Allein gehen ist fad, warum also nicht? Er trägt ihren Tennisschläger und erzählt von München, von seiner Familie, von seinen „Vorlieben" für Tennis und Theater und gesteht Elisabeth dann, dass er ihren Vater so bewundere! Wie er es schaffe, den Schnee in Humperdincks „Königskinder" so zu gestalten, dass es einen regelrecht fror, als der Vorhang sich ganz weg geschoben habe vom Bild. Der junge Mann gesteht auch, mit forschendem Blick, damit ihm kein Wimpernzucken, kein Lippenkräuseln von ihr entgeht, dass er dieses Treffen forciert, den Baumbach und die Gertrud in ein Komplott verwickelt, sie regelrecht bestochen habe, weil er auch sie, Elisabeth, so bewundere, weil er lange schon ihre Bekanntschaft habe machen wollen, und ob und wann er sie wiedersehen dürfe.

Sie habe immer sehr viel zu tun, gibt ihm Elisabeth zur Antwort.

„Bitte, geben Sie mir eine Chance!" Ganz unverhohlen zeigt er seine Begeisterung für sie. Warum nicht, denkt Elisabeth. Er ist nett, sieht gut aus, und hat ihr Zusammentreffen nicht ohne Einfallsreichtum inszeniert.

„Heute Abend bin ich im Theater."

Da nimmt er ihre Hand und drückt sie sich an den Mund und ganz kurz weht ihr ein Geruch in die Nase, der sie befremdet, es riecht nach Eisen und Erde. Streng. Einen Lidschlag später ist es verwischt und versinkt in der Tiefe ihres Bewusstseins.

Nicht nur die letzten zehn Tage seiner Semesterferien, sondern an jedem Wochenende im Oktober, November, Dezember hat sie nun mit diesem Fribolin zu rechnen. Längst weiß die ganze Familie Bescheid, dass sie einen Verehrer hat. Manchmal denkt sie, sie kann nicht mehr durchatmen, vor allem weiß sie eigentlich nicht, ob sie das will, so gefangen genommen werden, so besetzt werden von allem, was er ihr erzählt, erklärt und was er ihr beibringen will, sie hat dauernd das Gefühl, belehrt zu werden und danach abgefragt zu werden; wie in der Schule ist das. Sie ist froh, als er für eine längere Semesterarbeit auch an den Wochenenden in München bleiben muss und ihr Briefe schreibt, die ihr gut gefallen und die sie auch gerne beantwortet. Sie liest die wohlgesetzten Zeilen, legt den gefalteten Brief unters Kopfkissen und stellt sich vor dem Einschlafen vor, wie er aussieht. Ihre Wunschvorstellung legt sich über das erinnerte Portrait des lebendigen Hermann und vermischt ihn mit all den Gestalten aus den Romanen, die ihr mitten im Bauch ein Ziehen verursachen, das sich ausbreitet zum Herzen hin und bis hinauf in den Kopf, bis die Ohren glühen und in den Augen Tränen aufquellen. Hermanns schlanke Gestalt streckt sich, seinen Kopf hält er so steif, dass er die Lider senken muss, um auf sie herab zu sehen, gerade so wie der arrogante Mister Darcy, seine Lippen pressen sich aufeinander, die Arme hält er an den Körper geklemmt, eigentlich will er sie fassen und schütteln und schließlich in seine Arme reißen, seine Nase in ihrem Haar vergraben und ihr ins Ohr flüstern, dass er sie braucht, dass sie ihn erlösen möge aus seiner Gefangenschaft in sich selbst, in seinem Stolz, in seiner Unnahbarkeit. So sehr kann sich der aufdringliche, allzu verliebte Hermann verwandeln in Elisabeths Träumen. Manchmal reitet er auch in einem schwarzen Paletot über die Moore, dass der kalte, nasse Sturmwind ihm seine struppigen Haare ins Gesicht zaust, und er schreit und flucht laut, dass er ein Verlorener sei, ein Verdammter, wenn sie ihn nicht rette durch ihre Nachsicht und Geduld, und sieht dabei aus wie eine Mischung aus dem Fliegenden Holländer und dem unglücklichen Mister Rochester aus den englischen Hochmooren. Im März beginnen allerdings die Semesterferien und der Fribolin ist erneut unübersehbar, wischt die Traumgestalten weg mit seiner Allgegenwart. Im Mai schließlich sagt er ihr, dass er sie liebe, dass er sie heiraten wolle und dass er ein Gespräch mit ihrem Vater führen wolle.

Beim Mittagessen bringt sie es zur Sprache: „Der Fribolin will sich mit mir verloben“, platzt sie heraus.

Aber keiner ist erstaunt.

„Oh, der Herre Friboline, gelle, das ist ein feiner junger Mann, schneidig, schneidig“, frotzelt Karola.

„Magst du ihn denn, Isale?“, fragt der Vater sie.

„Ja, schon, ich mag ihn schon.“

Die Mutter ist so angetan, dass sie errötet und ihre Stimme in Vibrationen gerät. Die Fribolins sind eine sehr gute, alte Karlsruher Juristenfamilie, wohlhabend außerdem, da gäbe es doch Land in Übersee! Das würde passen! Man würde jetzt auch noch in akademische Kreise hineinfinden.

„Ich mag ihn, aber heiraten will ich ihn nicht.“ Elisabeth bockt.

„Verlobt ist nicht verheiratet, Isale. Da habt ihr noch viel Zeit, euch kennenzulernen. Der ist doch noch nicht mal Assessor.“

„Aber kennenlernen kann er mich doch auch ohne verlobt zu sein.“

„Das würde der nicht machen. Er hat dir jetzt lang genug den Hof gemacht, jetzt will er auf Nummer sicher gehen, wissen, wo er hingehört, und die Konkurrenz ausschalten.“

Noch ist dieses Gespräch erst angekündigt, vielleicht überlegt sich’s der Fribolin noch mal.

„Bist du denn dann nicht traurig, wenn er’s gar nicht ernst gemeint hätte?“

„Es gibt doch noch genug andre.“

„Hat er dich schon geküsst?“

„Karola!“

„Riecht er gut?“

Den Arm hat er um sie gelegt und sie an sich gedrückt, aber geküsst hat er sie noch nicht und sie kann es wirklich abwarten.

Nach der Mittagsruhe ruft die Mutter sie in ihr Boudoir. Sie sitzt und stickt, es muss etwas sehr Kompliziertes sein, denn sie blickt nicht auf.

„Setz dich.“

Elisabeth setzt sich auf den Boden im Schneidersitz, damit sie von unten her die Mutter genauer fixieren kann.

Sie sei noch jung, sagt die Mutter, wirklich sehr jung. Aber manchmal habe man nur ein einziges Mal die Chance, einen solchen Mann zu gewinnen. Er habe alle Vorzüge, die man sich nur wünschen könne. Er sei gescheit, komme aus einer guten Familie, habe Erziehung und Bildung und sehe gut aus, groß schlank, stattlich. Er könne seiner Frau ein angenehmes Leben bieten und sie sei ja sehr gut und sorgfältig erzogen, also vorbereitet auf alles, was sie als Frau an seiner Seite erwarte. Die Liebe sei etwas, das man lernen könne, wenn man nur wolle. Wenn die Randbedingungen so hervorragend seien, und vor allem, wenn er sie so liebe, wie es den Anschein habe, dann sei das das ganz große Los, das sie damit gewonnen habe. Der Mann wirbt und die Frau lässt sich gewinnen. So läuft das nun mal. Die starke Liebe eines Mannes sei eine Garantie fürs Glücklichsein sozusagen. Elisabeth denkt, ich weiß, wo du deine Weisheiten hergenommen hast, aus diesen Büchern, Marlitt und so weiter. Sie ist enttäuscht, sie hatte gehofft, dass die Mutter ihr etwas von ihren eigenen Gefühlen erzählt. Dass sie das Geheimnis ihrer eigenen Liebe zum Vater preisgibt, denn dass die beiden einander sehr gern haben, das spürt man.

„Mama, sag doch ...“ Warum schaut die Mutter nicht auf? Warum bleibt sie so verschlossen und streng?

Jedenfalls solle sie sich sehr gut überlegen, bevor sie sich entscheide, die Mutter nimmt den Faden zwischen die Zähne und beißt ihn mit einem Ruck ab. Aber ...

„Aber was? Aber ich soll letztendlich dann halt ‚ja‘ sagen, das meinst du doch, Mama, oder?“

Also ja, ja! Das meine die Mutter, denn es gäbe wirklich nichts Schrecklicheres als sich in eine falsche Richtung Hoffnung zu machen. Die Freundinnen von ihr, die etwa für den feschen Prinz Max schwärmten, zum Beispiel, wie könne man sich so vergreifen! Dumme Gänse seien das! Wir sind doch wer, auch wenn wir nicht zum Adel gehören. Wir sind die Gesellschaft, wir, die Bürger der Stadt. Wir brauchen uns nirgends hinaufheiraten wollen. Wir sind der Körper mit Herz und allen lebenswichtigen Organen, mit Rückgrat auch, jawohl, Rückgrat. Der Kopf – das wäre dann eben der Adel – kann sich nur auf dem Hals halten, weil das Rückgrat das alles stützt.

Elisabeth ist sehr verwundert, zu welch plastischen Vergleichen die sonst so nüchterne Mutter ausholt.

„Und die Füße und die Hände, das sind dann die Arbeitersleute?"

Also wie auch immer, so genau wollte die Mutter das gar nicht ausführen. Sie solle sich vernünftig einstellen und den Antrag annehmen. Sie könne damit ihr Lebensglück begründen, sie habe es wirklich nun selbst in der Hand, die Mutter wisse, wovon sie spreche.

Das bewusste Gespräch zwischen Fribolin und dem Vater erfolgt schneller, als es Elisabeth recht ist. Ehe sie es sich versieht, hat sie einen schönen Diamantring am Finger und einen Berg von Geschenken, den sie versorgen muss, es muss sogar extra ein neuer Schrank angeschafft werden dafür. Zweimal werden Karten gedruckt, die eine Sorte zeigt die Verlobung an, die andere dankt für die vielen Aufmerksamkeiten. Inzwischen ist sie auch bekannt gemacht mit Frau Fribolin, der Mutter von „ihrem" Hermann, die sie wohlgefällig abschätzend von oben bis unten mustert und dann über ihre Familie ausfragt. Elisabeth erinnert sich an den Anstandsunterricht bei Fräulein von Eichenberg und an das Schlusswort, das die von ihren Schülerinnen angeschwärmte junge Frau stets wiederholte: „Und denken Sie daran, meine Damen, im Ernstfall hilft immer ein Lächeln!" Auch die Mutter Fribolin lässt sich mit Elisabeths Lächeln besänftigen, aber warm werden die beiden nicht miteinander.

Es passiert etwas Schreckliches, über das man redet. Ein wunderschönes riesengroßes Schiff versinkt auf seiner Fahrt nach Amerika und viele Menschen finden den Tod im eisigen Wasser. Wochenlang ist dieses Unglück Gesprächsthema Nummer eins. Alle Zeitungen sind voll davon. Bei Wilsers trifft man sogar die Cousine von der Schwägerin des zweiten Sohnes aus erster Ehe vom alten Wilser, die hat eine amerikanische Freundin, die sie besucht hatte mit der Mutter, und die war drauf auf der Titanic, nein, man hat noch nichts von ihr gehört, weiß nicht, ob sie zu den wenigen Geretteten gehört.

Schauerlich ist das, schrecklich und todtraurig, aber doch weit weg, fast so weit wie die Katastrophen aus Papier, die man täglich in den Romanen liest. Karola wird fünfzehn in diesem Jahr. Ha, da gibt's bestimmt ein Fest, ein großes? Aber die Karola druckst herum, sie hat gar nicht so viel Lust auf ein Fest, denn eigentlich fürchtet sie sich vor den vielen Menschen, sich irgendwo auf einen Sockel zu stellen, zu lächeln und sich dabei anstarren zu lassen so wie Elisabeth, das liegt ihr nicht. Sie hätte so gern ein Taubenhaus. Was, ein Taubenhaus? Ja, sie war schon oben im Dach und hat sich alles genau angesehen. Man könnte sehr gut ein kleines Stück aus dem Dach herausnehmen, also nur die Ziegel, die Balken bleiben und dann so und so und so, hier – sie hat das alles schon mal aufgezeichnet – einen kleinen Turm aus dem Dach herauswachsen lassen. „Von hier unten, guck mal, Papale, von da aus würde man das Futter reinfüllen und auch Wasser, was sie halt brauchen, die Täuble, da könnte ich auf einen Schemel stehen und würde gerade groß genug sein, dass ich hinauflangen kann, die Tauben abfangen kann, wenn ich ihnen die Ringe um die Klauen legen will …"

In Karolas Fantasie hat alles eine feste Form angenommen. Die Mutter schüttelt nur den Kopf. Das Fest, das große, soll ja auch den Menschen, der Karlsruher „Gesellschaft" zeigen, dass ihre Tochter jetzt zu einem hübschen jungen Mädchen herangewachsen ist.

Die Gesellschaft kümmert Karola nicht, und wenn die Mutter an junge Männer denkt, dann kann sie sich gleich beruhigen. Sie will den Rudolf Fischer heiraten und keinen anderen, das steht fest!

Am 16. März 1913 geht Karola zur Konfirmation. Am 50. Geburtstag ihres Vaters, am 19. März, werden beide Ereignisse zusammen gefeiert. In der Tageszeitung gibt es eine schöne Laudatio für den „verdienstvollen technischen Direktor und Hoftheatermaler Albert Wolf"; mit dem üblichen Vokabular wird er gelobt und gepriesen und der Autor wünscht ihm noch viele erfolgreiche Jahre.

Aber er ist bereits krank, viel kränker, als man denkt, er hat noch drei Jahre vor sich, in denen er nichts mehr so tun kann, wie er will, wie es seinem Wesen, seiner Auffassung von Pflicht und ihrer Erfüllung, seinem künstlerischen Anspruch entspricht, weder arbeiten noch feiern. Es fehlt ihm immer mehr die Geduld, sich irgendetwas anderem zu widmen als seinem eigenen Befinden. Er experimentiert mit allen möglichen Mittelchen, um die Schmerzen zu unterdrücken, die seinen Körper beharrlich belagern. Natürlich hofft jeder auf Besserung, aber man bewegt sich auf Zehenspitzen, gibt einander nur hinter vorgehaltener Hand Auskunft über das Befinden des Hausherrn, des Ehemannes, des Bruders, des Vaters, wagt nicht, dem Arzt in die Augen zu sehen, aus Angst, dort eine Wahrheit zu finden, die einfach nicht wahr sein oder werden darf. In Sommerfrische geht man noch, aber nicht mehr so weit, nur in den Schwarzwald, nach Sankt Märgen. Da hat man ein Hotel gefunden, dessen Besitzer ein Theaterfreund ist, ein glühender Bewunderer von Alberts Schwarzwaldstimmungen, die er, wann immer sie passen, in seine Bühnenbilder einarbeitet. Dort fühlt man sich wohl, dort kann man ein bisschen aufatmen, dort ist man auch, als die Nachricht von der Ermordung des österreichischen Thronfolgers von Mund zu Mund gegeben wird, und schüttelt nur den Kopf, es knallt schon wieder da unten, wie anno zwölf und anno dreizehn. Was auf dem Balkan doch für orientalische Verhältnisse herrschen! Die Gewissheit, dass dies Krieg bedeutet, dass dieser Krieg nicht aus heiterem Himmel über das Land, über Europa hereinbrechen wird, sondern längst schon lauernd erwartet wird von denen, die sich auf Politik verstehen, ein Krieg, den man später einen Weltkrieg nennen wird, begreifen Albert und Lise und ganz besonders Elisabeth und Karola erst spät.

Als am 2. August 1914 die Wachparade durch die Karlsruher Straßen zieht, klingt es aus „tausend und abertausend Kehlen", wie die Presse im zeitüblichen Schwulstjargon berichtet, „Lieb Vaterland magst ruhig sein!". Sogar Schüler, unmündige Burschen, meldeten sich als Freiwillige. Eine patriotische Hysterie war ausgebrochen. Man glaubte an eine kurze, heftige Schlacht, die man bald als ehrenvolle Episode in die Chronik einreihen würde. Ein weiteres Kriegerdenkmal würde sicherlich nötig werden, ein neuer, dem anderen ähnlicher Stein von überschaubarer Größe, auf dem die Gefallenen mit Vor- und Zunamen, Geburts- und Todestag vermerkt werden könnten; alles andere lag außerhalb der Vorstellungskraft der Menschen, weil es noch nie zuvor so passiert war, wie es bald kommen sollte. Immerhin, einige Menschen waren nicht ganz so zuversichtlich, denn ein Sturm auf die Sparkassen setzte ein, der sich allerdings nach den ersten Siegmeldungen wieder beruhigte.

Am 12. Dezember 1914 wird die Verlobung von Elisabeth und Hermann gefeiert. Es ist ein stilles familiäres Zusammensein mit wenigen Personen aus praktischem Grund, der „Bräutigam" muss in den Krieg.

Hermann Fribolin zieht aus mit der vielfach dokumentierten Leidenschaft der jungen Männer, die sich mit geschwellter Brust für ihr „Vaterland", auf das sie so stolz sind, aufs „Feld der Ehre" begeben wollen. Er rechnet damit, dass er bald als Sieger heimkehren kann. Seine Eltern, denen er sehr verbunden ist, haben ihm diese Verlobung empfohlen, sie glauben, den Krieg zu kennen, meinen zu wissen, wie er wirklich aussieht, dass er auf der Vorderseite mit blitzenden Ehrabzeichen behängt ist und von hinten ein Knochenmann. Sie überlegen, was für ihren Sohn in der nächsten Zeit wichtig sein könnte: eine Liebste in der Heimat, die zu ihm gehört, an die er denkt, wenn er frierend im Dunkeln darauf wartet, angreifen zu müssen oder angegriffen zu werden. Fast drei Jahre lang hat er ihr schon den Hof gemacht,

„seinen Doktor“ hat er schon, vielleicht reicht sein Gehalt, das er als Gerichtsassessor in Mannheim verdient, noch nicht, um für einen eigenen „Hausstand“ aufzukommen, einen „standesgemäßen“! Das müsste ja doch eine größere Wohnung in einer „guten“ Gegend sein, entsprechendes Mobiliar und noch dies und das; aber wäre der Krieg nicht gekommen, so hätte es bald schon gereicht. Nach siegreicher Heimkehr kann er mit Beförderung rechnen, dann wird einer baldigen Heirat nichts mehr im Wege stehen und man darf nicht übersehen, Elisabeth ist inzwischen zwanzig, Hermann ist schon achtundzwanzig Jahre alt!

Kurz nach Kriegsbeginn wird Jenny und Karl Spoerin, die inzwischen beide schon über vierzig Jahre alt sind, endlich der ersehnte Sohn geboren. Sie sind überglücklich. In der späten Geburt ihres Sohnes sehen sie eine günstige Schicksalswendung, denn wäre er so alt wie die Nichten, dann müsste er jetzt in den Krieg ziehen, dieser innig erwartete, nun endlich angekommene Erbe des Namens, der sogleich handschriftlich eingetragen wird in das in Leder gebundene Familienstammbuch der Familie Spoerin. Lise hält ihn über das Taufbecken und hält ihn dicht an ihrem Herzen von da an. Die beiden sind einander sehr zugetan. Er ist ein bisschen auch ihr Kind, das Lise fast so wichtig ist wie ihre eigenen Kinder, ein Sohnersatz, eine Erinnerung an den kleinen eigenen Sohn, der nicht die Kraft gehabt hatte, bei ihr zu bleiben.

Nun ist Elisabeths Operettenleben zu Ende noch vor dem Happy End. Am 1. August 1914 um siebzehn Uhr verfügt Kaiser Willhelm II. die Generalmobilmachung im Deutschen Reich. Zwei Stunden später erklärt Deutschland Russland den Krieg. Düstere Kräfte treiben kräftige Keile in Europa, es zersplittert, die tiefen Spalte gebären Risse, die sich in das Leben jedes einzelnen Menschen drängen. Nichts ist mehr wie zuvor.

Zweiter Teil

1

„In dem jetzt bevorstehenden Kampfe kenne ich keine Parteien mehr. Es gibt unter uns nur noch Deutsche. Und welche von den Parteien auch im Laufe des Meinungskampfes sich gegen mich gewandt haben sollten: ich verzeihe ihnen allen. Es handelt sich jetzt nur darum, dass alle wie Brüder zusammenstehen, und dann wird dem deutschen Volke Gott zum Siege verhelfen."

Es zogen in diesen Krieg Hinz und Kunz, von Hinz und von Kunz sowieso, denn das Militär war ihre ureigenste Domäne. Es zogen Hermann Fribolin und der erst neunzehn Jahre alte Rudolf Fischer, der sich gerade eingeschrieben hatte für sein Ingenieurstudium an der technischen Hochschule seiner Vaterstadt. Er wurde der Kavallerie zugeordnet, denn er hatte ja lange schon ein Pferd stehen, drüben überm Rhein, auf dem er ritt, wann es seine Zeit erlaubte, und dorthin wurde er auch befehligt, an die Westfront.

Die ersten Briefe nach Hause jubeln über die legendäre Schlacht bei Tannenberg, in der die deutsche Armeeführung die Überlegenheit ihrer schweren Artillerie ausgenützt und mit 153.000 Mann die 191.000 russischen Soldaten mit einem taktischen Umfassungsmanöver aufgerieben hat. Sieg! Sieg! Sieg. „Unsere Helden" von Beneckendorff, von Hindenburg und Ludendorff, Gott schütze sie!

Der Beginn des Krieges ändert nicht viel an Elisabeths Leben. Hermann schreibt an seine Braut, ob sie sich an das erinnere, was sie sich versprochen haben, aneinander zu denken, bis das Bild des anderen lebendig vor den geschlossenen Augen stehe. „Wenn ich ein Vöglein wär, flög ich zu dir!“ Er ist fort und Elisabeths Leben geht weiter, fast wie bisher. Lise verpflichtet ihre Töchter auf Vorsicht. Ihr bleibt hier im Haus und geht nur raus, wenn es mit mir abgesprochen ist. Die vielen Soldaten auf den Straßen, da ist auch Gesindel dabei. Die Uniform ist ein bunter Rock, der den Bettler dem Edelmann gleich macht.

Karola gehorcht der Mutter, es fällt ihr nicht schwer, weil sie und die Mutter immer stärker zusammengewachsen sind in der letzten Zeit. Sie ist ängstlich und irritiert von all dem Ungewohnten, das der Krieg mit sich bringt. Hier im Haus ist alles, was Karola wirklich interessiert, vor allem ihr Taubenhaus, die jungen Kätzchen drunten im Hof und immer wieder die Gespräche mit der Mutter über das, was die Mädchen, die Tanten, die Verwandten, die Dienstleute zutragen über diesen und jenen. Elisabeth fällt es schwer zu gehorchen. Sie muss zur Frau Fribolin, der Schwiegermutter in spe, fragen, ob schon neue Post da ist, sie hat Klassentreffen im Bauer, es ist doch der zweite Mittwoch im Februar, sie muss zu Frau Korsett-Denninger, zum Schuster, zum Schreibwarengeschäft, in die Bibliothek.

Und sie geht. Ins Café Bauer. Nur die Hedda wartet da. Sie erzählt von ihrem Bräutigam, der in Frankreich steht mit seinem Regiment und dort den Rudolf Fischer getroffen hat, Gruß an deine Schwester. Dann kommt noch die Trudel Ellinger dazu. Sie macht einen Kurs beim Roten Kreuz, wird zur „Schwester“ ausgebildet, denn hier sollen mehrere Lazarette eingerichtet werden, auch eines für Kopfverletzte, das gibt Arbeit für ihren Vater, den Augenprofessor. Dann kommt Sascha. Sie wird Straßenbahnschaffnerin, erzählt sie. Schließlich, kurz bevor sie alle gehen wollen, stürmt Lisa noch herein. „Stellt euch vor, ich arbeite als Polizist!“

Elisabeth ist in Aufruhr! Sie will auch etwas tun. Nicht nur das neue Korsett anprobieren und Briefe schreiben an den fernen Bräutigam. Lise sagt entschieden „Nein!“

Da steckt sich Elisabeth hinter den Vater.

Der ist sehr beschäftigt mit seinen eigenen Sorgen, denn der Theaterbetrieb ist dabei, zusammenzubrechen. Wirklich, man muss umdenken, dieser Krieg hat alles aus den Fugen geraten lassen, und es stimmt, was du sagst, mein Engelchen, jeder sollte seinen Beitrag leisten, auch ihr jungen Frauen. – „Also darf ich?“ – „Ja.“ Das reicht. Das Wort des Vaters ist ihr Rückhalt genug und ein bisschen Rückhalt braucht sie schon, sie ist eine wohl erzogene Tochter, die sich im liebevoll gehegten, gepflegten Kreis ihrer Familie so aufgehoben fühlt, dass jeder ihrer Freiheitsgedanken immer wieder schrumpft zu einem kleinen Aufmucken, das die Mutter zwar ärgert, aber doch nur so viel, dass es bald wieder vergessen ist.

Der Anstoß für eine Beschäftigung kommt dann schließlich von der Mutter selbst; zunächst darf Elisabeth in die Strickstube in der Bahnhofstraße 10 gehen, wo sich Frauen zusammenfinden, um warme Mützen, Schals, Handschuhe zu stricken für „unsere“ Männer. Es ist eine Ehrensache, dass jede Frau sich irgendwie einbringt, auch wenn sie keinen Mann, Sohn oder Bräutigam im Feld hat, das verfügt Ernestine Radtmann resolut. Die Radtmann ist eine Preußin, eine Reingeschmeckte also, so wie die Großherzoginmutter. Sie gehört in Lises Kränzchengruppe, eine im Kern feste, an den Rändern locker variierende Gruppe von Frauen, die sich privat treffen, einmal im Monat, reihum bei den altgedienten Mitgliedern oder auch ab und zu bei einer „Neuen“, denn man ist doch wirklich aufgeschlossen, was der Vater als neugierig bezeichnet. „Pfui, Albert, wie kannst du denn so etwas behaupten“, schimpft ihn Lise aus und kennt keinen Humor. „Keinen Humor, Lisele, wenn's um dein Kränzchen geht, gell, das ist eine todernste Sache oder vielleicht nicht?“ Die älteren Kränzchendamen bringen ihre Töchter mit, einstmals vor Jahren geschah das, weil man die Kinder nicht zu Hause allein lassen wollte. Nun aber, weil aus den jungen Mädchen junge Frauen geworden waren, manch eine von ihnen ist schon selbst verheiratet und hat sogar schon wieder ein Kleines dabei. Elisabeth ging immer mit, weil auch einige ihrer Freundinnen mit ihren Müttern dort auftauchten, Karola fast immer, weil sie sich ungern von der Mutter trennte und um sich der sachlichen Kommentare der Mutter gewiss zu sein, die das bodenlose Ausschöpfen des Erlebten für Karolas komödiantische Einlagen unterfütterten. „Wirklich, so hat sie ausgesehen, die Ernestine, wie sie uns den Befehl gegeben hat, so wie das Lolale es macht, zum Rundkugeln, zum Platzen komisch, gespuckt hat sie dabei und sich im Kreuz nach hinten gekrümmt, ihre spärlichen Härchen hinaufgestrichen, da hinten am Hals, und mit den goldenen Armbändern gerasselt."

Die Mutter geht nicht mit in die Strickstube, das ist auch gut so, denn Elisabeth bezweifelt, ob sie das Ganze dann noch gut hieße. Die meisten Frauen sprechen so, dass Elisabeth sie kaum versteht: „Was hemmer heut? Des lemmer gehe, des isch zu viel Erwet. Legs nuff uff de Bolle."

Normalerweise wären die Frauen unberührbar gewesen für Elisabeth, aber nun genießt sie diese Berührungen inmitten der tragischen Umstände und horcht mit offenem Mund auf alle ungewohnten Laute, überlegt sich deren Sinn und kommt aus dem Staunen nicht mehr heraus. Nur das Stricken will ihr ganz und gar nicht gelingen.

„Lense mol sehne, Frölle Wolf, was hemmer denn do?" Es kann nicht Sinn ihres Einsatzes sein, dass die anderen Mädchen ihre Arbeit mitmachen. Elisabeth ist beschämt über ihre Ungeschicklichkeit, aber stricken, sticken, nähen waren noch nie ihre Stärke gewesen, in der Schule konnte sie dem Ganzen ausweichen, indem sie sich anderweitig nützlich machte, zum Beispiel hatte sie in einer Kleingruppe Stenographie und Schreibmaschineschreiben gelernt. Daraufhin wurde sie im Schulsekretariat als Hilfe eingesetzt, wenn die Verwaltungsarbeiten sich häuften, das war so en passant geschehen, dass die Mutter nichts Genaueres darüber erfahren hatte, nur immer wieder das Lob, dass man auf die Zuverlässigkeit ihrer Tochter absolut bauen könne, und darauf kam es Lise an, das war das richtige Zauberwort, hinter dem Elisabeth ihre Kapriolen – als solches hätte der Vater es wahrscheinlich akzeptiert, wenn er davon erfahren hätte – verbergen konnte.

Elisabeth will helfen, richtig aufdringlich ist sie mit ihrem Angebot.

„Des könnese net so gut, Frölle Elisabeth, was könne Se denn besser?"

Stenographie, Schreibmaschine.

„Noi, des brauche mer net."

Schließlich macht Trudel Ellinger den Vorschlag, sie solle doch mit ihr kommen in die Stephanienstraße zur Zentrale des Roten Kreuzes, da würden alle Helferinnen gerne gesehen und man finde für jeden einen Platz. So kommt es, dass Elisabeth eine Schnellausbildung zur Schwesternhelferin macht, eine schöne Uniform erhält und danach zum Professor Ellinger in die Klinik geht und dort hilft, wo Hilfe dringend gebraucht wird, bei der Versorgung der vielen jungen Soldaten, die mit Kopfverbänden in großen Sälen liegen, herumstehen, sitzen, gehen, denen es langweilig ist, sobald die Schmerzen erträglich werden, und die sich über jedes weibliche Gesicht freuen, über jede weibliche Stimme, wenn sie nicht sehen können, über den Duft der jungen Frauen, ihre weichen, kleinen Hände, den Klang ihrer Schritte, das Rascheln ihrer Röcke, ihre bloße Anwesenheit. Elisabeth strengt sich an, alles recht zu machen, und entdeckt bald, dass sie sich nicht schlecht anstellt. Sie kann Blut sehen, kann widerlichen Gerüchen ausweichen, indem sie einfach durch den Mund atmet, das hat ihr die Lina beigebracht, als sie ihr von der neuen Aufgabe erzählte, denn „wenn's stinkt, Elisabeth, dann wirst du deine Grenzen kennen lernen. Gestank ist wie ein Hexenzauber, der nimmt dir einfach alle Kraft weg." Das versteht Elisabeth sehr gut, weil sie mit dem Gegenspieler des Gestanks, dem Duft von Parfum, großgezogen wurde.

Der Hermann kommt auf Urlaub, zweimal besucht er sie nicht, gibt ihr auch keine Möglichkeit, ihn zu treffen, will die ganze Zeit nur mit der Mutter verbringen, hinterlässt ihr einen Brief, in dem er schreibt, dass alles so sei, dass man nur hoffen könne, es dauere nicht mehr lange, denn schildern könne und wolle er das Erfahrene nicht, es sei nichts für Frauen und schon gar nichts für Mädchen und erst recht nichts für seine Braut, die er sich so unschuldig erhalten sehen möchte, wie er sie verlassen habe, das sei seine Hoffnung, dass sie ihn dereinst aufrichten werde, wenn er zurückkomme und sie ihre gemeinsame Zukunft beginnen können. „Wenn der Spuk vorbei ist."

Elisabeth ist sehr nachdenklich, als sie das liest. Was denkt er sich, dass sie hier sitzt und wartet und auf der Stelle stehen bleibt, während die Welt sich bewegt?

Wenn er wüsste, wenn er sie sähe, wie sie morgens losfährt auf dem alten Rad des Majors, das sie sich aus dem Keller geholt hat, denn die Straßenbahnen verkehren längst nicht mehr mit der gewohnten Zuverlässigkeit, oder wie sie Verbände wechselt und Wunden säubert und Hände hält, und wenn er wüsste, dass sie auch Nachtschicht macht, allein ist in einem Saal mit zwanzig oder mehr Männern und ihre wirren Reden hört in der Nacht, wenn die Träume sie übermannen, ihr Gestammel, ihre Bitten erhört, Schwesterle, komm zu mir her, Schwesterle, leg dich nur einen Augenblick neben mich, halt mir die Hand, lass mich dich spüren. Wenn er wüsste, was sie gesehen hat, als sie neben Robert Fontaine saß, dem neunzehnjährigen Jungen aus Lützelstein im Elsass, der einen entzündeten Steckschuss im Ohr hatte, der im Morphiumwahn wild um sich schlug, sich die Kleider vom Leib riss, bis alles im Freien lag, alles, auch das, was sie gar nicht sehen wollte, was sie dann aber doch ansah, weil es merkwürdig war in seiner Veränderung, weil sie es kannte von den griechischen Statuen im Museum, dort aber anders aussah und sich auch bei Robert wieder zurückverwandelte in sein anderes, stilles, weiches, sanftes Selbst, nachdem er sich streckte und ausatmete und einfach starr liegen blieb mit diesem einen offenen Auge, das der Verband frei ließ, und sie so froh war über diese reine Stille, dass sie lange nicht bemerkte, was sich wirklich ereignet hatte.

„Ach, hat er's geschafft, der kleine Franzose", sagt Oberschwester Lydia, als sie zur Ablösung kommt. „Da hat er aber Glück gehabt, dass Sie bei ihm waren, als er sich in den Himmel aufgeschwungen hat, das wird ihm noch mal einen Traum von Liebe und Glück beschert haben." Da schlägt Elisabeth die Augen nieder und lässt vor Verlegenheit die Binde fallen, die sie gerade aufrollt, sie kullert wie ein Zwergenteppich über den Boden vor die Füße der dicken, alten Frau.

„Haben Sie etwas gesehen, wovon Sie noch nichts wussten, Kindchen? Dann wissen Sie es jetzt, je eher, desto besser! Es ist ohnehin eine Schande, dass man euch Mädchen aus den seidenen Stuben so unschuldig hält. Sie haben doch auch einen Bräutigam? Dann werden Sie bald erfahren, was sich Männer wünschen, wenn sie nach Hause kommen aus dem Krieg. Mit essen und trinken ist's da nicht getan!"

Elisabeth fehlt die Vertrautheit mit Karola, die beiden stehen jetzt auf verschiedenen Planeten. Karola bedrängt die Schwester, ihr zu berichten, aber die Mutter fährt dazwischen: „Das ist nichts für dich, Lolale, komm her zu mir."

Beim nächsten Besuch kommt Hermann ins Haus, setzt sich zu den zukünftigen Schwiegereltern mit an den Tisch, isst mit ihnen, erzählt vorsichtig von Männern aus allen Teilen Deutschlands, die er getroffen habe, lobt die Kraft und das Durchstehvermögen der Pfälzer, den tiefen Glauben der Kölner, die Fröhlichkeit der Berliner. Wie kann denn so was sein, wie kann das Leben in einer bestimmten Stadt den Charakter prägen, das möchte Elisabeth wissen. Hermann schaut sie befremdet an, das ist die Rasse, das uralte Geschlecht der Heimischen, das von der Umgebung, dem Klima, den geographischen Eigenheiten und dem Brauchtum geschliffen wird zu einer ganz besonderen Form. Elisabeth denkt an die Frauen in der Strickstube und vergleicht die eine oder andere mit sich. Sie entdeckt keinerlei Gemeinsamkeiten, keine ganz besondere Karlsruher Form an sich und ihnen, vielleicht gilt das nur für Männer, vielleicht ist es einfach nur Unsinn, was er da schwadroniert, so ein intelligenter und gebildeter Mensch, kaum zu glauben. Dann erzählt sie von ihren Erlebnissen. Sie ist jetzt auch im Einsatz. Beim Professor Ellinger in seiner Klinik, im Lazarettbereich. – Ellinger, Ellinger, ist das der Jude? – Was heißt da ‚der Jude'? Was meint er damit? – Er hat den jüdischen Geist kennen gelernt, gefährlich! Der Jude habe eine Art, das Leben und den Tod zu sehen, ganz anders als wir. „Und wer ist wir?", erwidert Elisabeth schnippisch – Ja, wisse Sie denn nichts von der jüdischen Unterwanderung der Industrie, der Oberschicht, da sei etwas in Gang gesetzt worden, was ihnen, den Soldaten an der Front, jetzt den Kampf so sauer mache, eine Zersetzung der deutschen Art finde statt, und man wisse noch gar nicht, wohin das führe. Dieser Krieg sei schon längst zu Ende, wenn die jüdische Waffenindustrie sich nicht weiter zu bereichern trachte, es gäbe Intrigen ... – Ach ja, schlechte Menschen gebe es wirklich überall, pflichtet Albert dem jungen Mann bei, hier in Karlsruhe sogar sei Spionage betrieben worden, wie man in der Zeitung lesen konnte, es ist ihm daran gelegen, das Gespräch auf ein anderes Gleis zu lenken, weil er es in den Augen seiner älteren Tochter gefährlich blitzen sieht.

Heute hätte Hermann sie gerne geküsst, aber es ist Elisabeth nicht danach. Wie oft hat sie sich nach einem Kuss gesehnt, immer wenn sie in ihrem Bett wach lag und sich Hermann vorstellte, sein freundliches Gesicht, seine stattliche Gestalt, aber jetzt macht sie sich steif und presst die Lippen aufeinander, und Hermann schreckt vor ihrer Ablehnung zurück. Am nächsten Tag wird ein Brief abgegeben, den Hermann in der Nacht noch geschrieben habe. Er bittet Elisabeth herzlich, ihre Tätigkeit in der Ellinger-Klinik aufzugeben. Sie denkt nicht daran. Das kann er nicht verlangen. Sie steckt den Brief weg und tut, als ob sie ihn nicht erhalten hätte.

Zwei Wochen später kommt die Sache zur Sprache. Die Mutter bittet sie in ihr Boudoir und beginnt ganz ruhig mit der Frage, ob sie Nachricht von Hermann habe? Nein. Ob es irgendeine Verstimmung zwischen ihnen gegeben habe. Nein. Frau Fribolin sei heute Nachmittag bei ihr gewesen und habe nachgefragt, wo sie, Elisabeth, denn sei. Dann sei sie sehr erstaunt darüber gewesen, dass sie immer noch bei Professor Ellinger arbeite, wo Hermann sie doch ganz inniglich – inniglich, was für ein unpassendes Wort, denkt Elisabeth – gebeten habe, die Arbeit dort zu beenden. Ja, und? Und, Elisabeth, willst du deine Ehe mit Ungehorsam beginnen. Gehorsam, Ungehorsam, ist sie sein Kind oder seine Untergebene? Sie fühlt sich ihm gleichwertig. Fragt er sie denn, ob sie das alles gut findet, was er wo tut? Elisabeth dreht der Mutter einfach den Rücken zu, geht aus dem Zimmer und lässt die Tür unsanft ins Schloss fallen.

Am nächsten Tag hat sie frei, da bittet die Mutter sie, zu Hause zu bleiben, dem Vater geht es schlecht heute, sehr schlecht. Ach ja, jetzt will sie mich noch mehr bearbeiten, denkt Elisabeth und sagt dann schroff: nein, sie habe sich zum Tennis verabredet.

Sie bleibt, bleibt lange, den ganzen Tag bleibt sie weg, zögert am Abend noch das Heimkommen hinaus, bis es ganz dunkel wird, und als sie zu Hause ankommt, ist der Vater tot.

Dass die Mutter ihr keine Vorwürfe machte, niemals, das hat sie der Mutter wieder angenähert. Dass die Mutter sie sogar getröstet hat, ihr immer wieder vorgebetet hat, wie gern sie sich doch hatten, der Vater und sie, wie nah sie sich doch waren, dass sie einander ohne Worte verstanden, das hat Elisabeths Respekt für die Mutter wieder aufgerichtet. Als die Mutter mit der Familie um den großen Tisch saß nach der Beerdigung, dort auf ihrem Platz dem leeren Platz gegenüber, als alle vor sich hin starrten und sich Tränen aus den Augen wischten und jeder seinen Erinnerungen nachhing, als die Mutter in die Stille hinein sagte: „Er war mir das Allerliebste, was ich hatte, ein wunderbarer Ehemann, so geduldig mit mir, so gütig, hat mir jeden Wunsch erfüllt, den eine Frau nur haben kann", gewann Lise das Vertrauen ihrer Tochter zurück, ein stabiles Grundvertrauen über alles hinweg, das die beiden voneinander trennte. Gerade noch rechtzeitig geschah das, bevor es bitter nötig war.

Während die Familie sich also um diesen Tisch versammelt hat und mitten im Krieg sich dem eigenen Leid hingibt, das doch im Bereich des Normalen liegt, schlägt dieser Krieg am helllichten Nachmittag seine Faust in die Stadt, mitten hinein, trifft vor allem viele Kinder und Frauen; was ist das für eine neue Art, Krieg zu führen? Einhundertzwanzig Menschen werden getötet und noch mehr verletzt, manche von ihnen werden in den nächsten Tagen den anderen Gespenstern nachsterben müssen. Französische Bomber haben ihre volle Ladung abgeworfen, den Bahnhof verfehlt und stattdessen den Zirkus auf dem Festplatz getroffen, gerade als die Nachmittagsvorstellung begann. Karola konnte schon nicht teilnehmen an der Beerdigungsfeier des Vaters, diesem riesengroßen Trauerzug folgen, den vielen Reden zuhören, die unzähligen Hände drücken, der schönste Schleierhut hätte ihr nichts geholfen, sie liegt im Bett und wimmert in ihre Kissen.

Gleich nach dem Angriff bringt die Mutter sie in den Schwarzwald ins Kloster Hirsau, da gibt es eine kleine Krankenstation für zartbesaitete Seelen. Dort bleibt sie wochenlang, schickt Heimwehbriefe an die Mama und die Schwester, aber als sie zurückkommt, hat sie rosa Wangen und viel Schönes erlebt, Hühner gefüttert, Kätzchen gestreichelt und auch eine Kuh gemolken. Es geht ihr deutlich besser.

Für Elisabeth war die Bedeutung des öffentlichen Geschehens den privaten Ereignissen untergeordnet. Sie war jung und auf der Schwelle in ein eigenes Leben, gespannt wie eine Feder. Der Aufruhr des Krieges, der Zerfall der alten Ordnung spiegelte ihren persönlichen Aufruhr, den Zerfall des kindlichen Glaubens an die von den Eltern gesetzten Regeln. Auch der Verlust des Vaters, diese große Traurigkeit, war zu bewältigen für sie als Abschied von der Kindheit. Elisabeth ist erwachsen geworden. Lise verändert sich nun sichtbar und sehr schnell von einer schönen Frau unbestimmten Alters in eine Matrone. Ihre Haare werden grau und bald schon sind sie ganz weiß, ihre Züge weichen auf, kaum kann man noch das fein geschnittene Herzgesicht der jungen Lise erkennen. Zur Trauer über den Verlust ihres Mannes und damit auch ihrer gesellschaftlichen Position treten bald wirtschaftliche Sorgen. Nicolai, der treue Freund ihres Mannes, steht ihr bei, obwohl selbst schwer gezeichnet vom Verlust des einzigen Sohnes im Feld, er rät ihr, mitzustimmen bei der Petition der Bühnenmitglieder, die den Großherzog um eine ihren Verlust ausgleichende Beihilfe bitten, sie fühlt sich auch betroffen, die errechnete Pension ist klein, alle Sonderprämien werden wegfallen, sie hat zwei unversorgte Töchter und will nicht immer wieder die beiden Schwägerinnen oder gar den Schwager um finanzielle Hilfe bitten müssen; ohnehin wird sie schon von ihnen mit durchgefüttert, bald schon wird sie die Lina nicht mehr bezahlen können, wie soll sie das dann bewältigen, die riesige Wohnung, das Kochen, Waschen, Putzen, Einkaufen, das alles ist ihr nicht so vertraut, dass sie es ohne Hilfe schaffen kann. Sie vermisst ihren Albert so sehr, sie kann kaum gehen, sie meint, sie muss gleich hinfallen, weil ihr etwas fehlt neben sich, an das sie gewohnt war, als ob es ein Teil ihres Körpers wäre, der sich zwar außerhalb, aber doch so nah bei ihr befand, dass sie sich nun verwundet fühlt, verstümmelt, halbiert. Sie ist immer hungrig und leidet unter der Lebensmittelverknappung, sie beginnt, sich in ihr Boudoir zurückzuziehen, in die Dunkelheit, sitzt da vor ihrem kleinen Sekretär mit dem Geheimfach, auf der Schreibplatte steht eine Flasche. Und ein Glas, das sie langsam wie in Trance an die Lippen führt, bis es leer ist, bis auch die Flasche leer ist, und dann schleppt sie sich ins Schlafzimmer, lässt sich auf ihre Kissen sinken und hat dabei das Gefühl, ihre Seite des schönen handgefertigten Bettes gäbe nach, würde sich absenken ins dunkle Nichts.

Elisabeth macht sich große Sorgen um die Mutter. Zuerst versucht sie, mit Karola zu beraten, was man tun könne, aber sie spürt, dass die Schwester in diesem Fall keine Idee hat. Tante Louise ist die richtige Person! An sie wendet sich Elisabeth, setzt sich mit ihr in deren spärlich erhelltes Wohnzimmer, wo es warm ist und behaglich. Elisabeth hat Papier und Stift dabei, sie will jetzt genau wissen, wie die Finanzen aussehen in dieser Familie. „Oje, das macht doch der Fritz."

„Also Tante Louise, das kann doch nicht sein, dass du nicht Bescheid weißt über dein eigenes, selbst erwirtschaftetes Geld? Jetzt streng dich mal an und lass uns das durchdenken."

Dann verfügt Elisabeth, dass in Zukunft die beiden Haushalte zusammengelegt werden, natürlich muss weder die Mina noch die Lina gehen, das ist klar, wo die Mina sowieso Gicht hat und sich kaum noch bücken kann, also wird das Einkaufen und Putzen mehr auf die Lina verlagert, die Mina aber kocht für alle und räumt auf. Der Kohleverknappung wird man begegnen, indem nur noch das große Eckzimmer geheizt wird und man sich warme Tücher um die Schultern schlingt.

Als die Tante Louise sich seufzend an ihren Schreibtisch setzt, um die „Bücher" zu ordnen, schaut Elisabeth ihr über die Schulter und versucht zu verstehen, was Bilanz heißt, so sehr denkt sie sich ein, dass sie später in der Nacht im Traum von Zahlenkolonnen bedrängt wird und ihnen davonrennt bis hinaus zum Rhein. Die Bilanz ist jenseits dessen, was sie leisten kann, Elisabeth ist selbstkritisch genug, um daran nicht zu zweifeln. Aber dort, wo sie kann, greift sie ein. Sie organisiert und spürt, wie man ihren Vorschlägen folgt, bald sind es keine Vorschläge mehr, bald ist sie eindeutig eine zweite Autorität in der Familie, neben der Mutter, die nach wie vor mit scharfem Blick auf das ihr Wesentliche schaut, das Dekor, die Regeln, das „Wir sind doch Wer". Es gibt keine neuen Korsetts, keine neuen Kleider, wir warten, bis der Krieg zu Ende ist. Elisabeth streicht Ausgaben an allen Ecken, und trotzdem ist das Geld knapp, dazu die Teuerung empfindlich spürbar.

Da erzählt Gertrud Willstätter, ihr Vater suche recht dringend jemanden fürs Büro, eine Schreibkraft, die Steno und Tippen könne, es sei nicht einfach, weil sie doch auch Kontakte mit dem Ausland haben, und diese Kraft müsste auch ein bisschen Französisch und Englisch sprechen und schreiben können.

Ob Gertrud sich vorstellen könne, er würde auch jemanden einstellen, der noch keine Erfahrung hat? Also, sie würde sich selbst für diese Stelle interessieren.

Gertrud lädt Elisabeth kurzerhand ein zum Abendessen.

„Kannst meinen Papa selber fragen, das ist das Allerbeste."

Elisabeth erkennt die Hilfe der Freundin mit großer Dankbarkeit an, es müsste schon sehr ungeschickt zugehen, wenn der Vater in diesem Rahmen ablehnte. Lise wird nicht eingeweiht, obwohl sie bemerkt, dass Elisabeth sich an diesem Abend mit besonderer Sorgfalt anzieht und die Haare richtet, was sie argwöhnisch beobachtet:

„Ist der Fribolin auf Urlaub da?"

„Nein. Ich gehe zur Gertrud Willstätter zum Abendessen, das ist alles."

„Wer kommt denn da noch hin?"

„Nur die Familie, Mama, mach dir keine Sorgen, der alte Willstätter und seine Frau und die Gertrud und ich."

Dass das nicht stimmt, kann Elisabeth noch nicht wissen.

2

Die ersten Luftangriffe auf die Stadt fanden statt, nun machte der Krieg sich auch bei der Zivilbevölkerung deutlich bemerkbar. Es gab Lebensmittelverknappung, ein Umverteilen der Arbeitskräfte von der zivilen in die kriegswichtige Produktion, Zuzug von Menschen, vor allem Frauen aus anderen Städten, um diese Produktion zu sichern, und schließlich die ersten Todesnachrichten, in einer Zahl, wie man sie aus den kriegerischen Auseinandersetzungen zuvor nicht gekannt hatte. Ganz allmählich erkannte die Bevölkerung, dass das kein Blitzkrieg und kein schneller Sieg sein würden, sondern eine Katastrophe von unüberschaubarem Ausmaß. Die Menschen in der Stadt reagierten auf die Veränderungen unterschiedlich heftig, unterschiedlich schnell.

Auch im Haus Karl-Friedrich-Straße 4 spürte man die Auswirkungen des Krieges. Eines Tages kam ein Brief, der Berta die Nachricht brachte, dass ihr Bräutigam auf dem Feld der Ehre für sein Vaterland sein Leben gelassen habe, der ihr außerdem empfahl, stolz auf ihn zu sein. Jeder trauerte mit ihr, jeder nahm sie in den Arm, aber sie schien es nicht zu brauchen, sie lief umher wie eine Marionette mit versteinertem Gesicht, das zusehends schrumpelte, und auf merkwürdige Weise ähnelte sie bald dem alten Fräulein Lanzmann wie aus dem Gesicht geschnitten, saß auch oft bei ihr in ihrem Nähzimmer oben unterm Dach, sortierte Knöpfe mit flinken Fingern, sammelte Stofffetzen auf, strich sie glatt und sah dabei in eine unbestimmte Ferne. Die Wachenheimers bangten um ihren Sohn, ihre Freude über die Verheiratung der jüngeren Tochter Regina hielt sich in Grenzen, obwohl

Regina sich „gut“ verheiratet hatte, Fritz Spanier war Kieferchirurg, ein kluger und ehrgeiziger junger Mann, der würde seinen Weg machen, aber die Eltern blieben einsam und ängstlich zurück. Eines Tages erschien mit vielen Kisten und Koffern Hedwig und zog bei den Eltern wieder ein und kurz darauf auch Manfred, den rechten Arm in der Schlinge, humpelnd, blass und mager, aber er lebte! So hatte die Berta wieder fast die ganze Familie Wachenheimer beisammen, konnte sich um sie alle sorgen, sie versorgen und richtete sich mit ihrem Los ein wie für die Ewigkeit. Längst wohnte sie unten bei den Wachenheimers in ihrer großen Wohnung, das Zusammenrücken war ein allgemein sich verbreitendes Lebensmuster.

Nur noch das große Eckzimmer wurde also beheizt im Winter 1916/1917, auch in der Küche war es noch warm vom Herd her, dessen eiserne Platte glühte, die Öffnung, die aus vielen sich verjüngenden Ringen bestand, gab den Blick frei auf die rote Glut jedes Mal, wenn Lina einfüllte, was man hatte, manchmal warf sie zerrissenes Papier, Pappe hinein, und Lise schüttelte nur den Kopf über „das dumme Lumpenluder, die Lina, die meint, es muss nur brennen, aber ob's auch durchhalten kann, das Feuer, das überlegt sie nicht.“

Durchhalten wollen die Älteren, bis sie am anderen Ende des Tunnels angelangt sind. Die Jungen aber leben, sie verlernen das Lachen nicht so schnell, die Frauen und die Mädchen jedenfalls.

Elisabeth hat sich die creme-weiße Crêpe de Chine-Bluse angezogen, sie ist schlicht und wirkt allein durch das Material, den Schnitt, den Ausschnitt, der ihren weichen, schlanken Hals und ein bisschen mehr frei lässt, den tannengrünen Wollrock mit dem hohen Bund, der sich eng um ihre Wespentaille schließt, das Cape darüber gehängt, den Muff auf die Hände gesteckt, den „Topfhut“ aus Feh auf die ondulierten Haare gedrückt, hält den Kopf ein bisschen steif, weil dieses runde Ding wackelig auf ihrem Kopf thront, über die rotbraunen Stiefelchen hat sie Galoschen geknöpft, unter den Arm die Krokotasche mit dem Silberbügel geklemmt, und so geht sie los mit schnellen Schritten in die belebte Dunkelheit hinein, sie wird zwanzig Minuten brauchen von der Karl-Friedrich-Straße in die Jahnstraße, eilt an der Kunsthalle vorbei, biegt in die Stephanienstraße ein, sie biegt rechts ein beim Haus Nummer dreißig, diesem schönen, breiten Eckgebäude, wo die von Tetzlaffs wohnen mit ihren fünf Kindern, gelangt so in die Bismarckstraße, wo Fahnen wehen an den „Häusern" der Studentenverbindungen. Sie kommt gerade rechtzeitig bei den Willstätters an, um im spärlich erhellten Flur auf die anderen Gäste zu treffen, und erkennt überrascht den Onkel Nicolai, stürmt auf ihn zu, schlingt die Arme um ihn, „Onkel Nicolo, du bist auch hier?", und während sie ihn umarmt und Gertrud hinter ihr Hüte auf die Garderobenhaken stülpt, Mäntel auf Bügel hängt, gut macht sie das, wie gelernt, sie muss ja, denn die Willstätters haben fast kein Personal mehr, nur noch zwei Mädchen, beide stehen in der Küche, die anderen sind in die Fabrik abgewandert, im Kriegseinsatz an der Heimatfront, während Frau Willstätter in dieses fröhliche Getümmel hineinkommt mit ihrem „willkomm, willkomm, ja, darf ich bekannt machen", da bemerkt Elisabeth noch eine weitere Gestalt: ein fremder Mann steht da, abwartend und schaut sie an. Er sieht ihr in die Augen und erfasst doch ihre ganze Gestalt. Elisabeth kennt sich aus mit Männerblicken, sie hat in ihnen lesen gelernt wie in einem aufgeschlagenen Buch, weiß sie als Spiegel zu benutzen, kann die stummen Signale deuten, all das geschieht in ihr, jenseits der Sprachgrenze, in dieser tieferen Schicht, die auf das Wesentliche zielt. Im Blick dieses Mannes liegt ein Erkennen und ein Anerkennen, vor allem Kennenlernen-Wollen, in diesem Blick blüht Elisabeth auf, wird ganz ruhig darin und ist bei sich selbst.

Um den großen, elliptischen Tisch der Willstätters versammeln sich an jenem Abend die Willstätters, Herr und Frau mit ihrer Tochter Gertrud und ihren Gästen. Elisabeth Wolf, die Tochter von Albert Wolf, gerade ist er verstorben, der Herr Direktor Wolf, er war ein Zauberkünstler, hat die technische Werkstatt des Hoftheaters unter sich gehabt, wirklich ein Verlust für die Stadt, so wird der fremde Gast schnell aufgeklärt von Herrn Nicolai, dem juristischen Berater und Freund der Familie, der auch eng befreundet ist mit der Familie von Albert Wolf. – „Ja, Herr Nicolai hat gerade seinen Sohn verloren, gefallen an der Ostfront" – das flüstert Frau Willstätter dem Fräulein Kaulbach zu, einer lieben, alten Freundin. Neben Herrn Nicolai, sitzt an diesem großen Tisch noch der Kamerad des jungen Nicolai; er hat die Todesnachricht überbracht und ist einfach dageblieben, ist nun tätig bei „Badisch Leder" als Direktor, leitet die Fabrik zusammen mit Herrn Willstätter, der gerne profitiert von der Erfahrung des jungen Kollegen, denn die Zunahme der Produktion durch die Kriegsindustrie beginnt ihm über den Kopf zu wachsen. Dieser Fremde hat einen Durchschuss durch den Unterarm, beide Hände und Füße erfroren im russischen Schnee, und er wird so bald nicht mehr fronttauglich sein, also konnte Herr Willstätter ihn gewinnen und hat ihn nun auch ein bisschen aufgenommen in die Familie, bis er hier heimisch werden wird. Ein interessanter Mann, der, ohne sich vorzudrängen, in Kürze das Tischgespräch beherrscht, weil er wunderbar erzählen kann von Paris, Sacré-Cœur, Notre-Dame, Champs-Elysées, Bastille, les Tuileries, und zudem auch von Afrika, wohin er regelmäßig reisen musste, um die Handelskontakte seiner eigenen französischen Firma zu pflegen, die jetzt im Moment außer Reichweite für ihn ist, das heißt ganz in den Händen seines französischen Kompagnons, da ist sie ihm sicher. Und sobald es geht, wird er zurückgehen? Ah, das ist ungewiss, er lebt im Hier und Jetzt, er plant nicht gern, er hat gelernt, dass alles so ungewiss ist, dass man sich nicht über die Zukunft den Kopf zerbrechen sollte, sie ist aus Glas, schillernd, zerbrechlich ...

„... wie das Glück?", sagt Elisabeth, er sieht sie an und zögert lange mit seiner Antwort, so lange, dass das Schweigen in die Augen und Ohren aller Anwesenden sticht.

„... wie das Glück, ja."

Elisabeth fragt an diesem Abend nicht, ob Herr Willstätter sie brauchen kann, es passt nicht in die Atmosphäre, und Gertrud will ihr nicht vorgreifen, sie hat auch ganz vergessen, warum sie Elisabeth eigentlich eingeladen hatte, sie ist mit so ganz anderem beschäftigt, vor allem damit, der Mutter zu helfen, immer wieder etwas aus der Küche zu holen, zu zeigen, wie tüchtig sie ist, was für eine tüchtige Hausfrau, es sind eben andere Zeiten, man lässt sich nicht mehr nur bedienen, man zeigt, dass man der Notsituation gerecht werden will, indem man vom hohen Ross steigt, jedenfalls ist es ganz nützlich für Gertrud, dass sie helfen muss, denn sie kann jedes Mal einen Blick in den großen goldumrahmten Garderobenspiegel werfen und auch schnell mal einen Tupfer Puder auf die Nase setzen, wenn sie im Eifer all dieser Aktivitäten begonnen hat zu glühen.

Auf dem Heimweg glühen auch Elisabeths Wangen. Beim Ausziehen und Waschen summt sie vor sich hin und Karola sieht sie mit neugierigen Augen an.

„Wie war's bei den Willstätters? Hat die Gertrud wieder so mit dem Kopf rumgeschüttelt, um ihre schönen Locken zu präsentieren?"

„Die Gertrud? Ja, hat sie. Ihr Kleid war ein bisschen unvorteilhaft", bemerkt Elisabeth.

„Macht doch nichts, wem hätte sie denn gefallen sollen, oder war ein hübscher junger Mann dabei?"

Elisabeth beschäftigt sich ausgiebig mit der Zahnpflege und kann auf diese Frage wirklich nicht antworten.

Es geht dann ganz leicht. Am nächsten Tag schon fährt Elisabeth hinaus zu den Badischen Lederwaren, lässt sich gleich zu Herrn Direktor Willstätter persönlich führen und fragt ihn unumwunden, ob er sie brauchen könne. Er stellt sie ein, sie solle sich zum ersten Dezember im Büro melden.

Kein Ton zur Mutter, zur Schwester vorerst, nur Tante Louise ist eingeweiht.

Wenn der Onkel Karl und die Tante Jenny einen Besuch abstatten, zusammen mit dem kleinen Hans, dann schaut alles auf ihn: Was für ein süßer, hübscher Kerl, die schönen, braunen Locken! Ganz der Papa, ja, der Karl war mal ein fescher junger Mann, so einer wird der Hans auch mal werden und allen Mädchen den Kopf verdrehen. Hans wird von Schoß zu Schoß gereicht, mit feinen Leckerbissen verwöhnt, Elisabeth und Karola spielen „Goldne Brücke“ mit ihm, Karola malt ihm ein Pferd, eine Kuh, ein Kamel, ein Walross, was er will, er kommt aus dem Staunen nicht mehr raus, und Elisabeth gibt den Tieren Namen: Ottokar, Edelbert, Dragomir heißen sie; die Lina muss den Kopf schütteln:

„Wo sie das bloß her hat, das Frölein Elisabethle?“

„Von den vielen Büchern halt, die sie lesen tut!“

„Dass ihr der Kopf nicht platzt, das ist grad ein Wunder.“

„Am ersten Dezember werde ich anfangen, ein bisschen bei den Willstätters in der Fabrik zu arbeiten, Mama.“

Elisabeth wählt den Zeitpunkt gut, um der Mutter diese Mitteilung zu machen. Sie hat wohl bemerkt, dass die Blicke der Mutter über Jennys neue Strickweste, die Handtasche und die Schuhe gewandert sind. Und vor Publikum will die Mutter Contenance bewahren; eine heftige Reaktion ist also nicht zu befürchten.

„Wir können jeden zusätzlichen Pfennig brauchen. Du weißt ja, die Butter hat schon wieder aufgeschlagen. Alles wird teurer.“

Später, als alle weg sind, ist Lise müde und muss an so vieles denken, vor allem an Albert und daran, wie sie am Ende langer Tage zusammen in ihr schönes Bett geschlüpft sind und lange noch über alles geredet haben, es hin und her gewendet haben, ein bisschen lästerlich über jeden hergezogen sind, danach aber die guten Eigenschaften der Einzelnen wieder aufgesammelt haben und schließlich froh darüber, nicht in deren, sondern in der eigenen Haut zu stecken, eingeschlafen sind, eng aneinandergeschmiegt. Ach ja, der Albert! Er fehlt ihr so!

Elisabeth schwingt sich auf das Rad des Majors und fährt zur Fabrik. Ihr erster Arbeitstag. Sie ist bang, aber in ihr ist auch noch ein anderes Gefühl, das sie nicht benennen kann oder will. Dem Pförtner gibt sie die Hand und lächelt: „Ich bin Elisabeth Wolf. Ich bin neu, können Sie mir sagen, wo das Schreibzimmer ist?“

Schon hat sie den Herrn Heidingsfelder gewonnen. Er bringt sie persönlich „nuff“. Diese Sprache kennt sie!

Von weitem schon hört man eine erregte Männerstimme, die unaufhörlich scharfe, schnelle Sätze in den Raum und durch alle

Wände donnern lässt. Der Pförtner klopft, wartete nicht auf Antwort, öffnet sogleich die Tür und tritt ein, denn das Sturmgewitter übertönt alle anderen Geräusche. Elisabeth folgt ihm.

Vier Frauen stehen mit dem Rücken zu ihr, ihren Schultern kann man ansehen, dass sie sich gerne krümmen würden. Vor den Frauen steht mit zornblitzenden Augen und in die Hüften gestemmten Armen, breitbeinig gebieterisch ...

„Herr Direktor Mayer, des Frölle Wolf isch do!"

Elisabeth lächelt in die funkelnden Zornblitze hinein und lässt ihre Augen dann über die Gesichter der Frauen wandern, die sich ihr zuwenden.

„Es ist gut, Sie können gehen. Bitte, Fräulein Wolf zu mir."

„Danke", flüstert sie dem Pförtner zu, dann geht sie durch das Spalier der Schreibdamen in den hinteren Raum, setzt sich auf einen Stuhl, der vor dem riesigen Schreibtisch steht, lehnt sich zurück und lächelt wieder.

Zeus im Olymp, denkt sie unwillkürlich. Sie wartet, bis er sich den spärlichen Haarkranz glatt gestrichen, Krawatte, Weste geordnet, Jacke geknöpft und damit seine Fassung gewonnen hat. Noch einmal kommt er vor den Schreibtisch und streckt ihr die Hand entgegen, sie beugt sich leicht vor und legt ihre Hand in seine, lässt sie drücken, drückt dagegen, spürt die Wärme dieser großen, warmen Hand, atmet das Parfum ein, entdeckt darin die orientalischen Komponenten, Zitrone, Jasmin, Lavendel – sie kennt sich aus – und ein kleines bisschen menschliche Aufregung.

„Wir haben uns ja schon kennen gelernt."

„Richtig, bei den Willstätters, nicht wahr?"

Bevor der Herr Direktor ihr ihr Aufgabenfeld erklärt, wieder dieser forschende Blick, das Zucken in den Mundwinkeln, die leichte Straffung der Kopfhaut, ein Flattern der Nasenflügel, unterdrückte Irritation, der sie begegnet mit ihrem kleinsten Lächeln, das nicht mehr ist als eine Korrektur der Mundwinkel nach oben.

Dann nimmt er sie mit ins Schreibzimmer, stellt sie den Kolleginnen vor und zeigt ihr ihren Arbeitsplatz.

Als sie am Ende des ersten Tages ihr Fahrrad über den Hof schiebt, lässt sie wie zufällig noch einmal ihren Blick hinaufschweifen zu den Fenstern der Büros und meint, dahinter eine Gestalt zu erkennen, ein Gesicht, Augen, die ihr folgen. Sie steigt auf, tritt in die Pedale und radelt fröhlich pfeifend in die Dämmerung hinein.

Natürlich macht sie Fehler, kann manchmal ihr Stenogramm nicht entziffern und phantasiert sich dann ein Wort zurecht, das er nachsichtig lächelnd kommentiert. Aber sie macht keinen Fehler beim Schreiben der vielen französischen Begriffe, die er einstreut, weil sie ihm geläufiger sind als die deutschen. Sie preist Mademoiselle Cheveux für ihren guten Unterricht und außerdem freut sie sich nun zum ersten Mal, dass die Erwachsenen im Haus Karl-Friedrich-Straße 4 sich aufs Französische zurückzogen, wenn sie ihre Geheimnisse vor den Kindern austauschen wollten. Das hatte damals ihren Lerneifer beflügelt auf eine Weise, die der Mutter nicht recht war, die der Vater aber still belächelte. Er wusste um ihr Verstehen und nutzte diese Kenntnis bald schon, um ihr Hinweise zu geben, die sie bei ihren Freiheitskämpfen gegen die Mutter gut brauchen konnte, was diese lange nicht bemerkte.

Sie spürt, dass sie bald eine Sonderstellung hat unter den weiblichen Bürokräften, und versucht, diese ihr unangenehme Situation auszugleichen durch freundliche, private Gespräche mit den Kolleginnen; sie richtet es ein, mit der einen oder anderen Kollegin das Gebäude zu verlassen und erkundigt sich nach ihren privaten Umständen, weiß bald alles von ihnen, dass Fräulein Kaminski ihre kranke Mutter versorgt, die nörglerisch und von düsterer Stimmung gelähmt zu Hause sitzt „wie en Rab uffm Stromkabel", auf das Heimkommen der Tochter lauert und ihr keine Zeit lässt, andere Menschen, junge Menschen, oder gar den Fritz, wenn er auf Urlaub ist, zu treffen. Elisabeth weiß auch, dass Frau Halberstroh Witwe ist und einen Sohn, einen einzigen! im Feld hat und dass sie sich das Leben nehmen wird, wenn er nicht zurückkommt, weil er ihr ein und alles ist, dass Jette Silbermann fünf Schwestern hat, die alle arbeiten, alle haben sie das gegen den Vater durchgesetzt, aber es war nicht schwer, „weil wir Frauen halt zusammenhalten!" Da zeigt sie ihre krummen Zähne, die Jette, das hellrosa Zahnfleisch über dem voluminösen Kieferknochen, über den sie sonst nur mit Mühe die Oberlippe spannen kann. „Die Jette, die hat ein Gebiss wie ein Pferd", erzählt sie der Karola zu Hause, denn in letzter Zeit stehen die beiden Schwestern einander wieder näher. Karola wartet auf die Schwester, manchmal kommt sie ihr sogar ein Stück entgegen und fragt sie gleich aus, nach allem, was Elisabeth heute wieder erlebt hat, und kann sich alles so lebhaft vorstellen, dass sie die ein oder andere Episode in ihr privates Kabarettrepertoire aufnimmt.

„Wer bin ich jetzt?" Sie sperrt den Mund auf, kräuselt die Nase und zieht die Oberlippe von den Zähnen.

„Ach Lola, du dummes Ding, du hast nichts als Unsinn im Sinn!"

„Mama, bist du unter die Dichter gegangen? – Das kann ich auch! Die Jette bin ich, die nette, kokette, adrette", trällert Karola vor sich hin und erntet dann doch wieder ein zustimmendes, liebevolles Lächeln von der Mutter.

Zu Weihnachten kommt der Fribolin nach Hause, am ersten Feiertag hat Elisabeth eine Einladung zu seinen Eltern.

„Zum Appell!" Karola legt die gestreckte Hand an einen unsichtbaren Mützenschirm.

Elisabeth „trielt" herum, kommt fast zu spät.

„Mein Bräutchen ist aber wortkarg. Erzähl doch, wie's dir geht!", will Hermann wissen.

Ja, sie geht nicht mehr in die Klinik.

Brav.

Sie arbeitet jetzt an der Heimatfront. Im Büro.

Blicketausch zwischen Mutter und Sohn Fribolin.

„Alles in Ordnung, das ist sehr gut. So wünsch ich's mir von meiner zukünftigen Frau!"

„Und du, Hermann?"

„Der Kampf ist nicht für Frauen. Der Mann muss seine Pflicht tun, er hofft, dass ihn die Gebete und guten Gedanken aus der Heimat begleiten."

Hermann bringt sie nach Hause. Es ist bitterkalt, sie gehen eingehakt miteinander. Zwischen zwei Laternen zieht er sie ganz plötzlich in den Schatten eines Hauseingangs, reißt sie an sich und küsst sie stürmisch.

Daran muss sie denken beim Einschlafen. Hat dieser Kuss überhaupt irgendetwas mit ihr zu tun gehabt? War es nicht, als ob Hermann einen Befehl ausübte oder ein Programm abwickelte, das er sich vorgenommen hatte? Sie sehnte sich nach Umarmungen und Küssen, aber dieser Kuss war eine große Enttäuschung für sie.

Das Jahr dehnt sich oder eilt davon, je nachdem, wer es erlebt.

Die Straßenbeleuchtung muss eingeschränkt werden, schließlich gibt es gar keine Beleuchtung mehr, die Stadt liegt im Dunkel da wie ein offenes Feld, ein Wald, wie das weite Meer. Gas kommt nur noch zwischen zwölf und zwei Uhr, Gott sei Dank hat man den alten Kohleherd noch in der Küche, da kann man zur Not auch mit Gerümpel und Papier ein Feuerchen machen. Es wird kalt werden im nächsten Winter, man muss noch näher zusammenrücken.

Es gibt immer weniger zu essen, immer weniger Brennstoff. Wie froh und dankbar sind sie, dass Lina aus ihrem Heimatdorf Schinken und Blutwurst bringt und sie an alle verteilt, an die Tanten, das Frölein Lanzmann und sogar an die Wachenheimers, die dankbar annehmen: „In schwerer Zeit wird der Herr uns diese Sünde verzeihen."

„Lina, du bist ein Goldstück, dass dich uns der Herrgott zugeteilt hat, das ist unser Glück gewesen", betont Lise immer wieder. Elisabeth kann die Lina umarmen, ganz plötzlich aus einer unerklärlichen Aufwallung ihrer verwirrten Gefühle heraus, weil sie die weiche Seite der Mutter nach außen gekehrt hat. Wie gut die Lina riecht, nach schwarzem Rußrauch aus dem alten Herd, nach Kernseife, nach im Fett gebratenen Zwiebeln, nach Zuhause-Sein, Geborgensein.

Dann wird es wieder heller und die Vögel zwitschern schon aufgeregt in den noch kahlen Bäumen, da ruft sie der Direktor

Mayer zu sich. Er habe eine besondere Bitte an sie. Er erwarte wichtige Geschäftspartner aus Berlin. Die müsse er ein bisschen auf Laune bringen, er dachte an einen kleinen Stadtrundgang, einen Theaterbesuch oder Museum? Er wolle ihre Meinung hören und ob sie ihn begleiten könne.

Wäre da nicht die Gertrud ...?

Nein, nein, Fräulein Willstätter habe keine Ahnung vom Geschäftlichen, sie sei ja ganz auf den Haushalt konzentriert, das Übliche eben, er wolle sie dabei haben.

Gut! Also, sie schlage vor, sich morgen zu treffen, sie werde ihm die Stadt ein bisschen erklären, zeigen, was man für Möglichkeiten hat.

Kurzes Zögern.

Abgemacht, morgen um zehn also?

Um zehn! Sie schlägt vor, sich im Krokodil am Ludwigsplatz zu einer Tasse Kaffee zu treffen.

Im Krokodil. Er wird da sein.

Er ist da, längst schon, als sie mit zehn Minuten Verspätung ankommt, so macht man das, um dem Herrn die Peinlichkeit zu ersparen, die Dame warten zu lassen und der Dame die Peinlichkeit zu ersparen, warten zu müssen.

„Wissen Sie, wo ich jetzt eigentlich sein sollte?“

Nein, das weiß sie natürlich nicht, es tut ihr leid, wenn sie ihn von etwas Wichtigerem abhält.

„Herr Willstätter hat mich in der hiesigen Gemeinde angemeldet, es ist Sabbat und ich sollte beten.“

Er reckt das Kinn, bläst den Zigarettenrauch aus, senkt die Lider und beobachtet sie scharf dabei.

Sie lacht! Oh, in ihrer Familie ist man auch nicht so fromm, geht kaum noch in die Kirche, zu Weihnachten, Ostern vielleicht. Und sie selbst, sie braucht das alles nicht. Sie glaubt auch so an Gott und vor allem glaubt sie an die Zehn Gebote.

Mhm.

Aber sie muss ihn warnen. Wenn er hier heimisch werden will, dann sollte er vorsichtig sein. Die Karlsruher sind sehr distanziert Fremden gegenüber. „Reingeschmeckte“ werden scharf beobachtet und streng beurteilt. Es gibt bestimmte Regeln, die sind hier noch strenger als anderswo. Eine Handvoll alter Karlsruher Familien verfügt über diese Regeln und diese Leute bestimmen auch, ob ein Fremder dazu gehören darf oder nicht.

Aha! Jetzt beugt er sich vor, rückt ihr dabei so nah, dass sie ihn riechen kann, das orientalische Parfum und darunter auch Haut und Atem, dieses Mal ganz ohne Aufregung.

Ja, die Willstätters gehören dazu, sie sind eine sehr angesehene echte Karlsruher Familie.

Ach so! Und die Wolfs?

Sie zögert keine Sekunde. Ja, sagt sie, auch die Wolfs. Und die Fribolins, ... – das ist ihre zukünftige Familie, also die Familie ihres Bräutigams.

Ah ja?

Sie schlägt die Augen nicht nieder, aber sie spürt, dass ihr heiße Röte den Hals entlang krabbelt und spricht deshalb schnell weiter: Besonders aber die Wolffs mit den zwei ff am Ende. Sie lächelt.

Und zu denen gehört sie nicht?

Doch, ein bisschen schon. Sie beginnt zu erzählen.

Er zahlt, sie machen sich auf ihren Rundgang, Elisabeth erzählt von den Wolfs und den Wolffs, den Willstätters, den von Scheffels, von Fabecks. Sie führt ihn zur Münze, „und da wohne ich, Pension Fischbach, gleich gegenüber", unterbricht er sie kurz, sie registriert das kommentarlos, als ob es sie nicht interessiere, erzählt stattdessen vom berühmten Architekten Weinbrenner, dann führt sie ihn durch die Stephanienstraße bis zur Orangerie, erzählt vom großen Architekten Heinrich Hübsch, vom berühmten Maler Hans Thoma, sie öffnet das schmiedeeiserne Tor mit dem vergoldeten Wappen, und gemeinsam betreten sie den botanischen Garten, schlendern um den stillen Teich, sie sucht den dicken Karpfen darin.

„Der ist so alt wie ich", sagt sie, „er heißt Ludwig natürlich, so heißt man hier in Karlsruhe halt".

„Wenn man nicht Karl oder Friedrich heißt?"

„Ja, eben, oder Leopold."

Dann erzählt sie von der unglücklichen, französischen Prinzessin Stephanie, der Gräfin Hochberg und dieser schrecklichen Geschichte mit dem Findelkind, dem Kaspar Hauser.

Ah, davon hat er gehört, hat sogar einen Roman darüber gelesen von Jakob Wassermann. Liest sie auch?

Oh ja, natürlich liest sie. Sie liebt die Engländer, Jane Austen, William Thackeray und Charles Dickens.

David Copperfield ist sein Lieblingsroman!

Zum Aufwärmen landen sie im Bauer in der Lammstraße, nachdem sie ihm gezeigt hat, wo sie wohnt und wo ihre Tanten das Geschäft führen. Dann gehen sie weiter zur Festhalle, zum Vierordtbad und zum Eingang in den Stadtgarten.

„Wollen wir?"

„Ja, gern."

Sie schlendern in den schlafenden Garten hinein, beobachten die Graureiher, die Gänse, die sich am Wasserrand zusammenkuscheln, gehen hin zur Unterführung unter der Augartenstraße, und dort hängt das Bild, das mein Vater gemalt hat, das große Schwarzwaldbild, Tannen, Moos, Licht, das durch Schlitze fließt und tröpfelt, auf Steine trifft und sie zum Funkeln bringt. Romantisch. Ja, der Papa hatte Gemüt, er war sich nicht zu gut für romantische Gefühle, aber ohne Sentimentalität, nicht so süßlich. Genau richtig eben.

Sie hat ihn sehr gern gehabt?

Ja.

Seine Eltern sind auch tot. Beide. Und er vermisst sie, dauernd fällt ihm ein, was er ihnen gerne gesagt hätte, was er sie gern gefragt hätte, es tut ihm weh, dass das vorbei ist.

Hat er niemanden mehr?

Doch. Eine „große" Schwester und einen „großen" Bruder, vielleicht versteht sie, warum er das so betont. Sein Verhältnis zu den beiden ist zwiespältig. Er liebt sie beide, sehr sogar, aber er hat sich auch immer gegen ihre Übermacht wehren müssen.

Sie selbst ist eine große Schwester, aber sie glaubt, dass sie keine Übermacht ausübt auf Karola. Sie sind eher ... Freundinnen, Vertraute.

Wie schön, so hört sich das gut an.

„Sie ist ein bisschen so etwas wie eine andere Möglichkeit meiner selbst“, gerade als sie das sagt, ist es ihr eingefallen. Vieles, was sie sagt, fällt ihr in seiner Gegenwart erst ein, es ist, als ob sie sich verändert, herauswächst aus sich selbst wie aus abgetragenen Kleidern.

Lange stehen sie dort in der Unterführung, ganz allein nur sie beide, nebeneinander, zum Schluss redet keiner mehr, und als sie wieder nach oben gehen, ist es fast dunkel.

Er bringt sie nach Hause.

„Jetzt kann ich das letzte Stückchen aber alleine gehen.“

„Danke!“ Er nimmt ihre Hand und führt sie an den Mund, langsam, vorsichtig, formvollendet.

Sie lächelt, nickt, dreht sich um und biegt in die Karl-Friedrich-Straße ein, spürt seine Blicke im Rücken, lächelt dabei und lächelt immer noch, als sie den Laden betritt und dort auf vier aufgeregte Frauen mit hochroten Köpfen trifft.

„Elisabeth, wo warst du denn so lang? Wir haben uns ganz schreckliche Sorgen gemacht!“

Sie muss erklären, dass sie jetzt eine berufstätige Frau ist, in der Kriegsindustrie tätig, und dass sie manchmal eben gebraucht wird, lange, sehr lange sogar.

„Und wann sollen wir Alarm geben?“

„Karola, du dummes Ding, das ist bitterernst und kein Spaß!“

„Ich bitte dich, Mama, ich bin doch nicht unter Barbaren. Ich muss halt bleiben so lange, wie ich muss, und wenn’s mal arg lang ist. Wenn du jetzt einen Sohn an der Front hättest, dann wüsstest du gar nichts von dem.“

So ein Unsinn, sie hat keinen Sohn, sie hat zwei Töchter, um deren Ruf sie besorgt sein muss.

„Wenn ich das nicht schaffe, meinen Ruf sauber zu halten, kannst du das auch nicht.“

Also das will die Mutter wissen, wo sie diese Aufsässigkeit her hat. Wer hat ihr diese Insubordination in den Kopf gesetzt?

Sie ist jetzt fast dreiundzwanzig Jahre alt und erwachsen.– „Ja, und es wird Zeit, dass du in feste Hände kommst.“

Die festen Hände des Herrn Fribolin packen sie wieder, dieses Mal, als sie mit ihm allein ist nach dem Mittagessen in der Karl-Friedrich-Straße 4, wohin die Mutter ihn eingeladen hat und wofür sie im großen Eckzimmer ordentlich hat aufheizen lassen, aber so richtig gemütlich ist es nicht.

Es bleibt kühl und die Dämmerung bricht früh herein, trotzdem muss Elisabeth immer auf Hermanns Mundwinkel starren, in denen sich, wenn er ohne Unterlass redet, kleine weiße Bläschen bilden, die plötzlich zerplatzen und vergehen und dann erneut zu blühen beginnen. Die Mutter, die Tanten und Karola müssen ganz dringend aus dem Zimmer, bald schon nach dem Dessert, einem derben Apfelkuchen, in dem man die Apfelstückchen suchen muss, als ob es Glücksmandeln wären.

Wieder beginnt Hermann sie abzufragen.

Tagsüber eben ist sie bei Willstätter in der Fabrik, das heißt im „Bureau".

„In der Badischen Lederfabrik? Willstätter, ist das nicht ein jüdischer Name? Elisabeth, ich habe dir doch empfohlen, dich vaterländischer zu orientieren."

Das versteht sie nicht. Vaterländischer, meint sie, geht's doch gar nicht. Die Badischen Lederwaren gehören dem Land Baden, nimmt sie an, warum heißen sie sonst so? Sie arbeitet für die Armee, indirekt vielleicht, das gibt sie zu, aber die Produktion ist zu über achtzig Prozent kriegswichtig.

Er versteht ihre Erregung nicht, sie ist jetzt wirklich zu impulsiv, das gefällt ihm nicht an ihr, aber er will nicht streiten in diesen kostbaren Stunden, die sie miteinander verbringen können, dennoch legt er ihr dringend ans Herz, das zu überdenken. Es werden doch überall Schreibkräfte gebraucht. Er erlaubt ihr ja, etwas zu tun, das schätzt er sogar an ihr ...

Sie braucht seine Erlaubnis nicht. Für nichts.

„Liebling, bitte! Erzähl mir von deiner Freizeit. Was liest du denn, sicher bist du immer noch das gleiche Lesewürmchen."

Sie hat gerade einen sehr traurigen Roman gelesen, einen modernen, von einem nicht so bekannten Erzähler, der von einem Mann und einer Frau handelt, die nur beieinander bleiben aus Gewohnheit und weil sie ein Kind haben, das sie beide lieben. Als das Kind stirbt, da können sie sich endlich voneinander befreien.

Ist das die richtige Lektüre für sie? Wie heißt denn der Autor?

„Hermann, wie du. Hermann Hesse."

„Ach Gott, Elisabeth, wirklich, weißt du denn nicht, dass das ein ganz fragwürdiger Mensch ist, ein Vaterlandsverräter, ein feiger Gesinnungslump!"

Es ist ihm nicht mehr nach Küssen zumute, und das ist Elisabeth nicht unrecht. Er geht, ohne sich von der Mutter und den Tanten zu verabschieden, und Elisabeth erstickt ihr Unbehagen in der Vorfreude auf den Montag, aufs ‚Bureau', den Schreibtisch, die Arbeit. Ja, darauf freut sie sich richtig, und auf die Kollegen, auf alle Kollegen, auch den Herrn Heidingsfelder, den Pförtner.

„... und den Herrn Mayer, den Direktor?" Die schlaue Karola hat etwas gemerkt.

„Ja!"

„Riecht er gut, Isale?"

„Er riecht sehr gut."

Herr Mayer, den Elisabeth auch mit „Herr Mayer" anspricht – als Einzige im Schreibzimmer, die anderen sagen ganz prononciert „Herr Direktor", das bemerkt er wohl, er sieht sie dabei fest an und sie schaut zurück –, erwartet wieder Gäste. Theater hat er gedacht, was meint sie dazu, kann sie etwas empfehlen?

Es sieht schlecht aus im Theater, man sollte lieber ein schönes Konzert anhören. Es gibt gerade eine Reihe konzertanter Aufführungen von Fidelio.

Sehr gut, sehr gut. Fidelio ist seine Lieblingsoper.

Man könnte probehören, damit man weiß, ob es für die Gäste geeignet ist.

Heute Abend? Ja, sie wird sicherlich Karten bekommen können. Für sie sind noch nicht alle Quellen versiegt am Theater, sie hat ihre Verbindungen.

Bewaffnet mit ihrem Lächeln und ihrer zähen Beharrlichkeit erhält sie, was sie will.

Es wird durchgespielt, ohne Pause, und als das Licht angeht, sind sie beide benommen und bewegt. Sie treten vor das neu erbaute Städtische Konzerthaus und sehen hinter dem bewachten Zaun des Lazaretts einige Gefangene auf- und abschreiten. Er bringt sie natürlich nach Hause, wie selbstverständlich winkelt er den Arm an und zieht ihre Hand durch seine Ellbogenbeuge.

Beim Vorbeischlendern wirft Herr Mayer den Männern hinterm Zaun ein paar französische Worte zu und die Antworten klingen fröhlich, fast kameradschaftlich, Griff an den Hutrand, an die Mütze, ein Nicken, dann gehen sie weiter.

„Herr Mayer, Sie sind unvorsichtig. Man könnte uns so sehen. Das wäre nicht gut für Sie."

„Die Regeln!"

Genau! Gerade die Willstätters sind etepetete. Die Gertrud, sie kennt sie ja nun schon viele Jahre, konnte schon als kleines Mädchen sehr empfindlich reagieren auf Stilbrüche. Bei einer Kindergesellschaft brach sie in Tränen aus, nur weil eines der eingeladenen Mädchen ihr beim Auspusten der Geburtstagstorte helfen wollte. Ein Drama war das damals.

„Sie sorgen sich ganz umsonst um mich, mein liebes Fräulein Wolf. Mir ist weder daran gelegen, hier sesshaft zu werden, noch mich zu verbinden in irgendeiner Form. Ich kann mich sehr gut verteidigen, wenn ich angegriffen werden sollte. Außerdem bin ich ein unsteter Mensch, ein Einzelgänger, ich brauche meine Freiheit, Raum um mich herum, um mich darin bewegen zu können, so wie ich will, freie Wahl des Ortes, an dem ich leben will."

Er will doch sicher bald wieder nach Frankreich zurück, da gibt es möglicherweise jemanden, der auf ihn wartet.

„Es gibt dort jemanden. Aber sie wartet nicht auf mich. Sie hat einen anderen."

„Das tut mir leid."

„Nein, Fräulein Wolf, das sehen Sie falsch. Sie sehen mich ganz falsch, viel zu positiv. Sie ist verheiratet, war schon verheiratet und ich bin – oder besser gesagt, ich war gewissenlos genug, mich nicht daran zu stören. Heute denke ich vielleicht anders darüber, der Krieg, der Fronteinsatz hat mich gelehrt, wie wichtig es ist, die menschlichen Grundrechte – oder die Zehn Gebote, wie Sie das nennen würden – zu achten. Ich will niemandem mehr sein Leben, seinen Besitz streitig machen."

„Besitz? Man besitzt Dinge, aber einen Menschen kann man doch nicht besitzen. Wenn diese Frau Sie geliebt hat, hätte sie ihren Mann verlassen müssen."

„Vielleicht wollte sie das nicht, obwohl sie mich geliebt hat, weil sie klug genug war zu spüren, dass meine Liebe zu ihr nicht groß genug war, um ein solches Opfer zu rechtfertigen."

„Dann war sie nicht die große Liebe Ihres Lebens?"

„Wie kann man sagen, wer die große Liebe seines Lebens ist, bevor man sein Leben zu Ende gelebt hat?"

„Das weiß man, man weiß es ganz sicher, man braucht nicht auf das Ende des Lebens zu warten, man weiß, wenn etwas so wichtig ist, dass man etwas derart Wichtiges niemals wieder erleben wird."

Er stößt ein kurzes belustigtes „Ach" aus, schüttelt den Kopf über ihr erregtes verhaspeltes Gestammel: „Wenn Sie das so sehen wollen, dann ja! Dann war sie nicht die große Liebe meines Lebens, dann habe ich diese große Liebe noch nicht erlebt."

Eine Weile gehen sie stumm nebeneinander her. Je näher sie der Karl-Friedrich-Straße kommen, desto langsamer werden ihre Schritte.

„Aber haben Sie schon einmal in Erwägung gezogen, dass man sich möglicherweise wundern könnte, Sie so mit mir zusammen zu sehen und dass das Ihnen schaden könnte, Ihrem Ruf ..." Er drückt ihren Arm und zieht sie dabei fest an sich.

Sie ist nicht so abhängig davon, was man denkt und urteilt, wichtig ist für sie, dass sie selber weiß, dass sie nichts Falsches tut. Sie weiß, dass sie vor allem nicht „brav" sein will, sondern selbst entscheiden will, was für sie richtig und falsch ist.

Dieses Mal nimmt er beim Abschied nicht ihre Hand, er lässt ihren Arm aus dem seinen gleiten, dann packt er ihre Oberarme mit sanftem Druck, zieht sie ganz kurz zu sich heran und haucht ihr auf beide Wangen einen Kuss.

„Pardon, seulement un bisous, c'est rien de grave! On fait comme ça en France. "

„Je sais!"

Er geht rückwärts, zieht seinen Hut, winkt kurz noch einmal, dann eilt er davon.

Im Februar 1918 brennt das Haus der Museumsgesellschaft direkt um die Ecke nieder. Elisabeth war währenddessen mit Herrn Mayer in Durlach, er musste dort mit einem Handwerker reden und fand allein dessen Haus nicht.

Karola darf mit Lina nach Stein zu deren Familie, bleibt dort ein paar Tage und hilft beim Tragen der Taschen. Elisabeth zeigt währenddessen Herrn Mayer den Hardtwald, die Rheinauen, jetzt im Frühling duftet es dort so gut und man sieht die Wildkrokusse überall aus dem Boden schießen.

Lise geht allein zum Kränzchen und muss sich nach Elisabeths Hochzeitstermin ausfragen lassen, es ist wirklich sehr peinlich. Die Frau Hertweck meint, sie habe Elisabeth Arm in Arm mit einem Mann gesehen, der nicht Herrmann Fribolin war, das kann doch gar nicht sein. Es ist furchtbar, dieses niederträchtige Getratsche, haben sie denn mitten im Krieg keine anderen Gesprächsthemen?

Der Hausfrauenbund will eine Ausstellung organisieren zum Thema Durchhalten und Elisabeth kann da nicht helfen, denn sie muss jetzt dringend mal Herrn Mayer mitnehmen mit dem Zügle hinauf ins Albtal. Das kennt er noch nicht. Die Klosterruinen in Frauenalb, Herrenalb, der Dobel, all das ist ihm vollkommen unbekannt.

Mit Grauen liest man von der Ermordung der ganzen Zarenfamilie; die wunderschönen Prinzessinnen und der kleine Prinz, die Zarin, eine ehemals deutsche Prinzessin aus der Nachbarschaft, aus Hessen, alle bestialisch getötet!

Tja, das ist die Revolution, wenn der Mob an die Macht kommt, macht er vor nichts Halt.

Nach heißen, schwülen Julitagen, die von ebenso drückenden Nächten unterbrochen werden, in denen man sich mit schweren Gedanken im Bett wälzt, sich die Decke vom Körper strampelt, folgt ein August mit heftigen Gewittern. Anfang September dann aber, wie gereinigt durch das Wasser, das Getöse des Donners, die grellen Lichter der Blitze folgt ein Altweibersommer, der sich wohlig in Wärme und Düften räkelt wie eine Odaliske.

Elisabeth spürt seit Langem schon, dass ihr Leben in eine Schieflage geraten ist, die nichts, überhaupt nichts mit dem Krieg zu tun hat. Deshalb verbietet sie sich jedes falsch orientierte Mitleid, jeden von außen auferlegten Vorbehalt und zieht einen Strich, gerade, beherzt, ohne um jemandes Meinung zu fragen, weder davor noch danach. Als es getan ist, fühlt sie sich befreit und geht leicht wie auf Wolken in jeden neuen Alltag hinein, obwohl die Zukunft ungewisser ist für sie als jemals zuvor.

Die Nerven der meisten Stadtbewohner sind zum Zerreißen gespannt, dauernd gibt es Fliegeralarm, man muss sich schnell in den nächsten bezeichneten Keller flüchten und dort warten, zusammen mit anderen unbekannten Menschen, die eine merkwürdige Geruchsmischung erzeugen und sich mit den unterschiedlichsten Geschichten zu erregen oder beruhigen versuchen. Herr Mayer geht jetzt immer zusammen mit Elisabeth, sie haben ja denselben Heimweg. Sie landen auch das eine oder andere Mal in einem Keller, sitzen dort dicht bei dicht, manchmal legt er auch den Arm um sie, nur zum Schutz natürlich, aber niemals nutzt er diese Situation aus ...

„Was meinst du mit ausnutzen, Isale, meinst du küssen? Oder meinst du, unter den Rock oder in die Bluse fassen wie der Berta ihr Bräutigam, Gotthabenselig." Karola liebt es, Ausdrücke aufzusammeln und sie in ihre Sätze einzustreuen, hat ihren Sinn für Komödie trotz ihrer kranken, zarten Nerven nicht eingebüßt, dafür muss man froh und dankbar sein.

„Karola, was glaubst denn du, was das für ein Mann ist? Das ist ein richtiger Gentleman, ritterlich bis ins Letzte, der würde nie, niemals ...!"

„Oder er will halt nichts von dir wissen ..."

„Er mag mich, das weiß ich ganz sicher. Ich glaube, er weiß nur selber noch nicht so richtig, was er mit seinen Gefühlen anfangen soll. Ich denke, sie passen ihm nicht so recht in sein Konzept."

Anfang Oktober erkrankt Fräulein Kaminski. Influenza! Elisabeth will sie besuchen, aber Herr Willstätter rät ihr ab. Das ist eine ernsthafte und sehr ansteckende Krankheit, er weiß von seinem Freund, dem Professor Halberstadt, schon von zwei Todesfällen in dessen Privatklinik.

Kurz darauf bleibt auch Herr Mayer aus, erkrankt. Nachdem man drei Tage lang keine Nachricht von ihm hat, geht Elisabeth in die Pension Fischbach und erkundigt sich nach ihm.

Krank, ja, aber er sagt, er brauche keinen Arzt, es sei ein Malariaanfall, das kenne er schon, er habe alles, was er brauche, und müsse nur warten, bis es vorüber ist.

Elisabeth lässt sich damit nicht abspeisen. Wo ist das Zimmer von Herrn Mayer?

Sie klopft, hört keine Reaktion und tritt doch ein.

„Fräulein Wolf. Bitte einen Moment, drehen Sie sich um ..."

Er steht auf, zieht seinen Hausmantel über, stützt sich auf den Tisch, kann kaum stehen und sieht erbärmlich aus.

„Herr Mayer, bitte lassen Sie mich nach Ihnen schauen, ich bin ausgebildete Rotkreuzschwester ..." Das ist ein wenig übertrieben, aber es wirkt, er ist sogleich wieder im Bett.

Sie fühlt seine Stirn und prallt zurück von Hitze und von Schweiß.

„Ziehen Sie das alles aus, man muss Sie kalt abwaschen."

„Nein, bitte gehen Sie, ich kenne das genau, es ist nicht das erste Mal ..."

Stumm und beharrlich steht sie neben seinem Bett, bis er den Hausmantel, das Hemd auszieht und sich von ihr abreiben lässt mit einem kalten, nassen, dann mit einem trockenen Tuch, das sie flink aus einem der Schränke geholt hat, sie geht aus dem Zimmer, sucht die Küche, bittet um Wasser, einen Tee, Kamille am besten, oder Pfefferminz. Als sie zurückkommt, ist er eingeschlafen.

„Das geht nicht, Elisabeth, du kannst doch nicht zu diesem Mayer ins Zimmer, allein."

„Mutter, er ist krank. Ich bringe jetzt Doktor Homburger zu Herrn Mayer und wahrscheinlich bleibe ich über Nacht."

Sie bleibt diese Nacht, am Tag geht sie in die Fabrik, kurz nach Hause, um die Mutter zu beruhigen, wieder zurück in die Pension, drei Tage lang. Sie schläft im Sitzen, immer nur kurz, dazwischen flößt sie dem phantasierenden Kranken Wasser und Tee ein.

„Hélène, je dois te parler. Reste, ne t'en va pas cette fois-ci, c'est important que tu m'écoute. Hélène, c'est fini! Je t'ai dit qu' un jour ça sera fini avec nous. Hélène, j'ai vu un ange ..."

Ach Gott, er hat einen Engel gesehen, das darf doch nicht bedeuten, dass er ...

„Herr Mayer, strengen Sie sich an! Sie müssen gesund werden!"

Er wird ruhiger und schläft schließlich ein.

Auch Elisabeth schläft, und als sie aufwacht, liegt sie im Bett und Herr Mayer sitzt am Tisch und raucht eine Zigarette.

Sie setzt sich benommen auf, da wirft er ihr ihre Handtasche zu und sagt kurz und schroff: „Bitte gehen Sie. Ich will nicht einem Kameraden, der im Feld steht, Unrecht antun. Haben Sie überhaupt nicht an Ihren Verlobten gedacht?"

Röte steigt ihr in die Wangen, sie greift nach ihrer Tasche und richtet ihr Haar, streicht den Rock glatt, dann geht sie zur Tür, öffnet sie, dreht sich noch einmal kurz um und sagt: „Meine Verlobung ist aufgelöst. Schon seit einem Monat, also machen Sie sich keine unnötigen Sorgen."

Dann geht sie eilig davon, hinaus, nimmt ihr Fahrrad, und radelt so schnell sie kann an die Ecke, biegt in die Stephanienstraße ein und hält den Kopf dabei steif und geradeaus gerichtet, zornige Tränen rinnen ihre Wangen entlang. Was denkt er sich denn, solch eine Ungerechtigkeit!

Sie wirft sich auf ihr Bett und schließt die Augen, sieht noch einmal Hermann vor sich, wie er kam, auf ihre Bitte hin, in Paradeuniform mit allen Auszeichnungen behängt. Er weiß es, dachte sie sofort. Hermann, ich möchte dich freigeben, sagte sie ihm und er nickte nur stumm. Ja, es stimmt, sie haben sich auseinander bewegt. Schade! – Schade? Das irritierte sie dann doch, dass er es nur schade fand, nicht gekränkt war, nicht wütend, nicht jammerte, nicht versuchte, sie noch einmal umzustimmen.

„Ach Gott, ach Gott, Elisabeth, du bist doch schon vierundzwanzig Jahre alt, ja was hast du dir denn dabei gedacht?" Die Mutter war außer sich, verlangte schließlich, dass sie alles zurückgäbe, alle Geschenke, einzeln, persönlich jedem zurückbrächte und jedem eine Erklärung dazu gäbe. Es war kein Canossagang, es war ihr eine willkommene Möglichkeit, sich selbst einer Art Buße zu unterziehen, und danach fühlte sie nur noch Freiheit, die sie tief ein- und ausatmete wie einen frischen Frühlingswind, der ihr das Herz weitete und den Rücken straffte.

Die Krankenwache hatte sie ausgelaugt, also bat sie um einen freien Tag, dann kam das Wochenende, am Montag machte sie sich wieder auf in die Fabrik. Herr Mayer war nicht da. Nein, nicht krank, sondern auf Reisen.

Es gab keinen Gedanken der Reue über das, was sie getan hatte. Sie hätte es nicht gekonnt, nicht die Frau werden von Hermann und dabei immer an einen anderen denken müssen. Das wäre nicht recht gewesen auch gegenüber Hermann, das hatte er nicht verdient. Sie hatte sich gesorgt um Herrn Mayer, weil sie ihn liebte, sie wusste das, und Liebe lässt sich nicht befehlen, weder die ihre noch die seine.

Nachdenklich radelte sie nach Hause. Schweigen breitete sich aus, sobald Elisabeth ins Zimmer trat. Die Tanten, die Mutter, Karola, sogar Lina und Mina, die gerade aus dem Zimmer huschelten, tauschten Blicke miteinander. Elisabeth tat so, als ob sie es nicht bemerkte.

Eine lange Woche vergeht, dann klingelt es am frühen Abend, Lina macht auf und führt einen Gast ins große Eckzimmer, wo sie alle beieinander sitzen bei geöffneten Fenstern.

„Mayer, Martin Mayer, guten Tag. Ich denke, es ist an der Zeit, dass ich mich Ihnen vorstelle. Fräulein Wolf, ich brauche Sie dringend für einen neuen Auftrag, noch heute Abend."

Er redet und redet auf dem ganzen Weg von einem großen Auftrag und dessen Organisation. Kein privates Wort. Sie muss schreiben, Muster zusammensuchen, Kuverts beschriften. Es wird Nacht, eine dunkle, mondlose Nacht, Wolken brauen sich zusammen hoch droben, zögern damit, sich zu öffnen, Wind fegt durch die Straßen, es riecht nach Kartoffelfeuern und geöffneten Schollen, nach welken Blättern, Astern und Chrysanthemen.

Sie verlassen zusammen das Gebäude, er schließt ab und führt sie am Ellbogen durch den leeren Hof zur Pförtnerloge. Gute Nacht, Herr Heidingsfelder. Gute Nacht. Auf dem Heimweg ist er schweigsam. Vor der Pension bleibt er stehen und fragt sie: „Gehst du mit mir hinauf?“

Sie zögert nicht, geht mit ihm. Geht hinein in sein Zimmer, ans Fenster und schaut hinaus in den Hof, hinauf in den Himmel, wo sich die Wolken geöffnet haben und jetzt die ersten Sterne zu sehen sind.

Er tritt hinter sie und umfasst sie, zieht sie an sich, beugt sich über ihren Hals, küsst sie sacht in die Halsbeuge unters Ohr, seine Hände wandern von ihrer Taille aufwärts.

„Nicht“, flüstert sie. „Ich kann nicht, weiß nicht ...“ Sie dreht sich zu ihm um.

„Dein Verlobter hat nicht ...“

„Nein, er hat nicht ...“

„Also keinen Engel, eine Heilige habe ich mir gewählt ...“

„Keine Heilige, eine Jungfrau halt, was Altmodisches eben.“

Er hält ihr die Hand auf den Mund, dann küsst er sie, sie ist sehr gelehrig, so gelehrig, dass er sie abrupt von sich auf Abstand hält.

„Komm, ich bringe dich jetzt nach Hause.“

Sie schlendern durch die Stephanienstraße, das welke Laub raschelt und flüstert unter ihren Schritten, vereinzelt dringen menschliche Geräusche aus den Fenstern nach außen, Lachen, Gesprächsfetzen, ein Hund bellt aufgeregt in einer Toreinfahrt. Als sie in den Zirkel einbiegen, kommen ihnen andere Paare entgegen, Soldaten in Uniform mit ihren Liebsten am Arm, unter einer Tür steht ein Schattenkoloss, aus dem es gurrt und kichert. Elisabeths Kopf ist ganz leer und all ihr Blut ist dort zusammengelaufen, wo die Rippen sich zueinander finden wie die Flügel eines Schmetterlings. Schmetterlinge wissen nichts vom Krieg. Ihr Leben dauert nur einen Sommer, deshalb wiegt jede Minute schwer wie eine Ewigkeit.

Die Mutter hofft, dass der Sieg nun nicht mehr weit sein kann, nachdem doch die Russen aus dem Spiel sind.

„Ach Lisele, du hast keine Ahnung. Die Westfront ist total zusammengebrochen, wer glaubt denn jetzt noch an unseren Sieg."

Kein Sieg? Wie wird das weitergehen, das Jahr neigt sich dem Ende zu, das vierte Kriegsjahr schon, und alles ist in Auflösung begriffen. Sie macht sich Sorgen, ganz besonders um Elisabeth. Die Verlobung zu lösen mit vierundzwanzig Jahren, und das zu einer Zeit, wo viele Männer im Krieg geblieben sind! Wenn der Albert noch da wäre, der hätte seine Tochter auf den rechten Weg zurückgebracht. Jetzt hat sie diesen Mayer da, poussiert mit ihm herum, ist öfter schon spät erst und manchmal gar nicht in der Nacht nach Hause gekommen. Ist sie seine Mätresse? Man darf sich das nicht vorstellen. Erfahren genug wird er wohl sein, dass sie nicht noch ... Das wäre eine Schande, die ganze Stadt würde darüber reden.

Da stürzt Lina atemlos ins Haus und verkündet: „Wir sind jetzt eine Republik, eine Republik sind wir geworden. Der Kaiser ist fort, der Großherzog geht auch bald fort und das Volk ist an der Macht."

„Lina! Setz dich und schrei nicht so hysterisch laut."

Ach Gott! Ach Gott, sie kommt vom Rathaus, und da hat der Bürgermeister verkündigt, also erklärt und verkündet, dass Baden jetzt von einem „Wohltätigkeitsverschluss" in Ordnung gehalten werden soll.

„Lina, du bist eine dumme Gans ... Lina, jetzt beruhige dich doch."

Aber da kommen auch die Wachenheimers und Louise und Ida kommen herauf, alle versammeln sich im großen Eckzimmer und rätseln, was sich ereignet hat.

„Auf jeden Fall, Frau Wolf, ist der Krieg jetzt zu Ende."

Während all das heftig brodelt in der Karl-Friedrich-Straße 4, hat sich Elisabeth in der Pension Fischbach in Martins Zimmer aufs Bett gelegt, räkelt sich wohlig, denn er hat ihr gerade so schön erzählt aus Frankfurt, aus dem Palmengarten, wo sie immer spazieren gingen, sonntags, er im Matrosenanzug, mit glatt geöltem Haar, die Rosi vorneweg in roten Stiefelchen, der Willy daneben, der Vater, die Mutter, er kann so schön erzählen und so vieles weiß sie noch nicht von ihm, sechsunddreißig mal dreihundertfünfundsechzig Tage und Nächte gilt es nachzuerzählen, wie lange wird er dafür wohl brauchen? Manchmal unterbricht er sich, wendet sich ihr zu, kommt ihr so nah, dass sie seinen Atem spürt, den Duft seiner warmen Haut einsaugt mit geblähten Nasenflügeln, er fährt mit seinen Fingerspitzen an ihrem Kinn entlang, an ihrem Hals, dort, wo die Ader schlägt im Takt ihres Herzens, dann springt er plötzlich auf vom Bett, das mitten im Zimmer steht, um sich kaltes Wasser ins Gesicht zu spritzen, das er aus dem großen, weißen Krug in die Waschschüssel gießt mit Schwung, er streicht sich die Haare hinter die Ohren und blickt sein Spiegelbild an, als ob er es befragen wolle, schon schweifen seine Augen ab, suchen ihr Gesicht auch dort wieder im Spiegel. Er zieht die Luft ein, tief, lässt sie ausströmen, strafft seinen Rücken, dann macht er sich an seiner Schublade zu schaffen, zieht Wollstrümpfe heraus, kramt Nähzeug und Faden hervor, ein glänzendes, hölzernes Stopfei, setzt sich, schlägt ein Bein über das andere wie ein Schneider und beginnt zu stopfen. Da muss sie sich amüsieren über ihn, den Herrn Direktor Mayer. Wo ist seine Selbstsicherheit geblieben? Was hat sie vertrieben?

„Ich warne dich", sagt er, „ich lasse mir das nicht abnehmen."

„Oh, da kann ich dich beruhigen. Erstens kann ich gar nicht stopfen. Als meine Freundinnen das in der Schule lernten, habe ich mich mit der Schreibmaschine angefreundet. Zweitens ist Strümpfe stopfen was für Mütter oder Ehefrauen, und ich bin weder das eine noch das andere."

„Und was bist du?"

„Elisabeth Wolf. Ich bin Elisabeth Wolf."

„Und in welcher Beziehung steht Martin Mayer zu Elisabeth Wolf?"

„Das weiß ich nicht. Ich weiß, in welcher Beziehung Elisabeth Wolf zu Martin Mayer stehen will, sie will ihm nah sein, bei ihm sein. Was er will, weiß ich nicht."

„Dis donc!“ Sie ist kokett.

Er legt seinen Strumpf ab. „Komm her zu mir.“

Sie bleibt liegen und lächelt ihn herausfordernd an. Er nähert sich wieder dem Bett, streckt die Arme aus, greift nach ihren Händen und zieht sie hoch zu sich, schlingt die Arme um ihre Taille, küsst sie.

„Martin, ich bin ein anständiges Mädchen!“

„Hast du Angst vor dem, was du nicht weißt, was du nicht kennst?“

„Ich weiß alles und ich kenne alles, ich war doch Schwester im Lazarett und da hab ich vieles gesehen.“ Sie erzählt ihm von damals, dass sie darüber sprechen kann, mit ihm, einem Mann, einem immer noch ‚fremden‘ Mann, das gefällt ihm. Noch steht es zwischen ihnen, dieses große Geheimnis, über das ein anständiges Mädchen vor der Hochzeit einfach nichts wissen darf, und dennoch sind sie einander so nah, so vertraut.

Sie gibt sich erfahren, er geht darauf ein, da vertraut sie ihm die Grenzen ihrer Erfahrung an, ihre Ängste, sie könnte seine Erwartungen nicht erfüllen, die Erwartungen eines erfahrenen Mannes. Er beruhigt sie, versichert ihr, dass ihn gerade ihre Unschuld anrührt, da entkommt sie ihm erneut mit einer koketten Replik und will nun nicht mehr reden über das, was er weiß, besser weiß als sie, nicht jetzt, noch nicht!

Dass er das respektiert und ihr dennoch begreiflich machen kann, was Begehren ist, Begierde gar, und dass es nicht leicht ist, die Kontrolle über sie zu behalten, dass er aber warten will auf sie, macht sie froh und zuversichtlich. Warten heißt, die Gegenwart in die Zukunft hineinwachsen lassen, in eine gemeinsame Zukunft.

„Elisabeth, hast du keine Angst, dich an mich zu verlieren?“

„Ich kann mich nicht verlieren. Wenn irgendetwas zwischen uns passiert, dann kann es nur sein, dass wir beide einander gewinnen.“

Manchmal ist er kurz davor, den Kopf zu verlieren, so sehr verfängt er sich im Netz ihrer unschuldigen, bedingungslosen Hingabe. Aber er will sie nicht zu seiner Geliebten machen, das ist ihm zu einfach. Er will mehr, er will sie ganz und er spürt all seine Prinzipien schwinden.

Natürlich erleben sie den Tumult am 11. November, als Heinrich Klumpp mit seinen Spießgesellen herumballert vor dem Schloss und dann mit Geschrei durch die Karl-Friedrich-Straße zum Marktplatz rennt, aber was da passiert, erkennt keiner derjenigen, die ans Fenster eilen, hinausschauen, versuchen, die erregten Ausrufe zu verstehen, den Kopf schütteln, das Fenster wieder schließen, zurückgehen, wieder das Buch ergreifen, das Nähzeug, die Zeitschrift, gähnen, sich die Augen reiben und dann sagen: „Es ist Zeit, ich geh jetzt schlafen."

Der Herr Mayer wird eingeladen in die Karl-Friedrich-Straße 4. Alle kommen, Tante Emma, Onkel Fritz, Tante Berta und auch Onkel Schorsch mit den zwei ff mit ihrer Tochter Gerti, die sich gerade mit Kurt, dem Vetter mit einem f, verlobt hat; das geht so wie in den Königshäusern, die ja jetzt abgeschafft werden, das Bürgertum macht weiter wie vorher, war doch auch nicht das Schlechteste, es muss schon ein bisschen zusammenpassen, was zusammenkommt. Onkel Karl und Tante Jenny kommen mit Hans, der bald eingeschult wird, so groß ist er schon, und manch einer hat beim Anmarsch vielleicht noch den Namen Hermann genannt, wurde dann von seiner besseren Hälfte belehrt, dass man dort vor allen diesen Namen tunlichst nicht erwähnen sollte, man weiß ja immer noch nicht den Grund für die Entlobung. Die Lise hält dicht, die kann sehr verschlossen sein, wenn's um ihre eigenen Angelegenheiten geht. Sie treten ein ins große Eckzimmer, alle nacheinander, und Martin denkt, mein Gott, wie zu Hause, alles ist wie zu Hause, das Mobiliar, das sich aus dem Üblichen herausbemüht, die Mokkatässchen von Sèvres und Meißen, die üppig gerafften Voile-Gardinen und die schweren Samtportieren, sogar so ein Erkerpodest, diese Erhöhung, die nach einem Altar schreit, den man darauf stellen könnte zu Ehren des eigenen Wertes als Bürger, hatten sie in der Hermannstraße fünfzig in Frankfurt. Und diese Verwandten, die einem das Schicksal hingewürfelt hat, mit denen man leben muss, ob man sie achten kann oder nicht, und die man in ihrer Unveränderbarkeit anzuerkennen lernt, die Tanten und Onkels, die fröhlichen, harmlosen und die anderen, die einem alles neiden, was einen von ihnen absetzt. Er strafft in leichter Nervosität seine Kopfhaut, das sieht so aus, als ob er mit den Ohren wackeln wolle, zuckt mit den Augenbrauen kurz nach oben und drückt die warme, kleine Hand, die Finger, die sich liebkosend um seine Finger schlingen.

War das nötig, sagt Lise später zu ihrer Tochter, Zärtlichkeiten in der Öffentlichkeit! Ich hätte mir etwas mehr Diskretion erhofft von dir, von euch. Sie blitzt zornig dabei mit ihren Augen, um einem Trotzangriff schon vorweg den Schneid abzukaufen, sie kennt Elisabeths impulsive Aufwallungen. Aber das ist nicht nötig. Elisabeth lächelt nur, sie hat, was sie will. Manch einer denkt so mit neunzehn, sie hat zuversichtlich darauf gewartet, aus tiefstem Herzen so denken zu können, bis sie vierundzwanzig war.

Sie macht, was sie will, und weiß, was sie will.

Während Martin behutsam ihren Körper erobert, Fleckchen für Fleckchen aus der Verpackung schält, den von der Mutter entworfenen Kleidern, dem Korsett, dem wilhelminischen Anstandsnebel, während er entdeckt, dass sie zwar die physikalischen Funktionen ihres Körpers kennt, aber keine Ahnung hat von den Möglichkeiten der Körperchemie, während er sich ganz zurücknimmt und Hélène ein allerletztes Mal preist für ihr Liebesraffinement, das ihm den Wert der Leidenschaft, aber daneben auch den Wert der Sehnsucht, des Wartens, der Geduld offenbart hatte, wenn es um den Genuss geht in der Liebe, während all dieser Anstrengungen, die er auf sich nimmt, um sie ganz für sich zu gewinnen, wird er von ihr erobert.

3

Elisabeth und Martin treten als Paar auf, nicht als Verlobte, denn die Mutter hat um Diskretion gebeten, und Martin denkt immer noch nicht ans Heiraten. Man stellt kaum konstruktive Überlegungen an in diesen ersten Tagen und Monaten nach Kriegsende, denn es tut sich so vielerlei, was nicht unbedingt nach Aufbau aussieht, sondern eher nach einem verzweifelten Mischen der Karten auf dem Spieltisch. Martin steht oft bei Herrn Heidingsfelder am Fabriktor und „dischbudiert" mit ihm. „Mit dem Herr Direktor Mayer kann mer halt richdig gut dischbudiere."

Es kann auch passieren, dass Elisabeth mit ihm verabredet ist und er nicht erscheint, weil er irgendwo aufgehalten wurde, das heißt, sich mit irgendjemandem in ein Gespräch eingelassen hat, im Moninger zum Beispiel, wo er gern landet zu Huhn in Rieslingsoße, worin er mit viel Phantasie einen ‚Coq au Vin' erkennt, wenn er hoch gestimmt ist, und das ist eigentlich seine Grundstimmung in diesen Tagen trotz aller Unsicherheiten. Oder auch im Friedrichshof, wohin er dann und wann gerät, ist das denn die richtige Umgebung für ihn? Er lässt sich nach wie vor nicht ein auf das Karlsruher Richtig oder Falsch, er hat seine eigenen Wertmaßstäbe, in denen er sich vollkommen autonom bewegt.

Martin entwirft einige Briefe, feilt am Wortlaut herum, bis sie das Maß des Schwülstigen, das damals als normal gilt, bei Weitem in den Schatten stellen. Etliche gehen nach Frankreich, alle befassen sie sich mit dem Transfer seines Vermögens, jenes Teils, der nicht konfisziert wurde. Diese Briefe diktiert er Elisabeth nach der offiziellen Geschäftszeit, er muss nicht dazu sagen, dass alles absolut privat und vertraulich ist, sie hat sich seine Sache schon zu eigen gemacht, ohne dass das zwischen ihnen jemals ausgesprochen wurde. Demnächst wird er wieder auf Reisen gehen müssen, nach Afrika, das ist der Umweg, über den der französische Markt zurückgewonnen werden soll. Denn wenn die Produktion fürs Heer wegfällt, dann muss das Sortiment wieder umgestellt werden auf das, was man früher gefertigt hat, Aktentaschen, Brieftaschen, Portemonnaies, Schmuckschatullen, Poesiealben. Afrika ist Rohstoffquelle und Absatzmarkt zugleich, Martin hat viele Kontakte dort von früher, die muss er erneut beleben, er wird länger weg bleiben.

Elisabeth jammert nicht, aber das Herz ist ihr schwer, und sie weint auch ab und zu in ihrem Zimmer, in ihrem Bett. Das könnte alles gewesen sein, was sie hatte von ihm und mit ihm, denkt sie manchmal, das müsste dann reichen für ein langes Leben, denn sie wird sich niemals mehr zu irgendeinem anderen Mann so hingezogen fühlen wie zu ihm. Wenn er zurückkommt, lacht er ihre Bedenken weg. Was macht sie sich nur für unnötige Sorgen. Er ist vorsichtig, er kennt sich aus, er ist allseits anerkannt, und seine Freunde dort achten schon darauf, dass ihm nichts passiert. Und er hat viel Zeit dort, an sie zu denken. „Die Tage, Isselche, sind endlos lang in der Hitze, denn, weißte ...“, so sagt er mit seinem zischelnden, näselnden Frankfurterisch, das sie gern hört, richtig musikalisch klingt es, „weißte, zwischen elf und fünf ruht alles. In der Mittagshitze macht man keine Geschäfte, man sitzt in den Innenhöfen um Brunnenanlagen, lässt sich gekühlten Tee servieren und von einem Boy Luft zufächern. Abends geht man essen mit den Geschäftpartnern, macht einander großspurig Komplimente und gerät sich zunächst einmal in die Haare darüber, wer wen einladen darf; dann tauscht man Zigarren aus und Tipps für die nächste Pferdewette, bevor man nach dem Wohlbefinden der Mutter und Gattin fragen kann. Die Boys bauen die Wasserpfeifen auf, bringen Hummus und Kichererbsenmus, Suflaka dazu und gekühlten Zitronensaft, Soda und Sirup in kleinen Glasphiolen. Man sitzt da in der Dunkelheit, die Fackeln werden fast alle gelöscht, und weißte, dein Verstand ist träge so wie deine Glieder, was bleibt, ist das Riechen und das Hören, es knistert, es raschelt, und bevor du es dir eingestehst, hast du ihn schon bemerkt, diesen merkwürdigen, staubigen, süßlichen Pudergeruch, weil sie bereitstehen hinter dir, ihre Muskeln anspannen, ihre Schultern straffen, das Kinn recken, ihr Lächeln ausprobieren, denn ihr Lächeln ist da, auch unter dem Gesichtsschleier, man sieht es in ihren Augen: Bauchtänzerinnen! Sie sind die beste Waffe der arabischen Geschäftsmänner gegen ihre europäischen Partner. Wenn das eigentliche Geschäft beginnt, viel später dann, musst du deinen Verstand schnell aktivieren, ohne dass der andere es merkt, dein Lächeln, mit halb gesenkten Lidern, so, siehste, darf ihm nicht verraten, wie wach du bist, denn das Geschäft dauert, es besteht aus vielen Phasen, manchmal muss man sich durch lange, fruchtlose Nächte schrauben, bis man einen einzigen Abschluss getätigt hat."

Sie kann stundenlang zuhören. Ihre gemeinsamen Stunden werden in einem atemlosen Rausch von Worten zugebracht. Sie vertraut ihm blindlings, dass er sich dort immer im Rahmen der Schicklichkeit bewegt hat. „Oder, Martin? Ich könnte es verstehen, wenn man schwach wird bei so viel Erotik." Sie wagt es als anständiges Mädchen, dieses Wort auszusprechen. – Nein, wo denkt sie hin, das muss ein Mann beherrschen können mit seinem Verstand, diesen Angriff auf seine Instinkte muss er bezwingen können, er wollte sich auch als junger Mann, – da wäre er möglicherweise aus Unwissenheit schwach geworden –, aber er wollte sich ja schließlich keine Krankheit einfangen, und später, da wusste er, dass es mehr braucht als einen benebelten männlichen Kopf und einen willigen weiblichen Körper, um die Liebe als Fest zu feiern. Ja, so kann sie es verstehen lernen, dieses andere, über das ein anständiges Mädchen nicht spricht, sie schälen den Kern dieses Geheimnisses gemeinsam aus seinen Hüllen.

Die Mutter sagt: „Es ist gut, dass der Mayer mal eine Zeit lang fort ist. Denn ihr müsst mit der Verlobung noch eine Weile warten, schon der Frau Fribolin zuliebe, wenn ich denke, dass ich der beim Kränzchen begegnen könnte, ist's mir nicht so wohl."

Verlobung? Wer hat denn von Verlobung gesprochen?

„Ja, Elisabeth, willst du denn nur ein Verhältnis mit dem haben? Seine Geliebte sein, seine Mätresse?" Der Herr Mayer hat

Erfahrung mit Frauen und nicht zu knapp, das kann Lise sich ausmalen. Auch sie hat seinen Blick gut verstanden, mit dem er sie umfing, als sie einander das erste Mal in Augenschein nahmen. Er ist schließlich kein junger Spund mehr, gerade mal acht Jahre jünger als Lise, und dort in Paris, in der großen, weiten Welt, in der Bohème ... da wird er seinen Sinn für die Unterschiede geschärft haben. Ritterlich ist er, charmant, hat etwas von einem Abenteurer, zugleich aber auch von einem Gentleman. Hoffentlich ist er nicht so gewissenlos, ihre Tochter, diese kostbare, wohl erzogene junge Frau, Jungfrau, wie die Mutter mit zunehmenden Bedenken immer noch hofft, in Unannehmlichkeiten zu bringen. Es wäre ein Affront gegen die ganze Familie, diese immerhin sehr angesehene Familie, diesen Nebenzweig einer der prominentesten Karlsruher Familien, und damit wäre ein solches Vergehen gegen ganz Karlsruhe gerichtet von einem Fremden aus Frankfurt, der außerdem auch noch in Paris ein Leben geführt hat, von dem sie lieber nichts Genaueres wissen will. Lise regt sich auf, schüttelt den Kopf, nagelt ihre ältere Tochter fest mit ihrem strengsten Mutterblick. Die blitzt zurück.

„Was wir füreinander sind, hat keinen Namen, schon gar nicht so einen. Wir haben uns lieb – das ist ganz einfach."

„Ja, das sehe ich, ich bin ja nicht blind. Ich sehe, dass du ihn liebst, und ich sehe auch, dass er dich liebt. Aber das muss doch ein Ziel finden. Nur so ein Geplänkel ist ganz unanständig, Elisabeth."

„Und was wäre dann anständig?"

Mein Gott, sie ist doch kein Kind mehr. Man hält sich an die Regeln, wenn man ein anständiges Mädchen, eine anständige Frau sein will.

„Man, ist das der Hof, der Großherzog? Wo sind sie denn? Sogar der Prinz Max ist, kaum war er oben, auch schon wieder weg gewesen! Mama, deine Regeln gibt's nimmer, die sind überholt. Es ist jetzt eine neue Zeit."

„Unsinn! Bestimmte Regeln gelten in jeder Zeit."

„Das stimmt. Und wieso verstoße ich gegen die Regeln? Wenn ein freier Mann und eine freie Frau einander gern haben, was geht denn da gegen welche Regel?"

Jetzt kann man wieder nicht mit ihr reden, mit Elisabeth, sie ist trotzig wie ein Backfisch und wird demnächst fünfundzwanzig, das muss man sich mal vorstellen; ach, wenn der Albert noch da wäre, er würde ihr jetzt ...

„Mein Papa hat zu mir gesagt, dass ich dem angehören soll, den ich wirklich lieb habe."

Ein bisschen anders war es schon, das weiß Elisabeth. Aber die zwei spielen Katz und Maus miteinander. Elisabeth müsste der Mutter nur anvertrauen, wie beharrlich sie ihre Festung hält und wie geduldig er sie respektiert, wie felsenfest sie ihm vertraut, dass er nichts tun wird, was ihre Liebe billig machte, ihr Schaden zufügte, wie sie gemeinsam kämpfen darum, diese Liebe zu entfalten, bis alles zusammenstimmt, die Seelen und die Körper.

Das enthält sie der Mutter vor, solche Vertraulichkeiten gibt es nicht zwischen diesen beiden Frauen.

Es stimmt, was Elisabeth der Mutter gegenüber so leidenschaftlich vertritt, die Zeiten haben sich geändert. Das Geld wird jeden Tag wertloser, die Menschen hungern, extreme Gedanken werden diskutiert, und dann erschrickt man, wenn aus den radikalen Ideen Taten hervorwachsen, es wird geputscht von rechts, revoltiert von links, Gebietsabtretung, Reparationszahlungen; Karlsruhe ist jetzt Grenzgebiet, steht unter starken Einschränkungen.

Martin hat auf Rat seines Bruders sein Geld, den Teil, auf den er zugreifen konnte, bei der Badischen Bank angelegt. Dort lässt er es arbeiten, gegen die Inflation ankämpfen. Zehn Jahre liegen vor Elisabeth und Martin, in denen das öffentliche Leben in Sturmwirbeln über die privaten Geschicke fegt, keiner bleibt verschont. Aber es sind doch zehn Jahre der Hoffnung auf bessere Zeiten und bessere Bedingungen.

Zuerst einmal kommt Martin wieder braungebrannt aus Afrika zurück, gerade noch rechtzeitig, um am 22. September den Aufmarsch der Truppen auf dem Rathausplatz anschauen zu können, mit dem sich die Soldaten verabschieden. Die Garnison ist aufgehoben, Karlsruhe wurde zur neutralen Zone erklärt. Wieder einmal ist dieser Sommer in einen herrlich warmen Herbst übergegangen, die Tage werden kürzer, aber die Abendluft ist so mild, dass man sich bis spät noch draußen aufhalten kann, flanieren, auf Parkbänken verweilen, plaudern, dischbudieren, oder einfach nur den Frieden inhalieren kann, der da ist, endlich, trotz der Notstände und der Demütigungen für das herrliche deutsche Reich, das so schwer verletzt und gebeugt worden ist. Die alleinige Kriegsschuld hat man den Deutschen zugeschrieben, das ist bitter, aber dieses Gefühl: Friede! Keine Angriffe mehr, keine Nächte im Keller, das ist so gut und tröstlich wie die lauwarme Herbstluft in der Dämmerung.

Die Onkels aus der Fabrik laden zu einem Ereignis ein, sie haben eine großzügige Spende gemacht, mit der im Stadtgarten eine schöne Anlage bepflanzt wurde, die nach ihnen benannt ist. Lise und Karola nehmen teil an dieser Feierstunde und Lise äußert sich zu Hause aufgebracht über das arrogante und selbstgefällige Gehabe ihrer Schwägerin Emma. „Dabei heißt's doch Wolff-Anlage mit zwei ‚f', das hat sie wohl vergessen, die feine Frau Direktor Emma Wolf, dass ihr ein ‚f' fehlt!"

„Lass sie doch, Mama, ich hab's gar nicht so schlimm gefunden, sie ist halt stolz, die Tante Emma, und ich finde, der Kurt sieht gut aus, der hat gar keine Ähnlichkeit mit seiner Mutter, die Gerti hat Glück, dass sie den kriegt."

„Die Gerti, die könnte noch ganz andere kriegen, das ist doch der Wunsch vom Schorsch und von der Elfriede, dass immer wieder Geld zu Geld kommt und ja alles beieinander bleibt, was Rang und Namen hat."

„Mama, hättest du's auch gern so gehabt für deine Töchter?"

„Ach was."

„Mamale, bist du nicht froh, wenn deine Mädchen glücklich sind? Schau doch mal, die Elisabeth und der Martin, die haben sich so lieb, und der Rudolf und ich, wir haben uns auch so lieb, grad so wie du und der Papa, so habt ihr's uns gezeigt und so machen wir es euch nach!"

Lise betrachtet sie nachdenklich, ihr Sorgenkind, das zarte Lolale, das so zielstrebig und schon seit Jahren sich dem Rudolf ins Herz hineinstiehlt und, wie es im Augenblick aussieht, mit Erfolg. Die Fischers, das ist keine schlechte Partie. Das schöne Wäschegeschäft der Fischers blüht und gedeiht trotz Inflation, es gibt eine neue Oberschicht in der Stadt, gering an der Zahl, aber dennoch mächtig und wohlhabend, die wollen leben wie früher, in seidenen Tüchern und edlem Porzellan, in Mahagoni, hinter Samtvorhängen, in gepflegten Gärten, an reichlich gedeckten Tischen. Wer sich um ihr Wohlbefinden kümmert, wird sein Auskommen haben. Der Rudolf ist ein hübscher Kerl, ein bisschen zugeknöpft, verträumt vielleicht, aber nicht dumm, er studiert und macht sich so unabhängig vom väterlichen Geschäft. Wieder mal ein Akademiker! Vielleicht klappt es nun doch noch, sich auch mit diesen Ehren schmücken zu können.

Von seiner nächsten Reise kommt Martin erst am 23. Dezember zurück. Er war in Berlin zum fünfundvierzigsten Geburtstag seines Bruders.

„Ich habe ihnen gesagt, dass ich eine Schickse heiraten werde und dass ich's mir nicht ausreden lasse."

„Davon weiß ich ja noch gar nichts."

„Ach, Elisabeth, muss man alles immer laut sagen? Ich kann nicht mehr, merkst du das nicht. Ich halt's nicht mehr aus, ich brauche dich bei mir ganz nah, du gehörst zu mir und ich zu dir. Wenn ich die Kurve noch kriegen will, bevor ich vierzig bin, dann muss es bald sein."

So wird an diesem Weihnachtsfest der Hochzeitstermin festgelegt für das nächste Pfingstfest. Es soll nur eine kleine Feier werden, ganz en famille.

„Och, Elisabeth geht ihr nicht in die Kirche? Und ziehst du kein weißes Kleid an, kein grünes Kränzchen? Das kann ich mir gar nicht vorstellen, nicht in der Kirche zu heiraten, das ist doch gar nicht richtig geheiratet."

Lise sitzt wieder einmal im Sessel und hat sich etwas eingeschenkt, das sie in einem der dunkelroten Muranogläser nachdenklich dreht und wendet, bis es fast über den Rand schwappt.

„Was redest du denn da für einen Unsinn, Karola!", murmelt sie, blickt dabei keinen an, sondern starrt in ein Loch, das sich mitten in der Luft vor ihrer aller Augen unsichtbar zu öffnen scheint. „Ehen werden nicht in der Kirche gemacht. Eine gute Ehe wird im Bett gemacht."

Elisabeth und Karola tauschen einen Blick, mit großen, runden Augen verständigen sie sich stumm, dann schlagen sie die Augen nieder, und keine der beiden wagt, das Engelschweigen mit einer einzigen profanen Silbe zu entweihen.

Jeder macht Pläne auf seine Weise, damit diese Hochzeit stattfinden kann. Lise ist viel unterwegs, wohin, sagt sie nicht, auch nicht, was sie tut, sie hat ihre Verbindungen, ihre Drähte glühen, was dabei herauskommt, sind drei Meter wunderschöner, cremeweißer, weich fließender Musselinstoff, Knöpfe, Faden, all das tragen sie zu Frau Weber, die ihnen ihre Teilhaberin vorstellt, das Frölein Pfister; sie wird höchstselbst dieses Hochzeitskleid nach den neuesten Schnitten arbeiten für Elisabeth, es ist ihr eine Ehre. Das Fräulein Pfister kannte den Herrn Vater noch, den Herrn Direktor Wolf, und auch die Frau Mutter, die Frau Direktor Wolf, ist ihr gut bekannt aus dem Theater, wo sie damals eine Zeit lang bei der Frau Hänssler als Lehrling ... Gleich strafft sich Lises Rücken, und Elisabeth besiegelt das neue Vertrauensverhältnis mit einem Lächeln. Unter diesem schönen Kleid braucht sie nun aber doch ein neues Korsett, also geht sie nach langer Zeit wieder einmal zu Denninger und wird dort von einer ihr unbekannten, nicht mehr ganz jungen Frau bedient, die sich schließlich als Frau Stein-Denninger vorstellt. Die Tochter? Ganz recht, sie ist die Tochter, sie arbeitet sich ein mit Blick auf Übernahme, der Mutter fällt alles schwer in letzter Zeit, besonders das Bücken, das Knien, dafür hat Elisabeth Verständnis, sie denkt an die eigene Mutter, die sich ein Leben lang in die kundigen Hände von Frau Denninger gegeben hatte. Dieser Generationenwechsel wird ihr einen Stich setzen, ihr das eigene Älterwerden vor Augen führen, damit hadert sie immer öfter nicht nur im Stillen. Zum Kleid gehört ein Schleier, ein blütenweißer Schleier, ein duftiger Hauch von Tüll, der auf einen grünen Kranz, den Elisabeth stolz und mit gutem Recht trägt, aufgesteckt wird, damit er sich an ihrem Rücken entlang bauschen kann. Martin steht da im Frack mit hohem Vatermörderkragen, eingesteckt in das plissierte Hemd, geschmückt mit einer weißen Schleife. Der Strauß und die Ringe, das ist ganz allein meine Angelegenheit, sagt Martin, da lässt er nicht mit sich handeln. Mimosen bringt er dann. Mimosen! Was für ein betörender Duft. Es ist die Blume, die zusammenzuckt, wenn man sie zu heftig berührt. Man muss vorsichtig und behutsam mit ihr umgehen. Martin sieht Elisabeth tief in die Augen, als er ihr den Strauß überreicht, sie versteht, was er sagen will, und dankt ihm dafür, dass er das erkannt und beherzigt hat.

Stil hat er, der Mayer, das muss die Lise ihm lassen. Solche Eheringe hat sie noch nie gesehen. Auf den schmalen Goldbändern ranken sich eingravierte Blüten und Blätter.

Dieser Tag, der Hochzeitstag ihrer Tochter, wird von Lise gestaltet mit all dem Eifer und der Kraft, die sie aufbringen kann. Das große Eckzimmer wird geputzt und geschmückt, auf dem Podest lässt sie einen kleinen Altar aufbauen, und den Mayer hat sie so lange bearbeitet, bis er einwilligt, dass der zuständige Geistliche der Schlosskapelle, Dekan Fischer, hier in dem zum Schrein dekorierten Wohnzimmer die Trauung vornimmt, seine ehemalige Konfirmandin und den ungetauften, ganz offensichtlich dem eigenen Glauben auch nicht mehr innig verbundenen Juden Martin Mayer einander anvertraut im heiligen Bund der Ehe.

Als Trauspruch hat Dekan Fischer aus dem ersten Kapitel des Buches Ruth die Verse sechzehn und siebzehn ausgewählt. Diese Zeilen, obwohl von Ruth an die Schwiegermutter gerichtet, passen wie keine andere Stelle in der Bibel für einen Mann und eine Frau, die aus zwei verschiedenen Lebenskreisen kommen, und das ist schließlich immer der Fall. In der Ehe versuchen die Liebenden, diese Kreise einander anzunähern, bis sie sich überschneiden. In vielen Fällen muss auch beherzt ein ganz eigener dritter Kreis geschwungen werden als Heimstätte für die neue Familie, wenn die Unvereinbarkeit der beiden Ausgangsfamilien allzu schroff zutage tritt. Die Verse aus dem Buch Ruth schlagen auch noch einen anderen Weg vor, dass einer seinen Lebenskreis ganz verlässt und mit dem anderen geht. So ist es nun hier: Martin, der Fremde, steht vor seiner Frau und deren Familie, und der Trauspruch verspricht ihm, dass man ihn einlässt: „Wo du hingehst, da will auch ich hingehen, wo du bleibst, da bleibe ich auch. Dein Volk ist mein Volk, und dein Gott ist mein Gott. Wo du stirbst, da sterbe ich auch, da will ich auch begraben werden. Der Herr tue mir dies und das, der Tod muss dich und mich scheiden."

Sie waren gewillt, diesen biblischen Worten getreu zu folgen. Manches war ja schon erfüllt, sie gehörten einem Volk an, kamen aus der gleichen Gesellschaftsschicht, Bürgertum, es hatte ihn hierher verschlagen, in ihre Stadt, und schon hatte er Wurzeln hier geschlagen. Ihre Familie mochte ihn, mit seinem Charme und seiner Präsenz würde er seine Position als gern gelittener „Reingeschmeckter" spielend ausbauen können, da war Elisabeth ganz zuversichtlich. Er war für sie der Mann, auf den sie zugelebt hatte in all ihren Mädchenträumen, und sie hatte ihn dazu gebracht, all seine Prinzipien über Bord zu werfen, so dass sein neues Leben mit ihr begann und ohne sie nicht mehr denkbar war. Lise war zu Tränen gerührt. Ihre eigene Ehe erschien ihr an diesem Tag wie ein Wunder, weil sie im Schmerz des Alleinseins fühlte, was Albert ihr alles bedeutet hatte: Vater, Bruder, Ehemann, Freund und Geliebter. Vielleicht war ihre gemeinsame Zeit zu perfekt gewesen, hatte sich ihr Glück auf diese wenigen Jahre konzentrieren müssen, weil das Schicksal nicht mehr für sie vorgesehen hatte?

Der besinnliche Teil der Trauung geht schnell in den festlichen über. „Der Herr Dekan ist unser Gast." Er unterhält sich angeregt mit dem jüdischen Bräutigam, was für ein interessanter und gebildeter Mann, denkt er und zeigt es durch seine geröteten Wangen, das Dauerlächeln, seine umgängliche Beredsamkeit. Alle sind glücklich und zufrieden, blicken der Zukunft zuversichtlich entgegen.

Am Tag nach dem Hochzeitsfest beim Aufräumen vermisst Karola die Tasse mit dem Großherzog darauf. Sie fragt nach bei Mina, Lina, „Nein, bestimmt nicht, ich habe sie bestimmt nicht angerührt!" Das ist ihr Kommentar, dann wenden sie sich beleidigt ab. Als sie die Mutter auf die Tasse anspricht, erwidert diese nur: „Ach, dieses Monstrum! Mir hat sie nie gefallen, aber es gibt Leute, denen der alte Plunder viel wert ist." Das ist alles.

Elisabeth räumt nicht mit auf, sie ist mit Martin auf Hochzeitsreise im Schwarzwald. Baden-Baden und der Mummelsee, dann Freudenstadt, das Grießbachtal, auch Freiburg, das herrliche Münster, werden besichtigt. In Sankt Märgen im Hotel zur Goldenen Krone bleiben sie schließlich. Hier fühlen sie sich geborgen, mehr brauchen sie nicht, gehen spazieren, in die rosarote Kirschbaumblüte, die honigsüße Zwetschgenblütenpracht hinein und zurück ins Bett unter karierte Daunenberge, die sich über ihren wohligen Seufzern türmen.

Noch haben sie keine eigene Wohnung. Elisabeth schläft jetzt bei Martin in der Pension Fischbach immer wenn er in Karlsruhe ist. Zum Essen kommen beide in die Karl-Friedrich-Straße 4 und bleiben da auch lange zum Reden, Zeitunglesen, Diskutieren mit allen, die sich wieder und wieder um Lises Tisch versammeln. Elisabeth wohnt dann im „Kinderzimmer", das sie mit Karola teilt, wenn Martin auf Reisen ist. Er hat mehrere Vertretungen für verschiedene Firmen angenommen, die rheinländische Lederfabrik Oberst und Michel, Tropisko-Farben und führt auch noch diese und jene Kleinigkeit mit sich, die man dort anbieten kann, wo er die edlen Lederaccessoires vertreibt, die im Zentrum seines Handels stehen.

Ach, das ist der Lise schon peinlich, dass er „Vertreter" ist, das ist so gut wie „Händler", und das kann man nicht sagen, wenn man gefragt wird, man sagt lieber, der Schwiegersohn sei eben „Kaufmann", das geht gerade noch.

„Wovor fürchtet sich deine Mutter denn? Glaubt sie, ihre Kränzchendamen erwarten, dass ich mit Schläfenlocken, Zylinderhut und einem Bauchladen durch die Straßen ziehe?" Noch kann er darüber spötteln, denn es steht zu dieser Zeit eins zu eins für die Juden, dass sie sich im allgemeinen Schlamassel endlich doch noch als gleichberechtigt behaupten in der jungen demokratischen Gesellschaft.

Elisabeth hat sich eine neue Arbeitsstelle gesucht, denn die „Badischen Lederwaren" sind in neue Hände übergegangen.

„Ja, bleibst du denn nicht daheim, jetzt, wo du doch verheiratet bist?" Mutter Lise und Schwester Karola sind sehr erstaunt, Lise öffnet den Mund, um mehr zu sagen, aber Elisabeth ist schneller: „Nein. Warum denn? Einen Haushalt habe ich nicht zu führen, was soll ich daheim rumsitzen? Wenn mein Mann fort ist, dann will ich auch etwas Sinnvolles tun können."

Sie könnte doch ein bisschen sticken, stricken, häkeln, nähen, Klavier spielen, lesen, sich um ihre Kleider kümmern.

Da ist sie sehr leger, wenn man bedenkt, welchen Aufwand die Mutter und die Schwester um ihre Garderobe betreiben, immer noch, gerade jetzt, wo man sich noch nicht so großzügig neu einkleiden kann, wo man den alten Chic in einen neuen verwandeln muss, mit den Tricks, die einstmals Fräulein Hänssler anwandte, wenn sie aus den anrüchigen Zigarettenverkäuferinnen aus „Carmen" die unschuldigen Brautjungfern von Agathe im „Freischütz" zauberte!

„Ihr kümmert euch darum und ich mache was anderes." Sie kann schnippisch sein, die Elisabeth, stellt Lise fest. Wo hat sie diese moderne Formlosigkeit her? Ob der Mayer sie aufhetzt? Kann der sie mit seinem Geld denn nicht ernähren? Oder will der noch mehr? Das sagt man den Juden ja nach, dass sie nie genug haben können.

„Pscht, Mutter, lass sie das nicht hören, die Elisabeth, sonst ist sie dir bitterböse." „Nein, aber unter uns, Karola, unter uns beiden können wir doch so etwas bereden." Karola schlägt die Augen nieder, fühlt sich eingeklemmt zwischen ihrer Ehrfurcht vor der Mutter und ihrer Anhänglichkeit an die Schwester.

In den ersten heißen Sommertagen, die meistens in einem donnernden Gewitter enden, fällt Tante Ida plötzlich vom Stuhl wie ein nasser Sack. Sie müssen zu viert an ihr ziehen und drücken, um sie auf ihr Bett zu schleppen, und Herr Doktor Homburger nimmt sofort einen Aderlass vor. Ihr Mund, ihr rechtes Augenlid hängen schief, sie sagt immer wieder Mama zu Elisabeth, ganz allmählich erst gelingt es allen mit vereinten Kräften, sie in die Wirklichkeit zurückzuholen und auf ihre schweren, dick angeschwollenen Beine zu stellen.

„Kein Salz, keine Butter, wöchentlich nur noch ein einziges Ei", verordnet Doktor Homburger. Und keinerlei Anstrengung, keine Aufregungen. Es muss nicht viel nachgedacht werden. Elisabeth hilft ab jetzt im Laden, ihre Stellung hat sie gekündigt.

Das Leben fließt weiter um die Veränderungen herum wie das Flusswasser um Kieselsteine. Alle sorgen sich um Tante Ida. Elisabeth wartet auf Martin. Tante Louise sitzt stundenlang an ihrem Schreibtisch und rechnet hin und her, dass ihr Gesicht glänzt wie eine reife Tomate. Die Geldentwertung schafft eine Verwirrung, der Louise kaum noch Herr werden kann. Sie fürchtet sich vor dem Bruder, dem Cousin, und sie ist so dankbar, dass die Nichte ihr den Verkauf weitgehend abnimmt, die Bestellungen, die Dekoration der Schaufenster. An Weihnachten schmückt Elisabeth die Auslagen mit Engelchen aus Wachs, dann im Frühling fingert sie vorsichtig die Papierblumengebinde aus dem zarten Seidenpapier, staubt die lackierten Plakate ab, bis sie glänzen. „Der Albert hat sie mir noch gemalt, mein kleiner Bruder" – „das ist Kunscht, Fröle Wolf, reinschte Kunscht", sagt die Mina wie in jedem Frühling. Dann ist der Sommer schon wieder im Anzug und man sieht schreckliche Bilder in der Zeitung: Ein Mord! Attentat auf Walter Rathenau, den feigen Juden und Enthüllungspolitiker! So liest man es auf einem Flugblatt, auf das Elisabeth tritt in der Straßenbahn am helllichten Tag.

„Ja, immer wenn die Zeiten unruhiger werden, sind wir Juden an allem Schuld." Martins Verbitterung brennt scharf wie die Wunde eines Stilettstichs. Elisabeth leidet mit ihm, still und nachdenklich. Es wird immer dumme Menschen geben, bornierte Holzköpfe, man darf sie einfach nicht ernst nehmen.

Viel schlimmer ist diese Geldentwertung, man muss sich einmal vorstellen, dass ein Brot jetzt einhundertundzehnmillionen Mark kostet! Und dann die vielen Arbeitslosen, immer mehr Bettler stehen an den Straßenecken mit roten Nasen und zittrigen Fingern, schlagen die Augen nieder und murmeln ein kratziges „Danke", wenn mal einer einen Schein in ihre Hand drückt. Aber es kann sein, dass dieser Schein nur noch zum Naseputzen taugt, in dem Moment, in dem sie ihn packen! Und in diesem Sog ist auch Martins Geld wie Schnee dahingeschmolzen. Es ist also nicht daran zu denken, endlich einen eigenen Haushalt zu gründen, denn das hat Lise ihm mit strengem Blick aufgezählt: Ihre Tochter ist nicht dafür erzogen worden, seine Mahlzeiten zu kochen, seine Hemden zu waschen oder Ähnliches. Sie braucht also eine Haushälterin und außerdem eine Putzfrau, eine Waschfrau, jemanden zum Bügeln.

Unterdessen hat Karola ungeduldig auf Rudolfs Examenstag gewartet. „Sobald er das Papier in der Hand hat, kommt er zur Mama mit einem Blumenstrauß, endlich!"

Diese Hochzeit ist groß und schön und findet dort statt, wo der Ururgroßvater Wolf einstmals Messner war, in der Stadtkirche, weil so viele Leute kommen und das eine gute Werbung ist fürs Geschäft. Der Otto Fischer hat den ganzen Blumenschmuck in der Kirche und im Hotel Karpfen am Ludwigsplatz bezahlt, „aus der Tageskasse, Mama, glaub's mir!"

Dann packt Karola Koffer und weint dauernd dabei. „Mamale, dass ich so weit weg muss von dir", jammert sie immer wieder. Am liebsten bliebe sie ja, aber sie will auch bei ihrem Rudolf sein, jetzt, wo sie endlich vor aller Welt zusammengehören. Es geht in ein Dorf in die Nähe von Berlin.

„Karola, da kannst du in Berlin ins Theater gehen, und ins Kino! In die Tanzpaläste, ans Brandenburger Tor, kannst unter den Linden lustwandeln ..." Das müsste die Elisabeth eigentlich wissen, dass sie Karola mit solchen Möglichkeiten nicht aufmuntern kann!

Pünktlich zu Martins vierzigstem Geburtstag kommt ein besonderer Besuch aus Köln. Rosi ist angereist, die neue Schwägerin, Martins Schwester. Sie steigt aus dem Zug und sieht Elisabeth an mit einem einzigen strengen, ernsten Blick. Dann nimmt sie sie in den Arm und drückt sie fest an sich: „So", sagt sie, „das ist also der Engel, den er sich geangelt hat. Ich war sehr gespannt auf die Frau, die es mit so einem schwierigen Menschen aushalten will für den Rest ihrer Tage!"

Bitte, da ist sie doch, die neue Verwandtschaft, allem Geunke der Mutter zum Hohn.

„Das wird denen nicht passen, dass er keine Jüdin genommen hat. Das mögen die nicht, die bleiben gern unter sich."

„Mama, was heißt das jetzt wieder ‚die'. Wer ist ‚die'? Du lebst ja auf einem anderen Stern. Hast du noch nie was vom ‚Nathan' gehört?"

Theater!

„So, hast du jetzt deine Meinung geändert? Früher war's dir wichtig, was sie im Theater gespielt haben."

„Was sie gespielt haben, war mir egal, aber die schönen Bilder vom Albert, die haben mir immer gefallen. Die gibt's jetzt halt nicht mehr."

„Und das stimmt auch nicht. Den Holländer haben sie fast nicht verändert. Und der Desdemona ihr Bett ist aus Papas Rosenkavalier, das hab ich genau gesehen."

Streitsüchtig ist sie wieder einmal, die Elisabeth, meint die Mutter; ist sie von der neuen Verwandtschaft infiziert? Diese Rosi redet sehr klug daher, überklug, das ziert eine Dame nicht. Elisabeth versteht wieder mal die Fremden besser als die eigenen Leute und verteidigt sie auch noch glühend. Sie ist Lehrerin, „meine Schwägerin", – das tut weh, dieses „mein", – und hat studiert und weiß halt wirklich viel.

Rosi hat das gleiche Lächeln wie ihr Bruder, die gleichen Augen, man merkt, dass die beiden Geschwister sind, und man merkt, wie sehr sie aneinander hängen, wenn sie einander Stichwörter zuwerfen, die den gleichen Ausdruck auf ihre Gesichter zaubern.

„Halb zog sie ihn, halb sank er hin, und ward nicht mehr geseh'n." Rosis amüsierter Blick wandert von ihrem Bruder zur Schwägerin und zurück, er zuckt mit den Augenbrauen, spannt die Kopfhaut, so dass es aussieht, als ob er mit den Ohren wackeln würde. Na und? Ja, ich habe mich ziehen lassen, aber ich bin auch in ihre Arme gesunken und dort angekommen, endlich. Rosi versteht und: „Ja, die Mama mit ihren Balladen", nicken die Geschwister einander zu, vier Augen schimmern feucht dabei. Sophie Mayer versammelte am Freitagabend ihre Familie um sich, las Balladen vor, so lange, bis es ganz dunkel war und der Vater die Gebete sprechen konnte. Die Kinder saugten sich voll damit, mit all diesen Wörtern, den weltlichen und den geistlichen, sie vermischten sich zu einem poetischen Brei in ihren Köpfen und nährten damit ihre Herzen von frühester Kindheit an. Erwachsen werden hieß für die Mayer-Kinder, diesen klebrigen Brei abstreifen und sich andere Hüllen suchen. Jeder der drei tat dies auf seine Weise. Rosi und ihr Mann sind Anhänger von Theodor Herzl, stehen dem Zionismus nahe. Deshalb vielleicht hält sich der Schwager Luss nun ein bisschen auf Distanz zu Martin, der ganz offensichtlich in eine andere Richtung tendiert. Dennoch reist Rosi sehr zufrieden ab, ihr Bruder Martin ist endlich vor Anker gegangen, das sieht sie, und sie hat überhaupt nichts gegen diese Schwägerin. Dass sie zur Hochzeit nicht kam, lag vor allem daran, dass sie die alten Schwiegereltern betreuen musste, und jetzt sind sie im Elternheim, Gott sei Dank, sie sind ohnehin irgendwo anders, vielleicht am Pruth, von dem sie immer wieder sprechen, in ihrer Heimat, die sie verlassen haben, weil ihr einziger Sohn, Rosis Mann, sonst nicht herausgekommen wäre aus der dortigen Enge und niemals den Absprung gefunden hätte in die neue Zeit hinein. So ist das eben: Die Familie! – Die Familie! Das versteht Elisabeth auch. Sie nickt inbrünstig. Die Frauen umarmen sich. Bis zum nächsten Mal! Familie ist Rosi nun auch für Elisabeth, aber doch anders als die Mama, die Schwester, die Onkels und die Cousins. Rosi ist vor allem das, was Martin aus ihr macht, die „große" Schwester, energisch, selbstbewusst und geradeheraus. Sie weiß, was sie will. Wenn es nicht machbar ist, dann findet sie einen zweitbesten Weg und geht ihn, Rosi hat die Wahl des Bruders angenommen, obwohl er damit für ihre Welt verloren gegangen ist. Auch Rosis Sohn kommt angereist. Martin verleiht Klaus den Namen „Ritter ohne Fehl und Tadel", erzählt dem „jungen Herrn aus dem Rheinland" von König Artus und seiner Tafelrunde, von den „Streitern für Recht und Ordnung", die, nur um den anerkennenden Blick einer edlen Dame zu gewinnen, auf Abenteuer ausziehen und dabei täglich ihr Leben riskieren. Denn der Neffe, der gerade seine Bar Mitzwa gefeiert hat, verehrt die Karlsruher Tante so glühend, dass ihm der Mund offen stehen bleibt, sobald sie in seine Nähe kommt und er sich gegen die Duftwolke wehren muss, mit der sie sein erwachendes Männerherz benebelt.

Elisabeth besucht ihre Schwester, schon ist es wieder Mai. Nach ihrer Ankunft, gerade hat sie ihr Hütchen zur Seite gelegt und den Koffer mit einem Aufseufzen auf den Boden plumpsen lassen – Karola zuckt zusammen, als ob sie ein Schlag getroffen hätte –, umarmen sich die beiden jungen Frauen und verharren einen Augenblick in inniger Nähe. Nachdem sie nun persönlich hierher gereist und endlich angekommen ist, versteht Elisabeth, warum die Schwester noch nicht in Berlin war. Sie ist in einem Hinterwinkel gelandet! Dreimal musste sie umsteigen, ab Berlin fuhr Elisabeth weiter mit einem Zug, der an jedem Weiler hielt und Bauern mit stinkenden Säcken ein- und auslud, Mütter mit nörgeligen Kindern und Herren mit schwarzen Musterkoffern, die Elisabeth mit Höflichkeiten bedrängten, schließlich noch hier heraus mit der Droschke, den Kutscher hat sie überhaupt nicht verstanden, er hatte nicht einen einzigen Zahn mehr im Mund. „Das hat nichts mit den Zähnen zu tun", erklärt Karola, „man versteht hier ohnehin keinen." Das kann doch nicht sein, das ist doch auch Deutschland! Ganz große Schwester, hält Elisabeth Karola auf Abstand und erschrickt sogleich, wie schmal ihr Gesicht ist, wie groß die Augen darin schimmern, nur die Haut sieht gesund aus, hat den Ton reifer Oliven angenommen, ja, sie ist viel draußen, streift durch die „Felder, durch die Au-hau-en". So ganz allein? Ja, warum auch nicht, außer Hunden und Pferden und ab und zu einer Ziege oder einer Kuh begegnet ihr selten ein lebendiges Wesen. Elisabeth sammelt Eindrücke und überlegt, wie sie das alles schonend der Mutter berichten wird. Sie versucht, sich einzustellen auf die fremde Umgebung, will abschätzen, ob die Schwester übertreibt mit ihrem Kummer. Sie liest die Berliner Zeitung, die der Schwager abonniert hat, und bestaunt das Bild der Alexandra Kollontai, der russischen Botschafterin in Norwegen. „Aber russisch darf man nicht mehr sagen, das heißt jetzt Sowjetunion und ist riesiggroß, das hat mir Martin erklärt. Schau mal, die ist schick, gar kein Flintenweib, wie man meinen könnte". Ach ja, aber Karola will jetzt lieber raus, die Hühner füttern, sie hat zwei Lieblingshühner, die hat sie Grimgerde und Siegrune getauft, „weil sie wirklich so herkommen wie die Walküren, das musst du dir angucken, Isale, kommst du mit?" Sie hängt sich eine selbstgenähte Tasche um, in der steckt ein Block und eine Schachtel mit Stiften. „Zeig her!" Das ist doch was! Karola hat diese Seiten über und über mit Skizzen bedeckt, Hühnerköpfe, Entenpaare, eine Kuh direkt von vorne gezeichnet aus einer ganz ungewöhnlichen Perspektive, so dass sich der Betrachter auf Augenhöhe fühlt und die Kuh menschliche Züge annimmt, man meint, sie erinnere an irgendjemanden, den man kennt, kann nur nicht genau sagen, an wen. Dann eine Allee mit schlanken Pappeln, die sich im fernen Ungewissen verliert, das ist Perspektive! Woher hat sie das nur? „Der Papa hat mir's mal gezeigt, es ist ganz einfach, so und so …“ Zwei Fluchtlinien, nur angedeutet. Elisabeth starrt fasziniert auf Karolas Finger, die sich über dem Stift runden, und erschrickt vor der Ähnlichkeit dieser jungen Frauenhand mit der Hand des Vaters, in die sie so gern ihre eigene kleine Hand schmiegte, damals, als der Papa und sie ihre schönste Zeit miteinander hatten.

Die Schwestern genießen das Zusammensein.

„Hast du Heimweh?“, fragt Elisabeth. Soll sie doch erzählen, soll sich den Kummer von der Seele reden.

„Ja, schon, weil Rudolf wenig Zeit für mich hat. Aber ich glaube auch, es ist nicht für lang. Wir sind bald wieder daheim bei euch. Zu deinem runden Geburtstag sind wir wieder mit dabei. Und du, Isale, wann kommt bei euch was Kleines?“

Da macht Elisabeth zu. Darüber will sie nicht sprechen.

Auf der langen Zugfahrt nach Hause muss sie wieder an diese Frage denken.

„Lass los, Elisabeth, lass dich fallen, ganz in mich hineinfallen“, flüstert Martin ihr zu, und ganz allmählich hat sie es gelernt in seiner Geduld, in seiner Aufmerksamkeit für jede ihrer Regungen, Zuckungen, sich zu lösen und wegtreiben zu lassen.

„Und du, Martin, warum lässt du dich nicht in mich hineinfallen?“, fragt sie ihn dann, danach, wenn sie satt und zufrieden mit warmer, aufgeweichter Haut und zerzaustem Haar in seinem Arm liegt und er sie in den blauen Dunst seiner Zigaretten einhüllt.

„Einer muss einen kühlen Kopf bewahren, und in diesem Fall muss ich das sein. Diese unsichere Zeit kann man doch einem Kind nicht zumuten.“

4

Er hat sich fallenlassen, bewusst oder unbewusst. Vielleicht ist er nur ein einziges Mal nicht früh genug abgesprungen beim Tanz auf den Flammenzungen.

Am 8. Januar 1925 ziehen Martin und Elisabeth ein in die Stephanienstraße dreißig, in das schöne Haus, in dem einstmals die Tetzlaffs ihre Kinder großzogen. Jetzt wohnt darin der Zahnarzt Münzesheimer und seine Frau. Mitbewerber um die Wohnung ist ein anderes Paar. Elisabeth erklärt Martin, das ist der Fabrikant und bekannte Fußballer Juler Hirsch mit seiner Frau und seinem kleinen Sohn! Dann lächelt sie ihr reizendstes Lächeln und stellt noch einmal sicher, dass Frau Münzesheimer weiß, „wer" sie ist: die „geborene" Wolf, jetzige Frau Martin Mayer! Es hilft! Das Lächeln oder die Familie, egal, sie bekommen die Wohnung! Die Besitzer selbst wohnen im ersten Obergeschoss, im Erdgeschoss ist die Praxis und oben im dritten Stock ziehen die Mayers ein mit ihrer Frieda, das ist eine Schwester von Lina, sie ist erfahren, hat jahrelang einem gewissen Fräulein von Rademacher den Haushalt geführt und wird doch wohl den Vorstellungen der Schwiegermutter gerecht werden. Aber ach, es ist noch manche Erziehungsarbeit zu leisten.

„Frieda, was machen Sie denn da?"

„Ha, Salzkartoffle, Herr Mayer!"

Aber so geht das doch nicht! Martin zeigt der Frieda, wie groß man die Kartoffelschnitze schneiden muss – „und dann nicht länger als zwanzisch Minute, Frieda, sonst könne Se auch gleisch Puree ansache!" – Woher kann er das denn alles? Erstens war die

Küche der interessanteste Ort zu Hause in der Hermannstraße in Frankfurt. Und zweitens war er – vergiss das nicht, Elisabeth, – sechzehn Jahre lang sein eigener Herr und nicht sofort ein Herr, zuerst mal hat er in einem Hinterhaus gelebt, Hinterhinterhaus besser gesagt, oben unterm Dachjuchee mit eigenem Herd und Spatzen auf dem Fensterbrett als einzigen Gesprächspartnern! – Aber nicht lang, Martin, gell? Die belle Hélène! Sie denkt daran, lächelt darüber, als Siegerin, aber ohne Triumph, und er muss die Erinnerung herbeizwingen, weil sie längst zugedeckt worden ist durch das andere Leben, das er jetzt angezogen hat wie ein Trikot, hauteng!

Im Haushalt hat er's immer gern exakt, korrekt, alles soll so sauber und perfekt wie sein Vatermörderkragen sein und wie die polierten Fingernägel und die gewichsten Stiefel aus persischem Hochlandrind. Wenn Elisabeth nicht auch den anderen Martin kennen würde, den ohne Stiefel und Kragen, oder um den kleinen Martin wüsste, der sich anstrengte, größer zu werden, sich dabei vorkam wie ein Schnellläufer, der hinter den anderen herhinkt mit zu wenig Puste, dann müsste sie dieser exakte Martin vielleicht erschrecken. Die Frieda jedenfalls hat Respekt vor ihm! Einen Heidenrespekt! Und sie ist froh, dass „der Herre Mayer" für seine Wäsche selber sorgt, sich selbst seine Hemden bügelt, die Anzüge ausbürstet, sie am Abend ordentlich aufhängt, raus an die frische Luft, sich selbst die Stiefel wichst und poliert, mit mehreren Bürsten und Lappen, so dass sie genauso glänzen, wie er das will. Das ist er so gewohnt, so will er es haben und so wird es weitergehen bis an sein Lebensende!

Elisabeth schenkt Martin zum Einzug einen geräumigen Vogelkäfig mit einem Kanarienvogel darin. Sie musste mehrere Adressen ablaufen, bis sie ihn hatte, denn er sollte genauso aussehen wie Martins „Hansele", von dem er ihr immer erzählte, sein eigenes Vögelchen, das er so sehr geliebt hatte, dass er es am liebsten mit nach Paris genommen hätte, damals, das seine Abreise nur wenige Wochen überlebt hatte, und immer noch konnte er die Trauer darüber nicht von einem Schuldgefühl trennen. Jetzt hatte er eine neue Chance!

Zur Wohnung gehört ein großer Balkon, der auf einem Anbau aufhockt. Von dort aus kann man in die Höfe der Nachbarhäuser schauen und so auch hinüber zu Lisa, der Tochter von Friedrich und Milli Wolff. „Sie ist nur ein Adoptivkind", hatte man immer hinter ihrem Rücken geraunt und sie war staunenswert gewesen, genauso wie ihr Bruder Hans, ihr echter, leiblicher Bruder, das zweite Kind des „jungen" Friedrich Wolff. Man winkt einander zu, wenn man einen Blick aufeinander erhascht, das ist alles. Das Hansele wird hinaus auf den Balkon getragen und wieder mit hinein in die Wohnung genommen, mit einem seidenen Schal zugedeckt am Abend und am Morgen mit Pfeifen und Gezwitschere begrüßt.

Elisabeth ist schon unförmig dick, sie isst nämlich gerne und viel und Martin sorgt dafür, dass sie alles bekommt, worauf sie Lust hat. Er sitzt wie auf der Lauer und lauscht auf jeden Seufzer, jeden Piepser, sie aber lächelt wie immer und beruhigt ihn nur: „Ich bin doch nicht krank, nur guter Hoffnung, also mach dir mal keine Sorgen, ein Kind kriegen, das ist das Allernatürlichste von der Welt." Mag ja sein, aber mit dreiundvierzig hat ein Mann nicht mehr so gute Nerven, jedenfalls nicht einer, der sich betroffen fühlt von den körperlichen, geistigen und seelischen Belangen seiner Frau, so über die Maßen, dass, wer es bemerkt, nur den Kopf darüber schüttelt.

Inzwischen ist Karola wieder daheim eingezogen und Rudolf wohnt wieder bei seinen Eltern. Es hat nicht geklappt in der Fremde. Rudolf versucht, sich über Wasser zu halten mit Vertretungen für Haushaltsgeräte, zusammen mit einem Freund hat er eine kleine Firma gegründet. So wie der Rudolf das macht, wird es schief gehen, sagt Martin, er muss doch dies und muss doch das ... „Der Rudolf weiß schon, was er macht", schnappt Lise zurück. Sie hat ihre Präferenzen gesetzt und hält nicht hinterm Berg damit. Martin schweigt, in ihrer Gegenwart jedenfalls, aber kaum fällt die Tür hinter der Mutter ins Schloss, da rattert er los, steht auf und geht hin und her „wie ein Tiger im Käfig, Martin, genau so ...", sagt Elisabeth, legt ihre Hände auf ihren Bauch und spürt den kleinen Tritten nach, ein Sportler, denkt sie, der sich trainiert, sie freut sich, dass das Kindchen sich regt und schon ein richtiger kleiner Mensch ist für sie. Es gibt fast gar nichts, was ihr das innige Glücksgefühl schmälern kann, das sie vom ersten Gähnen beim Aufwachen am Morgen bis zum letzten Lidgeflatter in der Nacht umgibt wie ein Samtcape, weich und schimmerig. So kann sie auch das Geschimpfe ihres Mannes, das zu orkanartigem Donnern anschwillt, nicht aus dieser seligen Ruhe bringen. Als das aufgeregte Zwitschern der Vögel durch die offenen Fenster dringt, Anfang März, erst da überfällt sie plötzlich Angst vor der Geburt. Sie befragt die Mutter nach ihren Erfahrungen, aber Lise tut sich schwer mit Vertraulichem, kann nur sagen, dass man ihr helfen wird, die Hebamme oder der Arzt werden ihr schon alles erklären, was sie wissen muss, was sie machen muss. Dann erzählt eines Tages die Frau Wendling, die neue Mieterin aus den Dachstuben in der Karl-Friedrich-Straße 4 – es ist eine liebe, nette Person, aber mein Gott, was hat sie sich denn dabei gedacht? – von einer entfernten Verwandten, deren Kind vertauscht worden ist bei der Geburt. Das fremde Kuckucksei wurde großgezogen und war völlig missraten, hat den Eltern nichts als Sorgen und Kummer eingebracht, während das eigene, echte Kind fort war, unauffindbar, man konnte nicht einmal zurückverfolgen, welches andere Elternpaar von der Verwechslung betroffen war, weil zum selben Zeitpunkt so viele andere Geburten gleichzeitig statt gefunden hatten, an die dreißig oder vierzig.

„Siehst du, das ist doch erfunden, maßlos übertrieben, wo kommt das vor, dass so viele Kinder gleichzeitig geboren werden an einem Ort? Die gute Frau Wendling redet sich aus dem Kummer über ihre eigene Kinderlosigkeit heraus mit diesen Schauermärchen, glaub's mir, Elisabeth."

Sie glaubt es nicht. Sie beschließt, nicht ins Krankenhaus zu gehen, wozu ihr der Doktor Homburger dringend geraten hat, sie will das Kind hier zur Welt bringen, in ihrem Bett. Das lässt sie sich nicht ausreden.

Martin rennt selber los am einundzwanzigsten März noch in der Nacht und klingelt die Hebamme aus ihrem Bett. Sie kommt, schaut sich die Kreißende an und packt gleich wieder ein, das wird noch dauern. Und es dauert. Die Wehen werden wieder seltener, Elisabeth steht auf und geht herum, am Abend aber muss sie sich erneut vor Schmerzen krümmen und Martin rennt noch einmal los, holt diese Frau, die ihm gar nicht gefällt, hat aber auch die Frieda zur Schwiegermutter geschickt und zu Doktor Homburger, wo bleiben sie nur alle. Martin rauft sich die Haare, hält seiner Frau die Hand und tupft ihr den Schweiß von der Stirn, öffnet die Tür für Frau Kramm und lässt sich nicht von ihr aus dem Zimmer verdrängen,

„Ich war Soldat, meine liebe Frau Kramm, mich kann nichts so schnell aus den Schuhen kippen."

„Das werden wir schon sehen!"

Elisabeth stöhnt und schnauft wie ein Walross, so geht das stundenlang, inzwischen hat Martin das Jackett abgelegt, den Kragen ausgeknöpft, die Ärmel aufgekrempelt, so als ob er selber der Geburtshelfer wäre. Die Schwiegermutter und der Arzt lassen weiter auf sich warten.

Plötzlich liegt Elisabeth da, hat die Augen geschlossen, der Mund steht offen, Frau Kramm nähert sich und schnauzt vor sich hin: „Jetzt ist sie mir ohnmächtig geworden, ach Gott, die feinen Damen, die vertragen halt nix. Frau Mayer, Frau Mayer!" Sie schlägt ihr rechts und links ins Gesicht, dann greift sie den Bauch und drückt und presst daran herum, Martin reißt sie zurück: „Was fällt Ihnen denn ein?" – Es klingelt an der Tür, herein platzen Frieda und, Gott sei Dank, endlich der Doktor.

„Herr Mayer, lassen Sie mal die Frau Kramm los, damit sie ihre Arbeit machen kann",

„Ich bring sie um, dieses Weib!"

„Bitte gehen Sie aus dem Zimmer und beruhigen Sie sich."

Dramatisch war sie, diese Geburt, vielleicht ist auch die bewusste Frage gestellt worden, Mutter oder Kind. Da hätte er gesagt, wenn einem von beiden was passiert, dann bringt er alle um, die hier anwesend sind.

Sie hat sich sehr geplagt, es ist alles in ihr zerrissen, so dass sie keine weiteren Kinder mehr haben kann, das teilt der Arzt dem frisch gebackenen Vater mit, der sich sein Kindchen gepackt hat, es bestaunt und schon anfängt, Lieder für die Kleine zu summen, kaum ist sie gebadet und in weiche, weiße Tücher eingepackt.

„Sie ist wunderschön, schau mal, die feinen, zarten Härchen, ganz hellblond und die Augen sind blau, überhaupt nicht jüdisch!"

Das freut ihn, bis zu Tränen rührt ihn das, er haucht ganz verzückt „Isa", und so soll das Kindchen auch heißen. Dazu bekommt es noch den Namen der stolzen Tante Karola, die es schon am nächsten Morgen halten darf und mit der es lacht. Das ist nicht gelacht, das sind Gichterle; Lise kann nur den Kopf schütteln darüber, wie vernarrt der Mayer ist in das winzige Geschöpf, das noch gar nicht anders aussieht als alle anderen Neugeborenen.

Aber es ist ein ganz besonderes Kind, von seinem ersten Lebenstag an. Das Kind eines alten Vaters und einer nicht mehr ganz jungen Mutter eben, wird in der Verwandtschaft getuschelt. Das stört weder Elisabeth, noch stört es Martin. Ein bisschen nachdenklich wird er allerdings, als der verschwommene Blick aus den graublauen Augen sich plötzlich verwandelt in ein scharfes Hinschauen und Erkennen aus zwei schwarzen Augenperlen, und seine Frau lacht, als ob sie es gewusst hätte: „Sie hat deine Augen, Martin!" Damit ist sie sehr zufrieden.

Es kommt ein Brief seiner Schwester aus Köln, die sich ihre Nichte sehr gut vorstellen kann, nach seiner Beschreibung sieht sie offensichtlich genau so aus wie er, denn auch er hatte als Neugeborenes einen Flaum aus hellblonden Federfüsselchen auf dem Kopf, ganz zum Entzücken seiner Mutter, die ebenso wie er jetzt auf ein „unjüdisches" Aussehen gehofft hatte, weil sie wollte, dass es ihre Kinder einmal leichter haben sollten als sie selbst, und dass die Kinder endlich, endlich richtig dazu gehören würden zu den Deutschen, weil sie ja alle doch längst deutsch waren.

„Was soll das, Martin!", schimpft Elisabeth, „ich kann mir nichts Schöneres vorstellen, als dass sie so ist wie du, so aussieht wie du, so gescheit ist wie du, so viel Energie hat wie du ..."

„Kannst du das denn ertragen? Hast du mit einem derartigen Menschen nicht genug?"

Sie zieht ihn her zu sich und küsst ihn, da hat er die Antwort.

Elisabeth ist träge und kennt außer dem Kind keine anderen Belange mehr. Sie hat kaum Interesse an den Gesprächen der Familie, wenn sie sich trifft, wie immer an den Wochenenden und nun oft auch in der Stephanienstraße bei den Mayers.

„Elisabeth, es sind Wahlen angesagt! Jede Stimme wird gebraucht. Der Zeitpunkt ist kritisch, nach dem Tod vom Ebert sieht's nicht gut aus, sein Format hat keiner, Kompromisse in der Politik sind gefährliche Wagnisse."

Elisabeth singt „Guten Abend, gut' Nacht" und hört nicht hin, was am Tisch geredet wird.

„Der Hindenburg ist eine gute Wahl, den müssen wir ins Amt heben, dann kehren wir zu den alten, guten Zeiten zurück. Das, was die im Parlament bisher gemacht haben, ist doch nur Geschwätzgebabbel und keine Politik!"

Martin steht so kraftvoll von seinem Stuhl auf, dass dieser umkippt. Das sei der gleiche Geist, der anno achtundvierzig geherrscht habe und ins Rad der Geschichte eingegriffen habe mit lähmender Hand. Die neue Zeit könne nur durch neue Köpfe gesteuert werden.

„Wie sollen die neuen Köpfe denn aussehen, Martin? Sollen sie eine Kappe aufhaben und Trauerränder unter den Fingernägeln? Lächerlich!"

Jetzt spürt Elisabeth, dass die Luft in Schwingungen gerät. Deshalb sagt sie wie nebenbei und als ob es sich um eine neue Inszenierung des Theaters handelte, wenn überhaupt, dann würde sie Zentrum wählen. Zentrum, Mitte, das gefällt ihr gut, aus der Mitte des Landes, des Volkes heraus sollte derjenige kommen, der „uns" regiert.

Onkel Karl schüttelt den Kopf: „So ist es halt, wenn die Frauen bei der Politik mitreden wollen, da kommt nix Rechtes dabei raus! Was heißt da ‚Zentrum', Elisabeth? Wir müssen endlich wieder wer sein dürfen! Die haben uns die ganze Schuld für den Krieg aufgeladen und wir haben uns nicht gewehrt dagegen, aber ein Krieg kommt nicht von einem Streithammel, zum Kampf gehören immer mindestens zwei! Deutschland muss wieder stolz sein können darauf, dass es deutsch ist! Und deshalb muss es sich von den fremden Elementen befreien, den bolschewistischen und den jüdischen."

Ja, das kennt Martin, ein Sündenbock wird wieder mal gebraucht! Und wer deutsch ist, das bestimmen also solche Herren wie der alte Haudegen von Tannenberg, diese Sorte hat er zur Genüge kennen gelernt im Krieg. Sie sitzen auf ihrem hohen Ross, und diese Perspektive ist nicht sehr dienlich in einer Republik.

Elisabeth hat sich mühsam aus ihrem Korbsessel erhoben, ihr Kleid, das Martin das Beduinenzelt nennt, fließt an ihr herab bis auf den dunkelroten Teppich, auf dem Arm hat sie das Kind, das entspannt mit offenem Schnäbelchen schläft. Elisabeths Augen sind rund, offen und ihr Blick ...

„Du guckst, als ob du mich verschlingen wolltest, Elisabeth!"

„Onkel Karl, überleg dir, was du sagst!"

„Ja, es ist spät, Schennerle, mir müssen." Onkel Karl kitzelt das Isale am Kinn, streichelt seiner Nichte über die Wange, mit einem Ruck entkommt sie seiner zarten Geste, dann steuert Karl aus dem Zimmer hinaus, holt seinen Hut, seinen Mantel, während im Raum palavert wird, öffnet er geräuschvoll die Eingangstür. Dass er den Martin beleidigt mit diesen Äußerungen, fällt ihm nicht ein, denn Martin ist für ihn ein Deutscher wie jeder andere Deutsche auch.

„Karl, nehmt ihr mich mit?"

Lise gesellt sich zum Bruder, geht hinter ihm die Treppe hinunter und beginnt schon mit ihm zu flüstern.

„Wer Recht hat, braucht nicht zu schreien." Elisabeth klingt vorwurfsvoll. Sie kennt ihn ja, ihren Mann, sein Temperament ist ihr so vertraut wie seine Sanftmut, jedes zu seiner Zeit. Aber sie wünschte sich, er würde in solchen Diskussionen genau die unbeirrbare Überlegenheit an den Tag legen, mit der er einstmals ihre unerweckten Gefühle befreit hatte.

„Ich will nicht Recht haben, aber meine Meinung sagen dürfen, so funktioniert das in einer Demokratie!"

Wenn jeder so laut schreien würde wie er, – sie hat keine Ahnung, was glaubt sie denn, wie es im Parlament zugeht, das ist kein Salongeplapper wie einst beim Besuch der Großherzogin im Victoriapensionat – sie war nicht im Pensionat, das weiß er, sie hat nur die Victoria-Schule besucht. Außerdem glaubt sie ihm blindlings, dass er Recht hat, sie sieht ihn Zeitungen lesen, hier im Haus, weiß, dass er auch im Moninger oder im Bauer oft sitzt, stundenlang, um sich die dort an Holzstecken aufgehängten Blätter zu greifen und sich in sie zu vertiefen. Sie sieht, wie er diskutiert mit Herrn Wendling, der den „Volksfreund" zitiert, mit dem alten Herrn Wachenheimer und seinem Sohn; auch Hedwig sitzt dann dabei, alle rauchen, bis sie die Hände nicht mehr vorm Gesicht erkennen können, und reden sich die Köpfe heiß. Er versteht was von Politik, und dennoch läuft die ohne ihn ab, also wozu dann diese Aufregung!

Umsonst. Man zieht keinerlei Konsequenzen, macht weiter wie bisher. Geht auch weiterhin zu den Spoerins und zu den Wolffs, wenn sie einladen. Trinkt ihren Wein, isst ihr Brot und singt mit ihnen ihre Lieder. Noch ein kleines Weilchen jedenfalls.

Elisabeth ist jedes Mal froh, wieder „nach Hause" zu kommen, in ihre eigenen vier Wände, in die Stephanienstraße, wo jetzt die Bäume ausschlagen, wo aus geöffneten Fenstern Lachen und Gesprächsfetzen dringen, wo man kleine Mädchen in weißen Kleidern und kleine Buben mit Reifen und Stöcken promenieren sieht, wie früher, als sie selbst Kind war. Einmal kommt ihnen auch eine Gruppe junger Männer mit harten Stiefelschritten entgegen. Das ist ein ungewöhnlicher Anblick. Elisabeth hört, wie Martin sich darüber unterhält. Doch nicht bei uns in Karlsruhe, winkt Herr Wachenheimer ab. Elisabeth vergisst diese Szene bald wieder, es gibt täglich so viel Neues zu entdecken und zu erleben mit dem Töchterchen, dass alles andere im Nebel der Bedeutungslosigkeit verschwimmt.

Martin kann das Beduinenzelt nicht mehr sehen, er will jetzt wieder eine hübsche, adrette junge Dame an seiner Seite haben, wenn sie die hochgebockte „Kinderchaise" durch den Schlosspark schieben. Ein Gang zu Frau Stein-Denninger wird erforderlich, die sich des ausgebrochenen Fleisches seiner Frau annimmt, es bändigt und bündelt, und siehe da, es ist gar nicht so schlimm, bald schon kann sie sich wieder zeigen, kann huldvoll die Grüße entgegennehmen, kann den alten Bekannten Blicke gewähren auf ihren Schatz, ihr Kostbarstes, ihr ganzes Glück, ihr Kind.

Das ist die geborene Wolf, jaja, sie ist auch mit den Wolffs aus der Kosmetikfabrik verwandt, die Besitzer sind ihre Onkels und sie ist die Tochter des Malers. So tuschelt es hinter ihrem Rücken. Lächelnd gleitet sie durch diese Huldigungen, die ihr vorgaukeln, alles sei auf dem besten Weg in eine wenn auch neue, so doch der alten vergleichbare Ordnung. Das ist das Klima, für das sie erzogen wurde und in dem wird sie sich nun, nach einer schrecklichen Unterbrechung, so entfalten, wie es ihr gebührt.

Es geht jetzt doch wirklich aufwärts, man hat die Talsohle überwunden, so hört man auch Rudolf und Karola aufatmen nach dem furchtbaren Debakel mit den Vertretungen, die nichts als einen Berg von Schulden eingebracht haben. Wenn so ein Vater dahinter steht, kann man sich einen derartigen Ausrutscher eben einmal leisten; aber ein zweites Mal wird auch der Otto Fischer nicht mehr helfen können! – Bitte Martin, halt du dich jetzt raus! – Na, das stimmt doch! – Jedenfalls hat Rudolf – durch Vermittlung eines Bundesbruders von der „Arminia" – das ist auch wieder nicht schön, so was zu behaupten, – aber es stimmt eben auch! –, also, wie auch immer, der Rudolf hat einen Ruf erhalten an das renommierte Bunte-Institut. Die Fischers beziehen eine Wohnung am Turmberg, von da aus kann Karola in weniger als einer Stunde hinaufwandern zu den Höfen, zum Rittnerthof, dem Thomashof, dem Lamprechsthof, kann dort Pferde streicheln, Katzen locken, Hunde dressieren, wenn sie will.

„Ach Martin, du übertreibst wirklich, es ist doch nicht so, dass sie nur auf Tiere aus ist." „Mir kommt es schon manchmal so vor, als ob sie mit den Menschen ein Problem hätte."

Mit einem Menschen hat Karola kein Problem, das ist ihre kleine Nichte, die jetzt schon aufrecht in ihrem Kinderwagen sitzt und mit großen Augen alles betrachtet, was sich ihren Blicken zeigt. Ganz vernarrt ist Karola in die Kleine, kann stundenlang ihre Händchen bestaunen, ihr einen kleinen Bär entgegen halten, wieder wegziehen – „Schau mal, wie sie danach schnappt!" –, ihr mit ihrer dunklen, weichen Stimme Lieder singen „Schöne Nacht, du Lie-iebesnacht, komm, sti-hille mein Verlangen."

Man kehrt zu alten Mustern zurück, trifft sich am Wochenende bei Lise, bei Elisabeth oder auch draußen in Durlach. Die Familie bildet den Kern, aber es tauchen jeweils auch Nachbarn, Kollegen, Freunde auf, man freut sich über die neuen Gesichter und die neuen Gesprächspartner. Bei Karola und Rudolf tauchen die „alten" Fischers auf, Otto und Leopoldine. Otto unterhält sich gern mit Martin über Frankfurt. „Da habe ich meine zuverlässigsten Lieferanten! Der alte Wertheimer ist praktisch ein Vermächtnis von meinem Vater! Der Friedrich Offenburger und der Samuel Kohn, was wäre mein Geschäft ohne die. Feinsten Damast aus Irland, Spitze aus Belgien und vom Lago, jaja, Qualität! Und die herrliche Goethestadt selber, gell, Lepoldine? Schöne Stunden haben wir dort verbracht! Im Palmengarten sind wir auf- und abgeschritten und haben die eleganten Kleider von der Frankfurter ‚Hott Wolee' bewundert, jaja!"

Bei Lise tauchen die Wendlings und die Wachenheimers auf, auch Hedwig, die jetzt Frau Engelmann heißt und von deren Mann noch nichts zu sehen war. Was bedeutet das eigentlich? Sie scheinen sich voneinander „getrennt" zu haben, Hedwig soll ihren Mann betrogen haben, oder er sie, wie die halt so sind, das flüstert Lise ihren Töchtern zu. „Ja, wie denn, Mama? Was für ein bösartiges, fürchterliches Geschwätz, ich glaube kein Wort!" Elisabeth schwingt sich wieder mal zum Verteidiger der anderen auf, glaubt den eigenen Familienangehörigen nicht. „Mama, du hast die Hedwig nie gemocht!"

„Das stimmt doch nicht! Ich habe doch nichts gegen die, die ist mir kalt wie ein Knochen!"

Elisabeth jedenfalls wendet sich Hedwig mit gesteigerter Aufmerksamkeit zu, versucht durch ihre unnahbare Maske zu dringen, in den wasserblauen, kleinen, kurzsichtigen Augen zu lesen, auch Martin zieht Hedwig mit ins Gespräch, so sehr sogar, dass Lise ihre Tochter warnt: „Die Hedwig hat ein Auge auf deinen Mann geworfen!" Da lacht Elisabeth hell auf, davor hat sie keine

Angst. Eine Frau spürt doch, wo ihr Gefahr droht. Lise ahnt, welche Zauberbänder sich um Elisabeth und Martin schlingen. Also gut, denkt sie sich, wenn die beiden miteinander glücklich sind, dann muss ich mir keine Sorgen machen.

Wenn Martin zu Hause ist, dann tändelt er den ganzen Tag mit dem Kind herum, erzählt Isa einfach alles, was ihm durch den Kopf geht. Auch die Geschichte vom Golem, dem Puppenkind, das sich der Rabbi Löb erschaffen hat, weil er so einsam war, dem er viele Wörter in den Mund gespuckt hat, aber die Buchstaben haben sich vermischt, zu anderen Wörtern verbunden und so verändert sind sie dann wieder herausgesprungen, dass dem Rabbi Löb graute.

„Was für schreckliches Zeugs erzählt der Mayer seinem Kind?"
„Lass ihn doch; das sind die Geschichten, die man ihm erzählt hat, als er ein Kind war, und daran erinnert er sich jetzt halt!" Elisabeth entschuldigt wirklich alles, wenn es um ihren Mann geht!

„Sie ist blind und taub. Sie müsste ihn ein bisschen warnen. Das Jüdische müsste er sich abgewöhnen."

„Ach, Mama, lass sie doch. Die zwei leben halt so, wie sie wollen, und der Rudolf und ich, wir haben auch unsre eigene Art."

Ja, die ist der Lise schon lieber. Und jetzt ist sie besonders stolz auf Rudolf. Das Bunte-Institut ist ein gutes Sprungbrett in eine Karriere. Dem Gasinstitut sind verschiedene Gaswerke zugeordnet, das weiß Lise, denn die Frau Direktor Siebold, also die Frau vom Rastatter „Gasdirektor" Siebold, ist eine „Kränzchendame". So eine Karriere stellt sie sich für den Rudolf vor!

Während Rudolf meist schweigend alles an sich vorbeirauschen lässt, was bei den Familientreffen zerpflückt und wieder zusammengesetzt wird, kann Martin nicht an sich halten, er „dischbudiert". Jetzt geht's um den Rapallovertrag.

„Doch, doch, der Stresemann ist dem Briand durchaus gewachsen. Der Chamberlain allerdings ..." – als ob er sie persönlich kennen würde! – „Mein Mann informiert sich eben, wo er kann!" Und nicht nur das, er informiert auch sie, wann immer er kann.

Und sie hört ihm so gerne zu, wenn er ihr alles in mundgerechte Stückchen verpackt serviert. „Politik ist ein Spiel, weißt du, Elisabeth, Schach! Immer zwei Züge vorausdenken!"

Während die hohen Herren im warmen Süden in der „Orangenblüte" auf dem Lago Maggiore kreisen und über das Schicksal des gedemütigten Deutschlands Milde walten lassen wollen, muss man in Karlsruhe schon die Muffs auspacken, die dicken Wollschals, die Pelzcapes. Es gibt keinen Herbst in diesem Jahr. Ein eisiger Wind heult durch die Straßen, fegt die letzten trockenen Blätter über die Trottoirs, man hat das Gefühl, es wird gar nicht mehr richtig Tag. Die Menschen eilen misslaunig und zugeknöpft von einem trockenen Platz zum anderen, blicken kaum auf, um einander zu grüßen. Erst an Weihnachten unter den Kerzen am Baum blickt man sich wieder länger in die Augen und man sieht deutlich das Strahlen in Karolas Gesicht. Rudolf hält den Arm um sie geschlungen und will nicht von ihrer Seite weichen, einmal nimmt er sie einfach in den Arm und küsst sie vor aller Augen, so selig ist er.

Als das Kindchen geboren wird, ist die kleine Isa gerade fünfviertel Jahre alt; sie rennt den langen Gang in Lises Wohnung entlang und jauchzt: „Hab e Dudienle kriegt, hab e Dudienle kriegt!" Ein Geschenk fürs Leben. Ein Ersatz für die Schwestern und Brüder, die sie nie haben wird. Und alle freuen sich mit ihr. Rudolf haucht gerührt und dankbar für dieses Geschenk, das seine Frau ihm gemacht hat, ein süßes kleines Mädchen: „Lola". Und so wird es auch heißen, das kleine Töchterchen mit der niedlichen Stupsnase, den zarten Löckchen, den hellgrauen Augen. Dazu bekommt sie noch den Namen der Tante Elisabeth. So zeigt es die Geburtsanzeige in der „Badischen" und damit hat Karola gleichgezogen mit der Schwester. Auch Lise ist darüber hoch zufrieden.

Wie üblich erhalten die beiden Mädchen ihre eigenen Namen. Karolas Lola wird Lotte genannt, Elisabeths Isa aber nennt Lise „kleiner Mayer".

Es kommt noch einmal besonderer Besuch, aus Berlin dieses Mal. Martins Schwägerin, Willys Frau Erna, ist angereist, die geborene Bleibtreu. Ohne Mann und ohne Kinder. Willy hat zu viel zu tun, die Bank lässt ihn nicht aus ihrem Würgegriff, die Kundschaft will persönlich betreut sein, sonst bricht das Gerüst aus sorgsam aufgebauten Kreuz- und Querverbindungen in sich zusammen.

Erna schläft bei Elisabeth im Doppelbett, Martin hat sich vorübergehend noch einmal in der Pension Fischbach eingemietet. Erna ist gewöhnt daran, bis zwölf im Bett zu bleiben, sie richtet sich dort mit Pralinenschachteln, einem Berg von Modezeitschriften und einem Schmöker gemütlich ein. Sie ist schön, gepflegt und maßlos verwöhnt. Was hat der Willy sich da eingefangen? Wahrscheinlich war er die Beute, nicht der Jäger. Als Erna wieder abreist nach endlos langen drei Wochen, ist Elisabeth wie durch die Mangel gedreht. Sie atmet tief durch, und dann genießt sie die Heimkehr ihres Mannes in vollen Zügen. Zurück bleiben zwei Hüte, Stahlhelme aus Filz, und zwei Kleider im Charleston-Stil. Erna schenkt alles der Schwägerin, so muss sie es nicht mehr nach Hause schleppen, wo sie es ohnehin nicht mehr getragen hätte, es ist längst überholt, alle kennen es schon, und Erna zeigt sich ungern zweimal im gleichen Kleid, man würde daraus schließen, dass es mit der Bank ihres Mannes nicht zum Besten steht, also muss sie immer etwas Neues haben!

Bei ihrem nächsten Besuch im Süden bringt Erna die beiden Kinder mit. Onkel Martin schlägt drei Kreuze, als diese verwöhnten Berlin-Westend-Gören, wie er sie nennt, wieder abgeholt werden. Er sieht sie vor sich, wie sie sich auf dem Geldteppich des Papas und des Opas nach „oben“ bewegen, ihr Leben in Luxus und Langeweile durch die gepflegten, weißen, weichen Hände rieseln lassen. Nein, das ist nicht seine Auffassung von Leben. Welten! Wirklich Welten weit weg lebt der Bruder inzwischen, so sehr er ihn schätzt und liebt, möge er dort glücklich sein und bleiben. Also kein Grund für Lise, eifersüchtig zu sein auf diese andere Familie, die ihr womöglich die Tochter hätte abspenstig machen wollen.

Die Generalvertretung bei Oberst und Michel hat Martin wieder in eine Position gebracht, in der er sich entfalten kann.

Er braucht neue Hemden, Schuhe, Krawatten und Anzüge. Also sucht er sich einen Schneider und lässt abmessen, probiert und bringt sie schließlich nach Hause, zeigt sie seiner Frau und lässt sich drin bewundern in den neuen Anzügen. Er sieht wunderbar aus, sie ist stolz auf ihn, muss ihn umarmen und küssen, wie eine Frischverliebte, immer noch! Nein, jetzt erst recht, Martin, jetzt weiß ich doch erst, wie's geht!

Elisabeth und Martin gehen auch wieder ins Theater. Aber den Opernaufführungen fehlt der Glanz, meint Elisabeth, und Martin fehlt die Musikalität, um die vielen, neuen, unbekannten, „schwierigen" Werke zu genießen. Das, was er an Oper anhören muss, wenn seine Schwiegermutter und deren Bruder bei den Familienfesten zu späterer Stunde am Klavier landen, reicht ihm. Es gefällt ihm, wenn sich seine Frau und seine Schwägerin dazugesellen, wenn sie alle zusammen Opernchöre schmettern: „Was gleicht wo-hol a-huf Erden dem Jä-hä-ger-vergnü-hü-hü-hü-gen, wem sprude-helt de-her Becher des Le-he-bens so voll", wenn Karola sich im Handumdrehen aus ihrer Serviette einen Jägerhut faltet und ein imaginäres Gewehr schultert, wenn die kleine Isa fröhlich in die Hände klatscht, im Takt, und sich über ihre Mama freut, weil sie so fröhlich ist. Dann glaubt Martin wider besseres Wissen, dass die neue Zeit eine gute sein wird, bald, wenn sich die Wogen und Stürme legen, die immer noch über die Menschen hinwegfegen und sie nach allen möglichen Richtungen biegen.

Elisabeth geht jetzt wieder ganz regelmäßig ins „Bauer" zu den Klassentreffen mit ihren ehemaligen Schulfreundinnen. Auch Martin geht ins Café. Auf den Zeitungsstecken findet er ein neues Blatt, es heißt „Der Führer". Es richtet sich an die deutsche „Volksgemeinschaft" und warnt vor der Verschwörung der Feinde dieser deutschen Volksgemeinschaft, vor den Kommunisten und den Juden, die das neue Deutschland von innen her zerfressen wie ein Krebsgeschwür. Nachdenklich hängt Martin den Stecken an den Haken zurück. Dann steht er auf und blickt sich um. Wer hier in diesem gemütlichen Raum liest das und stimmt dem zu?

Wenn sich auch die Regeln geändert haben, nach denen das Leben jetzt spielt, so sollte die Welt doch wieder eine Ordnung haben. Elisabeth legt Wert darauf, ihren Mann gesellschaftsfähig zu machen, nicht nur im Familien- und Freundeskreis, auch in der Stadt. Wir können uns zeigen! Der große Faschingsball in der Festhalle ist ein Karlsruher Ereignis, das sich keiner entgehen lassen kann, der „dazugehört". Elisabeth lässt sich von Fräulein Pfister ein Schwarzwaldkleid schneidern, trägt dazu einen Trachtenhut, auf dem Glasperlen klingeln und Pailletten rascheln, eine schillernde Samtschärpe, die mit einer silbernen Brosche am Busen zusammengesteckt wird, die Taille ist vielleicht nicht mehr auf „Wespe", aber doch wieder so schmal, dass Martins Finger einander beinahe begegnen, wenn er sie umfasst. Sie dreht sich und der Rock schwingt seinen Zauberkreis, Stäubchen wirbeln auf in den schrägen Mittagssonnenstrahlen. Isa sitzt auf dem Boden und bewundert ihre schöne Mama, sie muss eine Prinzessin sein, wahrscheinlich hat sie früher im Schloss gewohnt, aber es ist ein Geheimnis, über das man nicht sprechen darf. Geheimnisse gibt es ja genug. Isa kann nicht mit zum Ball, die Oma Lise kommt höchstpersönlich und bleibt bei dem Kind, wirft einen stolzen Blick auf ihre Tochter und muss eingestehen, nur insgeheim, unausgesprochen, so bei sich, dass der Mayer im schwarzen Anzug, mit locker geknotetem Binder und dieser goldenen Krawattennadel wirklich eine sehr gute Figur macht.

Elisabeth lächelt. Nach rechts, nach links. Sie ist eine gute Tänzerin, anschmiegsam, das ist schön, wenn ihnen auch schon mehrfach auf den Fuß getreten wurde, wenn sie auch dauernd ihre Bahnen verändern müssen, weil übermütige Paare ihnen in die Quere kommen. Aber sie finden niemanden, der sich zu ihnen an den Tisch setzt. Das Gesicht der Karlsruher „Gesellschaft", hat es sich doch so sehr verändert?

Sie schlendern Hand in Hand zur Restauration, setzen sich, wollen bestellen. Wiener Würstchen mit Kartoffelsalat, Sauerkraut mit Knödel, Geselchtes, ...

„Grausig, was soll man denn da essen, Elisabeth? Weißt du was, wir gehen woanders hin, richtig schön essen."

Wo sollte man denn jetzt noch was zu essen bekommen?

„Lass mich mal machen, Elisabeth."

Sie landen in der Bahnhofsgaststätte, erster Klasse natürlich, setzen sich an einen Tisch, der mit weißem Damasttuch und aufgestellter, kunstvoll gefalteter Serviette einlädt, im dämmrigen Hintergrund steht ein Flügel, belanglose Musik plätschert in den Raum, das Deckenlicht ist diskret reduziert. In der Anonymität dieses Raumes sitzen sie beide und vergessen die Welt. Sie brauchen sie nicht. Sie sind ganz eingehüllt in ihr Glück. Wie eine Seifenblase, vollkommen und verletzbar, zart und schillernd dehnt es sich aus.

„Weißt du eigentlich, dass es unser erstes Ausgehen nach Isas Geburt ist?"

Das weiß sie wohl, das war's ja, was sie wollte, endlich wieder zurück in die Salons, für die sie erzogen wurde, heraus aus ihrem Kokon. Von diesem Abend behält sie eine Nachdenklichkeit in sich, ein melancholisches Abschiedsgefühl.

Wie früher ihre Mutter, so schlendert jetzt Elisabeth durch den Schlosspark und schiebt einen Kinderwagen vor sich her, darin sitzt ihre Nichte, die kleine Lotte. An der Hand ihrer Mama trippelt Isa nebenher im hellblauen Wollmantel mit weißem Pelzbesatz und glänzend gewichsten Stiefelchen aus dunkelrotem Nappaleder, an Isas anderer Seite geht Tante Louise mit Sorgenfalten im Gesicht.

„Ich hab zur Ida gesagt, geh mit an die Luft, aber sie hat zu nichts mehr Lust. Starrt Löcher in die Luft und weiß nicht, dass heute Sonntag ist!" Damit kann man nicht zufrieden sein, denn erstens ist die Ida doch die jüngere von den beiden und zweitens hat sie bisher immer noch mitgedacht im Geschäft, wenigstens das. Es war eben alles leichter, als Elisabeth mithalf. Jetzt, wo sie einen eigenen Haushalt und das Kind hat ... „Das musst du mir doch sagen, Tante Louise, dass du mich brauchst! Ich kann mir das einrichten!"

So bringt Elisabeth das Isale morgens in einen Kindergarten, zur Carola Mees, der Tochter von Lises Kränzchenfreundin Mathilde Mees. Der einzige Lichtblick dort für Isa ist die Tochter von Mamas Freundin Sascha, das kleine Saschale, das sie schon kennt und mit dem sie flüstern und kichern kann, außerdem versteht sie ja, dass die Mama in den Laden und dort der Tante Louise helfen muss und die Tante Louise ist lieb, also kann Isa ein bisschen leiden, wenn es für die Tante ist.

Vorerst einmal wird es wieder Frühling, man geht zu Fräulein Pfister in die Kornblumenstraße und lässt sich die neuesten Modelle zeigen. Hans Spoerin feiert seine Konfirmation, da gibt es ein großes Fest in der Sofienstraße, alle kommen, die energische Tante Lotte mit dem zierlichen Onkel Paul, Tante Emma und Onkel Fritz Wolf, Karola und Rudolf Fischer mit der kleinen Lotte, die Patentante Lise Wolf und Elisabeth mit dem kleinen Isale. Martin ist nicht dabei, er ist auf Reisen.

Immer wenn er zurückkommt, dann ist er ganz da, mit raumgreifender Präsenz, ein Glück für seine Frau und sein Kind. Was er alles erlebt und gesehen hat! Das muss er erzählen. Elisabeth schließt die Augen und ist dabei, in Berlin, in der Mark Brandenburg, in Ostpreußen, am Meer, wo die Luft nach Salz schmeckt und der Wind Lieder singt. Gleich belebt sich Elisabeths Alltag mit Farben und Tönen, die wie ausgeblendet sind in Martins Abwesenheit. Und es wird mal wieder über was anderes gesprochen als immer nur über die gängigen Gerüchte.

„Donnerwetter, der Briand! Einen Pakt hat er ausgearbeitet, in dem der Krieg als völkerrechtswidrig erklärt wird! Das ist jetzt wirklich ein Fortschritt!" Elisabeth glaubt daran, weil ihr Mann es sagt. Aber sie blickt mit angestrengt weit geöffneten Augen in die Zukunft, weil Martin doppelt so viel raucht wie zuvor. Und er redet nicht über das, was dahinter steckt.

Eines Abends redet er doch: „Du hast's gespürt, Elisabeth, dass was in der Luft liegt. Du spürst es doch immer, ich brauche eigentlich nichts zu sagen. Aber jetzt müssen wir wirklich reden. Der Oberst hat mich ins teuerste Restaurant von Düsseldorf geführt, mich gedrängt, das ganze Programm rauf und runter zu essen, Hors d'oeuvre und opulentes Dessert inklusive, dann beim Digestif kam er endlich zur Sache: Er kann mich nicht mehr brauchen, nicht mehr zur Kundschaft schicken. Ich sehe zu jüdisch aus!"

„Was ist denn das für eine Kundschaft?"

„Ach Gott, Elisabeth, das ist doch die falsche Frage! Was ist der Herr Friedrich Oberst denn für ein Mensch? Das ist es doch!"

Es hilft die eine Frage so wenig wie die andere. Martin ist jetzt siebenundvierzig Jahre alt, neben und hinter ihm steht eine Phalanx jüngerer Männer, alle ohne Arbeit. Es bleiben ihm immerhin noch die Tropisko Farben und ein, zwei andere kleine Artikel, die er mit sich führt. Mal kann er abschließen, ein anderes Mal nicht, also unsichere Posten, aber besser als gar nichts. Nur für diesen Lebensstil, die Wohnung, die Frieda, die Frau Scheurich zum Putzen, die Frau Zimmermann zum Bügeln reicht sein Einkommen nicht mehr. Jedenfalls im Augenblick nicht.

An diesem Abend liegen sie im Bett bei offenem Fenster lange wach, Hand in Hand, und können nicht schlafen.

Am nächsten Abend sitzen sie erneut auf ihrer schönen Terrasse, Schnaken trudeln durch die warme Abendluft, sirren an ihren Ohren vorbei, die Geranien halten gegen Martins Zigarettenqualm an mit ihrer strengen Würze.

„Es ist gelöst, Martin, unser Problem. Wir ziehen in die Karl-Friedrich-Straße 4. Zwei Zimmer macht die Mutter frei, die sind für uns, ein Schlafzimmer für uns beide, ein Kinderzimmer für Isa. Und alles andere bleibt wie bisher, nur dass es jetzt auch unser Zuhause ist."

Elisabeth kehrt so erneut heim ins von Kindheit an vertraute und geliebte Haus, in Rufnähe zum Schloss und zum Theater. Diese Heimkehr musste sie der Mutter abringen, aber davon erfährt ihr Mann nichts. „Nur vorübergehend, bis Martin wieder eine entsprechende Stelle hat, schau, der Rudolf und die Karola haben's auch so gemacht, bevor es ihnen gelungen ist, sich freizuschwimmen." Es fiel ihr nicht schwer zu bitten, denn sie vertraute auf die Basis, die Familie ist ein Schutzraum, in den man jederzeit zurückkommen darf, sie baute auf die Liebe der Mutter, die sie voraussetzte, weil sie sie selbst uneingeschränkt geben würde, ihrem eigenen Kind. Das Sträuben der Mutter nahm sie hin, die Mutter war immer schon streng und spröde.

Ach Gott, der Mayer ist jetzt aber doch fast schon fünfzig! Wie soll sie das den Leuten erklären, dass es nur vorübergehend sei?

„Welchen Leuten, Mama?"

„Schrei nicht so mit mir, Elisabeth!"

„Was gehen uns die Leute an? Wenn du und ich und der Martin das richtig finden, dann ist es auch richtig so!"

Anschließend machte Elisabeth noch lange Station bei den Tanten. Louise Wolf schüttelte immer wieder den Kopf und seufzte: „Dass die neue Zeit so schwierig ist, Streik, Protest, Demonstrationen, Schlägereien mitten auf der Straße, und man weiß nicht, wer gegen wen, Unordnung und Unsicherheit, obwohl wir doch im Frieden sind, jetzt! Ich bin zu alt, ich verstehe das alles nicht mehr. Mir fehlt der Großherzog, der gesagt hat, wie man es halten soll, da hat man gewusst, wo es rein oder raus geht." Und Tante Ida liefen Tränen aus den Augen, obwohl sie wieder nur Löcher in die Luft starrte, man konnte nie sagen, ob sie etwas von dem verstand, was um sie her geschah, oder ob ihre Regungen aus ihrer eigenen Seele heraus kamen, aus einer Welt, die sie in sich verschlossen hielt und die mit den anderen, die um sie herum waren, gar nichts mehr zu tun hatte.

Die arme Frieda ist kaum zu beruhigen. Dass die schöne Zeit zu Ende sein soll, so schnell schon einfach abgebrochen, gerade jetzt, wo sie Pfefferkuchen backen gelernt hat, „so wie dem Herrn Mayer seine Mutter sie immer gemacht hat, und zum ersten Mal sind sie weich geworden und nicht hart geblieben wie Kanonenkugeln!"

Sie wird aufhören zu dienen, sie kann sich niemanden mehr vorstellen, für den sie bereit wäre zu arbeiten, so wie früher herumgescheucht werden will sie nicht mehr und so eine nette Familie wie die Mayers findet sie nicht mehr.

Ja, reicht's denn mit dem Geld, Frieda?

Ja, sicher, sie hat ihre Rente, und das haben sie ohnehin dem Herrn Wolf selig zu verdanken, dem Vater von der Frau Mayer, der damals ihrem Vater verboten hatte, seinen Töchtern ihr sauer Verdientes abzuknöpfen jeden Monat, der Lina, der Anna und ihr. Nur so konnten sie kleben, und jetzt haben sie alle drei ihre „Schäfchen im Trockenen." Sie zieht in die Klauprechtstraße. „Das ist ja nicht aus der Welt!" Jederzeit im Notfall kann man sie natürlich zu Hilfe rufen. Die Frieda packt also und alle drei Mayers versichern sich, dass sie es gut hat, dort in ihrer kleinen, eigenen Wohnung. Lange steht sie am offenen Fenster und winkt „ihrer“ Familie nach, die mit feucht glänzenden Augen ihren Heimweg antritt.

Die Pflanzen verschenkt Elisabeth, die Möbel gehen wieder ins Möbelgeschäft, der Erlös tröpfelt zurück aufs Sparkonto, das sie immer noch haben, für Notzeiten! Denn das ist noch keine Notzeit, das ist nur ein neues Arrangement. Der schöne, große, glänzende Mahagonitisch bleibt stehen, die Kanders, die Eltern von der Frau Münzesheimer, ziehen ein und übernehmen ihn. Lange spricht Martin mit dem Doktor Kander, und beide runzeln die Stirn, beruhigen einander gegenseitig, dass irgendwann bessere Zeiten kommen müssen, es war doch immer so. Das wundert Martin, dass der Doktor ihn versteht. Als Beamter, immerhin Chef der Hals-Nasen-Ohrenabteilung im „Städtischen“ ist er selber doch sicherlich keiner vergleichbaren Gefahr ausgesetzt.

„Sagen Sie das nicht, Herr Mayer, sagen Sie das nicht. Die Karlsruher sind langsam, aber letztendlich sind sie noch immer eingeschwenkt auf die herrschende Mode.“

Elisabeth und Martin nehmen nur ihr Bett mit, den Korbsessel, das Radiogerät und lassen einen Telefonanschluss legen, damit Martin weiter seine Vertretungen unterhalten kann, den Teil, der ihm davon geblieben ist. Und das Hansele natürlich. Der Käfig kommt ins große Eckzimmer.

„Was hat denn der Vogel da verloren in meinem Zimmer? Ich will mit dem Tier nichts zu tun haben! Der schreit und stört!“

„Der schreit nicht, Mama, der singt und du wirst dich dran gewöhnen und dich bald schon dran erfreuen, so wie wir!“

Aber damit wird es nichts, und so kommt er bald hinunter zu Tante Louise, er ist ihr willkommen und sie sind es auch, jederzeit. Sollen sie sich hier bei ihr wohlfühlen in ihrem Wohnzimmer, das sich nur durch einen Gang getrennt hinter ihren Laden anschließt.

Elisabeth lächelt bald schon wieder! Das Wichtigste ist, wir drei sind zusammen und haben einander lieb, sagt sie zum Isale, das überall weggeschoben wird von der Oma. „Pass auf, mit deinen klebrigen Fingern machst du mir alles dreckig, hast du die Füße abgeputzt? Lass dein Spielzeug nicht rumliegen, wenn ich Besuch kriege, muss alles sauber und ordentlich sein." Die Oma spricht wie mit einem Schießgewehr: Popp, popp, popp, popp, so hopsen die Wörter aus ihrem Mund heraus. Isa beklagt sich bei ihrer Mama, die sie in den Arm nimmt und beruhigt.

„Komm zu mir, Isa, guck, du bist doch jetzt schon so ein großes Mädchen, schon ein richtiges Kindergartenkind, und wir zwei, wir sind doch gute Freundinnen. Die Oma ist halt schon ein bisschen alt und da braucht man Ordnung und Ruhe. Wir zwei, wir gehen jetzt raus in den Schlossgarten."

Martin ist für Elisabeth das Wichtigste im Leben, aber dann kommt gleich ihr Kind! Es hat die Vitalität seines Vaters, dazu die Fähigkeit, sich seine eigene Welt zusammenzusetzen aus den Versatzstücken, die geblieben sind: Das Cousinchen, das fast jeden Tag aus Durlach kommt, abgestellt wird von der Mama, die viel und anderes zu tun hat, ist ein guter Spielkamerad. Den Kindergarten bringt man hinter sich, schon kennt Isa die Uhr und kann verfolgen, wie die Zeit vergeht, das tröstet sie, weil sie dann sieht, wann die Mama kommt und sie abholt. Der Papa hat inzwischen auch oft Zeit, reist fast gar nicht mehr herum in der Ferne, und bei den beiden Tanten werden jetzt Plätzle gebacken für Weihnachten, Isa darf helfen, und Tante Louise erzählt davon, wie das früher war, als sie ein kleines Mädchen war, die Tante Ida auch, und als der Onkel Fritz aus der Fabrik noch ein kleiner Bub war, der Onkel Emil auch und da ja auch noch der kleine Albert war, der dann später ihr Opa geworden ist, weil er sich so sehr in die Oma verliebt hat, in die wunderschöne Lise mit dem Herzgesicht.

„Gell, Tante Louise, alle Kinder sind doch schön!"

„Ja, Isale, das stimmt!"

„Und alle Kinder sind fröhlich und lieb."

„Ja sicher, Isale, das ist genau so!"

„Aber wenn sie alt werden, dann sind nicht mehr alle Leute lieb, nur noch manche. Du bist lieb!"

Louise würde gerne wie früher ein ernstes Wort mit ihrer Schwägerin sprechen, aber die ist nicht mehr erreichbar. Lise hat ihren eigenen Kopf, in dem alles unverrückbar an Ort und Stelle sitzt, damit muss man leben. Auch das Kind wird das lernen müssen. Tief drinnen in ihrem Herzen meint es die Lise gut. Wenn sie es nur auch ab und zu mal zeigen könnte!

„Extrablatt, Extrablatt“, schreit ein Zeitungsjunge am frühen Morgen des 28. Oktober, man hört es durchs offene Fenster. Martin bindet sich seine Serviette ab und stürzt aus der Wohnung.

„Das ist ein ganz ungezogenes Benehmen von deinem Mann, Elisabeth! Man verlässt den Tisch nicht, wenn noch gegessen wird.“

„Manchmal gibt's Wichtigeres, Mama.“

Was hat sie sich da aufgehalst, Lise ist irritiert. Schwerfällig steht sie auf, öffnet das Vertiko, gießt sich einen Cognac ein, kippt das Glas gleich vor Ort und geht dann zurück zu ihrem Platz.

Isa sitzt und starrt sie an: „Bist du auch ‚man', Oma?“

Elisabeth lacht laut heraus.

„Kinder haben gar nichts zu sagen. Und bei Tisch noch weniger!“

„Was ist denn weniger als gar nix, Oma?“

Die Tür platzt auf, Martin streckt den Kopf kurz ins Zimmer: „Elisabeth, kommst du mal?“

Sie eilt zu ihm. Er hat's geahnt! Seit drei Tagen verfolgt er schon die Nachrichten. Die Börse in New York ist zusammengebrochen. Millionen Menschen sind betroffen und gleich darauf ist die Katastrophe natürlich nach Europa geschwappt. Gestern Abend spät rief die Erna bei ihm an und sagte ihm, dass Willy einen Nervenzusammenbruch gehabt habe. Er wurde abgeholt in einer Zwangsjacke, mit der „Grünen Minna“! Sein energischer wirbeliger Bruder. Gezwungen, bezwungen!

Er muss nach Berlin!

Erst kurz vor Weihnachten kommt er zurück. Die Nachrichten sind niederschmetternd. Willy ist ruiniert und hat praktisch alle seine Kunden mit hineingezogen in seinen Untergang. Er hat versucht, sich das Leben zu nehmen, jetzt hält man ihn die ganze Zeit unter Medikamenten, er schläft fast nur noch. Die arme Erna, ja, sie ist wirklich arm dran, denn ihr alter Vater kann ihr auch nicht mehr helfen, Erna schien vollkommen überfordert. Und Martin wurde erst bewusst, wie sehr sie an ihrem Mann hing, denn sie wollte am liebsten auch tot sein, das sagte sie dauernd. Martin konnte ihr ein wenig beistehen, vor allem ihre Papiere sichten, und er hat ihr dringend geraten, ihr großes Haus aufzulösen. Der Junge, der Ernst, ist ein bisschen verträumt, er muss sich jetzt zusammenreißen. Es ist gut, dass sie so in der Gemeinde eingebunden sind, dort finden sie die Hilfe, die sie brauchen.

„Elisabeth, wir müssen dankbar sein, uns geht's 'noch Gold' im Gegensatz zu den beiden, weißt du das?"

Ja, sicher weiß sie das. Sie beide werden ihr eigenes Leben schon wieder flott kriegen! Wichtig ist, dass das Kind nichts merkt, nicht belastet wird, vor allem jetzt um die Weihnachtszeit. Sie will, dass ihr Kind Weihnachten so erlebt wie sie selbst, als Höhepunkt des Jahres, „und dazu gehört, dass du auch mit uns gehst in die Kirche. Es ist immer so schön in der Stadtkirche, Martin, die Kerzen und die Tannenzweige, die duften, als ob man mitten im Schwarzwald wäre, die Lieder und der Chor, die Posaunen oben auf der Empore, es macht dir Gänsehaut und du spürst wie sonst nie im Jahr, was es heißt, dass es Jesus gibt!"

So also wird's gemacht. Martin zäumt sich auf, zieht seinen besten Anzug an, klemmt sich den Vatermörder um den Hals, spuckt noch einmal kurz auf die Stiefel und poliert sie „über", Isa streckt ihm die kleinen roten Stiefelchen entgegen und will auch seine Spucke haben und: „Streichel du mir auch meine Läuferchen, Papa!" Das tut er gern, setzt ihr einen Kuss auf die Nasenspitze „Eskimo!" sagt sie, beugt sich zu ihm herab, als ob er der Kleinere wäre. „Eskimo?" – „Ja, das hab ich von der Mama gelernt, so küssen sich die Eskimos im ewigen Schnee, schau mal!" Sie reibt ihre Nasenspitze an seiner Nase. „Eskimo!" Damit besiegeln sie ihr Schuhputzritual.

Am 25. geht's nach Durlach in die Rittnertstraße 59.

„Bitte, Martin, komm mit."

Martin ist noch nicht angezogen, sitzt mit offenem Hemd und raucht. Nein, neidisch ist er nicht darauf, dass der Gabentisch voller sein wird als bei ihnen hier, auch nicht auf die perfekte Dekoration, die man als Deckblatt auf eine Illustrierte drucken könnte, nicht auf die Garderobe der Schwägerin, nicht auf das edle Schmuckstück, das sie bestimmt von ihrem Mann bekommen hat. Aber das Getue, das macht ihn kribbelig, dieses Komödiespielen, dieses Tamtam; und dann der Rudolf, mit dem er nicht recht ins Gespräch kommt, er ist ihm ein Rätsel.

„Das hat doch überhaupt nichts zu bedeuten, Martin. So, wie du gerne redest, so schweigt Rudolf halt gerne. Chacun à son goût!"

Er geht mit. Bestätigt mit Kopfnicken, dass die Fischers wirklich einen wunderschönen Baum haben, der Tisch so schön gedeckt ist, wie er es sich nicht hat vorstellen können, der Braten köstlicher schmeckt als alles, was er bisher gegessen hat. Dann setzt er sich mit den beiden kleinen Mädchen an ihren Kindertisch und liest ihnen vor aus „Nesthäkchen und ihre Puppen", das hat die kleine Lotte von ihrer Tante Elisabeth und die kleine Isa von ihrer Tante Karola bekommen. Beide Tanten hatten dieselbe Idee gehabt! Die zwei kleinen Mädchen schmiegen sich an Martin und die drei versinken in einer anderen Welt, in der Puppenstube von Annemarie Braun, in Berlin, dessen Erwähnung Martin einen Stich versetzt, weil er an seine Nichte denken muss, die auch Annemarie heißt. Wenigstens die Enttäuschung bleibt der Annemarie Mayer erspart, ein Weihnachtsfest ohne Papa feiern zu müssen, weil es dieses Fest für sie ja nicht gibt.

Es wird Frühling, es wird Sommer.

Elisabeth geht regelmäßig mit Isa und Lola ins neue Rheinstrandbad und versucht den beiden dort das Schwimmen beizubringen. Vier dünne Steckenbeinchen klammern sich rechts und links an sie. Halt! eine nach der anderen, bitte! Sie schafft das nicht allein! So wird der Sonntagsausflug ins Schwimmbad bei schönem, warmem Wetter Pflichtprogramm, auch die beiden Väter müssen mit und sogar die Oma Lise ist dabei. Sie sitzt auf einem Stuhl, hält den kleinen, roten Sonnenschirm über sich, wie einstmals! Den gibt es noch? Man wirft nichts weg, man hat, was man erwirbt, für immer! Und mit dem Schirmchen hält Lise auch die Erinnerungen über sich, in der warmen Sommersonne steigen sie auf und lassen sich sogar erzählen. Neben Lise sitzen zwei kleine Mädchen, in große Badetücher gehüllt, und lauschen.

Die neuen Sommerkleider sind fertig! Noch rechtzeitig für Lottes vierten Geburtstag, wie hübsch werden die beiden Cousinchen aussehen, wie Schwestern, in den rotgrundigen Hängerchen. „Millefleurs" nennt die Oma Lise den Stoff, und bei jeder Anprobe hat sie noch etwas zu bemerken, diese Naht so und die anderen Knöpfe, breite Säume, damit die Kleider mitwachsen! Elisabeth und Isa machen sich auf im Gleichschritt in die Kornblumenstraße, um die fertigen Kleider abzuholen. Sie halten sich an den Händen und schauen auf ihre Schuhspitzen, dabei sagen sie: „Ein-Hut-ein-Stock-ein-Re-gen-schirm-uuuund vorwärts-rückwärtsseitwärtsstehn! Uuuund! Ein-Hut- ..."

Plötzlich Geschrei. Die beiden blicken auf und sehen eine Gruppe junger Männer in braunen Uniformen mit derben Stiefeln und Schlagstöcken heranmarschieren und ehe sie richtig begreifen, was vor sich geht, stürzt aus einer Toreinfahrt ein ganzes Rudel Kerle heraus, sie tragen keine Uniformen, keine Stiefel, sie haben Hemden ohne Kragen an und Hosenträger, aber wenige Sekunden später ist aus den beiden Gruppen ein laut schreiendes Ungetüm geworden, Elisabeth packt Isas Hand fest, rennt mit ihr einige Meter zurück und in die nächste Toreinfahrt hinein, sie schließt den einen Türflügel und stellt sich mit Isa dahinter, lauscht auf das, was draußen passiert.

„Spielen wir Verstecken, Mama?"

„Die Männer da draußen, die spielen nicht! Sie machen uns nichts, aber sie sind so wütend aufeinander, dass sie gar nicht mehr wissen, was sie eigentlich tun!"

Aber warum sind diese Männer so wütend? Die Mama weiß es auch nicht.

Lange, lange stehen Mutter und Kind dort und schweigen und warten, schließlich wird fortgerannt, auch an ihrer Toreinfahrt vorbei, und dann ist es wieder still.

Elisabeth erzählt Fräulein Pfister atemlos, was sie erlebt haben. Sie weiß, dass es hier ganz in der Nähe ein Kommunistennest gibt, schrecklich, diese bolschewistischen Elemente, die unser deutsches Vaterland von innen zerfressenen.

„Mein Bruder sagt, wir brauchen einen starken Mann, der damit aufräumt!"

Das erzählt Elisabeth Martin am Abend. Und wenige Tage später wirft er ihr die Zeitung hin, als sie sich zu ihm aufs Bett legt in der Mittagshitze, wo sie sich gerne zurückziehen, um ein kleines bisschen allein zu sein.

„Verhaftung von Nationalsozialisten wegen verbotenen Uniformtragens" steht da in der Badischen, und dann erklärt der Artikel, dass das Auftreten dieser Gruppe nicht dem Gesetz entspricht. Es sei wiederholt zu Ausschreitungen gekommen, gegen die man nun energisch vorgehen wolle. Gott sei Dank! Es muss doch einmal Schluss sein mit diesen Reibereien. Reibereien ist gut! Das ist revolutionärer Kampf für diese Leute. Kampf um das Sagen, die Macht.

Wieder wirft Martin Elisabeth die Zeitung hin, es ist inzwischen schon Herbst, und Elisabeth macht gerade eine Liste, wen sie alles zu ihrem Geburtstagsfest einladen will.

Bei den Reichstagswahlen ist die NSDAP die stärkste Partei in Karlsruhe. Das sind die, gegen die sie eigentlich energisch vorgehen wollen! Jetzt muss Elisabeth etwas ansprechen, das ihr schon die ganze Zeit auf der Seele liegt. Isa kommt doch im nächsten Jahr in die Schule. Für das Kind wäre es besser, wenn es sagen könnte, dass sie alle, Mutter, Kind und Vater, evangelisch sind. Die Kleine ist so empfindsam und sie wird es vielleicht nicht leicht haben gegen all die anderen Kinder, die zum Teil schon Erfahrungen gesammelt haben auf der Straße. Isa ist ein behütetes Kind, so eines hat's immer schwerer. Er ist doch längst kein überzeugter Jude mehr, hat ihr immer versichert, wie sehr ihn alles einengte, womit seine Religion bis in den Alltag, das ganz persönliche Leben hinein vordrang.

Das Gespräch mit Oberkirchenrat Fischer findet in dessen Amtszimmer statt.

„Das Wichtigste wissen Sie ja schon, vielleicht sogar besser als manch eines meiner Gemeindemitglieder. Es bleibt Ihnen jetzt also die Begegnung mit Jesus Christus. Hier darf ich Ihnen im Namen der evangelischen Kirche unseres Landes Baden eine Bibel überreichen. Ich bitte Sie, sich mit ihren Fragen an mich zu wenden. Wir werden einige Gespräche führen und danach werden wir die Taufe vollziehen."

Martin liest! Er ist ein korrekter Mensch, wenn er einen Handel eingeht, sorgt er dafür, alle Bedingungen zu erfüllen.

„Ich habe nicht gewusst, dass es so nahtlos weitergeht in der Schrift. Jesus ist einfach nur ein besonderer Rabbi, der zu den Juden spricht, wie sie es gewohnt sind, allerdings seine Ideen sind neu, ungewöhnlich, jüdischer und unjüdisch zugleich. Ein faszinierender Mensch."

„Er ist kein Mensch, Martin, er ist Gottes Sohn!"

„Weißt du, Gott, das ist für uns ein ganz ferner, rätselhafter Geist, streng und gnädig zugleich, aber unberechenbar."

„Und Jesus ist verständlich, er versteht uns in jeder Situation, weil er alles erlebt so wie wir, weil er so ist wie wir, ein Mensch. Und zugleich ist er Gott, kann also Gott auch erklären, wie wir uns fühlen. Das hat Gott erst gelernt, als er Vater wurde durch Jesus, die Menschen zu verstehen."

Kurz vor Weihnachten wird Martin im Amtszimmer von Oberkirchenrat Fischer getauft, anwesend ist nur Elisabeth.

Als in der Christmette die Weihnachtsgeschichte vorgelesen wird, lauscht er jedem Wort, als ob Jesus gerade jetzt und für ihn geboren würde. Elisabeth hält seine eine Hand, an der anderen Seite schiebt sich ein kleines Händchen in seine große, Isa strahlt den Papa an aus ihren glänzenden, übermüdeten Augen. „Das Kind gehört ins Bett", hatte Lise gebrummelt, aber Isa musste ihre Mama nur anschauen, schon wusste sie, dass die Oma keine Macht über sie hat.

Auf dem Heimweg hält Elisabeth ihr Gesicht in die großen, schweren Schneeflocken, die ganz langsam aus dem Himmel fallen und auf ihrem Flug im Schimmer der Straßenlaternen tänzeln. Während des Gottesdienstes sind fast zehn Zentimeter

Schnee auf der Straße liegen geblieben, durch den stapfen sie an der Pyramide vorbei, ihre Schritte knistern im Takt, dazwischen in Synkopen flüstern die kleinen Geräusche der Kinderstiefel, jeder ist versunken in seine eigenen Gedanken, keiner wagt darüber zu sprechen, denn der Augenblick entfaltet seinen majestätischen Frieden.

Elisabeth ist heute sehr glücklich. Karola hat ihr zugeflüstert, dass sie ein zweites Kindchen erwartet. Der Arzt habe bei einem kurzen Klinikaufenthalt „aufgeräumt" in ihrem Bauch, so habe er ihr das erklärt, und dann endlich habe es noch einmal geklappt! Elisabeth freut sich neidlos mit der Schwester! Vielleicht macht sie das endlich ruhiger, vielleicht kann sie sich dann ihres schönen Heimes inniger erfreuen. Vielleicht wird auch Rudolf jetzt endlich erwachsen, er kommt immer noch daher wie der ewige Corpsstudent, geht lieber mit seinen Bundesbrüdern auf Herrentour, Karten spielen und Bier trinken, statt sich so wie Martin um seine Familie zu kümmern. Martin ist ein Familienmensch, er hat seinen Platz eingenommen in der Karl-Friedrich-Straße 4, heimst nicht selten in letzter Zeit sogar den Respekt seiner kritischen Schwiegermutter ein dadurch, dass er inzwischen alles aus dem Hintergrund regiert. „Es ist gut, dass wieder ein Mann im Haus ist", hatte sie heute gesagt, bevor sie einander zutoasteten. Und Elisabeth konnte die Mutter dankbar für diesen Satz in ihre Arme schließen.

Solche Augenblicke müsste man festhalten können, denkt Elisabeth.

Am frühen Morgen des nächsten Tages werden sie von einem Schrei geweckt. Tante Louise ruft „Hilfe, Hilfe!" Aus allen Türen kommen sie gerannt, die Treppe hinunter. Vor ihrem Bett liegt Tante Ida, leblos, weiß, kalt. Es dauert lange, bis der Krankenwagen kommt und sie ins Krankenhaus fährt.

Am zehnten Januar gibt es eine große Beerdigung auf dem Hauptfriedhof. Halb Karlsruhe ist da, Familie, Freunde, Kunden und Neugierige ziehen zum Grab von Andreas Wolf und seiner Frau Louise. Nur Karola fehlt. In ihrem Zustand kann man ihr das nicht zumuten und ohnehin sind Beerdigungen immer eine ganz schreckliche Tortur für sie. Immer? Auf welcher Beerdigung war sie denn in letzter Zeit? Lise hat jede Ausrede parat, wenn es darum geht, ihr Sorgenkind zu beschützen und zu entschuldigen. Wäre das nötig? Steht sie nicht inzwischen gesund und kräftig mit beiden Beinen in einem normalen Leben?

„Hoffentlich friert Tante Ida nicht", flüstert Isa ihrer Mama zu.

„Bestimmt nicht, Isale, ganz bestimmt nicht. Sie ist doch jetzt wieder bei ihren Eltern und die sorgen für sie so gut, wie sonst keiner das könnte."

Ah! Das versteht die kleine Isa! Versteht es, weil sie es selber nicht anders kennt.

Noch liegt der schwarze Schatten der Trauer auf dem Haus und all seinen Bewohnern. Da kommt ein Anruf aus Berlin.

Willy ist tot.

Martin packt eilig einen kleinen Koffer und reist ab.

Er kommt zurück um die Mittagszeit, an den gedeckten Tisch. Elisabeth steht auf, geht ihm entgegen und sieht, dass ihm Tränen aus den Augen rinnen. Sie nimmt ihn in den Arm, führt ihn ins Schlafzimmer und hört sich alles an, was aus ihm herausquillt.

Es habe so gut ausgesehen, meinte Erna, sie habe alles geregelt, die neue kleinere Wohnung, ein Zimmer war ganz für Willy eingerichtet worden mit seinen alten Möbeln, mit allem, was er geliebt hat, den Bildern, die sie zurückhalten konnte, seinem Schreibtisch, sogar den Teppich habe sie vor dem Verkauf gerettet. Annemie hat eine Ausbildung als Krankenschwester gemacht, um dem Papa zur Seite zu stehen. Und dann sei auf der Tür dieses Wort zu sehen gewesen. Als sie aus dem Taxi stiegen, sei sein Blick als Erstes darauf gefallen, einer musste es aufgemalt haben in der kurzen Zeit ihrer Abwesenheit.

„Judensau."

Er habe am ganzen Körper zu zittern begonnen, habe laut geweint, dann geschrieen, getobt, sie mussten den Doktor holen, der ihm ein Beruhigungsmittel spritzte. Sie ließen ihn nicht aus den Augen, die ganze Zeit über hielt einer von ihnen Wache an seinem Bett, aber er habe dennoch eine Minute gefunden, in der er zum Fenster eilen konnte, und dann ist er hinausgesprungen.

Erna und die Kinder erfahren großartige Unterstützung von den Gemeindemitgliedern. Und das brauchen sie auch, denn in Berlin herrscht eine sehr judenfeindliche Stimmung.

„Berlin", sagt Elisabeth, „das ist Sodom und Gomorrha!"

Die wenigen Stunden, die sie damals dort war, als sie Karola besuchte, haben ihr ausgereicht, dieses Berlin zu fürchten. Statt unter den Linden ein einziges Mal zum Brandenburger Tor zu promenieren, was sie sich so gewünscht hatte, mussten sie durch ein Spalier von Bettlern, laut schreienden Proletariern und einen lebensgefährlichen Verkehr von Fahrzeugen aller Art irren, so dass Karola die Nerven verlor, weinte und zitterte und der Ausflug zu Ende war, ehe er begann.

Hier in Karlsruhe ist es ruhig und sicher!

Dankbar küsst Martin seine Frau.

„Womit hab ich dich verdient ...", sagt er und schluckt alle Einwände hinunter.

5

Isa darf an ihrem sechsten Geburtstag ein Fest feiern. Die Mama hat ihr zehn kleine Mädchen eingeladen mit handgeschriebenen Kärtchen, hat das große, herrlich herrschaftliche Eckzimmer geschmückt mit Papiergirlanden, von der Lina einen Sandkuchen backen lassen, ihn eigenhändig mit Schokoladenguss überzogen und bunte Zuckerostereier darauf geklebt. Die Kinder werden Topfschlagen machen und „Was soll das Pfand in meiner Hand, was soll derselbige tun?" spielen. Die Gewinner bekommen ein Geschenk, aber Isa will, dass jedes Kind eines bekommt, damit niemand traurig sein muss. Das stimmt, sagt die Mama, es wäre nicht gut, an einem Geburtstag unglückliche Kinder um sich zu haben. Isa jedenfalls ist jetzt schon glücklich und so aufgeregt, obwohl es erst elf Uhr vormittags ist, wie kann man der Zeit einen Schubs geben, damit sie schneller läuft?

Da schrillt ein Schrei durchs Treppenhaus: „Hilfe, Hilfe!" Aus allen Türen stürmen sie herbei, die Treppe im Laufschritt hinunter zu Tante Louise. Im Büro sitzt Martin und schnappt nach Luft, er ist leichenblass, sein Gesicht glänzt nass, er fasst sich an die Brust und starrt Elisabeth mit weit aufgerissenen Augen an.

„Schnell! Telefon! Doktor Homburger! Nein, Isa, lauf ums Eck in den Zirkel zu Doktor Zufall, schnell, schnell! – Martin, beruhige dich und versuche ganz tief zu atmen, regelmäßig, leg dich einfach auf den Boden bitte, Kissen! Bringt mir Kissen, stütze deine Beine hoch ..."

Doktor Zufall sagt später, gerade noch einmal Glück gehabt. Schwere Herzattacke! Kurz vor dem Fünfzigsten ist das eine gefährliche Sache, ein gefährliches Alter überdies, man darf nicht spaßen, muss auf solche Zeichen hören, wahrscheinlich überarbeitet und dann: „Wie viele Zigaretten rauchen Sie täglich?“ – Er weiß es nicht, vierzig, fünfzig vielleicht ...

„Da können Sie sich auch gleich einen Strick nehmen, das ist billiger.“ Ab heute also keine Zigarette mehr, keine einzige! Dem stimmt auch Doktor Homburger zu, der die weitere Betreuung übernimmt. Sechs Wochen lang muss Martin streng liegen, nur Elisabeth darf zu ihm. Sie trägt Essen und Trinken hinein und heraus, streichelt das Kind im Vorübergehen, das ängstlich vor der Tür lauert.

Es hat also keine Geburtstagsfeier gegeben. Keine eigene jedenfalls. Nicht in diesem Jahr. Wie einst ihre Mutter bezieht Isa nun Stellung unter dem großen Esszimmertisch und lauscht den Gesprächen der Erwachsenen, um sich ein bisschen mehr Klarheit zu verschaffen. Beim Papa dort im abgedunkelten Zimmer ist ein Mädchen, das sie sehr beneidet. Es heißt Angina Pectoris und sie wird wohl für immer bei ihm bleiben. Soviel hat ihr Lauschposten erbracht.

Elisabeth verbringt jede freie Minute bei ihrem Mann, er soll jedoch nicht spüren, wie groß ihre Angst ist. Erst in der Nacht lässt sie ihren Tränen freien Lauf. Er schläft nicht, er hört sie und zieht sie zu sich in seinen Arm und schlingt den anderen um sie. Was ist? Wir sind doch beieinander. – Eben! Also muss sie sich um ihn sorgen, als ob sein Herz ihr eigenes wäre.

„Es gehört dir ohnehin, dieses Herz!“

Lise hört reden, reden, reden in jenem Zimmer, in das sie die Tochter und den Schwiegersohn aufgenommen hat. Irgendwann hört sie sogar ein leises Lachen und dann noch die anderen kleinen Geräusche, die zufällig aufflattern wie Vögel, bevor man sie festhalten kann. Also gut, denkt sie, wir müssen auf ihn aufpassen, dann wird es wieder weitergehen.

Der Frühling bringt die ersten wärmeren Tage.

Isa kommt in die Schule. Obwohl es nicht weit ist zur Hebel-Markgrafen-Schule, begleitet sie die Mama jeden Tag dorthin. Vor dem Schulhaus treffen sie andere kleine Mädchen mit ihren

Müttern. Ah! Da ist die Martha Bölling, die Kränzchenfreundin von Tante Karola, mit ihrer Tochter Gerda, mit ihr kann Isa zusammen hineingehen und sie können nebeneinander sitzen! Elisabeths leichte Beklemmung hat sich gelöst! Isa wird unter ihresgleichen sein – alles ist gut! Fröhlich geht sie nach Hause, ebenso beschwingt kommt sie am Ende von Isas erstem Schultag, um sie abzuholen. Lange muss sie warten, Gerda ist schon längst an der Hand ihrer Mutter davongetrippelt, da kommt Isa mit einem kleinen Mädchen langsam angeschlendert.

„Das ist die Charlotte Lienhard, sie ist meine Freundin."

Elisabeths Brauen schaffen Raum für ihre Gedanken: Sie betrachtet stumm das verwaschene, viel zu große Kleidchen, das Rotznäschen, den grau schimmernden Hals, Haarflaum, der aus lose gefügten Flechten bricht, ein zaghaftes, abwartendes Lächeln.

„Aha!"

„Adieu Charlotte! Bis morgen!"

Viele Male dreht Isa sich um und winkt und winkt, das andere Mädchen steht noch immer wie festgewurzelt und winkt andächtig zurück. Als Isa ihrer Mutter versichert, das sei ihre neue Freundin, schluckt Elisabeth alle Einwände und schweigt.

Im Juni kommt bei Karola und Rudolf ein Kronprinz an, so nennt es Lise und platzt fast vor Stolz! Ein gesundes Bübchen mit rosiger Haut und zartem blondem Flaum. Ein schönes Kind. Es wird einen schönen Namen bekommen, den sich Karola wünscht, Kuno wird es heißen, gerade so wie der kleine Sohn der Familie Eltz von Rübenach, den sie immer trifft mit seiner eleganten Mama und seinen reizenden Schwestern. Karola ist selig. Rudolf ist glücklich. Und mit ihnen können sich alle freuen, sogar die tief traurige Tante Louise.

„Mama, weißt du, was ich glaube? Die Seele von Tante Ida, die hat wieder zu uns in unsere Familie gewollt, und da hat sie sich einfach den Körper vom Kunole genommen!", sagt das Isale. Elisabeth freut sich über die Gedanken ihres Kindes! Dieses Kind, dieses eine einzige, das sie je haben wird, ist ein unglaubliches Glück für sie!

Am Anfang der Sommerferien – darauf besteht Elisabeth – gehen sie in die „Sommerfrische". Ihr Mann braucht das, um wieder ganz gesund zu werden. Schrunz kann nicht mehr sein. Auch Sankt Märgen wäre zu weit und zu teuer. Aber Elisabeth findet etwas Passendes auf dem Dobel, ein kleines Zimmer im Haus der Bauersleute Knöller, oben unterm Dach. Wenn man das Fenster öffnet, strömt die frische, saubere Schwarzwaldluft herein, man blickt weit über die Tannenwipfel hinunter in die Rheinebene und hinüber zu den Vogesen, die dem Schwarzwald so gleichen und doch so fremd sein müssen heutzutage. Zu Besuch kommen nacheinander die Fischers und Lise, für ein Wochenende jedenfalls, dann muss sie wieder in die Stadt zurück, zuviel Landluft vertragen ihre Lungen nicht mehr. Man bewegt sich als vielgliedrige Schlange um das Dorf herum, durch die Streublumenwiesen, streichelt mit den Fingern Klatschmohn und Wegwarte, man darf sie nicht pflücken, das weiß man inzwischen, denn sie fallen zusammen, sterben, noch bevor man sie ins Wasser stellen kann. Schließlich landet man im „Hotel Funk" und isst dort behaglich zu Mittag.

Im Herbst gibt es eine große Hochzeit in der Familie. Kurt Wolf mit dem einen f heiratet seine Cousine Gerti mit den zwei ff, so bleibt man unter sich, wie sich das gehört in den besseren Kreisen, die immer noch so sind, besser, oder wieder so sind, nach neuen Gesichtspunkten, wie auch immer. Eingeladen sind Lise, Tante Louise, Karola und Rudolf, da braucht man neue Garderobe, ach Gott, was soll man denn anziehen, damit man mithalten kann? – Ist das ihre einzige Sorge? Die Frau Hofdirektorin poliert sich auf Hochglanz und kümmert sich nicht darum, dass ihre andere Tochter nicht eingeladen ist. Schlechter Stil? Ganz und gar nicht. Ein Affront! Nun gut! Martin versteht, dass man jetzt in zwei verschiedenen Lagern steht. Aber „in meiner Familie würde man diese Einladung nicht annehmen, wenn die Schwester nicht eingeladen ist. In keiner jüdischen Familie würde das passieren!" Elisabeth vermeidet es, ihm in die Augen zu sehen, und schweigt. Sie freut sich auf Schönes! Sie sorgt sich, dass das Schöne bestehen bleibt! Darauf wirft sie ihre Energie, verschwendet sie nicht an das, was sie nicht ändern kann. Sie legt Monat für Monat Geld zur Seite, spart sich den nächsten Urlaub ab, wenn nicht vom Mund, so doch aus der „Luxus- und Kleiderkasse". Karola wird im nächsten Jahr auf dem Dobel eine kleine Wohnung finden, bei einer anderen Bauersfamilie, den Königs; und entsprechend ihren Ansprüchen und ihrem Status, denn das muss so sein, verfügt Lise, wird sie diese Wohnung sogar ganzjährig mieten, jahrelang, zum vielseitigen Gebrauch. Elisabeth will nicht, dass Martin seine Zweifel offen äußert, ob das denn auch das Fischer'sche Budget gestattet. Das ist doch deren Angelegenheit, nicht unsere. Ich kann schließlich nicht eine erwachsene Frau erziehen helfen, die muss jetzt selber wissen, was sie tut, und sie weiß es ja auch, Karola weiß, was sie will, aber es ist eben oft mehr, als sie sich leisten kann, zu viel, nicht das Richtige. Noch vor Ferienende jedenfalls müssen die Fischers in eine andere Wohnung umziehen wegen Meinungsverschiedenheiten, die möglicherweise etwas mit dem pünktlichen Zahlen der Miete zu tun haben.

Die Sommerfrische ist fast so wie früher, weißt du noch, Elisabeth, mit dem Kurt und dem Fritzle, der Ilse und der Gertrud. Ja, auch Lise nickt, fast so wie früher. Damals stellte der Albert seine Staffelei auf und heute hat die Karola ihren photographischen Apparat dabei. „Heute müsst ihr euch schön machen." Die beiden Mädchen ziehen ihre Zwillingskleider an, die mit dem gepunkteten Oberteil, „und dann hier, die Heugabel in die Hand, Elisabeth, nimm doch das Kopftuch ab, nein, lass mal, wenn du es so knotest, und so und hier die Locken müssen sich um dein Ohr kringeln, ach wie schön, wie die Micaela in Carmen, gell!" So dirigiert und kommandiert Karola ihr Personal und bannt es in den Kasten, verwandelt es in kleine quadratische Bilder mit gezackten, weißen Rahmen, die Elisabeth sorglich sortiert und einklebt in ein Album für später, vielleicht wird's uns nicht immer so gut gehen können wie jetzt, dann bleibt doch immer noch die Erinnerung!

Am Ende der Sommerferien kann Isa gut frei schwimmen, sie darf jetzt mit ihrem Papa manchmal in den Rhein und dort unter seiner Aufsicht in Ufernähe hin und her schwimmen. Die Mama schaut zu, wenn sie mal aufschaut von ihrem Buch jedenfalls. Nach dem Baden rubbelt sie ihr Kind ab und sagt ihm viele, viele Male, wie stolz sie ist, so eine gute Schwimmerin zur Tochter zu haben.

Am ersten Montagmorgen im September heißt es „schnell, schnell!"

Warum denn?

In die Schule, die beginnt um acht.

Nein, in die Schule muss Isa doch nicht mehr, da war sie doch ein ganzes Jahr lang. Sie kann alle Zahlen und alle Buchstaben schreiben und das Lesebuch hat sie ausgelesen. Sie muss wirklich nicht mehr in diese Schule. Die restlichen Rechenaufgaben macht sie zusammen mit dem Papa im Büro!

Aber wird dann die Charlotte Lienhard nicht auf sie warten?

Ach so, ja – die Charlotte, das stimmt – die ist sicherlich noch dort, die konnte ja noch gar nichts vor den Ferien. Also gut, sie geht dorthin, um der Charlotte zu helfen.

Langeweile haben Elisabeth und Martin nie, dieses Kind hält sie auf Trab. Sein Leben gibt ihrem aus den Fugen geratenden Leben einen neuen Takt.

So geht das Jahr weiter und zu Ende. Isa weiß jetzt, dass sie noch lange in die Schule gehen muss, zu Weihnachten kann sie schöne Gedichte auf Karten schreiben, Tannenzweige darum stricheln, bunte Kugeln daran hängen, auch einen Engel mit Trompete, während die Mama unten im Laden das Weihnachtsschaufenster schmückt, die alten Plakate abstaubt, die Engelchen mit den kessen Knien und dem silbernen Wattehaar drapiert, schöne Seifenschachteln – „Indische Blumenseife" – in allen Größen und Sortierungen neben die bewährten Kalodermaseifen legt, setzt und stellt, dazwischen allerfeinste Accessoires, kleine Nadeldöschen aus fast echtem Silber, aufgeschnappt und zugeschnappt, wie kleine Mäuler sehen sie aus, die rufen: Kommt doch herein und kauft bei uns! Und Gott sei Dank verstehen die Leute ihre Sprache und kommen, obwohl jeder den Beutel tief in der Tasche stecken hat, wie Tante Louise es bezeichnet.

Das neue Jahr bringt vielleicht Veränderungen, denn Wahlen stehen an! Schon wieder? Lise und ihre Schwägerin Jenny sind sich einig, sie gehen nicht dauernd zur Wahl. Man hat ohnehin nicht das Gefühl, dass es irgendetwas bedeutet, ob man nun sein Kreuzchen macht oder nicht.

„Affentheater!"

„Weibergeschwätz!" Karl redet seiner Schwester ebenso ins Gewissen wie seiner Ehefrau, und der junge, hübsche Hans ist mit dem Vater ganz einer Meinung: „Politik geht jeden etwas an, auch die Frauen! Die Zeiten haben sich geändert!"

Hans gehört nun einer Jugendgruppe an, die sich des deutschen Geistes annimmt, hat sogar eine leitende Funktion übernommen. Jede Stimme zählt, sagt er.

„Müsste der Hans nicht mal endlich seine Schulausbildung abschließen?"

„Der macht seinen Weg schon, Martin! Der hat hier in seiner Vaterstadt halt Familie hinter sich, das ist wichtiger als gute Noten!" Lise ist überzeugt, dass es der Neffe besser haben wird als sein Vater. Aber auch sie sieht, dass Hans zwar ein ebenso hübscher, großer, schlanker Bursche geworden ist wie einst sein Vater und dass ihm auch dessen Charme, aber nicht dessen Begabungen vererbt wurden. Diese Familie im Hintergrund wird er brauchen können ...

„Ich hab es doch gewusst, dass das nicht klappt mit dem Papen und seiner Altmännerriege!", sagt Martin, und Karl hält dagegen: „Jetzt kommen die Sozis endlich weg."

„Und die neuen Herren, die haben auch das ‚S' mit in ihrem Programm, Karl, vergiss das nicht! Die sind jetzt auf dem Vormarsch."

Karl schwört auf den alten Hindenburg, der wird alles wieder richten, Martin schüttelt nur noch den Kopf.

Schließlich marschieren sie zusammen zur Wahl: Martin, Elisabeth und zwischen ihnen das kleine Isale, das vor dem Wahllokal im Hotel Germania warten muss. Als die Eltern wieder aus dem großen Haus herauskommen, fragt sie sofort: „Habt ihr richtig gewählt?"

Elisabeth und Martin schauen einander an. Jeder weiß vom anderen, dass er anders gewählt hat. Martin wählt nach wie vor die Sozialdemokraten, das passt ohne Weiteres zu seinen persischen Lederstiefeln, der seidenen Krawatte mit goldener Nadel und den polierten Fingernägeln, behauptet er.

Elisabeth will weiter in der Mitte des Volkes leben, Zentrum!

„Ja sicher!", beruhigen die Eltern ihr Kind. Sie lachen sie nicht aus, sagen nicht, dass sie noch ein Kind sei, davon nichts verstehe, sie sagen es nicht, obwohl sie es denken. Aber weil Isa es nicht ständig anhören muss, fühlt sie auch nicht das Kränkende des Gedankens. Wie klug sind diese Eltern! Das Kind braucht ein starkes Selbstwertgefühl, und seine Eltern unterlassen vieles, was schädlich sein könnte für die Entwicklung von Isas Rückgrat.

Dann aber gibt es größere Sorgen als die Politik. Das Kunole, der herrliche, fröhliche kleine Kronprinz, sollte längst sicher auf seinen Beinchen stehen. Das tut er auch, aber Karola schlägt die Hände über dem Kopf zusammen und findet keine Worte! Das Kind hat schreckliche X-Beine, wie soll er damit durchs Leben gehen? So zieht sie von Arzt zu Arzt und landet bei einem, der ihr sagt, man könne das sehr gut beheben, allerdings sei eine aufwändige Operation erforderlich. Dem Kind müssen die Beine gebrochen werden, dann müssen sie neu und richtig zusammengefügt werden.

Alle bereden diese Angelegenheit, versuchen die Mutter zu beeinflussen, dass sie Geduld walten lassen möge, das Kind ist doch noch so klein, das Übel kann sich noch verwachsen! Und vor allem sollte sie mehr auf ihren Mann hören, den erst mal überhaupt nach seiner Meinung fragen, was hat Rudolf denn dazu zu bemerken?

Die Meinungen kochen hoch, jeder hat Argumente, die er vortragen will. So kommt es, dass nur die alte Mina, Lina und Berta am Fenster hängen, zwischen ihnen die beiden kleinen Mädchen, Isa und Lotte, – „aber mit Mütze und Schal, auch die Mäntel umgehängt!" – und hinausschauen. Ein kleines bisschen nur müssen sie die Köpfe um die Ecke biegen, um die vielen Lichter zu sehen, das Klappern der tausend Füße auf dem Straßenpflaster zu hören. Hitler ist zum Reichskanzler ernannt worden, seine Partei feiert diesen Sieg.

„Lotte, Isa, wo seid ihr denn? Macht das Fenster zu, es wird kalt!"

„Guck doch mal, Papa, die vielen schönen Lichter!"

Jetzt treten auch die Erwachsenen an die Fenster, öffnen sie, schauen hinaus, stumm.

„Das bedeutet Krieg!"

„Martin, seit du fünfzig bist, bist du alt geworden! Hast du etwa Weltuntergangsstimmung? Jetzt lass den doch mal ein Weilchen machen. Wenn er nichts taugt, dann muss er halt wieder weg!"

„Ich will dir was sagen, Karl; die Versprechungen, die dieser Mann macht, die Arbeitslosigkeit zu beseitigen, Deutschland wieder groß zu machen, sodass die Schande von Versailles ad acta gelegt werden kann, das schafft er nur mit Aufrüstung, nur so kann er die Millionen Arbeitslosen verstecken! Nein, den kriegen wir nicht mehr so schnell los!"

„Das ist doch dummes Zeug. Das ist ein freies Land! Und ein friedliches obendrein. Zuerst einmal werden Wohnungen benötigt, Straßen, Kirchen, Schulen, da braucht man viele fleißige Hände. Aufbau ist angesagt! Ein bisschen mehr Führung kann nichts schaden! Das ganze Geschwätz im Parlament, das führt doch zu nix! Lasst uns Taten sehn!"

6

Am 6. März 1933 wird die Hakenkreuzfahne auf dem Rathausturm gehisst, gegen den Willen der demokratisch gewählten Landesregierung.

Als Lise am Abend des ersten April nach Hause kommt, geht sie zunächst in den Laden, gleich hinter den Ladentisch und weiter durchs Wohnzimmer ins Büro, trifft dort wie erwartet auf Martin und Elisabeth, die gerade die neuen Kataloge durchblättern, es muss jetzt schon an die Bestellung fürs Weihnachtsgeschäft gedacht werden, bis zum ersten Mai muss das neue Sortiment stehen.

„Stellt euch vor, wie wir heute Mittag so um drei vor's Kaufhaus Knopf kommen, da steht die Polizei vor der Tür, und die wollen uns nicht rein lassen."

Ja, Elisabeth hat davon gehört, dass eine Aktion stattfand gegen jüdische Geschäfte, sie sagt das wie nebenbei und schaut nicht von den Listen auf. Martin wusste nichts davon, alarmiert wandert sein Blick von seiner Frau zu seiner Schwiegermutter.

„Und?"

„Und!" Lise pariert. „Wir sind halt durch den Personaleingang in der Zähringerstraße rein. Die Polizisten waren keine Karlsruher, ich hab die jedenfalls noch nie hier gesehen."

„Sind alle mit rein?"

„Nein."

„Wer ist mit?"

„Das weiß ich nicht so genau, es kann sein, dass noch welche nach uns kamen, die sie nicht mehr durchließen."

„Wer, Mutter, wer ist mit, wer ist nicht mit!"
„Schrei doch nicht so mit mir, Elisabeth."
„Ich schreie nicht. Ich habe dich nur gefragt, wer ist mit, wer nicht."
Lise hatte sehr wohl gemerkt, dass einige wieder umdrehten. Und dass einige Kränzchendamen gar nicht erst erschienen waren. Wie ein Kind in der Schule zählt sie nun ganz getreulich die Namen auf. Elisabeth gibt keinen Kommentar, aber jeder Name prägt sich ihr ein, man sieht es ihr förmlich an. Martin beobachtet die beiden Frauen wortlos.
„Ja, es ist gut, Mama, mir müssen jetzt fertig werden mit unserer Arbeit hier."
Lise steht auf und sieht im Hintergrund Louise stehen, die alles mit angehört hat; ihre Hand hält den Vorhang zwischen Laden und Büro gefasst. Als Lise an ihr vorbeigeht, hört sie, dass der Stoff irgendwo reißt. Der Blick der Schwägerin ist scharf wie ein Messer.
Müde zieht Lise sich am Treppengeländer hinauf in ihre Wohnung. Noch in Hut und Mantel öffnet sie ihr Vertiko, gießt sich ein, trinkt mit einem gierigen Zug das volle Glas leer, schließt die Tür wieder, dann setzt sie sich an den großen Esstisch, sie hat kein Licht gemacht, eine Hand legt sie auf das Tischtuch, streicht über den glänzenden Damast, ihre Finger berühren das Monogramm, E und W, verschlungen ineinander, winzig klein. Heute könnte sie das nicht mehr sticken, auch mit der Brille nicht. Sie sieht schon lange nicht mehr gut. Im nächsten Jahr wird sie sechzig Jahre alt werden. Ach Gott, wie anders hat sie sich ihr Leben vorgestellt ...
Elisabeth und Martin machen einen weiten Spaziergang durch den Schlosspark. Überall duftet es, Tulpen, Narzissen, Hyazinthen, zwischen Theater und Orangerie hat sich ein leuchtend blauer Teppich von Glockenblumen ausgebreitet.
„Wie damals, weißt du noch Martin, bei unserem ersten gemeinsamen Stadtspaziergang."
Irgendwann zuckt der Gedanke auf: Das Kind – es wartet auf seinen Gutenachtkuss. So streben sie dem Ausgang zu, nehmen

die kurze Strecke bis zu ihrem Haus mit beschleunigtem Schritt. Martin geht schon vor, die Treppe hinauf. Elisabeth will noch einen kurzen Blick hineinwerfen zu Tante Louise, die dort sitzt in ihrem dunklen Wohnzimmer mit ihrer Schwägerin Lise, wie manchmal am Abend. Das Fenster ist geöffnet, sie haben sich ein paar Kerzen angezündet, wie gewohnt im silbernen Leuchter.

Beide Frauen blicken auf.

„Was?" Elisabeth zieht die Brauen hoch. „Was gibt es denn?"

„Da – schau", Lises Finger deutet auf die Zeitung:

Unsere neue Führungsspitze. Oberbürgermeister Jäger und Bürgermeister Hermann Fribolin wurden mit großer Mehrheit gewählt und treten in Kürze ihr Amt an.

Elisabeth atmet tief ein, dann stößt sie die Luft wieder aus und lächelt die beiden Frauen an.

„Also dann, gute Nacht, ihr zwei Hübschen!"

Louise und Lise tauschen einen stummen, vielsagenden Blick – aber geredet wird nicht. Schweigen ist Gold.

Zu Weihnachten ist Kuno wieder zu Hause. Er muss ab jetzt in einem Gipsbett schlafen. Gehen kann er noch immer nicht richtig, er wird auch im Haus in einem Kinderwagen geschoben. Karola weicht nicht von seiner Seite. Auch sie hat jetzt ein Sorgenkind, so wie einstmals ihre Mutter. Sie ist blass und mager und schreckt bei jedem Geräusch auf. Lise fährt fast jeden Tag schon frühmorgens nach Durlach und unterstützt die Tochter und das Enkelkind. Rudolf hat viel zu tun. Man hat ihm in Aussicht gestellt, dass er für eine Dozentur an der Technischen Hochschule vorgeschlagen werden soll. Im Augenblick sucht er ein Thema für seine Antrittsvorlesung.

Das Weihnachtsgeschäft im Laden läuft nicht so gut wie im Vorjahr. Martin macht den Vorschlag, Handzettel zu drucken, auf denen das neue Sortiment und einige Knüller für Weihnachten angezeigt werden, ein Bursche aus der Nachbarschaft trägt sie aus, wirft sie in die Briefkästen der Kunden und erhält ein paar Mark dafür.

„Klappern gehört zum Handel!", sagt Martin.

Lise verzieht das Gesicht. „Manchmal kommt halt arg seine jüdische Krämerseele zum Vorschein."

„Pfui Lise! Ich bin so froh, dass sie mir helfen, die zwei. Ich könnte den Laden allein nicht mehr führen!"

Elisabeth geht immer schon früher hinauf in die Wohnung, sie muss doch wenigstens eine Stunde am Tag mit dem Kind verbringen, nach seinen Hausaufgaben schauen, sich erzählen lassen aus der Schule, von den neuen Freundinnen, den Lehrern. Die beiden setzen sich auf Isas Bett, Elisabeth schlingt den Arm um ihr Kind und manchmal schläft sie einfach ein beim Geplapper der Kleinen, die dann eine Decke holt und sie der Mama umlegt, damit sie nicht friert.

Martin kommt oft sehr spät nach oben in die Wohnung. Meist wird er noch abgefangen von Hedwig Engelmann, die ihm etwas in der Zeitung zeigen will, oder ein Gerücht mit ihm „erörtern" will. Eines Abends hat sie was Besonderes: ein dickes schwarzes Buch in Leder gebunden, „Mein Kampf" steht darauf, der Autor ist der neue Reichskanzler, der Inhalt ist umständlich und verworren dargelegt.

„Langweilig!"

„Nein, Herr Mayer, das ist nicht langweilig! Das ist Prophetie! Hier wird unser Tod geplant!"

Ach Gott, die Hedwig ist doch wirklich schrullig jetzt. Das Herumsitzen und Nichtstun bekommt ihr nicht.

„Nehmen Sie es mit und lesen Sie darin, dann können wir darüber reden!"

Er legt es neben die Bibel auf seinen Nachttisch, dort findet es Elisabeth, sie schlägt es auf und blättert darin, sieht die unterstrichenen Stellen, sie fallen ins Auge. Wenn die nicht gewesen wären, hätte sie es schnell wieder aus der Hand gelegt, weil es nicht interessant genug ist, aber so liest sie doch das Angestrichene.

„Fantastereien! Da würde keiner mitmachen! Das ganze Gerede von Herrenrasse und Herrenvolk. Das sind die Allmachtsphantasien eines Zukurzgekommenen!"

„Recht hast du! Dieser Hitler muss schnell wieder verschwinden, keiner kann auf Dauer den Rückschritt in eine parafeudalistische Gesellschaft wollen."

„Parafeudalistisch?"

„Ob der Adel herrscht oder eine Gruppe von Leuten, die sich ähnlich verhalten, die sich selber zur Elite erklären, das kommt aufs Gleiche raus."

„Aber wir haben doch ein Parlament, Martin. Die müssen doch abstimmen!"

„Das Parlament, Elisabeth, das ist nur noch aus Papier!"

Weihnachten ist keine gute Zeit mehr. Viel zu tun im Laden, darüber muss man sich freuen und dann wieder ein Anruf, aus Köln dieses Mal. Rosis Mann war an Grippe erkrankt, wer hätte gedacht, dass er innerhalb von zwei Wochen daran stirbt? Kann Martin gehen, kann er sie allein lassen in diesem Trubel? Er muss gehen, muss seiner Schwester zur Seite stehen!

Schnell ist er wieder zurück und die Nacht wird lang. Stundenlang fragt Elisabeth ihn aus und er erzählt, nicht flüssig und bunt wie sonst immer, stockend und zögernd, ungeordnet entledigt er sich des Erzählbaren und das ein oder andere, was er nicht erzählen wollte, rutscht mit heraus.

Rosis Sohn Klaus ist ein richtiger Mann, steht kurz vor der Heirat mit einem sehr netten Mädchen aus Jever. „Jüdin, natürlich!" – Warum sei das natürlich? Ach, Rosi und Herschel haben doch schon lange dem Theodor Herzl seine Phantasien geglaubt. – Herzl? – Ja, inzwischen heißt die Bewegung „Zion". Sie wollen ein neues Zion schaffen, ein Land für das Volk des Herrn. Das ganze alte Muster ist schon wieder etabliert, schlimmer als zuvor. Regeln und Gesetze. Klaus will auswandern nach Palästina.

Ja, das versteht sie. Elisabeth versteht, dass Rosi und ihre Familie sich jetzt so sehr zu ihrem Glauben bekennen, dass sie die Gesetze förmlich suchen.

„Du verstehst das, Elisabeth, du, die immer gesagt hat, dass sie sich nur an die zehn Gebote hält, an sonst nichts?"

Die Zeit hat sich geändert, alles zerfließt, alles löst sich auf. Die Menschen brauchen Geborgenheit. Wenn man sich also bewusst hineinstellt in die Gesetze, wenn sie nicht von außen aufgezwungen, sondern angenommen werden, dann können sie gut sein.

Das ist doch dummes Zeug! Er steht auf, geht hin und her, barfuß, verschränkt die Arme vor der Brust, reißt das Fenster auf, die eiskalte Nachtluft strömt herein, wischt durch den Raum wie ein Gespenst. Geborgenheit! Das neue Gesetz des Herrn Hitler, seine Regeln, die müssten dann ja auch Geborgenheit schaffen!

Sie mag vielleicht dumm sein, auf jeden Fall dümmer als er, aber sie hat doch eine Meinung, die sie sagen will, hier und jetzt. Ja, sie glaubt, dass es gerade das ist, was viele Menschen in die Arme des Herrn Hitler treibt, der Wunsch nach Verbindlichkeit, um sich darin aufgehoben zu fühlen.

Martin schließt das Fenster, legt sich wieder ins Bett, auf den Rücken, starrt in das Dunkel.

„Martin, das dürfen wir nicht, böse zueinander sein!"

Das sind sie doch nicht, wer ist denn böse zu wem gewesen?

Er hat gesagt, sie sei dumm ...

Ach Gott, das hat er wirklich nicht gemeint. Sie ist der allerletzte Mensch, der dumm ist, sie ist ... – im Gegenteil!, er kennt keinen klügeren Menschen als sie und nie und wegen nichts würde er ihr jemals böse sein können!

So liegt sie dann schließlich in seinem Arm und schläft ein. Er aber muss noch lange über die Gespräche in Köln nachdenken. Natürlich wusste keiner dort, dass er sich hatte taufen lassen. Der Neffe bekniete ihn, mitzukommen, die ganze Familie mitzunehmen, oder vorauszugehen, die Familie nachkommen zu lassen. Erst später konnte er der Schwester die Wahrheit sagen und sich Absolution erteilen lassen. Sie hatte es schon geahnt. Wer weiß, sagte sie, welcher Weg der richtige ist. Annemie und Ernst wollen auch nicht mit, aber fort wollen sie, sie bemühen sich um die Einreisegenehmigung nach USA. Und Erna? Sie wird wohl in Berlin bleiben.

„Und du, Rosi?"

„Ich gehe mit den Kindern nach Palästina."

7

Während Martins Familie auseinanderfällt, bleibt Elisabeths Familiengeflecht erhalten.

Es gibt eine unsichtbare Lebensmitte in der Karl-Friedrich-Straße 4, einen Punkt, auf den alle im Haus bezogen sind: Elisabeth. Ihr Mann, ihr Kind, die Mutter, die Schwester, die Tante, die Nichte und sogar die Mieter, jeder schüttet Elisabeth sein Herz aus, fragt sie um ihren Rat. Beim Aufwachen schon hat ihr Mann die ersten Fragen an sie oder gibt die Gedanken seiner Nächte an sie weiter. Beim Frühstück muss Lise zurückstehen, obwohl sie eine Anzahl von „Vergiss nicht ...“-Sätzen auf Elisabeth abfeuert. „Später, Mama, später dann.“ Es muss schnell, schnell gehen, Isas Schule beginnt! Elisabeth weiß längst, dass sie weder die Hausaufgaben noch die Bücher nachschauen muss; Isa ist vorbildlich, fleißig, gewissenhaft, zuverlässig, bringt nur gute Noten nach Hause. Sie darf bald in das Mädchengymnasium in der Sofienstraße, zusammen mit Gerda Bölling und dem kleinen „Saschale“, so kennt sie schon zwei Mitschülerinnen, denn leider wird Charlotte Lienhard weiter in der Hebel-Markgrafen-Schule verbleiben müssen, sie hat noch viel aufzuarbeiten.

„Vielleicht kann sie später nachkommen?“

„Nein.“ Elisabeth möchte, dass Isa das ganz klar sieht, Charlotte wird nie nachkommen können. Es hilft nichts, Isa ist jetzt alt genug zu verstehen, dass die Menschen nun mal nicht alle gleich sind. Die Charlotte Lienhard wird lernen, was sie braucht, und wird danach einen Beruf ergreifen, den sie auch ausfüllen kann.

Jeder Tag ist voll mit Pflichten für den Laden, auch die Einkäufe werden weitgehend von Elisabeth getätigt, wenn es schnell gehen muss jedenfalls. Sie hat ein klares Konzept seit dem 1. April 1933: Die Geschäfte, vor denen damals die Posten standen, „das sind unsere Stammgeschäfte!" Manche waren es schon immer, andere werden jetzt bewusst angesteuert. Man muss den Menschen zeigen, dass man diesen Wahnsinn nicht mitmacht.

Elisabeth schaut regelmäßig bei den Wachenheimers rein, setzt sich zu Hedwig, wartet geduldig, bis diese beginnt, mit ihr zu sprechen. Zwischen den beiden Frauen ist eine wortarme Vertrautheit entstanden, gegenseitige Anerkennung der anderen. Elisabeth weiß, wie gern Hedwig mit Martin diskutiert. Er ist ihr gewachsen, gibt ihr Repliken, die sie überraschen, über die sie nachdenken muss. Elisabeth weiß um Hedwigs intellektuellen Anspruch, um ihren Esprit, dessen Zynismus sicherlich aus ihrem von Kind an verwundeten Herzen kommt. Elisabeths nüchterne Konzentration auf pragmatische Themen, vor allem aber ihre Geduld, ihre unbeirrbare, offene Zuwendung haben immer wieder eine beruhigende Wirkung auf Hedwig. Ihre Angriffslust prallt einfach ab, erlahmt und lässt andere, weichere Seiten in Hedwigs Wesen Raum gewinnen. Elisabeth weiß auch, dass das Kind öfter bei Hedwig landet, wenn es Langeweile hat, wenn es auf Vater und Mutter warten muss, die lange noch, manchmal bis spät in die Nacht hinein, im Laden aufgehalten werden, nicht nur von all den Pflichten dort, sondern auch bei Gesprächen mit Kunden und Lieferanten, die sich ihre Sorgen um die Tageslage von der Seele reden wollen und die dankbar dafür sind, auf den Geist des Ortes vertrauen zu können. Hier darf man jederzeit sagen, dass man Hitler verabscheut, dass man ihn für einen ignoranten Parvenü hält, dass man auf die Reden des Herrn Goebbels keinen Pfennig gibt, dass man hofft, der ganze Spuk möge bald zu Ende sein.

Hedwig hält nichts von Kindern, aber Elisabeths Kind ist anders. Die Kleine ist klug und ernsthaft, ihre Neugier ist von Vernunft geprägt. Sie kann auch schweigen, sie kann die bloße Anwesenheit eines atmenden Wesens anerkennen als Vertraulichkeit, sie lässt Hedwig Zeit, zu überlegen, wie viel sie aus sich heraus will, ohne sich dabei herzugeben. Einmal nimmt Hedwig Isa mit und zeigt ihr die Synagoge, wo alles aufbewahrt ist, was man wissen muss, der „Weisheit letzter Schluss“, das Gesetz, die Thora, wie es heißt.

„Und eigentlich müsste dein Papa das auch wissen, aber er hat sich davon abgewendet.“

Isa ist klug genug zu spüren, dass Hedwig ihre eigene Sichtweise hat. Und Isa ist klug genug, solche Bemerkungen nicht weiterzuerzählen. Möglicherweise würde man ihr den Umgang mit Hedwig dann verbieten.

Die Großmutter hat das Gefühl, ihr Regiment ist unvermindert effektiv. Wie die Töchter, so hat sie jetzt auch die Enkel in ihrer Gewalt. Das ist auch gut so, es macht Lise ruhiger.

Isa richtet sich damit ein. Wie du mir, so ich dir, denkt sie, jeder hat seine Heimlichkeiten, die müssen nicht alles wissen, sie geben mir gegenüber schließlich auch nicht alles preis. Sie geht auf den Schlossplatz und spielt mit den Kindern dort. Ihre Rotznasen und ihre schrecklichen Wörter sind hochinteressant für sie: „Mudder, lehn mer d’Scher, do dranne laaft se leer.“ So wird abgezählt. Aber hier bei mir nicht, solche Wörter duldet die Oma nicht in ihrem Haus! Isa ist traurig. Schade! Die Mama blinzelt ihr aufmunternd zu, und abends in ihrem Zimmer erzählt sie ihr dann von der Strickstube beim Bahnhof, damals im Krieg. Das sind Isa die allerliebsten Momente, kostbar wie Juwelen, wenn die Mama Zeit hat, zu ihr zu kommen, bevor sie einschläft, den Arm um sie legt und ihr erzählt davon, wie es war, als sie selber noch ein Kind war. Erzähl mir dies, erzähl mir das, erzähl mir nochmal, wie das war an deinem fünfzehnten Geburtstag. Ja, der fünfzehnte Geburtstag! Wenn die Mama schildert, wie das Atelier des Vaters herausgeputzt wurde, eine ganze Straße nachgebaut, Häuser mit Innenhöfen, nicht nur einmal, immer wieder, dann glaubt Isa, das alles vor sich zu sehen, und wenn sie schläfriger und schläfriger wird, dann gleitet sie hinein in das Atelier, steht dort im Verborgenen und kann ihre schöne junge Mama sehen.

Martin klebt stundenlang am Radioapparat. Jetzt geht's auch in Frankreich los. Barrikadenkämpfe auf den Champs-Elysées, die französische Rechte mobilisiert sich nach Bekanntwerden des Stavinsky-Skandals.

„Ist das so was wie die Dreyfus-Affäre?"

„Nein, diese Sache liegt anders. Sie sagen, dass der Stavinsky viel Geld veruntreut hat. Kann ja sein. Er wäre nicht der erste Betrüger. Aber warum sollen die Juden besser sein als andere Menschen. Reicht es denn niemandem, dass die Juden Menschen sind? Menschen!"

Im „Führer" liest man vom großen „Werk", das es durchzuführen gilt und dass diejenigen, deren heilige Sache das ist, jedem, der dieses Werk sabotiert, die „Zähne zeigen" werden, „dass er kaum mehr Zeit hat, über die Schnelligkeit zu staunen, mit der hier gearbeitet wird." Man erfährt auch, dass Ludwig Marum, der SPD-Politiker, „gestorben" ist, dort im „Lager", aus dem man ihn nicht wie die anderen freigelassen hat.

Am Dienstag nach Ostern macht Martin Fehler in der Bilanz. Ärgerlich darüber greift er zu seinem kleinen Taschenmesser, in das seine Initialen geritzt sind, ein Geschenk von Hélène, ja sicher, und warum soll er das nicht benutzen, es war ein Teil seines Lebens, so beurteilt Elisabeth das, und die Meinung aller anderen Menschen interessiert Martin nicht. Vorsichtig kratzt er die Tinte weg; weil seine Hand zittert, entsteht ein Loch im Papier. Er wirft das Messer auf den Tisch und stützt seinen Kopf in beide Hände.

„Martin, geht's dir nicht gut?" Tante Louise erschrickt, ruft Elisabeth, die herbeieilt mit klopfendem Herzen.

„Lass nur, Tante!" Nein, es geht ihm gut, wirklich! Und da ist kein Schweiß auf seiner Stirn, seine Hände sind warm. Mit einem Nicken winkt Elisabeth Louise aus dem Büro, setzt sich zu Martin und sieht ihn an.

Er erzählt es ihr, muss es schließlich doch loswerden. Er war dort auf dem Friedhof, bei der Trauerfeier von Ludwig Marum, ganz Karlsruhe, so schien es ihm, ist mitmarschiert, aber zwischendrin sah man Männer, Spitzel. Weißte, Elisabeth, und dann dieser Schrei, den die Frau Marum ausgestoßen hat! Sie sagen, er ist zu Tode geprügelt worden.

Das kann Elisabeth nicht glauben, das kann nicht sein. Der Doktor Marum, der hat sich aufgeregt und einen Herzanfall bekommen, das kann sie glauben, aber ...

„Umgebracht haben sie ihn, beseitigt, getötet, verstehst du? Er war nicht nur Sozialdemokrat, er war auch Jude, das war zuviel für die. Die wollen die Juden mundtot machen. Es ist das alte Spiel."

Lises sechzigster Geburtstag wird gefeiert. Karola richtet ihr ein Fest aus, in ihrem schönen und edel dekorierten Heim. Es versammelt sich „die Familie" mit all ihren Nebenzweigen. Der Tisch ist prächtig gedeckt mit vierzig Jahre altem Damast, mit dem ganzen Waffenarsenal der Silberkassetten, tagelang haben Mina, Lina und Karolas Mädchen zusammen in der Küche gestanden und mit immer schwärzeren Händen das Tafelbesteck gewienert. Dann konnte es dort in Durlach als Ergänzung zu Karolas Geschirr seine Pracht entfalten. Karola hat eine fein ziselierte Blumengirlande gezeichnet und koloriert, Maiglöckchen und Vergissmeinnicht ranken sich ineinander, nach dieser Vorlage hat Martin Menükarten drucken lassen, Elisabeth und Karola stellen gemeinsam eine Speisefolge zusammen, beschriften die Menükarten und albern dabei herum wie junge Mädchen, selbstvergessen, ganz dem Augenblick verfallen. Natürlich sind alle neu eingekleidet. Elisabeth war mit den beiden kleinen Mädchen bei Fräulein Pfister und hat sie mit duftenden, hellen Chiffonhängerchen ausstaffiert, ein letztes Mal, dann wird man wohl eine andere Kleiderform wählen müssen. Sie selbst hat auch ein neues Kleid bekommen, Tante Louise bestand auf einer „Prämie" für besonders gute Ideen im Verkauf. „Doch, doch, das hast du dir verdient!" Sie wählt sich die Farbe „fraise", erdbeerrot, das zaubert einen rosigen Schimmer auf ihre Wangen, „wie ein junges Mädchen sehen Sie aus", so lobt das Frölein Pfister begeistert, und Elisabeth gibt sich Mühe, ihr zu glauben. Karola lässt ja inzwischen bei Frölein Traub arbeiten, das ist die erste Schneiderin am Platze! Und sie muss dorthin, sie muss doch bestehen können neben den Damen der Durlacher Gesellschaft, der eleganten Frau Eltz von Rübenach und der Frau Oberbürgermeister Jäger, der sie erst kürzlich vorgestellt worden war.

„Na ja, da kann man sich aber was dafür kaufen!"

„Weißt du, Tante Louise, für mich wär's ja egal, aber ich will doch, dass die wissen, dass mein Rudolf eine Frau hat zum Vorzeigen." Und sie will auch, dass er dieses Mal nicht nur das Angebot für eine Stelle als Dozent bekommt, sondern, dass er auch genommen wird.

Auch dieser Geburtstag ist denkwürdig. Es werden Gedichte vorgetragen, Lieder gesungen, es wird gespeist, Schampus fließt reichlich. Die Kinder beobachten mit Interesse, wie sich die Gesichter der Gäste röten, die Gesten verlangsamen, die Stimmen umschnappen. Wenn alle den Tisch verlassen haben, hinüber gehen, um den Mokka im Wohnzimmer zu nehmen, alle zusammen, die Damen und die Herren, denn das ist die neue Zeit, dann huschen Isa und Lotte um den Tisch und trinken die Restchen Champagner aus den herrlichen Kristallflöten, züngeln dem Bitzeln des Verbotenen hinterher und kichern wie Kobolde.

Das Kunole, das seit seiner Operation ein melancholischer kleiner Eremit geworden ist, einer, der sich in eine Ecke krümelt und dort ganz allein vor sich hinspielt, findet einen Spielgesellen in seinem Onkel Karl Spoerin. Der setzt seinen Großneffen neben sich auf den Klavierstuhl und zeigt ihm geduldig die C-Dur-Tonleiter. Karl staunt, wie geschickt der Kleine, der so ungeschickt auf seinen Beinen steht, seine Fingerchen bewegt, sie schon getrennt voneinander agieren lassen kann, sie nebeneinander auf die Tasten setzt, der Daumen greift unter den Mittelfinger auf das F, das sich an das E schmiegt, ohne schwarze Taste dazwischen, „also merk' dir das gut, bei C-Dur heißt es: immer wo die schwarzen fehlen, da geht's anders mit deinen Fingerchen!", nämlich gerade so, wie es der Onkel gezeigt hat, und Karl sieht, wie sich Freude breit macht in Kunos Gesicht, und dass sie ein Licht anzündet, das ganz von innen kommt. Ein kleiner Stich durchfährt sein Herz. Niemals hat er seinen Sohn Hans fürs Klavier begeistern können, aber Kuno hat Musik im Blut, das möchte er prophezeien.

Elisabeth will um ihren eigenen runden Geburtstag, den vierzigsten, kein großes Getue machen. Ein Getue machen wir nicht, sagt Martin, aber feiern will er sie, sich freuen, dass sie immer noch so schön ist, so jung – ach, Martin, du Charmeur, jung, doch, und schön, das sagt er ihr, flüstert er ihr ins Ohr mit warmem Atem. Martin redet und redet und seine Worte sind so viel mehr als Worte für sie, immer gewesen, von Anfang an.

Es gibt also nur ein zwangloses familiäres Fest am 21. September 1934. Bis zum Abend finden sich dann doch die Fischers und auch die Spoerins ein, und es ist auch genug zu essen und zu trinken da.

Immer öfter zieht sich Martin in letzter Zeit zurück zum Radiohören und für seine regelmäßige Lektüre in der Bibel. Noch ist er nicht „drin" in den neuen Schriften, deshalb zieht es ihn auch in die Kleine Kirche, dort soll ein Pfarrer predigen, der auf der Marum-Trauerfeier war; das wäre doch für Martin der richtige, um die Bedeutung der biblischen Worte zu erfassen!

Seit seiner Taufe schon ist Martin eingestiegen in eine engagierte Auseinandersetzung mit dem Teil des biblischen Stoffs, der für ihn neu ist. Elisabeth geht zunächst noch widerwillig mit ihm in die Kirche, muss sich herausplagen aus ihrem sonntäglichen Frieden, ist abgelenkt davon, sich umzuschauen, wen sie hier alles sitzen sieht, wen sie kennt und was sie weiß von all jenen, die nicht aus der Kirche laufen, wenn sie sehen, wer die Predigt hält. Dann aber, als sie spürt, dass es für Martin mehr ist als Worte, dass er beginnt, das, was er dort hört, wie Nahrung aufzunehmen, hungrig, dankbar, mit sinnlicher Wachheit und der Bereitschaft, sich davon tragen zu lassen, gibt auch sie sich Mühe und zuckt die spöttischen Randbemerkungen ihrer Mutter – „Du hast es ja gewollt, dass er übertritt, damals; das hast du jetzt davon!" – mit einer Schulter weg.

Letztlich hofft Elisabeth auch, dass Martin nun endlich davon geheilt ist, sich immer wieder mit den Gedanken der Sozialdemokratischen Partei lauthals in die Diskussionen am erweiterten

Familientisch einzumischen. Soll er lieber aus der Bibel zitieren, das ist unanfechtbar. Sie hat Angst um ihn und bittet ihn auch, auf diese Angst Rücksicht zu nehmen. Auffallen ist gefährlich für uns! „Uns", sagt sie und verhält sich beispielhaft, passiv, unauffällig, hoch konzentriert auf alles, was um sie her geschieht.

Der Sommer ist heiß und die Sonntage am Rhein sind eine Erholung, wenn auch in diesem Jahr eine besonders aggressive Generation von Schnaken ihr Unwesen treibt und Martin kaum nachkommt mit dem Abtupfen von aufgekratzten Stichen. Isa, Lotte und das Kunole zeigen ihre Verwundungen und lassen sich behandeln, erbetteln noch ein „Trösterle" dazu, am liebsten eine lustige Geschichte, zu der sie sich um Martin scharen.

In den Ferien da geht's wieder sechs Wochen hinauf auf den Dobel zu Knöllers und Königs. Frauen und Kinder zuerst! Sie dürfen die ganze Zeit über bleiben. Die Männer müssen natürlich immer wieder zurück in die Stadt, kommen nur an den Wochenenden. Dann bewegt sich wie damals in Schrunz eine Menschenschlange durch die Wälder, sie ist nicht mehr ganz so lang wie in der alten Zeit, aber die Kinder müssen auch hier bei der Stange gehalten werden mit Schleckeis und Gutsele und mit Personenerraterles. Karola nimmt sich endlos Zeit, ihrem einjährigen Boxerhund Sitz!, Platz!, Fass!, Hol! beizubringen. Ihre Kinder tun gut daran, mitzuspielen, wenn sie Zeit mit ihrer Mama verbringen wollen. Das Kunole sieht man an der Hand seines Vaters Rudolf langsam hinter den anderen Spaziergängern herzotteln. Die beiden schweigen einträchtig miteinander, unerreichbar für den Rest der Familie. Elisabeth bemerkt, wie Karola immer lauter scherzt, ihr Komödienspiel immer schillernder und lockender wird, wie die Schwester kokett an ihrem Dekolleté zupft, wie sie sich die üppigen Haare auf den Kopf türmt, dabei die Ärmel weit hinaufgleiten lässt, so dass man bis in ihre Achselhöhlen schauen kann, Elisabeth bemerkt auch, dass Rudolf nichts bemerkt und sorgt sich um die zwei und freut sich dann, als endlich eines Morgens Karola sanft und selig lächelt und am Frühstückstisch nicht nur den Hund füttert, sondern auch ihrem Mann das Brot schmiert, in kleine „Reiterle“ schneidet, ein Büschel Kresse dazu dekoriert, das Ei für ihn köpft und voller Hingabe zuschaut, wie er alles mit großem Appetit verspeist.

Nach den Ferien geht es für Isa in die letzte Volksschulrunde. Angemeldet ist sie schon in der Fichteschule, hat schon ausgemacht, dass sie neben Gerda Bölling sitzen wird und trifft sich ab und zu mit ihr, wenn sie Elisabeth, Karola und Lise zum Kränzchen begleitet. Es entsteht eine Freundschaft zwischen den beiden Mädchen, die Isa glücklich macht. Sie tuscheln miteinander, tauschen Glanzbildchen aus und schreiben in ihre Poesiealben: „Wahre Freundschaft soll nicht wanken, wenn sie auch entfernet ist. Lebet fort auch in Gedanken und der Treue nicht vergisst.“ Isa malt ein Blumengebinde, winzig kleine Vergissmeinnichtblüten und Maiglöckchen, sie mischt blaue Farbe und Deckweiß zu einer dicken Paste, so dass kleine harte Tropfen auf dem Papier stehen bleiben; wenn man mit der Fingerkuppe darüberfährt, fühlt man sie. Die Nelken haben runde Gesichter, lachende Augen, einen strahlenden Mund. Elisabeth ist hell begeistert von diesem schönen Bild. „Da merkt sie aber, wie gern du sie hast.“ Hoffentlich.

Jetzt wird es ihr schon langweilig in der Schule, deshalb freut sie sich, wenn es etwas zu tun gibt für sie, wenn die Oma sie ruft, ihr ein paar Münzen zusteckt und sagt: „Lauf zum ‚Prinz Karl‘, hol mir dort einen Krug Bier“ oder „Geh zur ‚Blume‘ und hol mir einen Wein.“ Sie weiß, die Münzen reichen für das Bier und für eine Brezel, die sie sich auf dem Weg zur Blume in der Bäckerei „Wandres“ holt. Am liebsten geht sie am Abend, sie hüpft, Schulmädelhupf, und von weitem schon hört sie es aus den offenen Fenstern dringen: „I-him schönsten Wiesengru-unde, steht meiner Hei-mat Haus, da-ha zog ich ma-anche-he Stunde, ins Tal hinaus ...“ oder „Am Brunnen vor dem Tore ...“ oder „Ich weiß nicht, was soll es bedeuten, dass ich so tra-hau-rich bin ...“, mit Schmelz, wie die Oma sagen würde, wunderwunderschön, und beim Näherkommen riecht sie das säuerliche Duftgemisch, Bier, Wein, Kartoffeln, Sauerkraut, Rauch dazwischen, sie weiß, dass die Männer dort drinnen sitzen mit gespreizten Beinen, die eine Hand sich aufs Knie stützen, den Oberkörper steif aufrecht recken, den Hals aus dem Kragen befreien, damit die Kehle, aus der es singt, Platz hat zu vibrieren unter den gewaltigen Tönen und Wörtern, die ihnen die Tränen in die Augen treiben. Die Frauen sitzen dazwischen und auch sie werden plötzlich breiter, haben mehr Gewicht als sonst, ihre Stimmen vermischen sich mit den Männerstimmen. Manchmal muss sie eine Weile warten auf den Wein, „Hochbetrieb“, wehrt die Wirtin ab. Dann macht Isa einen Abstecher in den Innenhof. Dort im Hinterhaus wohnen die Nückels. Die Frau Nückel ist so eine liebe, freundliche Frau, die ihr über den Kopf streichelt und sie in Gespräche verwickelt, nach der Schule fragt, den Freundinnen. Isa kennt auch Eleonore, die Tochter von Frau Nückel, mit der spielt sie „Murmeln“, das geht wunderbar auf den abschüssigen Hofplatten. Nicht selten „verspielen“ die zwei sich, Isa vergisst die Zeit und erst wenn die Wirtin herauskommt in den Hof – „Ja, wo bist du denn jetzt? Meinst du, deine Bestellung hat Beine gekriegt?“ – schrickt sie auf und geht, so schnell es der hoch aufgefüllte Krug erlaubt, heim. Irgendwann aber bleiben Eleonore und ihre Mutter drinnen im Haus, winken nur hinterm Vorhang. Isa klingelt an der Tür und wartet lange, bis sie sich einen Spalt breit öffnet. „Ich kann nicht mehr mit dir spielen, Isa, weißt du, es ist wegen deinem Vater!“

Irgendetwas stimmt nicht mit uns, denkt Isa. Und sie muss wissen, was! Sie beobachtet alles und alle um sich her genau. Auf der Straße rufen die Kinder der Fanny Strauß, der Tochter vom Matzebäcker Strauß, „Jidde!“ nach. Da dreht diese sich mit rotem Kopf und zornigen Augen um: „Und die da! Warum lasst ihr die in Ruh? Der ihr Vater ist auch ein Jid!“, schreit sie zurück.

Jetzt reicht es Isa. Sie stapft nach Hause, alles ist angespannt in ihr. Sie muss wissen, was hier los ist. Die Eltern müssen sich erklären! Aber sie will keinem von beiden zu nahe treten, dazu hat sie sie doch viel zu lieb. Also fragt sie vorsichtig: „Wer von euch beiden ist Jude?“

Die Mama zieht sie zu sich her, nimmt sie in den Arm. „Pass mal auf“, sagt sie, „das ist so: Früher mal, früher war der Papa Jude, jetzt ist er ein Christ, so wie du und ich.“

„Und? Ist das denn schlimm?"

„Was heißt da schlimm? Natürlich ist das nicht schlimm. Aber manche Leute mögen die Juden eben nicht so."

„Warum mögen manche Leute die Juden nicht?"

„Weil die Juden so gescheit sind", sagt die Mama und sieht Martin an mit diesem leuchtenden Liebesblick, der keine Rationalität kennt. Er erwidert nichts, er wird nicht erklären, dass die Mama nicht geradeaus blickt, wie kann sie es denn, wenn sie das zurechtrücken will, was um sie her verbogen wird.

Jede der betroffenen Generationen hat ihre eigene Sicht auf diese Welt. Lise sieht, dass sie all ihre Erwartungen nacheinander preisgeben, sich in schöne Erinnerungen zurückziehen muss, um weiter bestehen zu können. Elisabeth muss auf das vertrauen, was einmal gut und richtig war in ihrem Leben und sich damit wappnen für den Überlebenskampf. Isa aber muss tanzen auf einem Seil, das über einen Höllenschlund gespannt ist.

8

Isas Neubeginn in der Fichteschule geht fast unter. Auf dem Heimweg begegnet sie der Tante Karola, die in Weinen ausbricht. Wo kommt sie denn her? Vom Krankenhaus. Ach Gott, ist was mit dem Papa? Vor lauter Schluchzen findet die Tante kein vernünftiges Wort, so fasst Isa sie bei der Hand und zieht sie hinter sich her. Zusammen eilen sie nach Hause, und alle versammeln sich um die verzweifelte Karola, die keinen Boden mehr unter den Füßen spürt. Rudolf musste mit Blaulicht ins Krankenhaus gebracht werden, er hatte nach Luft geschnappt und war plötzlich ohnmächtig am Boden gelegen. Lise eilt sofort nach Durlach, um dort nach dem Rechten zu sehen, denn Karola muss zurück, sie will ihn nicht allein lassen, will seine Hand halten, weil sie doch ohne ihn nicht leben kann. Lise bestellt sogar eine Droschke, um schneller zu sein.

„Was ist denn, Oma?", fragt das Kunole, das dem allem keinen Sinn unterlegen kann, das arme Kind. Es geht wirklich drunter und drüber. Rudolfs schwere Kriegsverletzung! Der Splitter in Rudolfs Brust hat sich vorgearbeitet in seine Lunge und steckt nun dort irgendwo und richtet sein Unheil an. Rudolf ist schicksalsergeben. Er hat Glück, denn beherzte Ärzte legen den irritierten Lungenflügel lahm, ermutigen Rudolf, an die Kraft des anderen Flügels zu glauben und appelieren vor allem an den Überlebenswillen seines doch erst vierzigjährigen Körpers.

Der Sorgenschatten lastet auf der ganzen Familie. Sie hocken wie Tierchen in ihrem Bau in Lises Eckzimmer beisammen und schweigen fast die ganze Zeit. Nur ab und zu flüstern sie sich jene

Gedankenkondensate zu, die in den Köpfen der Kinder, die unter dem großen Tisch lauschen, Märchenhöllen entwerfen.

„Mit einem Flügel kann man leben, Karola! Das ist kein Todesurteil."

Karola stöhnt auf, schluchzt, sie kann das Wort Tod nicht hören, Tod, Tod, Tod, schon dieser Laut erzeugt bei ihr ein Zittern am ganzen Körper; wie Fieber steigt Hitze in ihren Kopf. Der Doktor Homburger muss her, muss ihr etwas geben. „Sie ist wieder mal ganz außer sich." Lise beißt sich auf die Lippen. Ach, die Karola ist immer noch ein Kind, hilflos in einer solchen Situation. Wie gut, dass sie die Anna hat, hoffentlich kann sie sich die gewogen halten, sie ist nicht nur eine hervorragende Köchin, sondern überdies auch noch ein gutes Kindermädchen, sehr liebevoll zu dem kleinen Kuno, schaut auch ein bisschen auf Lottes Hausaufgaben, denn Lise spürt, dass sich Müdigkeit in ihre Glieder stiehlt, Lähmung in ihre Muskeln, sie kann nicht ständig für diese Tochter sorgen und denken und gar noch handeln. Und dann Elisabeth! Die hat zwar Energie und Pflichtbewusstsein, aber sie hat mit sich und ihrer Familie genug zu tun, sie wird nicht ein Leben lang auch noch über das Wohl der kleinen Schwester wachen können.

Im Sommer ist Rudolf schon wieder auf den Beinen, alle gehen zusammen hinauf auf den Dobel und schlürfen die Schwarzwaldluft in ihre Lungen, Rudolf dehnt seinen einen Flügel aus, marschiert drauflos, kein bisschen einseitig, vielleicht etwas blass und hohlwangig, das ist alles. Das Kunole weicht nicht von seiner Seite, man kann sehen, dass die Nähe beiden gut tut.

Am Ende der Sommerferien hat man wieder einmal ein sanftes Glücksgefühl, weil etwas gerade noch mal gut gegangen, eine Katastrophe abgewendet worden ist. Isa freut sich auf die Schule, auf ihre Freundin Gerda Bölling, sie haben immer viel Spaß miteinander, beide sind gute Schülerinnen, da bleibt Zeit und Kraft für das unterhaltsame Element des Schulalltags. Elisabeth und Martin stürzen sich in die Arbeit, das heißt die Lager sichten und die Waren zusammenrücken, denn die Weihnachtsartikel werden bald angeliefert werden. Man muss den Überblick bewahren.

Bevor Elisabeth in ihrem einzigen eigenen Zimmer landet, spricht sie oft noch lange mit Tante Louise und manchmal wird sie von der Mutter abgefangen, die sie in ihr Boudoir lockt, noch dies und das wissen will. Dann endlich schließt sie die Tür hinter sich, lässt sich auf die Kissen fallen und stöhnt. Meine Füße! Es klopft und sticht wie mit tausend Nadeln. Martin zieht ihr Schuhe und Strümpfe aus, holt eine Schüssel mit kaltem Wasser und wäscht ihr die Beine ab. Er erschrickt vor dem Anblick, der sich ihm bietet. Dick und heiß treten die Adern hervor in Windungen und Schnörkeln, die nicht sein dürfen.

„Elisabeth, du musst das dem Doktor Homburger zeigen. Du hast Krampfadern!"

Jaja, das weiß sie!

„Du musst auch mal an dich denken!"

Das tut sie doch.

Nein, das tut sie nicht, und dann muss er es tun! Morgen geht sie zum Homburger und zeigt ihm das. Er besteht darauf. Gleich morgen.

Sicher ... schon fallen ihr die Augen zu. Die Anwesenheit, die Fürsorge ihres Mannes verscheuchen alle dunklen Gedanken, für diese Nacht wenigstens.

Am Wochenende treffen sich wieder einmal viele der Wölfe und Printzen bei Karl und Jenny. Auch Martin und Elisabeth gehen in die Sofienstraße, sie verbinden es mit einem langen ausgiebigen Spaziergang. Dieser Herbst ist stürmisch, die Blätter werden von wilden aber lauwarmen Winden durch das lichte Blau der Nachmittage gefegt, bis der goldene Abendschimmer dem Wind seine Aufgeregtheit nimmt, bis er sich unter den alten Bäumen im Schlossgarten schlafen legt. Die beiden schauen wie oft nach dem Karpfen im Brunnen zwischen Kunsthalle und Orangerie, dann öffnen sie das quietschende schmiedeeiserne Tor und nehmen ihren Weg durch die Stephanienstraße. Mit den Füßen schieben sie die aufgehäuften Blätter der riesigen Kastanienbäume raschelnd nach rechts, nach links, schmiegen sich aneinander, blicken einander ab und zu in die Augen und reden, reden, reden.

Sicherlich wird der Onkel Karl Spoerin jetzt auf die neuen Gesetze zu sprechen kommen, die dieser Tage groß in der Zeitung abgedruckt waren.

Ach Gott, es war so viel los diese Woche, Elisabeth hatte noch überhaupt keine Zeit, in die „Badische" zu schauen. Worum geht es denn? – Der Herr Hitler und seine Gefolgschaft haben sich etwas ausgedacht, das, wie es ausgedrückt wird, ein „erträgliches Verhältnis zum jüdischen Volk" herbeiführen soll. Die Juden werden wieder zurückgedrängt in ihre engen Zirkel, aus denen sie doch gerade erst herausgewachsen sind. – Elisabeth weiß gar nicht, warum denn immer so darauf herumgehackt wird, auf dem Anderssein der Juden, sie lebt seit ihrer Geburt in dieser Stadt unter Menschen, die allen möglichen verschiedenen Religionen angehören und die Hälfte davon nur dem Namen nach.

„Das ist anders, Elisabeth. Es wird nicht von Religion gesprochen, nicht nur jedenfalls, jetzt heißt das Rasse. Die Juden gehören einer minderwertigen Rasse an."

Rasse, das klingt wie Zoologie für sie.

Aber den Humor haben nicht alle, vor allem die nicht, mit deren Hilfe die Nationalsozialisten ihre Macht ausbauen wollen.

„Die Juden haben übertrieben, das Weltjudentum hat sich zusammengeschlossen zu einem Riesenmonstrum, das muss jetzt erst mal wieder zerlegt werden, auf Normalmaß runtergestutzt, dann wird man sehen, wie's weitergeht." Karl weiß genau, was Sache ist, das hat sich Martin schon gedacht.

„Was soll denn das sein, Karl, dein Weltjudentum. Ich bin als Jude groß geworden, das weißt du ja, und ich habe davon nie was gemerkt."

„Geh mir doch fort, Martin, du gibst doch zu, dass sie zusammenhalten, wo immer sie sind. Bist du nicht auch gleich wieder zu den Juden dort in Paris, bist du nicht auch gleich wieder zum Willstätter hier in Karlsruhe? Das mögen die Deutschen nicht, wenn man sich so zusammenschart, da fühlen sie halt, dass es gegen sie geht und wollen sich schützen."

„Karl, ich bin auch Deutscher, ich hab gekämpft für mein Vaterland und bin ausgezeichnet worden dafür, dass ich verwundet wurde, ich fühle wie alle Deutschen, will auch keine Verschwörung gegen mich. Aber ich bin Demokrat, ich will Gleichberechtigung, Gleichwertigkeit. Hast du das gelesen, was der feine Unterschied ab jetzt ist: Es gibt den deutschen Staat und dann gibt es das deutsche Volk. Und wer dem Volk angehören darf, das bestimmt ganz allein der Herr Hitler, der lässt sich da nicht reinreden."

Elisabeth ist irritiert. Was hat das zu bedeuten? Sie nimmt sich am Abend die Badische zur Hand und liest diese Veröffentlichung ganz genau durch, sie springt ja ins Auge, so wie man sie auf die erste Seite platziert hat. Tatsächlich, da ist von Rasse die Rede, von Rassenhygiene gar. Als ob die Juden eine Verschmutzung wären, die man wegfegen müsste. Die Reinheit des deutschen Blutes ist gefordert. Wie soll denn das zugehen? Sie hat in ihrem Bekanntenkreis unzählige sogenannte verunreinigte Familien, wie will man die denn reinigen? Es kommt ihr so abwegig vor, dass sie sich sagt, jeder wird es so sehen wie ich. Eine der verrückten Ideen, die in Berlin ausgekocht werden, und nicht bis hierher reichen.

Dann aber trifft eine Mitteilung der Barmenia Krankenkasse ein, dass Martin aufgrund seiner Rassezugehörigkeit leider nicht mehr als Mitglied geführt werden kann, und kurz darauf kommen zwei weitere Briefe. Einer besagt, dass die Tropisko Farben in Zukunft leider auf die Vertretung durch Herrn Martin Mayer verzichten müssen, der andere Brief enthält die Mitteilung der Firma Elsässer und Söhne, dass sich ihre Firma in Auflösung befindet und dass sie Herrn Martin Mayer für die jahrelange vertrauensvolle Zusammenarbeit herzlich danken und ihm und seiner werten Frau Gemahlin alles erdenklich Gute wünschen.

„Sie haben uns die Krallen um den Hals gelegt", sagt Hedwig und lauert auf Martins Reaktion. Dieses Mal sitzt auch Elisabeth mit am Tisch, daneben auch die beiden alten Wachenheimers mit traurigen Gesichtern, stumm.

„Man muss doch etwas tun können", meint Elisabeth.

„Wir sollten uns unsichtbar machen, Elisabeth", schlägt die alte Frau Wachenheimer vor.

„Sie werden uns finden", kontert Hedwig und bläst den Rauch ihrer Zigarette in die Luft, leckt sich sehr langsam die Lippen, dann kneift sie sie zusammen und schlägt die Augen nieder.

„Die Hedwig ist immer so theatralisch", protestiert Elisabeth später, als sie allein auf ihrem Bett liegen, denn das Thema geht mit ihnen um.

„Sie ist klug und hellsichtig, wenn sie sich auch manchmal im Ton vergreift. Wunden machen empfindsam", erwidert Martin nachdenklich.

Und eine heile Haut widersteht lange, denkt er dann im Stillen und betrachtet das schöne Gesicht seiner Frau, die Augen, die von den Höhlen umgeben sind wie von einem Heiligenschein, die Brauen, die nicht mehr entspannen können, die sich wie in einer einzigen, großen, anklagenden Frage über diesem Blick wölben, der jeden direkt ins Mark trifft. Sie wird sich immer gegen das Erkennen wehren, denkt Martin, sie wird immer weniger zulassen, als sie verstehen könnte. Vielleicht hilft ihr das, weiterzugehen auf diesen müden, wund gelaufenen Beinen. Aber ich?

Wieder und wieder gehen sie zusammen in die Kleine Kirche. Singen, beten und hören zu, was der Pfarrer zu sagen hat.

Am 14. November erscheint ein Artikel in der Badischen, der genau erklärt, wie die beiden neuen Gesetze, das „Reichsbürgergesetz" und das „Blutschutzgesetz" umgesetzt werden sollen.

So muss man lernen, dass Martin nun also kein Reichsbürger ist, kein politisches Stimmrecht mehr hat, dass Isa ein „Mischling ersten Grades", ein „M Eins", ist und dass sie in einer „privilegierten Mischehe" leben, das Privileg genießen, weder zu den „Deutschen" noch zu den „Juden" zu gehören.

Isa ist dauernd daheim. „Was ist denn, meine Kleine, gehst du denn nicht spielen mit der Gerda?" Nein, keine Lust, nein, heute nicht, nein, sie hat keine Zeit, nein. Dann irgendwann vertraut sie es der Mutter an, Gerda will nicht mehr mit ihr spielen, „weil doch mein Papa kein Deutscher ist." Da wird Elisabeth aber böse, dass Isa so etwas Dummes glaubt. Natürlich ist der Papa Deutscher, so wie sie selber, wie Isa, wie alle hier im Haus. Und was ist denn schlecht an den Engländern, den Franzosen, den Österreichern, den Italienern, glaubt Gerda oder besser gesagt, ihre Mutter oder ihr Vater, dass es nicht überall nette Kinder gibt und weniger nette Kinder? Also hat sie an Gerda keine wirkliche Freundin verloren. Sie muss sich eine andere suchen. Basta!

Das wird auf Dauer aber nicht ausreichen. Denn die nächste Freundin ist Helga Hermann, es dauert gerade mal drei Monate, dann kommt die Annemarie Schuler, mit der dauert es noch einmal ein schönes, glückliches, halbes Jahr.

Wenn der neue „Rex" in die Klasse kommt und fragt, wer schon zur „jungen soldatischen nationalsozialistischen Mannschaft" gehöre, wer also schon ein „Jungmädel" sei, dann stehen immer mehr Mädchen auf. Zum Schluss bleiben nur noch die Marion Moos, die Ursel Eckhard und Isa sitzen. Auch Lotte ist „dabei", klar doch! „Du nicht?", fragt die „liebe Biene" Isa ein bisschen erstaunt.

Elisabeth merkt, obwohl sie todmüde ist, wenn sie abends endlich Zeit hat für ihr Kind, dass mit ihm etwas nicht stimmt, es ist mürrisch und störrisch, lässt sich nicht wie sonst weich in den Arm nehmen, abküssen, liebhaben. Dieses Ritual lehnt sie plötzlich ab. Was ist los?

„Wir sind doch Freundinnen und deiner Freundin kannst du alles anvertrauen, Isale, komm sag, was macht dir dein Herz so schwer?"

Alle dürfen in diesen Mädchenclub, und sie muss in den langweiligen Samstagsunterricht gehen.

Samstagsunterricht?

Ja.

Nur sie?

Ja, und die Marion Moos und die Ursel Eckhard und dann halt all die anderen Mädchen aus den anderen Klassen, die sie ja nicht so richtig kennt.

Die Marion, das ist doch die Tochter von Iwan Moos, dem Kunsthändler.

Jaja.

Und die Ursel? Ist das die Tochter von der geborenen Curjel?

Ja.

Mhm.

„Weißt du, Mama, es ist wirklich schön dort, die singen und machen Spiele und Ausflüge und so, und es darf eine Abordnung nach Berlin zu den Olympischen Spielen ..."

Das Weihnachtsfest war schon nicht mehr fröhlich für das Isale und nun liegt womöglich ein trauriger, einsamer Sommer vor ihr.

Da hat Elisabeth eine Idee. Sie geht los wie immer, um Besorgungen zu machen, kommt wieder nach Hause und zieht sich am helllichten Nachmittag in ihr Schlafzimmer zurück, igelt sich dort ein, will von den Menschen und der Welt nichts wissen. Für zwei Stunden jedenfalls. Und das fällt auf, weil alle Familienmitglieder inzwischen noch enger zusammengerückt sind.

Lise steigt hinunter, geht ins Büro, beobachtet ihren Schwiegersohn, wie er mit seinem alten Füllfederhalter Listen ausfüllt, sie dann sorgfältig abheftet, die Bändchen schnürt, verdröselt, die Aktendeckel schließt, alles aufeinander stapelt, und er spürt, dass ihre stumme Anwesenheit etwas zu bedeuten hat.

„Ja?"

„Geh mal rauf zu deiner Frau, ich glaube, der geht's nicht gut."

Heute hat Elisabeth Probleme, flüssig zu erzählen, aber keinen Grund, es zu verbergen, das, was sie versucht hat für das Kind, das doch erst elf ist.

Sie ist ins Rathaus gegangen, wahrscheinlich war ihr Lächeln der Türöffner oder der Hinweis auf ihre Familie und dann natürlich diese Selbstsicherheit, das kerzengerade Rückgrat im steifen Stein-Denninger-Korsett.

Sie wurde auch nach nur einer halben Stunde Wartezeit vorgelassen.

„Du siehst gut aus, Hermann", das konnte sie aus Überzeugung sagen, denn es stimmte.

Aber er kann es nicht erwidern. Er sieht die Augen, die ihm einmal viel bedeutet haben, in ihrer ganzen Veränderung, die vielen unbeantworteten Fragen darin. Er gönnt sich einen langen Blickkontakt, ihr und sich, in dem sich der Herzschlag beruhigen kann.

Dann aber muss sie herausrücken mit ihrem Anliegen.

Er weiß ja, dass ihr Mann getaufter Jude ist und somit ihre Tochter Mischling ersten Grades.

Er schlägt die Augen nieder, als ob er das noch mal nachlesen müsse in einer Akte, die vor ihm liegt.

Das Kind, gäbe es nicht eine Möglichkeit, sie dennoch in diese Jugendorganisation aufzunehmen ...

Noch eine Pause. Noch ein Blicketauschen.

Was denkt er? Hält er sie für naiv? Dass sie nicht raffiniert ist, sicherlich auch heute nach den fast zwanzig Jahren, in denen er sie nicht mehr gesehen hat, müsste er wissen.

Er trägt ihr nichts nach. Er ist selbst verheiratet, selbst Vater inzwischen. Er hat also keinen Grund, seine Macht auszuüben. Und trotzdem sagt er ihr ohne Ausweichen, sofort, nein, da könne man nichts tun. Es gäbe ja entsprechende jüdische Jugendgruppen, vielleicht könne ihre Tochter dort Freundschaften schließen.

Gut. Danke.

„Elisabeth, ich wünsche dir alles Gute."

Das sagt er zum Abschied und es kommt ihm aus dem Herzen. Sie geben einander auch die Hand. Es ist eine fremde Hand, an die sie nichts erinnert.

Martin bleibt stumm, als sie ihm das erzählt. Er versteht sie nach langem Hin und Her, das er in seinem Inneren abwickelt.

Isa geht also weiter in den Samstagsunterricht und lässt sich dort, wenn auch nicht zu einer deutschen Volksangehörigen, so doch zu einer gehorsamen Staatsangehörigen erziehen. Die Mädchen sind eine bunt zusammengewürfelte Schar aus verschiedenen Klassen, sie beäugen einander und irgendwann fragen sie vorsichtig: „Und du, warum bist du hier?" Mein Vater will es, meine Eltern wollen es, ich weiß es nicht, das sind die Antworten. Isa antwortet irgendwann laut: „Weil mein Vater Jude war." Da kommt Irmgard Goldschmidt auf sie zu, zieht sie zur Seite und sagt zu ihr: „Das solltest du nicht sagen." – „Warum denn nicht, es stimmt doch!" – „Es könnte deine Eltern in Schwierigkeiten bringen, und das willst du doch nicht, oder?" Natürlich will sie das nicht. Sie spürt allmählich, dass nicht die Eltern Verantwortung für sie tragen, nicht allein, auch sie trägt Verantwortung für die Eltern, jeder hat eine Verantwortung zu tragen für jeden, der ihm nahe steht. Vorerst erklärt Elisabeth ihrer Tochter, dass sie auch zu Hause schöne Lieder singen können und dass sie jetzt Klavierunterricht nehmen darf, das ist doch noch viel besser!

Elisabeth zieht sich also wieder sorgfältig an, mit Korsett und Hut, und macht einen Besuch bei Fräulein Brock, das ist doch die Stiefschwester von dem Fräulein Fischel, der ehemaligen und entlassenen Leiterin von der Kunsthalle, ja, richtig, die beiden wohnen jetzt zusammen und leben von den Klavierstunden, so kommt also jede neue Schülerin gelegen.

Lise setzt sich zu Isa ans Klavier, wenn sie übt, und korrigiert ihre Handhaltung, den Anschlag und schüttelt den Kopf. Das wird nichts werden. Die Finger steif wie Bleistifte, der Anschlag hart und nachdrücklich, als ob es etwas zu beweisen gäbe. Musik ist Leichtheit und Gefühl, sagt Lise und trällert Da-Da-Da-Da den Dreiklang in den Raum hinein.

„Was schnattert ihr denn miteinander, ihr zwei?" Martin amüsiert sich über das Machtspiel nach Noten, aber vor allem freut er sich darüber, dass Isa sich durchzusetzen versteht.

Im Haus gibt es Veränderungen. Herr Julius Süß, ein Besenfabrikant aus Durlach, ist oben eingezogen. Er hat seine Besenfabrikation verkauft und alles Geld seinem Sohn gegeben, damit dieser nach Palästina auswandern konnte. Besen braucht man überall, der Sohn wird sie jetzt dort herstellen und verkaufen, und wenn das Geschäft gut geht, kann er den Vater nachholen.

Außerdem sieht man jetzt häufig Regina bei den Eltern und nach und nach wird klar, warum: Ihre Ehe ist zerrüttet. Die armen Wachenheimers, beide Töchter allein! Der Doktor Spanier soll was mit seiner Sprechstundenhilfe angefangen haben.

„Tratsch, Mutter, das ist alles nichts als Tratsch. Wir wissen nichts Genaues. Keiner kann in eine Ehe hineinschauen und keiner kann wissen, was zwei Menschen wirklich zu- oder auseinanderbringt."

„Du lebst ja auf einem ganz fernen Planet, Elisabeth."

In der Tat, jeder von ihnen wohnt auf seinem eigenen Planeten. Jeder Stern hat seine eigene Umlaufbahn. Diese Kreise schneiden einander, aber nur das.

Elisabeth trifft Lisa, die nicht geborene, sondern adoptierte Wolff, und erfährt, dass ein Cousin ihres Mannes nach Dachau „verreisen“ musste, und das Heinerle, sein kleiner vierjähriger Sohn, fragt jetzt dauernd nach dem Papa, wann er endlich wiederkommt. Milli zwinkert Elisabeth bedeutungsvoll zu und streichelt dann Isas Wangen.

In Dachau – das erfährt Isa auf Horchposten unterm großen Esstisch – ist ein Lager. Bestimmt wäre das Heinerle gerne mit seinem Papa dorthin gegangen. Bestimmt sitzt der Papa dort mit anderen Leuten um ein Lagerfeuer herum und sie singen schöne Lieder zur Gitarre. Der Bruder von dem Frölein Pfister, der Schneiderin, ist Leiter in einem solchen Lager im Bayerischen; er lebt in einem wunderschönen großen Haus, hat eine vornehme Frau geheiratet, und sie haben auch ein süßes Töchterchen. Fräulein Pfister hat ihn besucht und sich alles angesehen.

„Da muss ich mir eine neue Schneiderin suchen.“

„Was kann das Frölein Pfister denn für seinen Bruder, Elisabeth, wir gehen jetzt schon seit Jahrzehnten dorthin, und sie macht alles gut und recht.“

„Sie kann nichts für ihren Bruder. Aber sie bräuchte ihn nicht besuchen, und sie bräucht’s dir nicht erzählen, und sie müsste sich eigentlich schämen für ihn.“

„Warum ist das was zum Schämen, wenn man in einem Gefängnislager arbeitet? Das sind Verbrecher, die dort rein müssen, Elisabeth, auf die muss doch irgendeiner aufpassen.“

„Verbrecher? So wie der Doktor Marum, Mutter? Ich habe genug erfahren über die Lager. Die Männer sind geschlagen, sie sind kahlgeschoren worden, und sie mussten Essig trinken und in der Eiseskälte draußen schlafen.“

„Wer hat dir denn das erzählt?“

„Ich habe meine Quellen, Mutter, lass mich in Ruhe mit deinem Lager.“

„Was soll das heißen ‚mein‘ Lager? Du bist so überempfindlich.“

Jaja, so kann man das auch nennen, Überempfindlichkeit. Es stimmt, es gefällt ihr nicht, dass ihr Mann jetzt einen Stempel in seinem Pass hat, ein großes „J“, der ihm zum Beispiel verbietet, weiter ins Freibad nach Rappenwört zu gehen, denn wenn eine Passkontrolle kommt und das Schild am Eingang weist darauf hin, dass dies jederzeit sein kann, dann wird er festgenommen, in „Schutzhaft“, man kann sich fragen, wer da vor wem geschützt werden soll, aber auch diese Frage hilft nichts. Zum Landauer kann man auch nicht mehr gehen: „Da schau dir das an: ‚Ausgemisteter Judenstall'!“ – Wo hat sie denn dieses Blatt her, seit wann lesen wir hier den „Führer“ in unserem Haus? Seit man wissen will, was passiert, seit man nicht einfach nur hier in dem schönen, alten, großherzoglichen Hofbeamtenheim so tun will, als ob sich nichts geändert hätte! Und sieht sie die Schilder nicht an den Geschäften: „Juden sind hier unerwünscht“?

„Hol Luft, Elisabeth, und reg dich nicht so auf! Contenance! Wenn du dich jetzt sehen könntest, du siehst aus wie die Helene Huckenstahler auf dem Markt, wenn sie ihre frischen Eier anpreist. Du kannst doch immer noch zum Landauer, oder wie er jetzt heißt, und auch noch ins Schwimmbad.“

Das wird sie ganz sicherlich nicht tun. Es gibt genug andere Geschäfte, immer noch, Gott sei Dank, obwohl einige sogar ganz zugemacht haben in letzter Zeit, sie weiß schon, wohin sie gehen kann und wohin sie geht.

Es wird gestritten, es wird geraunt, geglaubt, verworfen, gefürchtet, gehofft. Es bleiben die deutlichen Zeichen der Bedrohung, die man versucht, nicht überzubewerten, denn dagegen spricht die stolz-fröhliche Propaganda der aufblühenden Volksgemeinschaft, die sich im Glanze angeborener Herrenrechte sonnt, die sich darstellt mit Aufmärschen, mit Fahnenschwingen und mit Gesängen, die Anerkennung gewonnen hat in ganz Europa durch die phantastische Organisation der Olympischen Spiele. Jubelnd wurden die Mannschaften von Bulgarien, Frankreich, Österreich und Italien begrüßt, als sie mit zum deutschen Gruß erhobener Hand einmarschierten im Stadion. Eine Referenz an Deutschland war das, eine Zustimmung zum neuen System.

„Wir sind wieder wer“, sagt Onkel Karl. „Martin, die Kunst blüht, die Wirtschaft blüht, da müssen manche halt ein bisschen die Zähne zusammenbeißen, das musst du verstehen.“

„Martin muss es nicht verstehen“, sagt Elisabeth, und Lise tadelt die Tochter, als ob sie fünfzehn wäre, dass sie ungezogen ist zu ihrem Onkel. Dieser schroffe Ton und die Lautstärke! Elisabeth hat sich sehr zu ihrem Nachteil verändert, findet Lise, sie ist so hart geworden. „Kein Wunder“, mahnt ihre Schwägerin Louise, „du bist auch hart geworden, Lise, damals, als dein Leben schwierig wurde, weil der Albert plötzlich nicht mehr da war.“

Lise liegt am Abend in ihrem großen Bett, das sich immer noch absenkt wie eine Waagschale, weil das Gegengewicht fehlt. Tränen rinnen ihre Wangen entlang. Ihre Gedanken gehen wie im Mühlrad rund und rund, bis sie einschläft. Sie sucht Albert und findet ihn nirgends. Sie sieht in der Ferne Elisabeth neben Martin, lächelnd, wie damals an ihrem Hochzeitstag. „Komm, Mutter“, sagt Elisabeth und streckt ihr die Hand hin, „wir müssen gehen.“ – „Wohin?“, will sie fragen, aber ihr Mund ist so trocken, dass sie das Wort nicht über die Lippen bringt.

Das Leben hat seine Routinen, die es einschnüren wie in ein Korsett. Jeder erfüllt seine Pflicht, die Alten wie die Jungen.

Hat Isa ihre Fröhlichkeit zurückgewonnen? Sie war jetzt schon zweimal bei Marion Moos zum Spielen in der großzügigen, geschmackvollen Wohnung der Familie Moos in der Schwarzwaldstraße. Elisabeth kennt die Frau Moos schon so lange und hat ihr gesagt, es wäre doch schön, wenn die beiden Mädchen miteinander spielen könnten.

„Na, wie war’s bei der Marion?“, fragt Tante Louise.

„Es war halt“, erwidert Isa mürrisch.

Als die Mutter auch mit der Frau Eckhard spricht, fährt Isa ihr in die Parade, sie braucht überhaupt keine Kinder zum Spielen, jedenfalls nicht Kinder, die sie sich nicht selber aussuchen kann. Sie hat genug Unterhaltung, hier zu Hause. Isa muss dem Papa helfen, im Büro! Sie sortiert und zeichnet aus. Wenn Lotte in der Stadt ist, kommt sie dazu und hilft. Eines Tages platzt der schöne Hans herein in einer schneidigen, schwarzen Uniform.

„Na, Kinder, freut ihr euch schon auf Weihnachten?"

Isa und Lotte schauen einander an und feixen. „Kinder" sagt der plötzlich zu ihnen. Was so eine Uniform alles bewirken kann. Breitbeinig und wichtig steht er da, der kaufmännische Angestellte hat sich in einen schönen Operettenoffizier verwandelt, das gefällt der Patentante Lise, oder nicht?

Isa genießt es, dann und wann an der Hand der Mama durch die Stadt zu gehen, „Besorgungen" zu machen. Sie nehmen sich dabei die Zeit, miteinander zu reden über wirklich alles, was gerade so in ihren Köpfen schwirrt, und dabei können sie ihre Umwelt vergessen. Isa kann das, Elisabeth glaubt es zu wissen und ist froh darüber.

Ihr Kind ist aufmerksam, beobachtet genau. Wenn es sich nicht ablenken ließe durch das fröhliche Mutter-Tochter-Gespräch, würde es sehen, wer die Straßenseite wechselt, wenn sie sich nähern, wie viele es sind, Frauen, Männer, Kinder, für die es immer eine „Freude" war, sie zu treffen und sich mit ihr zu unterhalten, Elisabeth Mayer, die geborene Wolf, das sieht Isa nicht, Gott sei Dank!, denn sie ist ganz auf ihre Mama konzentriert und will, dass sie lächelt, dass sie lacht, dass sie erzählt, erklärt, will, dass sie nicht bemerkt, wie viele Leute die Straßenseite wechseln, wenn sie sich nähern, die Augen niederschlagen, als ob sie nicht mehr wüssten, welche „Freude" es für sie war, früher, die Mama zu treffen und sich mit ihr zu unterhalten.

Mit pulsenden Waden biegen sie schließlich ein in die Karl-Friedrich-Straße, im Gleichschritt – vorwärts, rückwärts, seitwärts, stehn! – nehmen sie die letzten Meter bis zu den Schaufenstern der Parfümerie, dann hinein in den Schottersteineingang, unter dem großen Torbogen durch, wenden sich dort noch einmal um, setzen an, die drei Stufen hinaufzugehen zur Haustür, da öffnet sich diese und der alte Onkel Fritz steht über ihnen, im noch geöffneten Mantel, den Hut in der einen Hand, der graue Pelzkragen bläst seine Schultern auf zu pompösen Balustraden, seine Augen sind hinter den Brillengläsern verborgen. Immer wieder versetzt sein Anblick Elisabeth einen schmerzlichen Stich, weil er sie an den Vater erinnert.

„Onkel Fritz! Warst du bei Tante Louise? Wie geht's denn, ich hab dich schon länger nicht gesehen!"

„Elisabeth. Gut, dass ich dich treffe, ich hab was."

Er bleibt stehen, zwei Stufen über Elisabeth und kommt unumwunden zur Sache. Schlecht geht's, und das dürfte ihr ja wohl nicht verborgen geblieben sein. Eine grausige Bilanz.

Ja, sie weiß es wohl, die Leute sind vorsichtig geworden, manche meinen, es könnte bald wieder ein Krieg kommen, da beschränkt man sich eben aufs Notwendige, und Kosmetik ist vielen doch nicht so wichtig. Die Seifen allerdings, das Waschmittel, auf das wird man nicht so schnell verzichten, ...

Der Onkel Fritz unterbricht Elisabeth, seine Finger fummeln an der Uhrkette, bis sich die Uhr aus ihrem Täschchen befreit hat und an seinen Fingern wippt mit jedem tiefen Atemzug, den er braucht zwischen den scharf hervorgestoßenen, kurzen Sätzen. Das eigentliche Übel müsste Elisabeth wohl kennen, der Laden wird von vielen langjährigen Stammkunden gemieden, weil sie nicht in einem Geschäft kaufen wollen, das sich nicht am Fortschritt orientiert, das nicht dem Geist der Zeit entsprechend sauber bleibt, sauber! Sie weiß wohl, was er damit meint, er spricht so laut, dass Isa sich zu fürchten beginnt, vielleicht fürchtet sie sich auch, weil die Hand ihrer Mutter sie so fest umklammert und begonnen hat zu zittern.

Onkel Fritz steigt eine, zwei Stufen herunter zu ihnen, steht jetzt so dicht vor ihnen, dass die Mama ihm direkt in die Augen schauen kann, ohne ihren Kopf zu heben. Was glaubt sie denn eigentlich, seine Nichte, was glaubt sie, warum er ihr monatlich eine Apanage zukommen lässt, seit Ende fünfunddreißig schon? Ihres schönen Gesichtes wegen? Oder um der alten Zeiten willen, die längst überholt und vorbei sind? Es ist zu beklagen, dass die Saat seines Künstlerbruders und seiner wirklichkeitsfremden, hochnäsigen Schwägerin aufging. Was haben sie für Töchter erzogen, bühnenreif, aber lebensuntüchtig! Er habe gehofft, sie komme zur Vernunft, ein bisschen was davon habe sie doch immer gehabt, der Bücherwurm Elisabeth, er habe gehofft, sie verstehe seinen Hinweis, ohne dass er deutlicher werden müsse, korrigiere ihren Fehler und verlasse Martin, bevor es zu spät sei. Elisabeth schluckt und holt sich Kraft aus dem kleinen Händchen, das sie umkrampft. „Du entschuldigst mich, Onkel Fritz, ich muss ins Haus zu meinem Mann!“, presst sie hervor und lässt den Onkel stehen.

Aber sie geht nicht zu Martin, zuerst stapft sie hinauf zur Mutter, reißt die Tür auf zum Bauernzimmer, wo Lise zwischen den beiden dunklen Bauernschränken auf ihrem kleinen Bänkchen sitzt, platzt hinein mit hochrotem Kopf und zerzausten Haaren, den Hut hat sie vom Kopf gerissen, trägt ihn vor sich her wie der Ritter seinen Schild, in ihrem Schlepptau das Kind mit weit aufgerissenen Augen.

„Mutter! Ich muss dich was fragen.“ Sie bebt.

Dann schickt sie Isa hinaus, die wegspringt und gleich wieder hinzu, ihr rotglühendes Ohr an die Tür legt und zu verstehen versucht, was die Frauen einander zuzischeln.

Ja, es stimmt, siebzig Reichsmark waren es monatlich, mein Gott, sie hat sie behalten, sie hat ja auch Einschränkungen und Mehrausgaben gehabt, seit sie Elisabeth und Martin und das Kind aufgenommen hatte, schon viele Jahre zuvor, drei Personen mehr! – „Drei Personen, Mutter, die dir Miete zahlen und der Tante im Laden helfen und zwei davon sind dein eigen Fleisch und Blut!“ – Außerdem hat sie dann und wann, – „nein, Mutter, ich will's nicht wissen und sag das nie, hörst du!, niemals dem Martin oder dem Isale!“ – Doch, sie muss es sagen, das wird die Elisabeth verstehen, sie weiß doch, dass es in Durlach immer knapp hergeht, der kranke Rudolf, Karola, die ja gesellschaftliche Verpflichtungen hat, zwei Kinder, davon das eine kränklich, sie dagegen, Elisabeth, so selbstständig und tüchtig, sie hat's doch gar nicht so gebraucht.

„Mutter, es geht nicht ums Geld, es geht ums Prinzip und vor allem geht's darum, was der Onkel Fritz damit bewirken will.“ Er wollte sie von ihrem Mann weglocken! Hat sie das denn überhaupt nicht bemerkt? Sie, die ihren Mann so sehr liebte, dass er ihr heute noch fehlt nach mehr als zwanzig Jahren? Wie konnte die Mutter ihr das nur so lange verheimlichen!

Beim Abendessen ist alles wie immer. Isa forscht in den Bewegungen, den Worten der Erwachsenen nach Zeichen, dass sich etwas geändert hat durch diesen Sturm. Sie findet keine. Er hat seine eigene Verwüstung weggefegt und nur die blanke, vor Sauberkeit blitzende Normalität hinter sich gelassen. Das Leben geht weiter.

Weihnachten! Elisabeth muss sich zusammenreißen beim Schmücken des Schaufensters. Ihre Beine sind fest gewickelt, sie hat sich Venen veröden lassen und sollte eigentlich die Beine hochlegen, so oft wie möglich jedenfalls, und sie muss sich einen neuen Arzt suchen, denn der Doktor Homburger wird wegziehen, er wird nach Palästina gehen zu einem Cousin, der dort schon lebt. Sie sollen zu Doktor Zufall wechseln, das hat er ihnen empfohlen, den kennen sie schon. Der Abschied fällt allen schwer, als der alte Hausarzt das letzte Mal eine „Runduminspektion" vornimmt, die auch die Lina miteinbezieht. Abends nach dem Essen redet man über Palästina. Martins Neffe Klaus Luss lebt schon dort mit seiner Frau Trude, Rosi wird in den nächsten Wochen zu ihnen reisen, will versuchen, ob sie zurechtkommt in der ungewohnten Umgebung, sie schreibt, es hält sie ja nichts mehr hier, so wird sie es eben wagen und, so Gott will, gibt es eine Rückkehr, wenn die Zeiten wieder besser werden in Deutschland. Martin ist nachdenklich.

„Für uns kommt das nicht in Frage, Elisabeth. Nur fromme Juden werden dort aufgenommen. Ich gehöre nicht mehr dazu, sie würden mich nicht akzeptieren und dich schon gar nicht."

Martin zieht sich ins Schlafzimmer zurück. Elisabeth bleibt noch bei der Mutter sitzen. Nach Frankreich könnte man gehen, schlägt Lise vor. Da hat der Mayer doch Verbindungen, er hat ja so lange dort gelebt. Und sie ist ohnehin der Meinung, er solle allein gehen, das wäre besser für seine Frau und für sein Kind.

Jetzt fängt die Mutter auch noch damit an! Es kommt überhaupt nicht in Frage, erwidert Elisabeth. Niemals werden sie drei sich trennen. Sie gehören zusammen! Gutnacht!

Lise bleibt allein zurück. Als sich die Tür mit lautem Knall schließt, kriecht plötzlich Isa unterm Tisch hervor. Sie baut sich neben der Großmutter auf und blickt sie lange stumm und verachtungsvoll an. Auch die Großmutter schweigt und schlägt schließlich die Augen nieder. Von nun an ist Isa zu groß für den Platz unterm Tisch und groß genug, bei den Erwachsenen am Tisch sitzen zu bleiben. Auch Lise wird sie ab jetzt nicht mehr aus dem Zimmer schicken können.

Weihnachten muss schön sein. Das will Elisabeth und das wird sie erreichen! Da sieht sie zwischen den Lieferscheinen aus der Fabrik ein Schreiben:

Liebe Louise!

Zum wiederholten Male weisen wir Dich heute darauf hin, dass Du noch immer nichts unternommen hast in der von uns dringend angesprochenen Angelegenheit. Hiermit teilen wir Dir mit, dass wir für den gemeinsamen Besitz, das Haus Karl-Friedrich-Straße 4, eine Zwangsversteigerung beantragen werden, sofern Du nicht bis zum Jahresende allen Juden im Haus eine verbindliche Kündigung hast zukommen lassen. Betroffen sind hiervon, wie bereits vermerkt, die Familie Robert Wachenheimer, Martin Mayer und Herr Julius Süß.

Unterschrieben haben die Onkels Fritz, Emil und die Vettern Kurt Wolf und Rolf Wolff.

Elisabeth eilt sofort zu Tante Louise, die ihr mit Zittern und Zagen gesteht, das sei schon der dritte derartige Brief. – Ja, um Gottes Willen, warum hat sie denn nichts gesagt? – Es ist eine schreckliche Sache, weder ihre Brüder noch der Neffe haben es für nötig befunden, persönlich zu ihr zu kommen, sie ist immerhin eine alte Frau von fast achtzig Jahren, sie haben nicht den Mut gehabt, mit ihr und Lise Auge in Auge zu sprechen, sie schicken diese Schreiben, das ist alles.

Von nun an gibt es lange Zeit vor allem dieses Thema. Über das Verhalten der Verwandten kann nur spekuliert werden, denn sie stehen für Gespräche nicht zur Verfügung. Man erfährt über die eigene Familie, die das ja immerhin ist, vor allem durch die Kunden und aus der Presse.

Der Fabrikneubau in der „Robert-Wagner–Allee“ ist in aller Munde, die Herren Direktoren als Vorzeigeunternehmer mehrfach auf der ersten Seite im Lokalteil der Zeitung.

Geheime Aktionen laufen ab. Lise steckt sich hinter Schwägerin Emma und glaubt ihr am Ende eines langen Nachmittags, dass sie keinen Einfluss mehr auf ihren Sohn Kurt habe. Außerdem seien die beiden Enkelkinder schwer erkrankt und so könne sie ihm nun doch nicht mit so was kommen, das müsse Lise verstehen. Lise versteht und auch Elisabeth ist für eine Zeit lang stumm vor Schreck, als die Nachricht kommt, der jüngere der beiden Buben von Kurt und Gerti sei gestorben. Davor hat Elisabeth Respekt, vor menschlichem Leid. Die Eltern sind verzweifelt, besonders Gerti findet nicht mehr aus ihrem Schmerz heraus. Wenige Wochen nach dem Tod ihres kleinen Sohnes stirbt auch sie, lässt ihren Mann und das andere Kind allein zurück. Auch sie war schwer erkrankt; aber man wusste ja gar nichts von ihr, schon so lange hat man sich nicht wirklich vertraulich mehr mit ihr unterhalten können, längst schon ist jedes einzelne Familienzusammentreffen nur noch eine Farce, beruht nur noch auf Gewohnheit, Konvention. Vergessen sind die gemeinsamen Sommerfrischen in Schrunz, die vielen Geburtstage, der Gesang, die privaten Theateraufführungen, alles nichtig, gewesen und ohne Folgen geblieben. Blut ist dicker als Wasser, aber Schicksal spült auch Blut weg, bis nichts mehr bleibt.

„Aber wir halten zusammen, Tante Louise, gell?“

„Aber ja, Isale, wir halten zusammen, wir gehören zusammen, weil wir uns lieb haben, und da wird immer alles wieder gut, glaub mir's, Kind.“

Isa glaubt es, weil sie es glauben will, sie ist gerade dreizehn und ernste Zweifel schleichen sich in ihr Herz. Zweifel auch an der Fähigkeit ihrer Eltern, Gefahren richtig einzuschätzen und sich dagegen zu verwahren.

Die Eltern gehen ihrer Wege und halten das Kind noch immer für ein Kind.

Sie suchen Zuspruch in der Gemeinde der Kleinen Kirche, gehen nur noch dorthin, wenn Pfarrer Löw oder Pfarrer Mondon predigen, meiden Pfarrer Glatt von den Deutschen Christen. Nach und nach kommen sie nicht nur mit den anderen Gemeindemitgliedern, sondern auch mit Pfarrer Mondon näher ins Gespräch, können endlich auch sprechen über ihre Situation und erfahren Hilfe. Zusammen mit dem Pfarrer setzen sie ein Schreiben auf, mit dem sie sich für die Auswanderung bewerben. Pfarrer Mondon arbeitet mit seinem katholischen Kollegen eng zusammen, der eine direkte Verbindung zur Missionsstation in Rio Grande do Sul in Brasilien unterhält. Sie suchen den Ort im Atlas; wie Kinder beugen sie die Köpfe über die winzig kleinen Namen der Städte und Flüsse und Elisabeth fährt mit dem Finger über „Montevideo" – ach, so nah bei Montevideo ist das? Montevideo, ihr wisst doch, mein fünfzehnter Geburtstag! Ob das ein Zeichen ist? An Zeichen wollte sie so gerne immer glauben, an geheime Zusammenhänge, Vorbestimmung, Zauber.

„Ach nein, Elisabeth, nur hier auf der Karte. Denk doch mal, was das für ein Maßstab ist."

Schade! Schon lässt das Glücksgefühl nach, schon schwindet die Hoffnung.

Einige Wochen lang wägen sie ab und reden hin und her, ob dieser Schritt richtig wäre, dann wird ihnen die Entscheidung abgenommen. Man bedauert in Rio Grande do Sul, ihr „Fall" ist zwar durchaus schwierig, aber es gibt wesentlich dringlichere Fälle. Auch Pfarrer Mondon bedauert. Da sitzt er vor ihnen und sieht sie an, die beiden, will ihnen helfen und überlegt, was er noch anzubieten hat: Es gäbe eine Möglichkeit, zumindest einmal das Kind außer Landes zu bringen. Er habe eine gute Verbindung nach Großbritannien, fromme Christen auf der Insel seien bereit, deutsche Kinder bei sich aufzunehmen. – Großbritannien? Das ist weit! Sie danken und werden darüber nachdenken! – Denken hilft nichts, sagt Elisabeth, wir müssen sie fragen! Wir können doch nicht einfach über sie bestimmen, das haben wir noch nie, Martin! Niemals sind wir so mit ihr umgegangen. Kurze Zeit kämpft in ihnen der Wunsch, ihr Kind aus allem rauszuhalten, dem ganzen Ungewissen und Bedrohlichen. – Würdest du gerne eine Reise machen nach England? fragt Martin. Nach England?

Kann die Oma denn englisch? – Ohne Oma, meint er. – Ach so, nur wir drei? – Martin und Elisabeth schauen einander an. Nun müssen wir durch, sagt der Blick. Müssen alles bekennen, auch, dass wir in Erwägung gezogen haben, sie wegzuschicken. – Nein, nur du, Isa, du allein. – Nein! sagt Isa. Ohne euch gehe ich nirgendwo hin. Sie dreht sich um und geht aus dem Raum ohne eine weitere Frage, ohne Kommentar. Elisabeth und Martin kommen sich vor, als habe sie einer für ihr schlechtes Benehmen getadelt. Dann seufzt Martin auf, lächelt seine Frau an. Entschieden!

Tante Louise hat sich jetzt einen Anwalt genommen, der ihr von Lise empfohlen wurde. Sie hat gehört, dass er jüdischen Familien beim Verkauf ihrer Habe hilft. Er steigert sich in diesen Prozess hinein wie in viele andere und bleibt erfolglos. Später, viel später erfahren sie, er sei wahnsinnig geworden, habe sich eingebildet, er sei selber Jude, habe seine Verhaftung provoziert, sei verschwunden in einem Sanatorium, einem Asyl, wer weiß wo. Hat ihm denn keiner beigestanden? Wer hätte das tun sollen, wer von denjenigen, für die er sich eingesetzt hat, hätte denn soviel Kraft noch übrig gehabt für eine solche mitmenschliche Tat? Mitmenschlichkeit verkommt zu Luxus für viele in schwerer Zeit. Für wenige bleibt sie die einzig lebenswerte Regung.

Im Laufe des Jahres 1938 wird die Zwangsversteigerung des gemeinsamen Besitzes der Enkel des Seifenfabrikanten Ludwig Gottlob Friedrich Wolff – das sind Lise, Elisabeth und Karola stellvertretend für den früh verstorbenen Albert, Louise, Emil und Fritz Wolf – betrieben. Das Haus wird an den katholischen Schulfonds verkauft. Der Erlös geht in fünf Teile. Louise gibt den von ihrer Schwester Ida ihr selbst testamentarisch zuerkannten Teil ihrer Nichte Elisabeth. Lise teilt ihren Anteil mit ihren beiden Töchtern. Karola kauft von ihrem Anteil einen schönen großen Wanderer und vier Anzüge aus feinstem Tuch für ihren geliebten Rudolf. Auch für sich selbst lässt sie noch ein letztes Mal bei Fräulein Traub drei schöne, duftige Kleider arbeiten nach ihren eigenen Entwürfen und nach der allerneuesten Mode, bevor die Schneiderin ihr Atelier verkauft und mit dem Erlös nach Amerika auswandert. Karola und Rudolf können eine Traumreise an und um den Bodensee machen mit dem schönen Auto und den schönen Kleidern, einige Male bei offenem Verdeck durch Durlach fahren, dabei der dortigen Bevölkerung und leider schon nicht mehr den Eltz von Rübenachs zuwinken, weil diese nach Berlin berufen worden sind, vom Führer persönlich. Dann allerdings bricht der Krieg aus und das Auto wird als wehrwichtig konfisziert. Lise kauft mit ihrem Anteil und mit 5.000 Reichsmark von Elisabeths Geld ein Haus in Rüppurr, zieht dort mit ihrer Enkelin Isa ein in die leere Wohnung im ersten Obergeschoss und nimmt einen winzigen Anteil ihrer Möbel und Haushaltsgegenstände mit. Elisabeth darf als Mitbesitzerin nicht in Erscheinung treten, weil sie „jüdisch versippt" ist. Louise Wolf geht ins Altersheim, ins Bergholtz-Stift. Dort wird Louise von ihrer Nichte Elisabeth und dem lieben Martin, den sie so vermisst, obwohl er nun keine Bilanzen mehr für sie führen muss, täglich, von ihrer Großnichte Isa fast täglich, von ihrer Schwägerin Lise, so oft sie ihre müden Beine tragen, von Lina immer, wenn sie kann, besucht. Lina zieht zu ihrer Schwester Frieda in die Klauprechtstraße. „Das ist ja nicht aus der Welt und wenn ich gebraucht werde, bin ich da". Elisabeth und Martin ziehen vorerst in zwei Zimmer mit Küchenbenutzung in die Sofienstraße.

Die Wachenheimers ziehen in die Kronenstraße, weil die Synagoge dort nicht zerstört wird so wie die andere in der Karl-Friedrich-Straße. Dass sie schließlich auch abgerissen werden wird, können sie nicht wissen, als sie über ihre Entscheidung froh sind. Froh sind sie auch, dass ihr Sohn Manfred wieder bei ihnen einzieht, zusammen mit seiner jungen Frau. Es wird weitergehen, „so Gott will und wir leben."

Berta ist froh, dass sie wieder für eine größere Familie sorgen darf und sie sieht darauf, dass auch die Frau Regina oft kommt zu ihrer Familie, das Alleinsein dort in ihrer schönen Wohnung in der Klosestraße ist doch nichts für sie. Wo ist ihr schönes Strahlen geblieben, ihre Augen sind glanzlos, ihr Mund ein Strich. Der Doktor Spanier ist weg, zu einem Kongress nach England und nicht mehr zurückgekommen, zusammen mit seiner Sprechstundenhilfe. Also doch! Aber er hätte die Regina auch nicht mehr fröhlicher machen können, die Liebe war gestorben zwischen ihnen, wozu also dann beieinander bleiben. Das tut man heute nicht mehr.

Persönliche Katastrophen sind kleiner als das, was am zehnten November achtunddreißig zu hören und zu sehen ist. Sie wohnen noch dort in der Stadt, aber sie packen schon, sitzen zwischen allen Stühlen, haltlos und heimatlos, sagt Lise und Martin schüttelt den Kopf über diesen „Theaterton".

Im Englischunterricht erscheint der Rex mitten in der Stunde und ruft die Marion Moos vor die Tür. Nach wenigen Minuten erscheint Marion wieder und packt schnell ihre Schulsachen in ihre Tasche, dabei flüstert sie Isa zu: „Er sagt, ich soll jetzt sofort heimgehen, es hat mit dem Radau heute Nacht zu tun. Was machst du?"

„Marion, das waren alles jüdische Geschäfte, wo sie die Scheiben zerschlagen und die Hauswände beschmiert haben. Geh du nur schnell heim, ich gehe auch in der nächsten Pause."

Isa trifft die Eltern bei Wachenheimers, man hockt zusammen, auch Herr Süß ist da. Es gibt Verhaftungen, heißt es, vor allem die Männer werden geholt. Alle raten Herrn Süß, er soll einfach weggehen. Wohin soll er denn gehen? Spazieren. Herr Wachenheimer geht auch, er fährt ins Albtal hoch, kommt erst morgen wieder zurück, bis dann wird sich alles wieder beruhigt haben.

Um die Mittagszeit herum hören sie Geschrei und rennen an die Fenster, lehnen sich hinaus, biegen die Hälse, sehen, wie man Menschen auf dem Marktplatz zusammentreibt wie Tiere. Und dann erfahren sie, dass man mehrere hundert Juden aus ihren Wohnungen gezerrt, zum Teil an den Haaren dorthin geschleift hat, drumrum standen Menschen, viele! und haben die Fäuste gehoben, zustimmend gejohlt, geschrieen.

Schon am nächsten Abend finden sich einige der Bekannten ein bei Wachenheimers und man erzählt, dass alle diese Leute nach Dachau verschleppt wurden. Herr Süß ist zurückgekommen von einem langen Spaziergang, den er unter einem Baum im Fasanengarten beendete, wo er einschlief wie ein Landstreicher. Er ist so froh, alle sind es mit ihm, dass er nicht mitmusste nach

Bayern, der schmächtige, alte Herr Süß, es wäre ihm sicher übel ergangen, man weiß ja inzwischen, wie es in diesen Lagern zugeht!

Er ist entkommen, und der Schnupfen, der Husten, die Lungenentzündung, die ihn niederstrecken und ihm zwei Wochen später einen „natürlichen" Tod bescheren, kommen ihm nicht ungelegen, er scheint zu lächeln, so wie er daliegt, oben in seinem Mädchenzimmerchen unterm Dach, als die Berta ihn morgens findet. Sie schließt ihm behutsam die Augen und sagt ihm zum Abschied, dass sie ihn versteht, er habe es richtig gemacht zu gehen, solange er noch ein freier Mann war.

Auch Weihnachten im Jahr 1938 wird gefeiert; wie immer wird ein Baum mit Engelchen und Lichtern geschmückt. Elisabeth lässt sich das nicht nehmen. Sie sitzen zusammen im Kerzenschein und singen: „Es ist ein Ros entsprungen aus einer Wurzel zart." Da ist alles drin. Die Herkunft des Jesuskindes aus der Wurzel Davids, Jesse. Hier in ihrem Haus gehört alles zusammen, was draußen gewaltsam auseinanderdividiert wird.

Am zweiten Feiertag zieht Lise sich sorgfältig an, steckt ihre Granatbrosche an den Stehkragen, den weißen Spitzenkragen hat sie sich von der Lina dämpfen lassen, die Glacé-Handschuhe wollte sie dazu überstreifen, hat sie nicht mehr über die knotigen Fingerknochen ziehen können und traurig wieder zurück in die Schublade gebettet, den Daumen noch einmal am Leder entlangstreifen lassen, diesem Gefühl eine Erinnerung abgerungen, aber dann ihren Pelz umgelegt und den Hals darin gereckt, stolz, aufrecht, Contenance!, den Muff mit dem Fuchskopf über die Hände gesteckt; dann geht sie los, ein Stück weit fährt sie mit der Straßenbahn, den Rest geht sie zu Fuß zu ihrem Bruder und der Schwägerin. Dort wird fröhlich gefeiert. Ihr Patensohn Hans hat sich eine Braut mitgebracht. Sie arbeitet in einer Behörde, „aber sie ist nicht so vertrocknet wie die Inspektoren das sonst alle sind. Sie ist richtig flott!" Lise erzählt zu Hause von dem schönen Fest. Elisabeth nickt, ja, das gönnt sie dem Hans, eine nette Frau. So wie Lise die junge Frau schildert, steht sie mit beiden Beinen in der Wirklichkeit, das braucht der Hans nämlich.

9

Kurz vor Ostern kommt Isa mit einem Zeugnis nach Hause, das ihre Mutter nicht befriedigt. Nur eine Drei in Deutsch?

„Das ist halt so, wenn man nicht bei den Jungmädels sein kann und wenn man kein echtes deutsches Mädel ist."

Macht doch nichts, sie hat die Einser-Aufsätze gelesen, die sind bestimmt nicht besser als ihre, und man kann dem Lehrer keinen Vorwurf machen, er ist, wie er ist.

Und hier? Mangelhaft in Handarbeiten? Elisabeth erinnert sich wohl an ihre eigene Ungeschicklichkeit, aber eine Mangelhaft, das ist doch Fünf! So schlecht war Isa bisher noch nie. Ist sie nicht lieb, folgt sie der Lehrerin nicht?

„Wir haben jetzt das Frölein Bischoff, und die mag mich nicht."

Bischoff? Ist das die Henriette Bischoff?

Ja.

Aha, die kennt Elisabeth, die war auch in der Victoriaschule, eine oder zwei Klassen über ihr. Da wird sie die eben mal aufsuchen.

Sie zieht sich sehr sorgfältig an, und schreitet energisch aus.

„Fräulein Bischoff?", zuerst kommt das Lächeln, dann die Pause, die ihrem Gegenüber die Möglichkeit gibt zu erinnern, dass das doch die geborene Wolf ist, das muss Elisabeth ja nicht aussprechen, Henriette Bischoff erkennt sie, man sieht es ihr an. Aber das ist auch alles. Keine Vertraulichkeiten. Stattdessen bekommt Elisabeth gratis einen Vortrag über die Vorstellungen, die „unser Führer" hat von der Ausbildung junger Mädchen, die vor allem auf ihre Pflicht als Mütter und Hausfrauen vorbereitet werden müssen, sich also nicht so sehr in geistigen als vielmehr in praktischen Fertigkeiten üben und vervollkommnen sollten. Und „Heil Hitler" schließt die ehemalige Mitschülerin ihre Audienz, das war's dann.

Sie spürt es, Elisabeth spürt, dass ihr Lächeln nun nicht mehr überall hilft und ihre Familie auch nicht. Ab jetzt ist sie nur noch Frau Martin Mayer. Sie lässt sich davon nicht entmutigen, die Zeiten haben sich geändert und sie ändern sich jeden Tag mehr. Also müssen wir uns in ihnen und mit ihnen verwandeln. So baut sie andere Qualifikationskategorien auf. „Anstand" hatte die Mutter sie gelehrt. Anständig sein bedeutete, wissen, wie man sich „in Gesellschaft" verhält. Für Elisabeth kristallisiert sich nun ein ganz anderer Anstandsbegriff heraus, er hat nichts mehr mit dekorativen Verhaltensregeln und mit der Stellung in der Gesellschaft zu tun, sondern vielmehr damit, wie jeder Einzelne im Rahmen seiner Möglichkeiten widersteht, dem Wahnsinn Hitlers sein natürliches Anstandsverständnis entgegensetzt.

Vorerst stärkt sie ihrem Kind den Rücken, der allerdings an Stärke schon beträchtlich zugenommen hat, aus eigener Kraft heraus.

Schule ist nicht mehr wichtig für Isa, Schule läuft leicht, wie von selbst. Auch in Deutsch hat sie bald wieder eine Zwei, beim Jander, dem von seinen Schülerinnen sehr verehrten Deutschlehrer, der kein Parteimitglied ist wie sein Kollege Staiger, der ja auch nur halbherzig den Arm zum deutschen Gruß hebt und nur, wenn der Rex persönlich ihm begegnet. Und das Frölein Matheis, das hat Isa ganz genau gesehen, hat bei der Flaggenparade in der Turnhalle für jeden sichtbar ihre Fingernägel geputzt, außerdem sagt sie laut „Grüß Gott", wenn sie dem Rex begegnet, immer wieder, sie geniert sich nicht! Isa stellt fest: Der Führer führt sein Volk ins Licht. Manche will er nicht dabei haben und manche wollen nicht mit ihm gehen. So muss jeder seinen eigenen Weg suchen und finden.

Nachdem Elisabeths Lohn aus Tante Louises Laden fehlt, wird es sehr knapp in der Haushaltskasse. Aber Elisabeth hat wieder eine Idee, die setzt sie mit Martins Hilfe in die Tat um. Nicht jedem ist es hier in ihrer Heimatstadt gleichgültig, wer sie ist, das weiß sie und darauf verlässt sie sich. Sie kennt so viele Leute, immer noch, die ihr wohl gesonnen sind, der geborenen Wolf oder der Frau Martin Mayer, wie auch immer. Also wird sie jetzt „selbstständige Geschäftsfrau". Sie hat noch die Waren aus dem Laden, dazu bezieht sie weiterhin Seife, Waschmittel, Crèmes und Öle, auch Accessoires aus feinem Leder wie einst und beschreibt sie genau auf langen Listen. Hinter jedem Artikel befindet sich ein Kreis, in den kann man ein Kreuz machen, das heißt dann, ich bestelle! Diese Handzettel trägt sie selbst, tragen Martin und Isa aus, auch Tante Louise übernimmt einige für ihre Mitbewohnerinnen, die Beamtenwitwen und greisen Offiziersgattinnen. Karola weiß, wer in ihrem Kränzchen Interesse hat, es sind viele. Die Zettel kommen ausgefüllt zurück. Sofort werden Päckchen gepackt und die werden wieder, wie vorher die Handzettel, ausgetragen. Es klappt hervorragend, ergibt einen Verdienst, den man brauchen kann, denn auch der Notgroschen auf der Bank ist empfindlich geschmolzen, nachdem Martin sich an der „Sühneleistung" für die „feindliche Haltung des Judentums gegenüber dem deutschen Volk und Reich" beteiligen und damit für die Zerstörungen der Nacht zum zehnten November mit aufkommen musste.

„Weißt du, je weniger wir haben, Elisabeth, desto weniger kann man uns nehmen."

Ja, lächelt und nickt Elisabeth ihrem Mann zu. Galgenhumor, sie kann das akzeptieren, aber ihr Lächeln geht vom Mund nicht auf die Augen über, ihr Blick ist voller Zweifel. Auf was kann man alles verzichten? Auf Geld, ja, auf Ansehen, ja, auf die Bürgerrechte, ja? Auf die Menschenwürde? – Wie weit darf es gehen, bevor man zusammenbricht?

Vorerst jedenfalls wird das Aufzehren des Ererbten verzögert und es besteht Anlass zu Zuversicht.

Isa lernt beim Austragen der Handzettel und Päckchen die Stadt kennen. Wann immer es ihr Weg erlaubt, macht sie einen Abstecher bei Frieda und Lina und hält sie auf dem Laufenden.

„Du siehst gut aus, Isale, hast eine gesunde Farbe und kriegst jetzt schon eine richtig hübsche Figur."

„Ja, das stimmt. Mir gefällt auch die Frisur. Keine Simpelsfransen mehr und Dauerwellen? Das steht dir gut, die Locken!"

Die beiden bieten etwas zu essen, zu trinken an, und Isa stürzt sich auf ihre Zeitschriften, die es zu Hause nicht gibt. Wenn sie wieder fortgeht, wird sie fast erdrückt in den Umarmungen der beiden Frauen, das sind sie jetzt nämlich, keine „Mädchen" mehr, weil sie „ihr eigener Herr" sind und stolz darauf.

Erst spät am Abend fährt Isa mit dem Bähnle zur Großmutter, hinaus in die Vorstadt. Es hoppelt nach rechts und nach links, zittert an Schrebergärten und Wiesen vorbei, an der neuen Siedlung, die Dammerstock heißt und Jammerstock genannt wird. Von der katholischen Kirche, an der sie aussteigt, schlägt die Stunde, das hört sie hier so deutlich, weil es außer Vogelgezwitscher, Katzenmiauen und Hundegebell keine Geräusche gibt. Die Menschen sind scheu hier draußen, wie Dschungeltiere. Sie haben ihre Häuser mit Zäunen und abschließbaren Toren bewehrt, an den Fenstern hängen dichte Gardinen, keine Tüllhimmelspforten, durch die man hinaus und hinein schauen kann. Wenn man jemanden trifft, dann wendet sich derjenige schnell ab und huschelt weg. Lise und Isa haben außer zu den Bewohnern im Haus keinerlei Kontakt. Sicher, es gibt hier junge Leute, aber Isa kann und will nicht einfach jemanden ansprechen. Dann tut sie es doch eines Tages, spricht ein schmales, blondes Mädchen an, das eine Klasse unter ihr die Fichteschule besucht, und die beiden freunden sich an. Als Isa einmal zu ihr nach Hause geht, sie wohnen sogar in derselben Straße, trifft sie dort ihren Bruder in der Uniform der Hitlerjugend. Er sieht Isa prüfend an und verschwindet schnell in seinem Zimmer. Marieluise zieht eine Grimasse.

„Brüder sind so", sagt sie entschuldigend, „so knapp und forsch. Lass nur, kümmre dich nicht drum."

„Mag er mich nicht?"

„Er kennt dich doch gar nicht. Und wenn er dich nicht mag, bedeutet es nichts, weil ich dich mag!"

Marieluises Mutter freut sich, Isa endlich mal kennen zu lernen, sie hat schon so viel von ihr gehört. Isa genießt diese Freundlichkeit. Vielleicht weiß hier draußen keiner, was mit uns los ist und ich kann ein ganz normales Mädchen sein, denkt sie. Marieluise weiß genau, dass Isa nicht bei den Jungmädels ist, und ihr Bruder weiß das auch, aber es macht ihr nichts aus und sie reden nicht darüber.

Ab jetzt zählen sogar Monate. Und einige schöne Monate lang ist der Schulweg ein Vergnügen für die beiden Mädchen. Dann ziehen Marieluise und ihre Familie weg in ein elegantes Haus in Straßburg. „Vorher haben da reiche Juden gewohnt, weißt du, Isa, mit wunderschönen Möbeln! Die sind jetzt ausgezogen und haben einfach alles zurückgelassen!"

Einfach! Ach so. Aber schreiben können wir uns doch?

Ja, sie werden Briefe schreiben.

Marieluise ist also im Elsass, weit weg. Isa hat keine Freundin mehr. Wieder verbringt sie ihre Zeit hauptsächlich bei den Eltern, macht die Runde in der Stadt, besucht die „Mädchen", besucht Hedwig und die Wachenheimers, aber es fehlen Gleichaltrige.

Am späten Nachmittag fährt sie zurück zur Großmutter. „So, jetzt erzähl mir mal, was du heute alles gemacht hast, Isale", will die wissen.

„Oma, ich bin jetzt kein Isale mehr, ich bin erwachsen, vierzehn! Ich heiße Isa!"

Also gut, Isa, erzähl mal.

Sie braucht eine Weile, die Enkelin, um zu erkennen, dass das eine Mischung ist aus Kontrolle, Verantwortung und Eigeninteresse, denn Lise geht schwer, muss schnaufen wie das Lopperle, das die alten, stinkigen Waggons an den Albtalbahnhof zieht, wo man in die Straßenbahnen umsteigen kann, sie kommt also nicht mehr so viel „rum". Wenn sie sich aufzäumt, mit Hut und Handschuhen bewappnet, mit Stock und Pelzkragen, dann vor allem, um die Halbtagesreise nach Durlach anzutreten zu Karola, dort nach dem Rechten zu sehen, oder um zur Schwägerin ins Bergholtzstift zu gehen. Aber auch diese Besuche werden immer öfter ersetzt durch Isas Erzählungen.

Lise spürt, dass ihr dieses Kind entgleitet. Wie soll sie das vor ihrer Tochter vertreten, sie ist ihr doch anvertraut, die Enkelin. Sie will und muss über sie wachen, vor allem über ihre Tugend. Es wird schwer sein. Sie hat einen Kopf wie ihr Vater, voller Aufruhr, einen scharfen Geist, liest dieses Zeug, Philosophie, Gedichte, schreibt selbst Gedichte, statt dass sie sich mal mit einer Handarbeit beschäftigt. Ach ja! Lise seufzt. Es wird Zeit, dass die Mieter ausziehen und Elisabeth und Martin sich oben in der Dachwohnung einrichten können, dann sollen sie sich wieder selbst um ihre Tochter kümmern.

Vorerst kümmert sich Lise. Sie hat einen Kontakt hergestellt zu dem Herrn, der damals auch zu den Münzesheimers in die Wohnung einziehen wollte, dem Elisabeth aber die Wohnung dann weggeschnappt hatte mit ihrem Lächeln, mit dem sie gegen seine Fußballerberühmtheit anhielt und siegte! Er arbeitet! Das hat sie gehört! Ist Jude und arbeitet! Strenger Blick! Er hat einen Sohn und eine Tochter ungefähr in Isas Alter. Zu dieser Familie gehen Martin und Isa, so wird sie bekannt mit den Kindern. Es funktioniert.

Sie reden nicht viel über das, was sie zusammenführt.

„In welche Schule gehst du?"

„In die Fichteschule, und ihr?"

„In die jüdische Schule. Wir sind Juden. Geltungsjuden jedenfalls."

„Ach so. Ich bin M eins."

„Ach so."

Das war's.

„Merkst du, dass sie wieder fröhlicher ist, unser Kind, Elisabeth?", fragt Martin seine Frau, wenn Isa zur Tür hereinbricht wie Zugluft, unübersehbar mit sich selbst zufrieden, für den Augenblick jedenfalls.

Ja, sicher merkt sie das. Sie muss sich schließlich wie ein ganz normales junges Mädchen entwickeln können. Und das tut sie auch.

Diese andere Angelegenheit allerdings – was meinst du? –, dass er arbeitet, wie deine Mutter so bedeutungsvoll anzumerken geruhte, – lass sie doch, Martin, es ist letztendlich Fürsorge! Martin schnaubt durch die Nase, dann erst spricht er weiter; er arbeitet auf dem Müllplatz, sortiert dort, was die deutschen Herrenmenschen ausgesondert haben. Das passt, Elisabeth, Ratten wühlen im Unrat, und für die Herren in Berlin sind wir nicht mehr wert als das, Ungeziefer.

Dass sie einander haben, einander in den Armen halten können, ist wie ein Panzer um ihre verwundeten Seelen; trübe Gedanken prallen ab und fallen in das Loch einer Nacht, die sie wie viele überleben. Martin und Elisabeth lassen sich aufeinander fallen, dort zwischen all den Seifenschachteln und Haarölflaschen. Obwohl die Seifen von „Wolff und Sohn" Elisabeth ordentlich zu schaffen machen in letzter Zeit, sie bekommt Niesanfälle, die immer stärker werden, jedes Mal wenn sie sie nur in die Hand nimmt. Allergie! sagt Doktor Zufall, das darf man nicht auf die leichte Schulter nehmen, es kann Asthma draus werden, und daran ist schon manch einer erstickt.

In ihren Nächten schaffen sie es immer noch, aus Zeit und Raum in die samtblaue Unendlichkeit hinauszusegeln. Zärtlichkeit treibt sie zueinander, aber Martin spürt, dass es mehr ist; die Grundmelodie ihrer Liebe hat einen Unterton von leidenschaftlicher Atemlosigkeit bekommen, Elisabeths kleine Schreie, sie klingen wie letzte, verzweifelte Seufzer vor einem Abschied für immer.

Bei ihren Abendspaziergängen treffen Elisabeth und Martin auf Bautrupps. Was entsteht da? Luftschutzbunker, ein Schutzwall gegen Westen zu. Elisabeth, glaub's mir doch, er will Krieg.

Sie glaubt es oder glaubt es nicht, es ist nicht ihr Thema. Jeden Morgen, bevor sie die Augen öffnet, denkt sie, was bringt mir dieser Tag, was werde ich an diesem Tag tun müssen. Das unmittelbar vor ihr Liegende ist ihr Korsett, in das sie sich schnürt.

Irgendwann heißt es, der Führer ist da, in der Stadt. Vor allem die Frauen werden von einer Hysterie ergriffen, die Elisabeth den Atem nimmt. Es scheint, dass jedes weibliche Wesen sich schön macht, weil es ja sein könnte, dass „unser Führer" mich sieht! Und aus Neugier, aus staunendem Unglauben, Nichtglaubenkönnen, auch um zu verstehen, wie es kommen kann, dass dieser Mensch mit den widernatürlichen Ideen ein ganzes Volk beherrscht, in Bann hält, geht sie dorthin vor das „Germania", wo einst das innerstädtische Wahllokal eingerichtet war, in dem sie der Demokratie zum Durchhalten hatten verhelfen wollen; sie wartet in den Trauben von aufgeregten Menschen, sieht dann ein Auto vorbeifahren, die Scheiben sind verdunkelt, man kann nichts erkennen. Trotzdem stehen die Wartenden da, eine Sekunde lang schweigend, kurz darauf brechen sie in Schreie aus, „Heil!", dann greifen sie sich an die Brust, dorthin, wo das Herz ist, das ihnen schlägt zum Zerspringen, sie rennen hinter der Wagenkolonne her, als ob sie die Luft einatmen wollten, die er ausgestoßen hat, um sich daran zu berauschen.

Elisabeth ist fassungslos. Sie eilt deshalb in die Kronenstraße zu Wachenheimers, berichtet, was sie gerade gesehen hat. Alle sind betroffen. Es geht über das Fassbare hinaus. Die mystische Dimension der Ereignisse lässt jeden stumm in seine eigenen unaussprechbaren Ängste versinken.

Beim Abschied flüstert Berta Elisabeth zu: „Was sind das für Zeiten, Frölein Elisabethle, Verzeihung, Frau Mayer! Passet auf euch auf, gell?"

Ja, sicher Berta, Sie auch!

„Ich weiß, wohin ich gehöre und was meine Aufgabe ist, das weiß ich doch, so gut weiß ich des."

Sehr spät kommt Elisabeth zurück zu Martin, der am Radio festgewachsen ist. Was hörst du denn? Das ist doch Französisch! Ja, pscht! Kurswechsel in London, Elisabeth! Gott sei Dank! Es scheint, man hat die wahre Natur des Herrn Hitler jetzt erkannt und reagiert auf seine Machenschaften.

10

Im Juli heulen die Sirenen, Probealarm!

Martin hat eine Aufforderung bekommen, sich in der Bannwaldallee einzufinden zu einer speziellen Luftschutzübung für nicht-arische Karlsruher, die natürlich nicht mit den anderen, den echten deutschen Volksgenossen zusammen in Schutzräume gehen können. Bannwaldallee, wo soll denn das sein? Nein, nein, das erlaubt Elisabeth nicht, sie trennen sich nicht.

„Es wird dir nichts nützen, Elisabeth, sie werden uns zwingen dazu."

Isa jammert: „Bitte, kommt doch endlich zu uns nach Rüppurr, ich brauche euch dort draußen bei der Oma. Wenn ich weiter so viel hin- und herfahren muss und nie genau weiß, was mit euch los ist, dann bin ich ganz außer mir," – ganz wie die Tante Karola – „dann schreibe ich noch mehr schlechte Noten."

Zu ihrer Oma sagt sie, pass auf dich auf! und Lise ist gerührt über ihre Fürsorge, aber Isa macht sich Gedanken über ihre Zukunft, die Eltern sind eingesponnen in einen Kokon. Wenn sie miteinander daher kommen, Hand in Hand, Arm in Arm, das gleiche Lächeln oder den gleichen Ernst im Gesicht, rundet sich diese Hülle fest um sie, und Isa stellt sich vor, dass ein Sturmwind sie aufgreifen könnte und einfach wegtragen. Und dann? Dann wäre sie allein auf dieser Welt. Kinder dürfen nicht allein sein, also würde man sie zu Verwandten stecken, so geschieht es immer in den Büchern, die sich auf dem Mahagoniregal der Großmutter aneinander drängeln. Die Oma Lise und sie, sie beide würden einander dann stützen in ihrer Verlassenheit. So, wie sie einander ihre Liebe zu diesen beiden nicht mit Worten eingestehen konnten, würden sie dann miteinander schweigen im Schmerz ihres Verlustes. Wenn sie sich vorstellt, sie müsse zu Tante Karola, dann schaudert ihr; die war streng, beobachtete mit Luchsblicken alles, was ihre Kinder taten und abends, wenn der Onkel Rudolf nach Hause kam, erhielt er zuerst einen lückenlosen Bericht, der nicht selten in Bestrafungen für die arme Lotte mündete. Dass man einen Hund nur direkt nach seinem Vergehen bestrafen kann, das wusste sie, dass Kinder Hunden ähnlich sind in ihrem Hunger nach Zuwendung und Vergebung, das wusste sie nicht. Isa kann die Liebe ihrer Mutter zu Karola nicht teilen. Nicht uneingeschränkt. Die Tante ist schillernd und unberechenbar in ihren Augen, so lustig wie unerbittlich, ganz anders als die Mama, in deren weiche, offene Arme man sich immer unbedenklich hineinstürzen kann, auch wenn man weiß, dass man eigentlich eine Rüge verdient hätte.

Martin und Elisabeth verlieren dort in ihrer versponnenen Zweisamkeit den Sinn für die praktischen Belange des Alltags nicht. Ohne Weitblick, aber mit kaufmännischem Geschick, das dem Kopf eines Philosophen und einer Romantikerin entsprang und deshalb seine ganz eigene Struktur hat, mit Glück, mit Instinkt, der sie immer wieder diejenigen finden lässt, die sie durch ihre Anhänglichkeit und durch ihre „Anständigkeit" weiter mit Aufträgen bedenken, auch mit Verve, betrieben sie ihren Versandhandel von Seifen, Kosmetika und Waschmitteln. Elisabeth spürt eine arbeitslose Künstlerin auf, die die Handzettel verziert, sie werden lithographiert und alle sind zufrieden, auch die Kunden, auch Tante Louise, fast so wie früher beim Albert. „Schöne" Anzeigen, künstlerisch gestaltet, es zahlt sich doch sicherlich aus, ja und nein, es knabbert am Verdienst, aber wenn sich der Gewinn damit auf mehrere Häupter verteilt, dann sind alle Beteiligten zufrieden. Vom Podest dieser Zufriedenheit aus kann man wieder in die Zukunft schauen. Irgendwann jedoch kommt ein Schreiben aus der Fabrik, das Frau Martin Mayer mitteilt, sie habe ab sofort „das Hausieren" mit den Waren aus der Fabrik zu unterlassen. Man werde, wenn sie sich nicht an dieses Verbot halte, gerichtlich gegen sie vorgehen. Unterschrieben haben ihre Vettern Rolf Wolff und Kurt Wolf. Damit ist die Sache erledigt. Das bisschen Waschpulver, Schmierseife, die paar Kämme, Feilen und Haarklammern, die sie von anderen Händlern bezieht, darauf können sie doch ihre Existenz nicht stützen! Ihr Versandhandel, den sie sich aufgebaut haben und der floriert hat, er bricht zusammen. Traurig sortieren sie die letzten Bestellzettel, die Quittungsblocks aufeinander und verpacken die verbleibenden Artikel in Kartons, stapeln sie auf ihren Kleiderschrank, rücken sie weit nach hinten, damit man sie nicht immer anschauen muss, und seufzen, weil es ja so unaussprechbar ist! Niemals, nie würde man in einer jüdischen Familie einander so hängen lassen, sagt Martin nur noch dieses eine Mal. Elisabeth wagt es nicht, ihn zu fragen, ob er es bedauert, dass er seine Familie aufgegeben hat. Sie sieht ihn an, fragend, bittend, und da streckt er ihr die Hände entgegen, zieht sie in seine Arme, flüstert ihr all das ins Ohr, was sie fortlockt aus dem Tag in die Nacht.

„Mutter, wir haben jetzt nur noch das Erbe! Keine regelmäßigen Einkünfte mehr." Elisabeth hat abgewogen, es fällt ihr schwer, die Mutter erneut um ihre Unterstützung zu bitten. Bitten, bitten, bitten muss sie immer darum, die Mutter kommt nicht alleine darauf! „Du musst den Mietern klar machen, dass du die Dachzimmer für deine Tochter und deren Familie benötigst."

Auf den Dobel können wir dann in diesem Jahr nicht. Der Umzug kostet Geld. Aber er findet statt, es ist gut so, für alle! Das bestätigt man einander immer wieder. Auch für Isa ist es gut, denn sie kann die Bevormundung der Großmutter kaum noch ertragen. Auch für Lise, denn die Verantwortung für dieses dickköpfige, energische Kind ist zuviel für eine alte Frau von fast siebzig Jahren.

Endlich sind sie wieder eine Familie, Lise, Isa, Elisabeth und Martin; dabei ist auch das Hansele, dessen Käfig Martin über den Ofen hängt. In der Lebrechtstraße zweiundzwanzig, im dritten Stock, gibt es ein Wohnzimmer, eine Küche, ein Schlafzimmer, ein Zimmer für Isa, Bad und Toilette. Jeder Raum hat eine Schräge, wie damals in Paris – „sur les toits et sous le toit".

Mit den Nachbarn hat man nichts zu schaffen, sie leben wie der Dachs im Bau, im Verborgenen. Allenfalls in den kleinen Geschäften, da spricht man ein bisschen was mit den Besitzern, macht sich einen Namen. Lise versteht es, sich zu präsentieren, Frau Direktor Wolf, eine Dame, das ist sie, damit fällt sie aus der Reihe in der Vorstadt. Sie sucht eine Zugehfrau, kann man ihr Namen nennen? Ja, gern ist man dieser vornehmen, resoluten, älteren Dame behilflich und nennt Namen, Frau Konrad, Frau Kohler, Frau Kiefer, so heißen die Leute da drüben auf der anderen Seite der Ettlinger Durchgangsstraße, dort, wo es nach Dorf riecht, nach Kuh und Schwein, wo man Hühner gackern hört, wo Katzen auf den Gehwegen schlafen und abends alte Frauen auf dicken Kissen in ihren Fenstern lehnen und ungeniert die Vorübergehenden mustern, als ob es auf ihren Segen ankäme, dass das Leben weitergeht, Tag für Tag. Lise schickt also Isa zu den Genannten hinüber in die kleinen Häuser des Dorfes, traut ihr das zu und überlässt es der Enkelin, die Hilfe auszuwählen, die sie brauchen. Längst hat Lise erkannt, dass dieses Mädchen ihr ähnlich ist in vielem, sie hat Energie und Standfestigkeit, tritt auf, offensiv und selbstbewusst, dazu kommt der scharfe Verstand, den hat sie von ihrem Vater, das kann Lise sich selbst gegenüber neidlos eingestehen. Ihr Mut ist gepaart mit Weitblick und Vorsicht, eine sehr effektive Mischung, vergleichbar dem Instinkt, mit dem Lise sich durch ihre Lebensstationen manövriert.

„Gesellschaftlich" ist man weiterhin in die Stadt hinein orientiert; Lise jedenfalls geht immer noch regelmäßig mit Karola in ihr Kränzchen. Elisabeth kann nicht mehr mit. Der Kuchen bekommt ihr nicht, sie hat starkes Sodbrennen nach Kaffee und Kuchen, ganz besonders wenn Hanna Höfer en detail von ihrem schönen, neuen Haus schwärmt und den Mund dabei nicht mehr zu kriegt. Sie haben es „inklusive Inventar, Gemälde, chinesische Vasen und Pipapo dem Juden abgekauft, für en Appel und e Ei!" Kann man sich denn damit auch noch brüsten?

Außerdem, was soll das heißen „dem Juden", hat dieser Mann keinen Namen, und glaubt sie denn, es ist der einzige Jude hier in Karlsruhe gewesen?

„Manchmal, Elisabeth, da mein ich, du bist nicht erwachsen geworden. Du zeterst rum wie ein Marktweib. Jetzt schluck's halt mal runter!"

Ja, eben, sie schluckt's, und dann ist ihr Magen voll und es passt nicht auch noch der Hanna Höfer ihr unverdaulicher Kuchen dazu rein.

„Du isolierst dich ganz. Das ist nicht gut. Was werden da die Leute denken!"

„Mutter, wir sind nicht isoliert. Wir haben viele Bekannte! Menschen, denen wir vertrauen können. Ich brauche das Kränzchen nicht!"

„Das ist richtig hochmütig, Elisabeth! So habe ich dich nicht erzogen! Man ist doch mit jedem freundlich, auch wenn man nicht jedermanns Freund ist!"

„Hast du vergessen, Mutter, dass ich jetzt fünfundvierzig Jahre alt bin und selber entscheiden kann, zu wem ich freundlich sein will?"

Ach, übrigens – die Mutter hat was Wichtigeres zu berichten –, der Flurschütz war da und hat sich den Keller angeschaut, ein Raum wird offiziell als Schutzraum erklärt werden.

„Das heißt nicht Flurschütz, Mama, das heißt Blockwart."

Er hat sich aber mit Flurschütz vorgestellt.

Also keine Trennung hier draußen?

Nein, keine Trennung, aber der Flurschütz, der ging aus dem Haus und hat vor sich hingebruddelt, dem Juden, der hier einzieht, dem wird er eines Tages noch die Fensterscheiben einschlagen. – „Ein ganz primitiver Mensch ist das."

Woher weiß er „es" denn?

Hat halt Verbindung zu denen, die bestimmen. Am besten, man tritt nicht groß in Erscheinung, verhält sich so unauffällig wie möglich.

Das Schlüsselloch an Lises Vertiko ist ganz ausgefranst. Wie oft am Tag schließt sie auf! Das Glas und die Flasche stehen immer bereit. Den Wein schickt ihr Karl, auch Karola versorgt sie damit. Elisabeth schimpft mit ihr, „Mutter, du hast einen knallroten Kopf, das ist nicht gut für dich."

„Lass mich!“

Sie lässt sie. Sie weiß, warum die Mutter das braucht, ein bisschen Wolkennebel, ein bisschen Vergessen, das Korsett ablegen für ein paar Augenblicke, insgeheim, Contenance ist anstrengend, tut manchmal sehr weh.

Lise sorgt sich um ihre eine Tochter, aber der anderen geht es gut, immer besser sogar! Lise ist froh für ihr Sorgenkind, Elisabeth ist froh für die „kleine“ Schwester, doch wirklich, sie ist neidlos froh, denn die Karola kam ihr nervös vor in der letzten Zeit und gestand ihr schließlich ihre Sorgen um Rudolf, dem es nicht gut geht. Diese Medikamente, die er einnehmen muss, sie bringen alles durcheinander bei ihm, er kann nicht mehr, ist nicht mehr imstande ..., da flüstern sie miteinander, die beiden Schwestern, wie früher, über diese Geheimnisse können sie sich mit wenigen Worten verständigen und Blicke tauschen, die Anteilnahme signalisieren, kein Mitleid, das will man ja auch nicht, weil es den einen unter den anderen stellt, und sie stehen doch nebeneinander. Wenn man einander lieb hat, kommt doch manches wieder ins Lot, denkt Elisabeth in ihren Nächten, wenn sie mit zerzausten Haaren und im herben Geruch von Haut, die sich in andere Haut schmiegt und mit ihr vermischt, bewusst macht, was sie hat und was nicht und dass sie eigentlich mit der Schwester nicht tauschen wollte.

Am ersten September dann spricht der Führer „ergreifendste Worte“ vor dem Reichstag, gibt die „Parole für den deutschen Schicksalskampf“, es wird nun die Gewalt, die auf das deutsche Reich ausgeübt wurde, mit Gegengewalt beantwortet werden, das ist doch unser gutes Recht. Wir schlagen zurück.

Krieg!

Zwei Tage später hat der Feind ein Gesicht: Die Engländer und die Franzosen erklären den Krieg. 90.000 der 190.000 Karlsruher Einwohner werden evakuiert, die Stadt liegt in Grenznähe, ist Standort einer Panzerabwehrabteilung, die französischen Geschütze reichen durchaus bis hierher.

Wir müssen uns in Sicherheit bringen! Karola und Rudolf fahren mit ihrem Wanderer hinauf auf den Dobel. Es ist die letzte

Autofahrt, danach wird das schöne Auto konfisziert werden. Martin und Elisabeth brauchen länger, packen noch dies und das zusammen, überzeugen auch die Mutter, dass sie mitmuss, nur ein kleines Handgepäck, Mutter, das ist nicht für lang!

Zuerst einmal wird Lise bei Karola abgeladen, dann geht's zu den Knöllers, aber nein, sagt Frau Knöller, sie kann die Mayers nicht hereinlassen. – Warum denn nicht? – Sie hat die Gaufrauen aufnehmen müssen, und das kann man denen nicht zumuten, mit einem Juden zusammen unter einem Dach zu schlafen, das müssen sie doch verstehen.

Martin und Isa setzen sich erstmal auf die Bank vor dem Haus, ich kümmere mich darum, beruhigt Elisabeth die beiden. Sie geht ums Haus, kennt sich aus hier, durch den Garten hin zum Kücheneingang, spricht mit Frau Knöller und erfährt, das ist die Frau Mees, die ehemalige Kränzchendame ihrer Mutter. Ach Gott, die Mees ist das? Die Mutter von Isas Kindergartentante!

Man ist bekannt, Frau Knöller, Sie müssen sagen, dass ich die geborene Wolf bin, die Tochter von Direktor Wolf vom Hoftheater! Ihre Stimme ist leicht erhoben, und das Zittern darin mag bei Frau Knöller gewirkt haben, das Flehen in ihrem Blick oder wie sie so da stand, aufrecht und wie aus Stein gemeißelt.

Nach langem, verzweifeltem Warten dürfen sie schließlich das kleine Zimmerchen unterm Dach beziehen. Am nächsten Morgen frühstückt man auf dem Zimmer und schaut hinaus in den Morgennebel, durch den die Sonne schließlich bricht, als ob sie nichts wüsste von Krieg und Gefahr.

An Weihnachten sind sie wieder zu Hause. Isa muss weiter in die Schule und zum Konfirmandenunterricht gehen, alles ist ruhig geblieben an der Westfront. Der Krieg findet anderswo statt. Dass er allerdings stattfindet, kann man der Zeitung entnehmen, in der die ersten Todesanzeigen erscheinen: „Gefallen für Führer und Vaterland."

Lise hat sie alle zusammengerufen am ersten Weihnachtsfeiertag, ihre Töchter und Schwiegersöhne, ihre Enkelkinder, ihren Bruder, die Schwägerin; der Neffe hat Heimaturlaub, ist aber leider verhindert. Sie scharen sich um einen kleinen Christbaum, den man auf einen Tisch platziert, Elisabeth hat ihn geschmückt, die Engelchen lange in der Hand gehalten, als ob sie sie ernsthaft prüfen müsste, „und" sagte Martin, „gewogen und zu leicht befunden?" Nein, nur zurechtgerückt, an ihren Platz gerückt, alles hat seinen Platz. Die gewohnte dekorative Schutzschicht breitet sich hauchdünn über die scharfen Ecken und Kanten ihrer Lebensumstände und hält alles doch immer wieder zusammen.

Lotte und Isa sitzen am Klavier und spielen vierhändig im Schein des elterlichen Lächelns. Onkel Karls Fuß wippt den Takt mit, aber es hilft nichts, hilft der Musik nicht zu ihrem Recht, die beiden kichern und stoßen sich mit den Schultern an, bringen es hinter sich. Danach setzt sich Kuno ans Klavier und spielt ohne Noten einfach nur die Melodie: „Stille Nacht, heilige Nacht", beschwört eine Wundernacht herauf mitten am Tag. Karl hält seine Tränen nicht zurück, Lises Pupillen weiten sich, sie zerfließt in ihren schwarzen Witwengewändern. Dort in der fensterlosen Ecke des Raumes wird sie zu einer stummen, schattenhaften Übermuttergestalt. Martin beugt seinen Oberkörper vor, als ob er noch besser hinhören wollte, Elisabeth lächelt, schließlich verstummt auch das Flüstern der beiden Mädchen; voller Staunen betrachten sie die Anwesenden, die alle von einem kleinen Frieden verklärt und entrückt sind.

Dieser Winter ist mild und trocken. Jenny lobt den Blick in den Garten, sogar jetzt im Dezember noch grün, da und dort jedenfalls, Liguster und zwei aneinandergeschmiegte Tannen zwischen all den Obstbäumen, die ihre Äste schützend über den Garten ausbreiten. Das Herbstlaub hat sich unter den Büschen gesammelt und zu rotbraunen Kissen aufgetürmt. „Der Albert würde das jetzt malen, diese bizarren Striche auf dem blaugrauen Winterhimmel, gell Lise, das würde er wunderschön hinkriegen." – Ach ja, der Albert! Er fehlt ihr halt immer noch. Sie hat sich nicht daran gewöhnt, an das Leben ohne ihn. Und jetzt ist sogar Louise fort, mit dem Altenheim nach Jagsthausen evakuiert, sie war immer das Bindeglied an die alte Zeit für Lise, eine mütterliche Freundin. Sie fehlt ihr auch. Gott sei Dank war die Lina da gewesen, hatte ihr in der Küche geholfen.

Weihnachten ist geschafft. Bald beginnt das neue Jahr. Wie wird es weitergehen?

„Das Reich ist stark und stabil", meint Rudolf, „das Heer ist beachtlich gut im Schuss." – „Er wird nicht ruhen, bis er in Paris einziehen kann, in Moskau, in London – der Hitler ist größenwahnsinnig, ein Napoleon mit einer Teufelsmaske." – „Martin!" Dieser Blick! Elisabeths Augenbrauen ängstlich gewölbt. Er hat ihr doch versprochen, nicht zu politisieren. Abrupt steht Martin auf, streicht sich das schüttere Haar hinter die Ohren, spreizt die Arme dabei, tritt hinter seine Frau, legt beide Hände auf ihre Schulterkuppen und umfasst sie, ja, ich halte mein Versprechen, bezähme meine Wut, dir zuliebe. In der Karl-Friedrich-Straße wäre er jetzt im Zimmer auf und ab geschritten, hätte sich auf diese Weise Luft machen können, hier in dem mit Möbeln vollgestellten Raum bleibt nur das Festhalten an seiner Frau, der Blickkontakt mit Isa, die den Papa versteht, seine Wut mitzucken lässt in ihrem Herzen.

„Der Hitler ist größenwahnsinnig!"

„Nicht nur das, Herr Mayer, er ist ein Mörder!"

Beharrliches Schweigen herrscht zwischen denjenigen, die sich in der Kronenstraße um den großen Mahagonitisch im Esszimmer der Wachenheimers scharen. Kann man wirklich jedem trauen, der sich hier im Raum befindet? Man erzählt sich in letzter Zeit immer öfter schreckliche Anekdoten von Bespitzelung und Verrat, auch dort, wo man sich unter guten Freunden, Leidensgenossen oder gar in der eigenen Familie geborgen fühlt.

„Wir müssen vorsichtig sein, meine liebe Frau Engelmann, alles ist im Nebel."

„Im Nebel, das ist mir viel zu poetisch. Wir leben in einem Unrechtsstaat, Herr Mayer, und die ganze Welt sollte es wissen."

„Nun, man sieht doch sehr kritisch zu uns herüber von drüben, aus der neuen Welt zumindest, und diese Kritik fasst auch in England Fuß."

„Warum haben die dann nicht Paroli geboten von Westen her, während der Herr Hitler dort im Osten damit beschäftigt ist, sich breit zu machen? Und nebenbei gefragt, woher haben Sie diese Kenntnisse? Ich vermute, Sie haben ihre alte Leidenschaft, das Radiohören, auch da draußen in der ländlichen Vorwelt nicht aufgegeben."

„Auch nicht ungefährlich, Herr Mayer; hier lesen Sie mal, ein gewisser Otto Beck ist gerade kürzlich zu zwei Jahren Zuchthaus verurteilt worden wegen Anhörens ausländischer Sender. Zuchthaus, das ist ja fast schon ein Freifahrtschein ins Jenseits heutzutage."

„Sehen Sie, Herr Wachenheimer, ich denke, wir sind alle sterblich, deshalb fürchte ich mich nicht vor dem Tod."

„Es gibt Schlimmeres als den Tod, Herr Mayer!"

Und es gibt eben dieses Mittel gegen die Furcht, das Zusammensein mit Menschen in ähnlicher Lage. So viele stehen außerhalb, nicht drinnen im hellen Kreis der schönen, arischen Herrenmenschen, weil ihr Blut oder ihre Gedanken sie entwerten, entehren, entmenschlichen. Sie stehen am Rand mit verwunderten Gesichtern, dann aber schauen sie einander an und erkennen sich als Menschen, bestätigen einander das Menschsein, damit es weitergeht.

Damit geht es weiter für die Jungen, denen der Überblick fehlt, der Vergleich mit einer „normalen" Welt.

Zwischen dem blitzschnellen Überfall auf Dänemark und Norwegen und den Angriffen auf die Benelux-Länder wird Isas Konfirmation gefeiert. Mit der „Familie", das heißt, das sind die drei Mayers und Oma Lise Wolf, dazu die vier Fischers, Tante Louise, zurück aus Jagsthausen. Vier Pfund Rindfleisch kauft Isa ein bei den Eltern von Hilde Gänsle, die keine Marken dafür haben wollen. Dazu gibt's Kartoffeln, Erbsen, Gelberüben.

„Da machen wir eine Mehlschwitze dazu, mit Zwiebeln und Peterle, so ganz leicht geröstet, weißt du, Isale, das ist fein!"

Wie gut, dass die Frieda gekommen ist zum Helfen. Vorspeise: Markklößchensuppe, Nachspeise: Obstsalat. Lise möchte, dass es ein Festessen wird.

Was für ein Kleid wird sie denn anziehen? – „Kleid, Kleid, Oma, ich hab andere Sorgen." – Also kümmert Lise sich darum.

Trägt eines ihrer eigenen Kleider zu Frau Pfister – „wenn das die Mama erfährt, wird sie böse!“ – „Also, dann weißt du ja, wie du dich verhalten musst! Sag nichts!“ – Es wird an den Nähten aufgetrennt und neu zusammengesetzt, ein schönes, feierliches, dunkelblaues Kleid entsteht. Ganz dunkel, anders hätte der Pfarrer Mondon es nicht erlaubt!

Elisabeth und Martin gehen mit der Konfirmandin Isa in die Kirche, das steht für sie im Vordergrund. Die Cousine Lotte hängt sich bei ihrer Tante Elisabeth ein und „zwitschert mit“. Während Isa ihre Verbitterung über das Fernbleiben der Restfamilie vom „Eigentlichen“ hinunterwürgt, hängen ihre Eltern an den Lippen des Pfarrers, als ob sie davon leben würden, vom „Wort“ allein, das Berge versetzen kann, es aber nicht tut.

„Jesus ist Sieger!“

„Liebe Gemeinde, viele Menschen hören dieses Lied, viele erfreuen sich daran und schöpfen daraus neue Hoffnung. Die christliche Kirche hat ungezählte Freunde, die ihren Kampf mit heißen Wünschen verfolgen und begleiten, weil sie fürchten, es möchten sonst, wenn die Kirche schweigt, die dämonischen Gewalten den Sieg davontragen; und Jesus von Nazareth ist nicht nur der bestgehasste und meistverleumdete Mann in unserem Geschlecht, er ist zugleich derjenige, dem die höchste Achtung und Sympathie entgegengebracht wird von solchen, die ihm früher gleichgültig und ablehnend gegenübergestanden haben und die heute überzeugt sind, dass die Abkehr von ihm für uns alle – und die ganze europäische Welt– das Ende bedeuten muss. Ja, irgendwie haben wir alle an dieser Überzeugung teil ...“

Irgendwie, denkt Isa, irgendwie, aber wie, sagen sie nicht. Nicht der Pfarrer und nicht die Eltern. Isa fühlt Zorn und Verbitterung, es macht ihr gar nichts aus, ihre Konfirmation mit solch unchristlichen Gedanken zu durchleben. Sie ist hier um ihrer Eltern willen, um ihnen eine Freude zu machen, um ihnen das erhebende Gefühl nicht zu zerstören, das sie immer wieder mit hinaustragen aus der Gemeinschaft dieser Wortstreiter und Tatenlahmen. Isa liebt ihre Eltern viel zu sehr, sie kann ihnen das bisschen inneren Frieden nicht verderben durch ihre Kritik. Sie wundert sich nur, dass der Vater bei aller Wachsamkeit und bei all seinem Interesse für politische Zusammenhänge das mitmacht, diesen Rückzug in eine phantastische Überwelt, so kommt ihr alles vor, was sie dort hört.

Zwei Zusatzplatten werden gebraucht, um den Tisch aus der Karl-Friedrich-Straße auf die für die Festgesellschaft erforderliche Länge zu bringen. Isa und Frieda rennen zwischen Küche und Esszimmer hin und her, tragen die schönen Porzellanschüsseln auf, lassen das glänzende Silberbesteck eintauchen in die dampfende Brühe, die braune und die weiße Mehlschwitze. Lise präsidiert, ihr gegenüber am Fuß teilen sich Elisabeth und Martin die Schmalseite, Isa sitzt immer nur kurz in der Mitte, ihr gegenüber Lotte im schicken neuen Kleid, selbst entworfen! Daneben Kuno, dessen blaue Augen über die Gesichter schweifen.

Geschenke gibt es auch. Von Tante Karola und Onkel Rudolf eine Lampe. Edel und dekorativ! Bücher von Tante Louise, Tante Rosi hat eine Gesamtausgabe von Shakespeare geschickt. Wie hat sie das nur geschafft? Keinen Brief dazu. Onkel Karl und Tante Jenny besorgen ein Fahrrad, und alle steuern ihren Obolus dazu. Aber da liegen auch silberne Löffel und Messer. Sollen die schon für die Aussteuer sein? „Als Nächstes musst du jetzt ans Heiraten denken, Isale, gell?“ Tante Karola zwinkert kokett der Nichte zu, die sich trotzig abwendet. Mund zu, Isa! Den Eltern nicht das Fest verderben! Lise steht hinter ihrer Enkelin. Isa spürt einen Knöchelknuff im Rücken!

Die Kinder werden groß. Die Isa nun schon konfirmiert, eine junge Dame also, und unsere Lotte ist Scharführerin geworden! Karola sieht sich um, lächelt die Mutter an, Lise lächelt stolz zurück. Das sind nicht die einzigen Blicke, die einander suchen, es geht kreuz und quer, hin und her am Tisch. Dann plötzlich senken alle ihre Augen auf die Teller und vertiefen sich in den Nachtisch.

„Mensch, Lotte, war das nötig?“, sagt Isa später zur Cousine, „dass du zum BDM gehst, sehe ich ein, sie fangen ja alle mit dem Lasso ein! Aber wäre das nicht genug gewesen? Musst du jetzt auch noch ihre Peitsche schwingen?“

„Biene, liebe Biene, was sagst du denn da, du weißt doch, dass wir gar nichts Schlimmes machen, nur Lieder singen und wandern gehen. Sie haben mir das vorgeschlagen und ich hab's angenommen. Ich wollte, dass meine Eltern auch mal auf mich stolz sein können. Du weißt doch, dass ich nicht so gut bin in der Schule und so schön Klavier spielen wie der Kuno kann ich auch nicht. Ich kann gar nix. Jetzt habe ich endlich was, was sie bewundern."

Das stimmt doch nicht, warum denkt sie nur so gering von sich! Sie kann Klavier spielen, schön sogar, kann so schön malen, zeichnen, nähen, stricken, häkeln, sticken, all das ist doch was! Was Eigenes, was meint sie denn damit? Isa kann nicht aufhören, sich zu ärgern und zu wundern. Da muss Lotte lange schmeicheln, die liebe Biene streicheln, kitzeln, sie schließlich fest in den Arm nehmen, bis ihr die Luft weg bleibt. Isa ist „wieder gut", sicher, sie gehören doch zusammen, immer schon. Aber es bleibt eine tiefe Nachdenklichkeit zurück.

Isa soll jetzt aber auch unter junge Leute kommen, damit sie der Lotte nicht neidisch sein muss. – Neidisch? Auf diesen ganzen Firlefanz? Alle sind die doch über einen Kamm geschoren. Elisabeth hört das bittere Zittern in Isas Verachtung. So lässt sie also ihre Verbindungen spielen, lächelt sich durch, bis sie etwas findet, ein christliches Erholungsheim, geführt von einem Fräulein Haug, einer netten, jungen Frau. – „Nett? Kennst du sie denn?" – „Ach Isale, komm, sperr dich nicht, denk dran, das sind ganz anständige Leute!" – „Ja sicher, anständig sind sie, sie kommen vor lauter Beten auf keine schlechten Gedanken." Isa meldet sich freiwillig zum Kartoffelschälen und Tisch decken, während die anderen beten. Sie wird sehr gelobt für ihren Einsatz, sie lernt Kartoffelschälen, dass es fürs ganze Leben reicht, das war wirklich ein nützlicher Ferienaufenthalt! Außer Kartoffeln gibt es nicht viel zu essen. Das Fräulein Haug, so wird getuschelt, sammelt nämlich alles andere, die Schinken und die Dauerwürste, für ihren Liebsten, der ist „im Feld". Aber wenn es eine klitzekleine Kampfpause gibt, dann wird er sicherlich sofort herbeieilen und das Fräulein Haug zum Traualtar führen. Isa betrachtet das Fräulein Haug und stellt sich den dazugehörigen Fast-Bräutigam vor.

Wie mag er wohl aussehen, dass er sich zufrieden gibt mit den dünnen Härchen, die das Fräulein Haug sich straff hinter die Ohren klemmt, mit diesen Hängeschultern, den schmalen Lippen. Nachts, wenn sie wach liegt, weil das Bett hart ist, das Kopfkissen dünn und die anderen Mädchen die verschiedensten Geräusche machen im Schlaf, stellt sie sich manchmal vor, wie ein Mann aussehen müsste, der ihr gefällt. Aber immer wieder erscheint vor ihrem träumenden Auge nur der Papa. Dann wird sie traurig. So einer wie ihr Papa, der wird wohl nach einer Frau suchen, die ihrer Mama gleicht, nach einer so schönen, sanften, anschmiegsamen und beherrschten, aber auch mutigen, lieben und ein bisschen prinzessinnenhaften Dame, wie es ihre Mama ist. Ach ja, seufzt es dann in ihr. So ist sie nicht und so wird sie niemals sein. Was wird dann wohl aus ihr?

Die Ferien gehen zu Ende und Isa sitzt wieder zu Hause mitten zwischen den Erwachsenen, noch weitgehend stumm, aber mit kreisrund offenen Augen und gespitzten Ohren. Was wird dort diskutiert? Der Krieg? Nein. Hier wird vor allem das Private besprochen.

„Dass der Leopold Fischer seine Brunhilde im Stich lässt und die zwei Mädchen, seine goldigen Töchterchen, einfach aufgibt, das verstehe ich nicht." Scheidung ist und bleibt ein Skandal für Lise. Das tut man nicht! Man reißt sich zusammen. Die Fischers, eine so alte, „angesehene" Karlsruher Familie, Unternehmer, Akademiker, sogar ein Kirchenrat ... welch ein Makel, welch eine Disziplinlosigkeit!

„Jede solche Familie, Mutter, hat ihren Christian Buddenbrook."

Elisabeth liest immer noch, wann hat sie nur die Zeit dazu? Und dann dieses unbekömmlich schwere Zeug. Lise bevorzugt andere Lektüre, aber so weit hat sie im dicken Schinken der Tochter geblättert, dass sie weiß, worum es geht, sie hat sogar darin gelesen, nicht alles, einige Szenen nur, und hat eine Ahnung davon bekommen, dass ihre Tochter ihr entwachsen ist, immer mehr entwächst, nicht nur in ihren Literaturträumen, sondern auch in ihrem Alltag. Sie hat ihren eigenen Lebensrhythmus, ihre eigene Überlebensstrategie, sie tut immer nur einen Schritt in die Zukunft hinein, konzentriert sich darauf, als ob es der einzige wäre, der zählt, sie hat Angst, aber lässt sich nicht von Schreckensvisionen lähmen. Das nötigt Lise Achtung ab, die sie jedoch nicht aussprechen kann. Ebenso wenig spricht Elisabeth über jene Ängste mit der Mutter, die in ihrem Inneren gären. Sie schluckt ihre Enttäuschungen über das Verhalten der Menschen in ihrer näheren Umgebung, sie wälzt mögliche Erklärungen für Fehler ihrer Familienangehörigen, dreht und wendet ihre Perspektive so lange, bis eine erträgliche Begründung entsteht, die sie als Verteidigungswall aufbauen kann, dann, wenn Martin den Kopf schüttelt, dann, wenn er sich Luft macht, seinem Zorn, seiner Verachtung freien Lauf lässt. Dieser Zorn bläht sich zwischen ihnen auf und manchmal kühlen ihn erst ihre Tränen, bringt erst ihre sichtbare Verzweiflung ihn wieder zur Raison.

„Liebste, verzeih mir, du musst das ertragen, was gar nicht für dich gemeint ist! Aber es trifft dich, weil du mir verbietest, dort meine Meinung zu äußern, wohin sie gehört." Gott sei Dank ist er vorsichtiger, ist er zurückhaltender mit dem „Dischbudieren", belässt es bei Feuerblicken und grimmigem Räuspern, was keiner außer ihr zu deuten weiß.

„Es ist gefährlich, Martin, gefährlich nicht nur für dich, sondern auch für mich und vor allem für das Kind."

So geht es also weiter mit dem Taktieren, dem Verschweigen, dem Schonen, dem Verzeihen, dem großen, weiten Verstehen, das Recht und Unrecht maskiert, in eine Kulisse stellt, die nur ein Abbild der Realität ist.

So will es Lise, sie will Theater.

Elisabeth hält den Blick auf die Realität gerichtet. Wie soll es jetzt weitergehen? Wie sollen sie ihre Miete bezahlen? Trotz der geleisteten Summe, die sie beim Kauf des Hauses beigesteuert haben, gehört es ihnen schließlich nicht, so ist es dokumentiert, denn Juden und jüdisch Versippte dürfen keinerlei Besitz erwerben. Doktor Oswald, der Häusermakler, der Lise berät, hat ein ausgeklügeltes Gerüst von Klauseln und Subklauseln aufgebaut, das sie von jeglichen Kosten frei hält und ihr die Mieteinnahmen als Budget zur Verfügung stellt, damit sie jetzt in diesen beengten Verhältnissen, in die sie doch immerhin gänzlich ohne eigene Schuld und vielmehr durch Umstände, die sie eigentlich überhaupt nicht selbst betreffen, geraten ist, einigermaßen standesgemäß leben kann. Aber nicht nur der Rechtsanwalt Oswald, auch der Doktor Fritz Wolf, der Bruder vom Kurt, hilft seiner Tante Lise, ein bisschen versteckt, eher inoffiziell, aber er hilft. Er engagiert sich zwar beim „Volksbund für das Deutschtum im Ausland", aber ist doch eigentlich recht anständig. Was würde er erreichen, wenn er sich offen gegen seinen Cousin und seinen Bruder stellte? Nur seine eigene Existenz aufs Spiel setzen dabei! Er ist kein „Heil"-Schreier, dazu ist er zu vornehm, zu still, zu intellektuell. – Siehst du, Elisabeth, das ist genau das Dilemma! Die Stillen müssten endlich auch den Mut finden, ihren Mund aufzutun! Ach Martin, Mut ...

Beim Führen des gemeinsamen Haushaltes erweist Lise sich durchaus als großzügig, manchmal jedenfalls, aber das will Elisabeth nicht, sie will das, was ihre Familie braucht, auch von ihrem eigenen Geld bezahlen. Es fällt ihr schwer, besonders nachdem die letzte Rücklage auf der Bank konfisziert wurde, da es Juden mittlerweile nicht mehr erlaubt ist, ein Bankguthaben zu besitzen. Geblieben ist nur das Sparbuch des Kindes, das sie damals im Überschwang ihres Glückes gleich nach der Geburt eingerichtet hatten und auf das sie treulich wirklich jeden Pfennig trugen, der einging, woher auch immer, etwa aus England, gesandt vom Vetter Eugen Hess, Martins Spielkameraden aus Kindertagen.

An einem Samstagmorgen, Elisabeth und Martin sitzen hinter ihren Zeitungsteilen verborgen, zwischen ihnen dampft der Kaffee, ruft Elisabeth aus: „Da! Das Haushaltswarengeschäft auf der Kaiserstraße, der Hammer und Helbling, sucht eine Schreibkraft."

„Und?" Martin staunt, was das mit ihr zu tun haben könnte.

„Da stelle ich mich vor."

„Nein, Elisabeth, dich wird keiner nehmen. Denk doch mal, du musst alles offenlegen, alles!"

Das wird sie, alles offenlegen und alles auf diese Karte setzen, und dann sieht es wieder anders aus in ihrer Haushaltskasse.

Sie zieht sich sorgfältig an, knöpft einen weißen Spitzenkragen ein in ihr zartes Crêpe de Chine-Sommerkleid, so sieht man nicht, dass es oben ganz verschlissen ist, sieht nicht, dass der oberste Knopf nicht zu den anderen passt.

„Hast du denn kein anderes Kleid?" – Nein, dieses hier muss es sein, es ist unter allen noch das beste und es steht ihr gut, fraise, erdbeerfarben, das macht ihr rosa Wangen. Sie hängt den leichten Sommermantel um und drückt einen roten Filzhut auf das dauergewellte Haar, sein Seidenband schimmert im hellroten Ton des Kleides und Martin staunt, wie froh sie aussieht, wie ihre Augen leuchten im Widerschein der Rottöne.

Als sie den Laden betritt, ist die Fröhlichkeit eingefroren zu einem höflichen, fragenden, bittenden Lächeln. Sie fällt auf, ist immer noch eine schöne Frau, sie kann sich bewegen, wenn sie Blicke auf sich zieht, stolpert nicht, strauchelt nicht, aber der Weg wird ihr lang zur Verkaufstheke, einen Kloß muss sie sich zuerst aus dem Hals husten, bevor sie sagen kann, sie möchte mit einem der Chefs sprechen. Dass es gleich der Richtige ist, nämlich der alte Herr Wilser. „Ah, die geborene Wolf, jaja, wir sind doch um ein paar Ecken herum verwandt ...", dass er das weiß und erwähnt! Ach ... – Aufseufzen. Elisabeth lässt ihr Lächeln erneut aufblühen, sie ist erleichtert. Also gut! Sie hat die Stelle! Aber sie muss von hinten ins Kontor kommen und darf sich natürlich vorne im Laden nicht blicken lassen. Nie!

Ab sofort fährt Elisabeth morgens tagtäglich mit all jenen in die Stadt, die in der Vorstadt wohnen. „Wie die Alexandra Kollontai siehst du aus", sagt Karola und macht wieder eine Komödie daraus. Elisabeth schaut sie nur traurig an. Kleine Schwester, noch immer nicht richtig erwachsen geworden, denkt sie, trotz ihrer dreiundvierzig Jahre.

Elisabeth sieht jeden Tag die gleichen Gesichter und sitzt mal neben dem einen, mal neben dem anderen Pendler, kennt bald viele Geschichten und Schicksale, die sie nach Hause bringt zu Martin und zur Mutter, die sich immer weniger hinaustrauen und darüber freuen, etwas von „draußen" zu erfahren aus ihrem Mund. Alle Menschen haben irgendetwas zu beklagen, stellt Elisabeth fest. Keinem geht es doch wirklich gut, erklärt sie, als ob sie daran glauben könnte.

Sieben Tage lang läuten die Glocken der Stadtkirche, um den Waffenstillstandsvertrag, den Sieg über Frankreich zu feiern.

Martin schüttelt den Kopf, er stellt sich diesen Parvenü, diesen österreichischen Plakatmaler vor in Versailles, in den Tuilerien, auf den Champs-Elysées, er malt sich aus, wie seine schnarrenden Kraftwörter von den wattierten Seidenwänden widerhallen, auf den Polstern der zierlichen Louis-Seize-Stühle aufspritzen wie Schottersteine, und wie dieser Pétain, nicht nur er, eine ganze Riege von Mitläufern, sich aufbauen neben dem Herrn Hitler und den Seinen, um das Frankreich, das Martin gekannt und geliebt hat, zunichte zu machen.

Elisabeth fährt unterdessen in die Stadt, schreibt, verbessert Fehler, trägt Briefe zur Post, fährt wieder raus aus der Stadt, geht vorbei am kleinen Gemüseladen, am Milchgeschäft, am Metzgerladen, bei der Bäckerei Neff im ersten Haus Ecke Göhrenstraße und Lebrechtstraße, von dem aus sie schon auf ihr Haus schauen kann, in dem sie ihre Familie wiederfindet, jeden Abend mit großer Dankbarkeit. Sie steht an, wählt, packt ein, bezahlt, lächelt ein Adieu und geht. Daheim stellt sie all ihre Taschen einfach mitten auf den großen Küchentisch, dann lässt sie sich in Martins Korbsessel fallen, das Ächzen des Strohs nimmt ihr das Seufzen ab, sie streicht sich mit beiden Händen über die wehen, aufgequollenen Beine und atmet hörbar aus, schließt die Augen, lässt die Arme hängen, bis die Finger dick werden und das Blut in ihnen spürbar pocht, bis Martins Hantieren endet mit einem munteren „Servi!" Isa ist schon die Treppe hinuntergeeilt, hat im Treppenhaus laut gesungen um die wunderbare Akustik des Raums auszukosten, und jetzt stampfen Enkelin und Großmutter hintereinander wieder herauf, sind in eine Debatte verstrickt, „Was schnattern die beiden denn wieder miteinander?" – „Lass sie doch, Elisabeth, sieh mal Pommes de Terre au Vin … " Der kleine „Schuss" Wein, „l'esprit du soir bleu aux étoiles dorées", der Zauber der blauen Stunde unter goldenen Sternen, er lockt sie an den Tisch und löst ihr die Zunge, sie beginnt zu erzählen, malt die Szene im Büro, Fräulein Häubner, die immer den Mund zusammenkneift, so, wenn sie gerügt wird, und sich dabei am Ohrläppchen zupft, Frau Geis, die „do dranne na“ sagt, „legeses dodrannena“, ach Gott, sie ist doch sehr froh, dass sie auch das beherrscht, dieses Idiom, von dem die Mutter sie mit so großer Anstrengung und Mühe ferngehalten hatte, damals, in ihrer Jugendzeit.

Lise blickt nicht auf, sie isst, sie trinkt, sie schweigt, sie leidet, sie wundert sich über die Tochter, den Schwiegersohn, die Enkelin, die in eine Art Rauschzustand geraten können, ganz allein aus der Freude heraus, am Ende eines Tages wieder miteinander vereint zu sein. „Ich gehe jetzt!“, sagt sie, stemmt sich aus Martins ächzendem Strohstuhl hoch und verschwindet.

In ihrer Abwesenheit kann Elisabeth dann erzählen, wie es bei den Wachenheimers steht, die sie schnell in der Mittagspause besucht hat. Berta begrüßte sie an der Glastür und flüsterte ihr auf dem langen Gang das Wichtigste zu. Herr Wachenheimer geht nicht mehr aus dem Haus, gar nicht mehr, er sagt, es gibt keinen Grund mehr, seit es keine Synagoge mehr gibt. Frau Wachenheimers Zittern hat sich so verschlimmert, dass sie nichts mehr halten kann, Kaffee überall auf den Tischtüchern, Sauce, Marmelade, und wo soll Berta hin zum Bleichen? In den Hof darf sie ja die Wäsche nicht mehr hängen – ja, warum denn nicht? – Frau Engelmann hält nichts von Zurschaustellung, sie will unsichtbar sein.

„Sie werden alle immer wunderlicher, ganz besonders die Hedwig, Martin, und sie erzählen mir immer wieder von Leuten, die abgeholt werden, mitten in der Nacht. Ich kann Wirklichkeit und Fantasie nicht mehr voneinander trennen. Die Hedwig, das sag ich dir, die nimmt irgendetwas ein, hat die Lider abgesenkt und den Mund zugepresst, sitzt aufrecht in ihrem Stuhl und krampft die Hände um die Lehnen, dass die Finger ganz weiß werden.“

„Da ist sicherlich nichts dran. Solche geheimen Aktionen haben die gar nicht nötig, es geschieht alles immer öffentlich. Mit Brief und Siegel!“

„Ich hab solche Angst um euch", jammert Isa.

Unsinn, Angst macht schwach. Man muss den Gefahren ins Auge blicken und überlegen, wie man ihnen begegnen kann. Vor allem muss man die wirklichen Gefahren von den anderen trennen, jenen, die sich als Gespenster und Schatten aus einer überreizten Phantasie aufblähen wie Gasblasen im Sumpf.

Krieg bedeutet Gefahr, dass wissen sie, Elisabeth und Martin kennen den Krieg: Alarmsirenen, Luftschutzräume, Luftangriffe, Bombenabwürfe, all das, oh ja, das kennen sie. Wir können froh sein, dass unser Keller tauglich ist, Luftschutzbunker. Angegriffen wird meist nachts. Da sind wir zusammen und bleiben zusammen. Sitzen beieinander und reden, erzählen uns was. In Geschichten baden sie wie in Drachenblut und holen sich Kraft für den nächsten Tag. Bestehen einen Tag nach dem anderen. Nie die Beherrschung verlieren? Ja, einerseits, aber auch andererseits das Gefühl, dass man es schon schaffen wird, der Schlange auf den Kopf zu treten, bevor sie zubeißt.

Als im Sommer die ersten Bomben auf Karlsruhe fallen, entstehen weder Sach- noch Personenschäden. Heftige Spätgewitter lassen die Alb über ihre Ufer treten, sie schwemmt dicke Äste in den Rhein, an denen fast noch grünes Laub hängt. Einen Regenschirm braucht man gar nicht erst aufzuspannen, er wird im Nu umgedreht, der Wind reißt an den Röcken, man muss sich zwischen Pfützen durchlavieren.

Zum Klassentreffen geht Elisabeth nicht mehr, sie hat ihre Gründe, und es fehlen ohnehin ihre engsten Freundinnen, die Anna Jourdan ist in der Schweiz, die Trudel tot, die Gertrud auch, nur die Sascha ist noch in Karlsruhe, aber sie kommt auch nicht mehr. Seit sie ihren Mann verloren hat, der an Scharlach gestorben ist, hat sie keine Zeit; sie geht morgens in die Schule und am Nachmittag schleust sie einen Nachhilfeschüler nach dem anderen durch ihr Wohnzimmer, paukt mit ihnen Latein, Französisch, Englisch, Geschichte.

Und die Elsbeth! Zu der hält Elisabeth Kontakt, besucht sie, so oft es geht. Ihr Mann war mit siebenundfünfzig Jahren pensioniert worden, mit einer verkürzten Rente natürlich, denn man konnte nicht erlauben, dass ein mit einer Jüdin verheirateter Humanist seine deutsch-nationalen Schüler Latein und Griechisch lehrt. Also spielt er nun im Verborgenen auf der Empore der Schlosskirche die Orgel, und weil ihn dort keiner sieht, erfreuen alle sich seiner, wenn auch jüdisch-versippten, so doch wunderschönen Interpretationen der echten, deutschen Kirchenmusiker, die er ganz nach dem Geschmack der Gemeinde, auch der Deutschen Christen, in Ehren hält. Aber die Elsbeth kann kaum noch laufen. Multiple Sklerose! Diese schreckliche Krankheit, die ihr langsam alle Nerven zerfrisst, hat sich in ihr eingenistet seit neunzehnfünfunddreißig.

Isa eilt jetzt immer schnell nach Hause, wenn die Schule zu Ende ist, und nimmt der Mutter die Einkäufe ab. Dann verbringt sie die Nachmittage mit ihrem Vater, der selten nur in die Stadt geht, was soll er dort? Er findet kaum noch jemanden zum „Dischbudieren", und das ist auch gut so; Elisabeth steht Höllenqualen aus, wenn sie sich vorstellt, wer seinen lautstark vorgetragenen politischen Erklärungen lauschen könnte. Polizei ist überall. Gestapo! Da und dort werden Männer und Frauen angehalten, müssen ihre Ausweise zeigen, dürfen mitgenommen werden, in Arrest, einfach so, ohne Erklärung.

Martin schaut über Isas Hausaufgaben, die sie schnell und mühelos erledigt, und dann diskutiert er mit seiner Tochter oder, besser gesagt, sie entlockt ihm Erzählungen. „Über früher, Paris, Papa, erzähl mir vom Auto, das du dir gekauft hast", – „tja, und das Conduire war nicht meine stärkste Seite, bin mit einer Kutsche zusammengestoßen!" – „Und dann?" Er hat es eben dort stehenlassen, dieses Vehikel ...

Solche Sachen erzählt Martin seiner Tochter, anderes ist tabu. Warum hatte er sich entfernt von seinem Glauben, so gerne hätte sie das gewusst. Aber das wischt er fort mit einer einzigen, energischen Handbewegung. Er fühlte sich eingeengt durch all die Gebote und Verbote, er fand keine Freunde unter den jüdischen Burschen, er wollte hinaus in die weite Welt, sein Leben leben, so wie es ihm gefiel, von einem Moment zum anderen entscheiden, keine Zukunft planen, keine festen Bindungen eingehen, genießen, seine Neugier befriedigen, Menschen kennenlernen, die Umstände, in denen sie lebten, studieren, die Zusammenhänge verstehen lernen, Politik. Das Schachspiel der Mächtigen, das interessierte ihn, sehen, wie sich Räderwerke drehen, wie eins ins andere greift.

„Und dann bist du hier gelandet, in Karlsruhe."

Da wird er stumm, lächelt nur in sich hinein. Isa weiß, dass er jetzt daran denkt, wie er die Mama getroffen und all seine Prinzipien über den Haufen geworfen hat, um bei ihr bleiben zu können.

11

Von morgens bis zum späten Nachmittag ist Elisabeth von ihrer Familie getrennt. Sie weiß das Kind in der Schule, manchmal kommt Isa über Mittag vor dem Heimfahren noch schnell bei der Mutter im Kontor vorbei, manchmal springen sie in Elisabeths Mittagspause zu den Wachenheimers, aber meistens will Isa schnell heim zu ihrem Vater. Die beiden kochen miteinander, Isa hat begonnen, im Garten Beete anzulegen, Tomatenstöcke zu pflanzen, an der offenen Verandatür steht Martin und schaut ihr zu, denn in den Garten darf er nicht, das war Bedingung der Mieterin, dass der Jude nicht sichtbar sein möge, jedenfalls nicht in diesem Garten, und Lise, obwohl Hausbesitzerin, beugt sich, der Klügere gibt nach! Mensch, Oma, was ist denn das für eine Klugheit?

Isa wird neugierig beäugt von den Nachbarn, die bisher hinter den Spalierbäumen ihr Kopfschütteln verbargen über die Städter, die den Garten dazu verwenden, sich darin aufzuhalten, an einem Tisch zu sitzen, dort zu essen, zu lesen, zu plaudern, das Obst einzeln von den Bäumen zu pflücken und aus der Hand zu essen. Jetzt endlich scheinen die neuen Besitzer in der Lebrechtstraße zweiundzwanzig zu verstehen, warum sie einen Garten haben. Sie ernten, was der alte Baumbestand hergibt, die dunkelroten Pfirsiche mit ihren grauen Pelzchen, weiße, rote, schwarze Johannisbeeren, Himbeeren, Mirabellen, Reineclauden, Äpfel, Birnen, sammeln das Obst in Körbe, tragen es in die Küche, und dann weht es hinüber in die Nachbarhäuser, der Duft von Kompott, Marmelade, Saft. Mehrfach kommt die Frieda aus der Klauprechtstraße und überwacht das Einwecken des Obstes, bis sie sagen kann: „Jetzt haben wir's aber, und im nächsten Jahr könnt ihr's allein, gell, Herr Mayer?" Lise steht dabei und wundert sich über den Schwiegersohn, der sich eine Schürze vorgebunden hat und mit vor Eifer rotem Kopf in der Küche herumfuhrwerkelt; es trägt ihm den Titel „Kümmerer" ein. Er kümmert sich um alles! Und ist bekümmert, wenn er abends die geschwollenen Beine seiner Frau sieht, die er liebevoll mit Franzbranntwein einreibt, wenn er sie niesen hört – ist das denn immer noch nicht ausgestanden? – Ach nein, die Gerüche der Menschen im Bähnle, manche bringen sie einfach zum Niesen, sie kann nichts dafür.

Die Ernte ist eingebracht, der Gartentisch wird in den Keller getragen, die Stühle draufgekippt, ein Laken deckt alles zu bis zum nächsten Sommer.

„Vielleicht leben wir da alle nicht mehr", sagt Lise düster.

„Mutter! Sowas darfst du nicht denken, und sagen noch weniger; das Kind, denk doch an die Kinder, die wollen was Positives hören, der Krieg wird bald vorbei sein."

Am 22. Oktober wird Elisabeth ans Telefon gerufen. Die Mutter, denkt sie, es ist sicher was mit der Mutter passiert, ihr roter Kopf, ihre Melancholie sind schon so lange besorgniserregend. Aber am anderen Ende der Leitung schreit und weint Isa, der Papa ist abgeholt worden. Zwei Männer kamen, einer davon war der Nachbar, Herr Kuch, der Polizist, der andere ein Fremder in Zivil mit einer schrecklichen Stimme, er ging dem Papa überall nach, sogar mit ihm auf die Toilette, brüllte ihn an, er solle sich beeilen. Der Papa hat schnell einen Koffer gepackt, hat sie nicht mal umarmt, ihr nur gesagt, „Pass auf die Mama auf, wir werden uns nicht mehr wiedersehen." Sie hat Herrn Kuch angefleht: „Helfen Sie uns doch, tun Sie doch was!", geheult hat sie und gejammert. Dem Nachbarn war die Situation sehr unangenehm, aber man sah ihm an, dass er Angst hatte vor dem anderen Mann, und beim Rausgehen hat er ihr zugeflüstert: „Beruhige dich, Isa, ich verspreche dir, ich versuche alles, was möglich ist." Und jetzt kommt sie schnell in die Stadt zur Mama, um sie noch kurz zu sehen, und dann geht sie auch dorthin zum Bahnhof, sie will mit dem Papa fort, wo immer er hingebracht wird.

Aufgelegt.

Elisabeth eilt zu ihrem Chef, bittet ihn darum, kurz weggehen zu dürfen, sie gibt keinen Grund an und er erlaubt es, weil er ihre Situation kennt und weil er sie dort beschäftigt in seinem Kontor, um etwas für sie und ihre Familie zu tun, in seinem Rahmen zu tun, ohne dabei auffällig zu werden, denn das hätte das Ende seiner Hilfe bedeuten können. Sie setzt sich in die nächste Bahn zum Bahnhof, sucht nach Martin, auf den Bahnsteigen. Viele Menschen drängen sich dort, es ist Aufbruchstimmung. Sie erkennt einige ihrer Bekannten, fragt, wo geht es denn hin? Fort, wir werden „evakuiert", „ausgesiedelt", darüber war schon viel spekuliert worden, ein Stichwort war durchgesickert, „Madagaskar", dort sollten die Juden hingebracht werden. Ihren Mann findet Elisabeth nicht, auch das Kind nicht. Elisabeth eilt weiter zur Auskunft, lässt sich nicht abweisen, dringt vor in ein Büro, in dem Männer sitzen, diese Herren mit den neutralen Gesichtern und den kalten Augen, setzt alles ein, ihr Lächeln, ihren Seelenblick, ihr vom Stein-Denninger-Korsett gestrafftes Rückgrat, spürt, ahnt, wie wirkungslos ihre Schutzhüllen geworden sind, bis sie auf ihren Nachbarn trifft, den Polizisten, der auf sie zukommt, sie zur Seite nimmt, sie wieder aus dem Bahnhofsbüro hinausschiebt, noch bevor sie hätte reden können.

„Gehen Sie, Frau Mayer, gehen Sie schnell heim, es ist alles gut!", sagt er zu ihr, sieht sie beschwörend an, und sie vertraut ihm, weil er trotz allem eben ein „anständiger" Mann ist, davon hat sie sich selbst überzeugt in nachbarschaftlichen Gesprächen am Zaun. Mit fliegenden Röcken, eine Hand hält den Mantelkragen um den Hals festgezurrt, die andere klammert sich an ihre Tasche, rennt sie die kurze Strecke hinüber zum Albtalbahnhof, wo sich die Pendler schon sammeln zum Heimfahren in die Vorstadt. Dort trifft sie auf Martin, der starr ist wie aus Stein, und eine völlig verweinte Isa. Sie umarmen einander und steigen zusammen ein in das nächste Bähnle, gehen stumm Hand in Hand durch die Dämmerung zurück nach Hause, wo Lise wartet. Sie sitzt in ihrem Sessel im Dunkeln, das Glas neben sich, die Flasche dazu, leer.

Am besten man redet nicht viel über das alles! Dass Martin noch nicht mitmusste dieses Mal, ist solch ein Glück, man kann es kaum fassen! Jetzt müssen wir noch vorsichtiger sein! Manchmal ist es von Vorteil, unsichtbar zu sein.

Das Ausmaß der „Evakuierung“ wird ihnen erst klar, als Elisabeth am nächsten Tag in ihrer Mittagspause zu den Wachenheimers in die Kronenstraße eilt und dort vor einer verschlossenen Tür steht. Sie klopft, ruft, klingelt. Nichts. Langsam steigt Elisabeth die gewachsten Terrazzotreppen wieder hinunter, da zischelt es von oben durch den Treppenschacht: „Psst, Frau Mayer.“ Sie sieht Bertas Gesicht, das schnell wieder zurückweicht. Elisabeth dreht um, springt wieder hinauf, die Tür öffnet sich, Berta zieht sie hinein in die Wohnung.

Ach Gott, ach Gott, alle sind weg, die alten Wachenheimers und die Frau Engelmann, ganz wenig durften sie nur mitnehmen, ein kleines Köfferchen, nichts zu essen, nichts zu trinken, wie sollen sie das nur schaffen. „Die Frau Regina aber, die haben sie nicht gekriegt“, sagt Berta. Sie öffnet eine Tür einen Spalt breit, und Elisabeth sieht ihre Freundin Regina im Bett liegen, schlafend. Ein befreundeter Arzt hat ihr ein Attest ausgestellt und ihr ein Schlafmittel gespritzt, sie war und ist nicht transportfähig.

„Wie ein Cerberus stand sie vor dem Zimmer“, erzählt Elisabeth Martin am Abend nach ihrer Heimkehr. Und das sei von nun an ihre Aufgabe, für die Frau Regina zu sorgen, so habe die Berta dann mit glänzenden Augen geflüstert.

Sie gehen zur Tagesordnung über, was bleibt ihnen anderes übrig. Das Hansele allerdings nicht. Es singt nicht mehr. Als dieser fremde Mann herumschrie mit Martin, da flog das Hansele wie wild in seinem Käfig hin und her, piepste ganz verzweifelt, und nun ist es für immer verstummt. Isa ist dem Hansele so dankbar für sein Mitgefühl.

Elisabeth holt keine Lebensmittelkarten mehr für ihren Mann, er erhielt ja ohnehin nur eine eingeschränkte Ration. Nein, sagt sie, die brauche sie nicht mehr. Sie sagt es laut, damit es jeder hören kann, der sich dabei etwas denken will. Dann geht sie aus der Amtsstube, sie senkt den Kopf nicht, sie sieht jedem direkt in die Augen, auch dem Herrn Flurschütz, dem Blockwart, als sie ihn zufällig trifft, auch dem Herrn Wappnitz, dem Nachbarn von gegenüber, der überall herumerzählt, dem reichen Juden, dem Herrn Bankierssohn, dem werde er schon noch das Leben sauer machen. Auch dem Frölein Wappnitz, dessen Tochter, die sich die dicken langen Haare in einem schönen, germanischen Kranz um die strenge Stirn gelegt hat und täglich zu ihrer Arbeit geht, sie ist Postinspektorin und als solche eine Vertreterin des herrlichen Reiches, verantwortlich für seine Größe und seine Macht.

Lise ist aufgebracht, wenn der Mayer nur rechtzeitig weg wäre, so wie dieser Herr, der Vater von Isas Freunden, der seine Familie geschützt hat dadurch, dass er sich hat scheiden lassen, und nun getrennt lebt von seiner Familie. Elisabeth schüttelt nur den Kopf, wenn die Mutter das sagt. Isa aber staut Wut in sich auf. Karola will und kann sich gar nicht ausmalen, was gewesen wäre, wenn ihr lieberlieber Schwager nicht mehr da wäre.

„Dafür kann ich mir was kaufen", sagt Martin, aber erst am Abend, als Elisabeth und er in ihre Kissen fallen. Er betet laut und auswendig einen Psalm, küsst seine Frau, dreht sich um und schläft sofort ein.

Elisabeth aber liegt noch lange wach, ihre Gedanken jagen einander, keinen kann sie festhalten und an sein Ende führen, dieses Leben, mein Gott, wie hatte sich ihr Leben verändert, wie anders war alles gekommen als geplant, gehofft, erwartet! Aber sie lebt es an Martins Seite, und das war ihr doch das Wichtigste gewesen, damals, als sie eine gesicherte Zukunft an Hermanns Seite aufgegeben und sich für ein Leben mit Martin entschieden hatte. Und auch noch heute ist es für Elisabeth das Allerwichtigste. Hoffentlich ist dieser Krieg bald zu Ende. Wenn es dem Land wieder besser geht, dann wird man auch wieder großzügiger denken, nicht so engstirnig, verbohrt. Man wird sich entschuldigen für diese Irrwege, Auswüchse, Überreaktionen.

Der Alltag nimmt seinen Lauf. Arbeiten, Essen, Schlafen. Das Einkaufen übernimmt Elisabeth jetzt ganz. Spät am Abend taucht sie auf im kleinen Gemüseladen von Frau Oly, manchmal ist er schon geschlossen und sie muss läuten, wird hineingelassen von der Hofseite aus. Immer hat Frau Oly etwas zusammengerichtet, was die Zuteilung übertrifft, darauf kann Elisabeth sich verlassen. Frau Oly weiß doch um ihre „Situation“ ... „Und viele Grüße an ihren Mann. Schade, dass er nicht mehr selber kommt, mit ihm konnte man so gut schwätzen über Gott und die Welt!“

Martin bleibt unsichtbar. Elisabeth bittet ihn darum, er macht es oder macht es nicht, sagt er, er muss tun können, was er will, was er für richtig findet, kann sich nicht einsperren lassen. Und er versteckt sich nicht! Warum auch, er hat nichts zu verbergen! – „Ach Gott, Martin, bitte nicht so laut, überleg dir doch, was du sagst“, fleht Elisabeth ihn an. Wie auch immer, er hat in der Tat immer weniger Grund fortzugehen, wohin sollte er auch gehen? Allenfalls zu Doktor Zufall, der den Schlag seines Herzens kontrolliert; immer wenn er bei Doktor Zufall sitzt, ihm gegenüber, ihn betrachtet und sich betrachten lässt, wenn sie über Tanger sprechen, Marrakesch, jaja, die Wasserpfeifen und dann im Dunkeln zuerst nur dieser Geruch, nach Puder, nach warmer Haut, süßlich und staubig, bevor man ihn identifiziert hat, dann das Rascheln der nackten Füße, das silbrige Zischeln der Pailletten, die Bauchtänzerinnen! Für den einen sind sie vielleicht nicht, was sie für den anderen bedeuten, und dennoch entwerfen die beiden Männer dasselbe Bild mit kräftigen Strichen, die vom Umriss ins Detail übergehen, und immer dann schlägt Martins Herz ganz ruhig im vorgeschriebenen Takt.

Tage tröpfeln, Nächte dehnen sich. In einer Nacht finden Martin und Elisabeth Isas Bett leer, suchen sie überall. Draußen im Garten steht sie in der Eiseskälte, völlig starr, mit leerem Blick, wirres Zeug faselt sie, fuchtelt mit den Armen. Sie schlafwandelt, sagt Doktor Zufall, man muss sehr auf sie aufpassen.

Weihnachten ist nur noch ein Abklatsch dessen, was es einmal war. Man stellt sich auf einen längeren Krieg ein. Die Bewohner des Bergholtzstifts werden nach Colmar evakuiert.

„Ach, Louise, das ist aber nicht schön, dass du so weit weg bist!“

„Ach Lisele, das ist doch nicht für lang! Wir alten Leute sind froh, wenn wir nicht treppauf und treppab müssen beim Fliegeralarm!“

Die Tante Louise fehlt jedem, wenn man sie auch nicht mehr täglich besucht hat, so gab es doch die Möglichkeit, sie zu besuchen, wann man wollte. Nun also ist sie fort. Und wenige Wochen später kommt eine Nachricht, dass sie sanft entschlafen sei. Was? Das kann doch nicht sein? Lise hält sich die Hand aufs Herz, ihr Blick weitet sich.

Bei diesem Begräbnis gibt es keine Menschenschlangen mehr, nur ein paar Bekannte sammeln sich in der Friedhofskapelle. Als sich die Tür mit lautem Schlag schließt, schreckt Elisabeth auf, klammert sich an Martin und hält ihr Weinen nicht mehr zurück, für einige wenige Minuten gönnt sie sich diese Schwäche, sie weint und weint, ihr Körper schüttelt sich wie in Krämpfen, sie sieht nicht nach rechts, nicht nach links, sie fühlt nur Martins Arm, der sie an sich drückt. Martin braucht die andere Hand, um seine Schwiegermutter zu stützen, deren Hand zu drücken, denn auch Lise weint, hält sich ihr Spitzentaschentuch vor den Mund und erstickt ihr Schluchzen darin, bis sie sich wieder gefangen hat. Aber nur noch schwankend wird sie gehen können danach, denn jetzt ist die alte Zeit endgültig tot! Sie selbst steht jetzt ganz oben auf der Familienpyramide, die Angst vor der Zukunft wird allmählich kleiner als die Angst vor der Gegenwart.

Die wenigen persönlichen Gegenstände von Tante Louise, die sie ins Stift mitgenommen hatte, wurden in einem Koffer abgeliefert. Der Schmuck wird verteilt auf ihre beiden Nichten, die beiden Großnichten erhalten jede einen Ring mit einem schönen, großen Diamanten; schon vor längerer Zeit hat Louise Wolf sie anfertigen lassen, hat auf eine Gelegenheit gewartet, diese Erinnerungsstücke wirkungsvoll zu platzieren und so nun wirklich die allerletzte gefunden. Ihre Perlentäschchen, ihre Lieblingstassen, der Muff! Ach Gott, die Tante Louise! Was würde sie dazu sagen? Dass wir sie so zerlegen, wie die Maden durchs Fleisch, so müssen wir uns durch ihre Sachen wühlen.

Aber so hält man sie auch am Leben, mit Wörtern und indem man sie in Erinnerungen einspinnt. Immerhin, sie war fast siebenundachtzig Jahre alt geworden! – „Wozu?", fragt Lise? „Wozu muss man so alt werden?" – „Für mich war jedes Jahr und jeder

Tag wichtig, an dem ich die Tante Louise hatte“, das sagt Elisabeth der Mutter mitten ins Gesicht, die Augen hat sie weit aufgerissen dabei, als ob sie damit die Mutter bannen wollte, hypnotisieren, um tiefere Wahrheiten ans Licht zu bringen.

Lise rappelt sich auf und fährt nach Durlach zu ihrer Tochter Karola. Lotte ist kess geworden! Sie flattert hin und her wie ein bunter Schmetterling, ein Schmetterling in Uniform, immerhin! Das Kunole kommt jetzt ins Gymnasium. Ach ja, dann bin ich kein Kind mehr, seufzt er. Er ist schmal geworden, seine Beine sind dünn und lang, die Fingerchen auch, er kann jetzt mühelos eine Oktave greifen und darf Unterricht nehmen bei Herrn Bender, das war der Lehrer von den Eltz von Rübenach-Kindern, er soll auch die Wagner-Kinder unterrichten, so sagt man!

An den Juliwochenenden geht's hinauf auf den Dobel. Im August fordert ein britischer Bombenangriff die ersten 27 Todesopfer in der Stadt. Auch im September geht man eine ganze Woche lang auf den Dobel, man hilft bei der Ernte, einmal sogar macht man einen Ausflug wie früher, kehrt erst am späten Nachmittag heim zu Lise, die schon ungeduldig wartet. Einen ganz roten Kopf hat sie, sie hat sich eben Sorgen gemacht! – „Was soll denn passieren, Mutter?“ Ja was?

Dann beginnt die Schule wieder, Isa und Elisabeth eilen morgens wieder zum Bähnle. Der Oktober ist mild und warm, doch dann fegt ein wilder Wind die raschelnden Blätter durch die Straßen. Novembernebel steigen auf, der erste Frost entlaubt die Bäume in einer einzigen, kalten Nacht und verwandelt die Gärten in bizarre, starre Mondlandschaften. Persephone ist im Hades bei ihrem Mann, dem Herrn des Todes. Ihre Mutter trauert und vernachlässigt ihre Pflichten! Traurig, aber trotzdem schön findet Isa diese Geschichten, die der Vater ihr erzählt, wenn sie die langen Nachmittage beieinander sitzen und jeder sich auf seine Weise nach der Heimkehr von Elisabeth sehnt. Martin kocht, was Isa nach Hause bringt. Sie hat nicht so viel Glück beim Einkauf wie ihre Mutter. Sobald die ersten Duftschwaden sich aus dem geöffneten Küchenfenster stehlen und ums Haus streichen, taucht Lise auf beim Schwiegersohn in „seiner“ Küche, wortlos geht sie zum Herd, lüpft die Deckel. Kohl, schon wieder Kohl? Es muss jetzt mal wieder was anderes, was Richtiges gekocht werden. Immerhin, ihr Kind, ihre Tochter, ihre Elisabeth, die arbeitet hart, und da braucht sie am Abend etwas Gutes, Nahrhaftes zum essen. – Sieh mal an, denkt Martin, sieh mal an, sie sorgt sich um ihr „Kind", auch um dieses Kind und kann das auch mal aussprechen! Nur leider nicht, wenn Elisabeth es hört, das vertrauliche Mutter-Tochter-Gespräch hat Lise nie selber erfahren, und so kann sie es auch nicht führen.

Ende November wird Isa krank, hat hohes Fieber, das sich nicht senken lässt. Eine Furunkulose wird diagnostiziert, dann eine schwere Sepsis, sie muss ins Krankenhaus, schnell!

Dort liegt sie zwei Monate lang, auch noch an Weihnachten. Martin und Elisabeth sitzen an ihrem Bett. „Trink doch was, iss was", sagen sie beide und jeder hält eine ihrer Hände, drückt sie, als ob sie sie damit im Leben festhalten könnten. Sie dreht den Kopf weg, schließt die Augen, ist unerreichbar.

Die Ärzte bemühen sich sehr um das Kind. Chefarzt Doktor Turban und der junge Chirurg, Doktor Kühlewein, beide schauen mehrmals am Tag nach ihr, messen den Puls, reden ihr gut zu. Sprechen auch mit den Eltern. In diesem Krankenhaus hier am Rand der Stadt herrscht der Geist, den sie aus „ihrer" Kirche kennen. Was für ein Glück sie haben, dass sie hier gelandet sind, es hätte genauso gut ein anderer Stadtrandort sein können, und dann wäre sie im großen, städtischen Klinikum gelegen, ihr Kind, mitten zwischen Herrenmenschen eingeklemmt! – Ach Elisabeth, lass gut sein. Sie muss gesund werden, und um so ein junges, unschuldiges Leben hätte man überall gekämpft.

Vorerst liegt sie erster Klasse, so lange das Geld von ihrem Sparbuch reicht, siehst du, wie gut das war, dass wir damals gleich nach ihrer Geburt dieses Sparkonto für sie eingerichtet haben und getreulich alles draufgepackt haben, was ankam von Rosi, vom Vetter Hess aus England, auch von der Großtante Louise. Jetzt wird es gebraucht.

Isas Zustand ist sehr ernst. Im Moment besteht aber noch keine Lebensgefahr.

„Im Moment“, sagt Martin tonlos, dann fängt er an zu weinen, steht da, wo Ärzte, Schwestern, Besucher, Patienten hin- und hereilen, und weint. Das Kind verlieren, das wäre eine Katastrophe, wäre das Ende seines Lebens.

Acht Wochen bleibt Isa im Krankenhaus. Acht Wochen pilgern Martin und Elisabeth dorthin und überzeugen sie schließlich davon, dass sie gebraucht wird. Acht Wochen lang erleben sie Ärzte und Schwestern, die sie in ihrem Jammer trösten, in ihrem Kampf um ihr Kind unterstützen.

Als Isa auf dem Weg der Besserung ist, wird sie „umgelegt“ – „Wie ein Leichnam, gell, die haben so eine komische Sprache, die Schwestern“ –, raus aus dem Einzelzimmer, sie soll sich nicht so in sich selbst verkriechen und sie ist auch wirklich überm Berg jetzt. Sie kommt zu Fräulein Werling ins Zimmer. „Tänzerin“ ist die, das hat Elisabeth aus den Schwestern herausgekitzelt.

Mein Gott, was das wohl bedeutet, Tänzerin ...?

„Klassischer Tanz, Oma, ganz comme il faut, du kennst dich doch noch aus mit dem Theater?“ – Mhm. Und dieser Freund, den die hat, der schwammige Kerl mit den geölten Haaren und diesem protzigen Siegelring am kleinen Finger! „Ja, und?“

„Die Isa ist rebellisch, aufsässig und du müsstest viel strenger mit ihr sein. Denk doch mal, in solchen Zeiten, im Krieg, wo die Moral ohnehin sinkt, da muss man besonders auf der Hut sein.“

„Ach, Mutter“, beschwichtigt sie Elisabeth, „wir sind froh, dass sie lebt!“

Isa beobachtet ihre Mama, ihre Oma, wie sie ihre Klingen aneinander wetzen, Wortgefechte führen, kurz und scharf. Die Mama ist immer noch „das Kind“, die Oma hat immer noch die Übermacht in dieser Familie, das sieht man, aber diese Übermacht ist geschwächt, die Oma ist nachdenklich geworden, wenn man nur manchmal wüsste, was sie denkt, was in ihr vorgeht. Eben jedenfalls ist sie entrüstet, deshalb krampft sie ihre Hände um den Taschenbügel und reckt das Kinn vor, unzufrieden mit ihrer Tochter, die anscheinend nicht weiß, „was sich gehört“, denn sie lässt sich auch noch ein auf eine Konversation mit diesem Fräulein Tänzerin, als ob sie ihresgleichen wäre!

Alles ist in Schieflage geraten, da kann Lise nur noch klar sehen, wenn sie sich in ihr dunkelstes Zimmer zurückzieht, wenn sie sich in den Nebel hüllt, der aus der Flasche aufsteigt wie Aladins Geist, wenn sie sich zurückträumt in die Vergangenheit.

Isa ist jedenfalls stolz auf ihre Mama, dass sie nicht die Nase rümpft über das zugegebenermaßen etwas merkwürdige Fräulein Werling; das kann Elisabeth, lächelnd sprechen mit jedem, dem Geringsten und dem Höchsten unter den Geschöpfen, weil sie alle achtet, solange sie eben „anständig" sind, und das ist das Fräulein Werling, und das ist auch der dicke, weiche, weiße Schwammmensch, den sie liebt. Elisabeth hat ihn ganz verstohlen einer Prüfung unterzogen, nicht dass sie es hätte tun wollen, es kam wie von selbst, ein kleines bisschen vielleicht hat sie das Gespräch gelenkt, aber sie will schließlich auch wissen, welchen Einflüssen ihr Kind ausgesetzt ist, das sie gerade dem Tod abgerungen hat. Sie hat gehört, wie die beiden ein lautes „Grüß Gott" schmetterten, der einen Patientin mitten ins Gesicht, die ihren Arm mitsamt dem Gehstock zum Führergruß emporreißt, voll Enthusiasmus, immer wieder, obwohl fast jeder hier den Kopf über sie schüttelt. Das genügt Elisabeth. Prüfung bestanden, heißt das. Vorerst jedenfalls.

Nachts, wenn Elisabeth wach liegt, wenn sie neben sich die ruhigen, tiefen Atemzüge hört, den Duft noch um und an sich hat, den geliebten, fremden, vertrauten Geruch ihres Mannes, dann macht sie sich Sorgen um ihre Tochter, die erwachsen wird, das sieht sie ihr an; sie hat ihr schon erklären müssen, was es mit den Veränderungen ihres Körpers auf sich hat. Hat all ihren Mut zusammengenommen, in Erinnerung an die eigene Ratlosigkeit und Verwirrung damals in einer anderen Zeit und einer so anderen Welt hat sie gesprochen über das, was damals unaussprechlich war. Aber eines bleibt doch gleich. Eine Frau zieht es zu einem Mann. Wie wird das möglich sein für ihre Tochter, würde sich ein junger Mann finden, der bereit wäre, all die Einschränkungen auf sich zu nehmen, die eine Verbindung mit ihr bedeutete?

Elisabeth und Martin blicken wie Kurzsichtige auf das Nächstliegende, auf einander, auf das Kind, die Mutter, die Schwester, stündlich, täglich. Die Angst ist ein Gewölbe, durch das man sich durchtasten muss wie ein Blinder, kleine Schritte, die Hände ausgestreckt, die Finger, als ob man sie verlängern wollte zu Fühlern, die Nasenflügel gebläht, die Ohren als Schalltrichter auf das Unaussprechliche gerichtet und die Lippen versiegelt, um mit der eigenen Angst die der anderen nicht zu vergrößern, weil dann alles zusammenbricht, das ganze Gerüst von Liebe, Fürsorge, Mut und naivem Glauben an einen Gott, der sich verbirgt, aber dennoch da ist. Wenn die Bedrohung alltäglich wird, bleibt nur das Ertragen oder das Aufgeben.

Elisabeth beobachtet ihre Mitmenschen. Bewertet ihr Verhalten. Versteht, dass jeder „Fall" anders ist. Das hat sie jetzt wirklich „gelernt". Dadurch wird das Ertragen einfacher.

„Es ist ein biblisches Geschehen", sagt Martin. Dadurch wird es für ihn einfacher. Die Menschen tanzen ums goldene Kalb.

„Mein Gott, wann werden sie endlich aufwachen?"

„Es geht nicht ums Aufwachen, Elisabeth. Da hilft nur ein Donnerschlag, eine göttliche Faust, eine Sintflut."

„Der Krieg, wenn er noch dauert, er wird sie doch zur Besinnung bringen?"

„Dieser Krieg wird dauern. Die Allmachtsphantasien des Herrn Hitler sind nicht so schnell realisierbar."

„Aber die Franzosen, die Engländer, Russland, und jetzt auch noch Amerika, werden sie nicht dagegen angehen?"

Martin hört weiter Feindsender, hat das Gerät auf den Speicher gestellt, der Empfang ist dort besser.

„Der Mayer bringt uns noch alle ins Gefängnis", schimpft Lise, aber sie fragt ihn sofort, wenn er von oben kommt: „Und, was sagt man?"

Worauf wartet sie? Sie spricht nicht darüber. Darüber nicht.

Eine Karte von Hans ist angekommen. Er ist mit seiner Einheit „verlegt" worden. Wohin denn? Das darf er doch nicht schreiben, Mutter. Es ist Krieg! Das ist nicht Manöver, das ist nicht Komödie, das ist die kalte, harte Realität.

An ihrem Geburtstag ist Isa wieder zu Hause, blass, das Gesicht übersät mit dicken Pusteln in allen Stadien, manche sind noch schlummernde Zeitzünder, manche blühen eitrig, manche hat sie aufgekratzt, in tiefe Krater verwandelt, dazwischen glühen ihre schwarzen Augen, zornig, aufrührerisch.

Sie liegt viel auf ihrem Bett, liest, schreibt. Elisabeth hat lange mit den Ärzten geredet. Der junge Chirurg, dieser nette, gemütvolle Mann, riet ihr, Isa noch in die Charlottenburg im Albtal zu schicken. Reicht's noch, das Spargeld? Mal sehen! Martins Vorsicht im Umgang mit Geld hat hier einen letzten Vorposten gefunden, den er mit Akribie verwaltet, und so wird es möglich: Mit einem kleinen, schweren Koffer – „Bücher, Mama, die brauche ich, das ist mein tägliches Brot!" – Ach ja, das versteht Elisabeth! – fahren sie im ratternden Bähnle hinauf nach Herrenalb und dann stapfen sie die Serpentinenstraße entlang, Elisabeth muss sogar ihr Hütchen zurechtrücken, weil die Frühlingssonne und die Anstrengung ihr den Schweiß auf die Stirn treiben, mehrfach knickt ihr Fuß ab, Isa wartet, schüttelt den Kopf über die unpraktischen Pumps, die Elisabeth trägt, und ist dann doch stolz auf die elegante Mama, die wie eine Nachtigall auf dem Hühnerhof wirkt, dort oben im christlichen Erholungsheim.

Das Kind wird viel schlafen, viel essen und viel beten, meint Elisabeth. Gut, denkt Martin. Aber vergeblich. Isa liest vor allem, aber nicht in der Bibel. Sie schläft kaum, denn sie träumt, allerdings wieder von der Zukunft, einer Zukunft, die fast nichts mit der Gegenwart zu tun hat. Ein letztes Mal schwingen sich ihre kindlichen Träume auf in eine Märchenwelt, deren Realität der Wirklichkeit standhält.

Sechs Wochen bleibt sie dort oben, dann kommt sie wieder nach Hause. Nach neun Monaten Krankheit und Genesungszeit darf sie wieder zurück in die Schule. Allerdings nicht mehr in ihre alte Klasse, denn sie hat zu viel versäumt.

Und? fragt Elisabeth nach dem ersten Schultag. Isa lächelt nur. Später, als sie zusammengekuschelt auf der Chaiselongue sitzen und zusehen, wie Martin mit Getöse und Gespritze das Geschirr abspült, gibt sie mehr preis. Es ist ein Neuanfang, keiner hat genauer gefragt, wer sie ist. Sie ist jetzt einfach die Isa, und das ist wirklich gut so!

12

Mit Vehemenz stürzt sich Martin in Isas neues Leben hinein. Die Hausaufgaben erledigen sie zusammen. Mathematik bereitet keinerlei Schwierigkeiten, da schaut er nur drüber und muss eingestehen, dass diese Art von Umgang mit Zahlen sehr neu für ihn ist. Er vermutet, dass das die philosophischen Bereiche der Zahlenwelt sind, die ihm leider in den Schuljahren bis zum „Einjährigen" noch verschlossen bleiben mussten. Aber er interessiert sich dafür, und so erklärt ihm Isa die x- und die y-Achse und das Unendliche. Er revanchiert sich mit langen, auswendigen Zitaten aus den Lieblingsballaden seiner Mutter, mit „John Maynard", „Heinrich der Vogler", „Prinz Eugen", der „Bürgschaft" und schließlich mit „Archibald Douglas": „Der ist in tiefster Seele treu, der die Heimat so liebt wie du!", aber da zittert seine Stimme am Schluss, er muss seinen Stuhl mit Kraft zurückstoßen, sich abwenden, sich schnäuzen, sich den dünnen Haarkranz glätten, dann erst kann er sich wieder zu ihr setzen und: „Weiter geht's also!" Französisch, Englisch, Geschichte? Biologie? – Ja, Biologie, Rassenlehre, Papa! Da soll sie mal alleine drangehen, er muss jetzt ans Kochen denken, aber nachher, wenn sie auf die Mama warten, dann gibt's noch eine Partie Schach! Darauf freuen sie sich.

„Wo war sie denn heute Nachmittag?", fragt Elisabeth ihren Mann, die Zeit ist immer wieder zu knapp, sich mit ihrem Kind, das nun keines mehr ist und es für sie doch immer bleiben wird, in eine Ecke zu kuscheln, Schulter an Schulter, so wie früher, als sie klein war, und warten zu können, bis alles so weich an ihr wird wie die Kissen, auf denen sie sitzen, bis ihre Wahrheiten ans Licht dringen. Elisabeth wäre zu angespannt jetzt, würde mit schnellem Nachfragen alles verderben, den Zauber der Offenbarungen bannen, das weiß sie. Also muss sie sich darauf verlassen, dass Martin über die Seele, die Wünsche und die Sorgen des Kindes wacht, muss sich seiner Perspektive anschließen. Martin hat den Arm um Elisabeth geschlungen, bohrt seine Nase in ihren Hals und dann flüstert er: „Sie geht jetzt regelmäßig ins Weiherfeld zu diesen beiden netten Kindern, du weißt schon, Elisabeth, zu diesen Leuten, die damals auch ‚unsere' Wohnung haben wollten in der Stephanienstraße ..."

„Kinder? Der Junge ist doch älter als sie, achtzehn."

„Aber das ist ein ganz gut erzogener und netter Junge und ein reizendes und hübsches Mädchen, mit ihren rotblonden Haaren und dieser Stupsnase, den Sommersprossen, den blauen Augen sieht sie kein bisschen jüdisch aus."

„Ach Martin, warum ist das denn etwas zum Loben und Preisen, es hilft ihr doch nichts, sie muss doch jetzt auch den gelben Stern tragen."

Ja, ja, er weiß es ja. Und er fürchtet sich davor, dass seine Tochter erkannt wird als das, was sie ist, auch ohne diesen Stern, weil sie so jüdisch aussieht, ihre schwarzen, engstehenden Augen, die dunklen Haare, die Nase! Im Sommer hat sie Farbe bekommen, olivbraune Haut, sogar ihre Beine, Säbelbeine!

„Martin, du, du sagst das, du hast mir doch damals erklärt, jüdisch ist nur, wer von einer jüdischen Mutter geboren wurde. Nur weil so einer wie dieser Marktschreier Hitler behauptet ..."

„Es ist keine Behauptung, sie erklären es wissenschaftlich..."

„Und glaubst du denn an ihre Wissenschaft?"

„Wissenschaft ist das Gegenteil von Glaube!"

„Gut, aber Wissenschaft braucht Wörter, und Wörter sind wachsweich, wechselwendig, so mächtig sie sind, sie sind trügerisch, sie behaupten, sie manipulieren."

„Diese Wörter der Mächtigen sind die Fingerspitzen ihrer Gedanken, wie damals bei Nero reicht ein Finger aus, um über Leben und Tod zu entscheiden."

Elisabeth richtet sich auf, sie hat jedenfalls vor, sich mit all ihrer Kraft dagegenzuwerfen, gegen diese Wörter, die Diffamierungen, die Verurteilungen. Das wird sie, Martin sieht es ihr an, er sieht ihre gezügelte Wut, ihre Zuversicht, obwohl er weiß, dass diese inzwischen Camouflage ist, ein Korsett, das sie sich anzieht, unter dem die Angst lauert. Er spürt Elisabeths unerschütterlichen Lebensmut und rätselt, wovon dieser sich nährt; Familie ist ein poröses Knochengerüst, zerbrechlich, Freunde sind verstrickt in eigene Probleme, viele sind fort, die Kirche, ach, da hat Martin längst seine Illusionen begraben, die Herren über die Schrift sind ihm zu kleingeistig, sie haben keine Flügel, das hat er erfahren in seinem Bibellesekreis, in dem er sich unter lauter aufrichtigen, ‚anständigen' Menschen, Christen und Judenchristen, doch einige Zeit geborgen gefühlt hatte. Die Liebe als Quelle für Elisabeths Lebensmut, die zieht er nicht in Erwägung. Liebe als Wegweiser, als Ideal, als Gnade, als Dekor, als Korsett, als Speis und Trank, als Begründung, als Sinn, für Martin ist sie einfach da, so tief in ihm, seine Liebe zu ihr, so über ihn gekommen und in ihn eingedrungen, dass er sie nicht mehr reflektieren kann.

Isa sieht die Liebe, die sich als Band um die Eltern schlingt, und spürt, dass es in ihrer Familie eine Mitte gibt, ein Herzstück, das sind die Eltern in ihrem Gehäuse. Sie spürt auch, wie nah sie an diesem Herzen liegt, wie wichtig sie den Eltern ist, wie wertvoll, trotz ihres „jüdischen" Aussehens. Sie betrachtet sich im Spiegel. Ist sie schön, ist sie hässlich? Ihre Augen sind dunkel, aber die Hälfte der Mädchen in ihrer Klasse hat dunkle Augen und alle sind „arisch", was ist das Jüdische an ihr, fragt sie sich. Es ist wahrscheinlich nur einfach das „Andere", vor dem sich diejenigen fürchten, die bestimmen in Deutschland. Anders, mangelhaft, minderwertig soll sie sein. Das sagt sie auch dem netten Jungen, der sie in der Tanzstunde immer wieder auffordert und so strahlt, wenn es ihm gelingt, als Erster vor den anderen bei ihr zu sein, dass es sie mit Wärme erfüllt. Mit mir stimmt was nicht, sagt sie zu ihm. – So? – Ja, mein Vater, weißt du, der war mal Jude, also er ist nicht-arisch und ich bin Mischling. – Ich hab's gewusst, freut er sich, siehst du, ich hab das gespürt, meine

Mutter, weißt du, die ist auch nicht arisch. Jetzt schweben sie wie auf Wolken, und wenn er auf ihren Fuß tritt, tut es überhaupt nicht mehr weh. Der Peter ist so ein netter Junge. Der Heino ist nett, sein Freund, der Heinrich Goyert, ist nett, die Margret und die Irmgard, die sie vom Samstagsunterricht kennt, haben mehrere nette Brüder. Eines Tages wird es unter all diesen netten Jungs einen geben, geben müssen, mit dem sie auch ein solches Herzstück wie ihre Eltern bildet. Sie hofft, dass sie den einen einzigen erkennt, wenn sie ihm begegnet. Sie macht sich oft und viele Gedanken, wie er sein mag, und sie kann auch reden darüber, man redet jetzt über Männer, weil alle sich dafür interessieren in ihrer Klasse. Jeder Lehrer wird taxiert auf seine Brauchbarkeit als Vorbild für „den" Mann. Auch wenn sie mit der Cousine Lotte zusammentrifft, was jetzt nur noch selten geschieht, dann kommen sie schnell auf dieses Thema zu sprechen, es ist, wenn man vom obligatorisch anstehenden Familienklatsch absieht, das einzige gemeinsame Interesse, das ihnen geblieben ist.

Ist er ihr Freund, dieser Junge, zu dem sie immer geht, das will die Cousine Lotte wissen.

Ja, sicher ist er ihr Freund.

Richtig? Also lieben sie sich und küssen sie sich? Wie ist das, das Küssen, und will er „mehr"?

Wie einstmals ihre Mütter, so haben auch Lotte und Isa gelernt, die „Mädchen" auszuhorchen, ihnen Geheimnisse zu entlocken, über die „man" nicht spricht. Das preisgegebene Geraune können sie sich zusammenspinnen zu einer phantastischen, sehnsuchtsvollen, blauen Nachtwelt, die samtseidig schillert, aber während Lotte immer tiefer hinein will mit ihren Spekulationen, stellt Isa dieses Phantasiegerüst bald gelangweilt in eine abgelegene Ecke, sie träumt lieber davon, was sie machen kann, machen will.

Machen?

Ja, sie will auf jeden Fall schreiben, Gedichte vielleicht, das tut sie ja schon, und sie denkt, sie wird sie veröffentlichen, eines Tages, wenn der Krieg vorbei ist, natürlich illustriert, also malen, zeichnen, das will sie auch, und dann studieren, Sprachen, Englisch, Französisch und Spanisch, um zu reisen und um sich mit

Menschen unterhalten zu können, fremden Menschen, die von weither kommen.

„Biene, liebe Biene, das sind aber jetzt wirklich Hirngespinste! Wir werden doch heiraten und Kinder kriegen!"

„Wen sollen wir heiraten, wenn die Männer alle fallen im Krieg."

„Einige bleiben sicherlich noch übrig."

„Ich jedenfalls", sagt Isa, „will nicht irgendeinen nehmen, ich werde nur heiraten, wenn ich mich so verliebe, dass ich nicht mehr denken, nur noch fühlen kann, so wie es meinen Eltern erging, als sie sich das erste Mal begegneten, so wie es unseren Großeltern erging, so muss es auch bei mir sein."

Aha! Und so ist es nicht mit diesem Jungen, dem Freund, wie Isa ihn nennt. Nein, das ist wirklich nur ein Freund, ein Vertrauter, mit dem sie über alles reden kann.

„Also ist er mehr ein Kamerad?"

„Genau, ein Kamerad, eine Art Bruder."

„Und denkt er auch so?"

„Sicherlich!", sagt Isa mit dem Brustton der Überzeugung, obwohl sie es besser weiß. Sie tanzen miteinander, sie lernen es jedenfalls, in der einen Hand hält Heino ein Buch, in dem die Schritte aufgezeichnet sind, mit dem anderen Arm umschlingt er sie an der Taille, so wiegen sie sich hin und her, und seit sie gelernt hat, dass man vom Küssen keine Kinder kriegen kann, küsst sie ihn auch. Sie küsst ihn und er küsst sie. Er schließt dabei die Augen – aber sie hält die Augen immer weit offen.

Lise geht regelmäßig zu ihrem Bruder, zur Schwägerin, lässt sich die Karten des vielgeliebten Sohnes Hans vorlesen, „Feldpost", immerhin, er ist doch ihr Patensohn, der einzige Sohn, den sie hat.

„Na, na, Lise, du hast zwei Schwiegersöhne."

Ja, die hat sie, und der eine macht ihr viel Kummer, der andere auch ein bisschen. Der Rudolf fliegt durchs Leben wie ein lahmer Engel, mit seinem einen verbliebenen Lungenflügel, schwunglos, taumelig, wie abgenabelt von Frau und Kindern, noch keine fünfzig und schon mit sich und der Welt fertig.

Und der andere, ist der denn besser?

Den Vergleich wagt sie nicht durchzudenken, aber die Bilder stehen deutlich vor ihrem inneren Auge: Martin am Herd, Martin, der neben seiner Isa sitzt und ihr bei den Hausaufgaben hilft, mit ihr Schach spielt, ihr aus der Bibel vorliest, Martin, der vor seiner Frau kniet, ihr die Schuhe auszieht, die Strümpfe abstreift, ihre müden Beine mit Franzbranntwein abreibt, so zart, dass man wegschauen muss, weil man glaubt, Zeuge einer intimen Handlung zu werden.

Professor sollte der Rudolf werden, das hätte sie gern.

„Aber es geht halt nicht immer so, wie wir es uns vorgestellt haben, Schwesterle, gell?“, sagt Karl und tätschelt Lises Hand.

Vielleicht hat sie immer zu viel gewollt? Vielleicht wird sie deshalb bestraft, vom Schicksal zur Kasse gebeten?

Lise fährt regelmäßig nach Durlach zu Tochter, Schwiegersohn, Enkelin, Enkel. Bricht ein in deren Haushalt und hält nicht zurück mit ihrer Kritik, versucht ins Lot zu bringen, was schief liegt dort, ihrer Meinung nach, ja, bitte, natürlich ist es ihre Meinung, aber sie hat schließlich die Erfahrung, sie hat schließlich immer noch eine Position in der Karlsruher Gesellschaft, die Frau Direktor Wolf.

„Wirklich, Mutter, hast du das? Machst du dir da nicht was vor?“

Und dann klappt es doch noch, vielleicht nicht ganz so glanzvoll, wie Lise es sich wünscht, vielleicht nur deshalb, weil die Bedingungen es erlauben, aber wer fragt schon danach. An einem Abend kommt sie zurück nach Rüppurr mit hochrotem Kopf: Der Rudolf, er wird berufen! Professor wird er am Technikum.

Im Überschwang ihres Glückes kann sie sogar eine Anekdote preisgeben, Stimmung war dort in Durlach, bewölkter Himmel, die Karola ist eingeschlafen, als ihr Mann ihr seine Einführungsrede vortrug, probehalber. Eingeschlafen! War wahrscheinlich zu lang an der frischen Luft mit dem Hund und danach noch im Garten, hat Unkraut gezupft, Triebe aufgebunden, Blumen geschnitten und in Vasen dekoriert, dann die Kinder – wild sind sie inzwischen, wollen der Mutter Lob entlocken, wollen ihre

Aufmerksamkeit, dabei braucht sie doch Ruhe, Schonung, hat so zarte Nerven –, da ist sie halt eingeschlafen bei diesen vielen technischen Details, die ein normaler Mensch doch gar nicht verstehen kann.

Martin schüttelt den Kopf, Elisabeth reißt ihre Augen warnend auf und hebt die Brauen, schweig, bitte, bitte, sag nichts, sei klug! Er hält seinen Spott zurück, dieses eine Mal, in Anerkennung, warum auch nicht! „Da wird sich die Frau Professor wieder ein paar neue Kleider entwerfen müssen", sagt er später, „Schuhe und Tasche passend dazu aussuchen, und die Frau Direktor ergänzt den fehlenden Betrag in der Haushaltskasse." Elisabeth freut sich für die Mutter, für die Schwester, den Schwager. Sie kann das, neidlos, fühlt sich sogar selbst ein bisschen geehrt. Dann aber freut sie sich noch mehr über den guten Aufsatz ihrer Tochter, eine glatte Zwei. Keinen Fehler, ein lobender Kommentar des Lehrers in Rot, handschriftlich im Heft. – So viel Lob, dennoch nur eine Zwei?

„Bei mir schon!", lächelt die Tochter, „deshalb steht da doch der Satz, Mama, dass ich weiß, wie die Note gemeint ist."

Aha! Dann also wirklich Grund zur reinen Freude.

Ein weiterer Sommer kommt und geht. Es ist noch heiß, und Gewitter brechen fast jeden Abend über die abgemähten Felder am Rand der Stadt. Elisabeth und Martin atmen durch, genießen die letzten, warmen Strahlen zwischen Unwetter und Nachtanbruch am Fenster zum Hof, wo sie sich an den friedlichen Geräuschen aus den Nachbargärten beschwipsen. Ein Anruf! Elisabeth meldet sich wie immer „Frau Martin Mayer hier." Es ist Berta, sie weint unterdrückt. Regina sollte mit einem Abwanderungstransport in das Reichsprotektorat Böhmen und Mähren verbracht werden, da hat sie was geschluckt! – „Was denn, Berta, was hat sie denn genommen?" „Tabletten, aber es war zu viel und nicht genug. Sie stirbt! Sie liegt im Sterben, es geht ihr so schlecht."

„Ich muss zu ihr", sagt Elisabeth und sucht ihre Tasche, ihren Hut, ihre Schuhe. Da zieht sie Martin ins Zimmer und schließt die Tür, schließt die Mutter aus, auch das Kind, spricht dort im

Zimmer mit seiner Frau. Eindringlich bittet er sie darum, nicht zu Regina zu gehen. Was will sie denn dort? Sie kann nichts mehr für Regina tun. Überhaupt nichts. Aber sie wird ihre Familie in Gefahr bringen, das Kind, kaum dem Tod abgelockt mit so viel Fürsorge, und auch er selbst werde gefährdet sein. Er, der den Tod nicht fürchtet, bittet sie, zeigt sich ängstlich. Da gibt sie nach und bleibt. Das Weinen schüttelt sie in die Nacht hinein. Bis sie keine Tränen mehr hat, liegt sie von ihrem Mann abgewendet dort im Kissen und bäumt sich gegen ihre Wut auf die Ungerechtigkeit, die sich in Verzweiflung verwandelt und dann in Fühllosigkeit.

Solch eine Nacht will sie nicht mehr erleben müssen. Es darf zwischen ihnen keine Uneinigkeit herrschen! Sie müssen einander vertrauen, sie müssen einander auch dann vertrauen, blind, wenn der andere etwas tut, das man nicht gutheißt. – „Wir bestimmen unser Tun nicht, Martin, es wird uns doch von anderswoher eingegeben, was wir tun müssen, und wir sind ja bisher immer den richtigen Weg gegangen." – „Also gut. Geh!"

Aber als sie geht, einige Tage später, hat Regina es geschafft. Endlich. Sie ist in Bertas Armen nach langen Kämpfen für immer still geworden. Elisabeth nimmt Berta in den Arm, die sich steif macht, abwendet. Jetzt muss ich halt warten drauf, dass einer von den anderen zurückkommt, damit ich wieder wen hab, für den ich sorgen kann, sagt sie.

„Glaubst du, dass die anderen wieder zurückkommen werden, wenn das hier vorbei ist? Glaubst du, dass sie das wollen, in einer Stadt leben, die ihre Existenz vernichtet, ihnen die Würde genommen und sie fortgeschickt hat?"

„Es wird eine andere Stadt sein", sagt Martin, „ein neues Jerusalem wird gebaut werden, und nur noch dafür, dass er kommt, um zu richten die Lebenden und die Toten."

Elisabeth seufzt und klammert sich an ihre Lebensgeister. Für das Kind muss sie doch stark sein, für ihren Mann, der mehr und mehr in Phantasien flüchtet, für die Mutter, die sich ins Vergessen trinkt, für die Schwester, die immer wieder Anlehnung braucht.

13

Krieg, das ist jede Minute und an jedem winzigen Ort Unheil. Dennoch hat der Krieg Millionen verschiedene Gesichter.

Hans, der Sohn von Karl und Jenny Spoerin, ist Soldat an vorderster Front und sein Heldenmut schrumpft täglich. Er schreibt an seine Frau, seine Eltern, auch an die Patentante Lise, sorgt sich darum, ob sie seine neue Feldpostnummer erhält, dankt ihr für Grüße, die ihm seine Frau ausgerichtet hat, hofft, dass sein Ostergruß rechtzeitig angekommen ist, wünscht der Tante, als ob sie alleine wäre, „weiterhin alles Glück und keinen unliebsamen Tommy-Besuch". Seine Mutter, sein Vater antworten ihm, dass er auf sich aufpassen solle, dort draußen im Feld. Von der Kälte wollen sie nicht schreiben und schon gar nicht vom Töten und Sterben, obwohl sie doch wissen, dass er mittendrin leben muss und obwohl sie hoffen und beten, dass er überleben wird. Seine Frau berichtet ihm, wie sie die Normalität für ihn bewahrt, dass er sich ins stets gemachte Bett legen darf, wenn er nur kommt! Sie versuche die Erinnerung an intime und frohe Momente der fünfjährigen Ehe lebendig zu halten. Die Tante denkt an ihn, aber sie kann es ihm nicht vermitteln. Ihre Briefe an den Neffen „im Feld" sind hölzern, das Emotionale liegt ihr nicht so, sie hat es aufgegeben, lange schon, hat ihre Möglichkeiten, Gefühle zu zeigen, mit Albert in sein Grab gelegt, allenfalls das kleine Kunole, ihr Liebling, wird dann und wann noch mit einer innigen Umarmung, einem heimlich in seine blonden Locken gedrückten Kuss verwöhnt. Ihre Sorge, dass dem Patensohn Hans etwas zustoßen könnte, ist kleiner als ihre Sorge um den Bruder, der sich durch seine Tage schiebt wie ein Automatenmensch, starr, stumm, undurchschaubar. Das Schennerle daneben mit flatternden Lidern und gereizter Anspannung, auch nur noch ein Schatten ihrer selbst, eingekapselt in ihre Schwerhörigkeit, die sie hinter einem zaghaften, ängstlichen Lächeln zu kaschieren versucht; wie kann sie dem Karl noch Gefährtin sein? Hilft die Erinnerung? Hilft es, dass er sie sich damals hat erkämpfen müssen wie ein Ritter im Mittelalter? Dass sie gelitten hat in vielen unerfüllten Schwangerschaften, um endlich dieses sichtbare Zeichen ihrer Liebe zu empfangen, den Sohn, der jetzt im Krieg dem Feind zum Vernichten angeboten wird aus tiefem Glaube an das Vaterland und dessen berechtigten Sieg? Über solche Dinge spricht man nicht. Und wie's da drin aussieht, geht niemand was an. Vor allem wichtig ist das Weiterleben.

Aber gerade das stellt der Krieg in Frage. Im Februar kommen Nachrichten aus dem Osten, die den allgemeinen Schrecken noch vergrößern. Der Russe und die Kälte, furchtbar setzen sie der deutschen Armee zu. Es wird schwierig werden mit dem Siegen. Vielleicht müssen wir einen Ausgleich suchen oder kapitulieren.

Wir? Was heißt da wir? Wir werden doch nicht gefragt. Dann wäre nämlich alles einfach. Wir wollen Frieden, wir wollen leben, der Preis ist längst bezahlt!

In Karlsruhe ist das Kriegsjahr dreiundvierzig fast ruhig, die Stadt bleibt – im Vergleich mit anderen Städten – von nennenswerten Angriffen verschont.

Alarm ist meistens nachts. Die Sirenen heulen, das Geräusch schlägt alle anderen Töne tot. Elisabeth wacht als Erste auf: „Isa!", ruft sie, und schickt das Kind in den Keller, schnell, schnell, zünde Kerzen an, vergiss die Decken nicht, das Wasser. „Martin!" – Manchmal ist er nicht da, dann erschrickt Elisabeth, wird zu Stein für den Bruchteil einer Sekunde. Martin sitzt im Speicher und dreht an seinem Volksempfänger herum, kriecht fast hinein in das Radio. Der Empfang ist in der Nacht am besten, glasklar. Auf den Zuruf seiner Frau hin kommt er, holt Lise aus dem Bett, legt ihr ein Tuch um und nimmt sie bei der Hand, zieht sie mit sich, hört nicht auf ihr Stöhnen. „Meine Glieder sind steif, ich kann nicht so schnell!“ Vorsichtig führt er sie hinunter in den Schutzraum. Dann richten sie sich ein, wie für lange. Wenn die Sirenen verstummen, holt Martin seine Bibel hervor, hält sie in den Kerzenschein und liest vor aus den Psalmen. Inzwischen kennt er sich gut aus, kann fast blind die richtigen Stellen finden, und keiner begehrt auf. Es ist besser, wenn er aus der Bibel vorliest, als wenn er anfängt, den Krieg zu kommentieren.

Am Tag geht Elisabeth zur Arbeit, Isa zur Schule, Lise, wann immer sie kann nach Durlach zu ihrer anderen Tochter, die sie braucht. Sie sieht nach dem Rechten, sie trägt dorthin, was sie gesammelt hat, Geld, Lebensmittel, ihre Liebe.

Gott sei Dank muss Elisabeth nicht hinaus an den Stadtrand zum „Schanzen“. Inständig hat sie Herrn Wilser gebeten darum, „Mein Mann und mein Kind wären vogelfrei, wenn mir etwas passiert.“ Herr Wilser verspricht ihr, dass er sie raushält, stellt offiziell einen Antrag auf Befreiung, weil sie doch fünfzig wird in diesem Jahr. Das ist ein würdiges Geschenk. Schonung! Nach der Arbeit oder in der Mittagspause macht Elisabeth einen Schlenker über die Adlerstraße, wo Berta inzwischen wohnt, Hedwigs Kleider, Taschen und Schuhe bewacht, sorgfältig geschichtet und mit Mottenkugeln bewehrt. Hat sie Nachricht bekommen? Nein, sie wartet noch darauf, hält alles in Ordnung und bereit für den Tag der Wiederkehr „ihrer“ Familie. Elisabeth nimmt das nächste, das übernächste Bähnle hinaus in die Vorstadt. Sie steigt am Dammerstock aus und besucht Elsbeth, die Schulfreundin, die nun im Rollstuhl sitzt, lässt sich ihre Post diktieren, dann kommt sie nach Hause und legt ihr Stenogramm vor sich auf den großen Ausziehtisch neben die Schreibmaschine, stützt ihren Kopf in die Hände und muss erst einmal weinen, dass ihre schmalen Schultern beben. Sie spricht so schlecht, die Elsbeth, man kann sie kaum verstehen. Inzwischen ist der Professor Stark nach einem Schlaganfall so gebrechlich, er ist doch keine Stütze mehr für seine Frau, sie bräuchte eine Hilfe, dauernd. Irgendwann hat Elsbeth jemanden gefunden, eine junge Frau vom Land, die sie umsorgt und die bei ihr einzieht, als ihr Mann stirbt, ganz plötzlich tot im Bett liegt. Was für eine Gnade für ihn! Wie viel Energie Elsbeth trotzdem immer noch hat! Wie sie sich zurechtfindet! Wofür bloß? Elsbeth lebt weiter, schutzlos, ihr Privileg ist tot. Wie wird es weitergehen mit ihr?

Isa besucht ihre Freunde im Weiherfeld und trifft dort andere junge Leute, die wie sie M eins sind. Da ist der kleine melancholische Fried Hammerschlag, der bei seinem Vater geblieben ist, als seine Mutter und sein Bruder nach Südafrika auswanderten, das Nachreisen haben sie verpasst, der Krieg hat einen undurchdringlichen Wall um das Land gelegt. Und da ist der lange Heinrich Goyert, Carmens Tanzpartner, und vielleicht auch ein bisschen verliebt in sie. Wenn Heinos Grammophon spielt: „Ich tanze mit dir in den Himmel hinein, in den siebenten Himmel der Liebe", dann träumt jeder von ihnen von der Liebe, schließt die Augen und stellt sich vor, dass es die Arme des einen Einzigen sind, den das Schicksal ihnen bestimmt hat, und dann ist alles andere unwichtig.

Heinrich sagt: „Kommt doch auch mal zu mir nach Durlach." Mit den Rädern fahren sie dorthin und werden von Heinrichs Mutter empfangen. Sie setzt sich zu den jungen Leuten und diskutiert mit ihnen über das, was sie auf den Tisch werfen: der Mord an Caesar, der Tyrannenmord, war er akzeptabel, hat er dem römischen Reich wirklich „gedient", wurde nicht ein Tyrann nur durch einen anderen ersetzt und war nicht Caesar schon in der Minute seines Todes wiedergeboren als Märtyrer. Und sind nicht Märtyrer die schlimmsten Tyrannen, weil sie die Lebenden unter einen mythischen Schleier bannen? – „Ich verstehe, was ihr meint, Mord bleibt Mord, der Zweck kann die Mittel nicht heiligen." Olly Goyert lässt sich ein auf die Diskussionen der Jugend, als ob sie selber jung wäre. Sie kann auf alle Menschen zugehen, deshalb ist sie auch bestens informiert über alle Karlsruher, die in ähnlichen „Umständen" leben wie sie selbst. So kann Isa nun den Eltern Neuigkeiten berichten, wer „fort" ist, ausgewandert oder auch mit nach Frankreich „evakuiert" wurde und dass es noch eine andere Möglichkeit gibt: Verstecken. So ist es auch Isa, die als Erste erfährt, dass Hedwig „raus" ist, gerettet, denn dieses Evakuierungslager in Frankreich war die Hölle, das stand in einem Brief, der durchgekommen ist. Sie ist von Christen, die eine Patenschaft für sie übernommen haben, herausgeholt worden und lebt jetzt bei diesen Leuten, irgendwo in den Pyrenäen. Und eines Tages wird sie zurückkehren nach Karlsruhe, die Berta wartet auf sie, sie hat alles bereitgehalten. „Die Hedwig muss nur kommen. Das sagt die Frau Goyert." – „Die sagt das, ja dann kann man es schon glauben." Das muss auch Elisabeth zugeben.

Sie ist so froh, dass Isa sich jetzt normal entwickeln kann, ganz normal, wie jedes junge Mädchen, junge Menschen, auch Männer, um sich hat und sich mit ihnen unterhält, sie geht sogar wieder ins Kino! Geht sie, ja, sagt aber nicht wie. Dass der Freund sie an sich gedrückt hält, bis sie in die Dunkelheit des Vorführraumes eintauchen, dass sie sich dort an ihn schmiegt, wo der gelbe Stern sitzt; wenn man den sähe, dürfte er nicht rein.

Wieder Weihnachten! Wirklich? Elisabeth hätte es nie erlaubt, dass Weihnachten übergangen würde. Sie besteht auf einem Tannenbaum und auf den Wachsengelchen, der Krippe, den Hirten, Maria, Josef, dem Kind und dem Stern; der leuchtet in jeder noch so dunklen Nacht.

Dann beginnt das Jahr vierundvierzig, das fünfte Kriegsjahr schon. Isa bereitet sich auf ihr Abitur vor. Wird sie es schaffen? „Mit links", sagt Martin. Sie ist wie ein Schwamm, saugt sich voll mit Wissen und kann es verarbeiten, verbinden, nicht nur reproduzieren wie die Fleißigen. Elisabeth ist froh und stolz. Aber wozu kann es ihr dienen? Studieren darf sie ja nicht, sie wird an keiner deutschen Universität zugelassen werden, und ins Ausland kann sie nicht, die Grenzen sind zu. – „Man darf nicht so kurzfristig denken. Irgendwann ist dieser Wahnsinn vorbei!"

Martins Zuversicht wächst. Im Ausland bereitet sich etwas vor. Es gibt das „freie Frankreich", dessen Stimme empfängt er aus dem Äther, und die macht ihm Mut! Durchhalten müssen wir eben, durch den dunklen Tunnel durch. „Wenn wir nicht darin ersticken", das wagt Elisabeth nur nachts zu sagen, wenn sie dicht beieinander liegen und sich wie Kinder an ihren Glauben klammern, dass die Macht des Bösen gebrochen werden kann, immer wieder gebrochen wurde, vom Anbeginn der Zeit bis in die jüngste Vergangenheit hinein. In Wellen bewegt sich die Geschichte, und dieses Wellental, in dem wir angekommen sind, ist vielleicht schon überwunden.

Manchmal muss Elisabeth der Mutter energisch vorhalten, was für ein Riesenglück sie gehabt haben, das Haus in der Karl-Friedrich-Straße 4 wurde schon beim ersten, großen Angriff in Schutt und Asche gelegt. Denk doch mal, Mutter, alles wäre jetzt weg, kaputt, in Trümmern! Lise versteht es nicht; das Glück, das in dieser Tatsache steckt, kommt nicht mehr bei ihr an. – „Ich will wieder dorthin, in die Karl-Friedrich-Straße, dort will ich wieder wohnen bei der Louise und der Ida, und mein Albert, den möchte ich wieder bei mir haben." Sie ist müde, der Wein hat sie verwirrt, sie ist eine alte Frau.

Isas Abiturfeier, bei der Elisabeth zum ersten Mal viele Professoren sieht, die sie bisher nur aus Isas Erzählungen kannte, und den Hausmeister, der jetzt „Schulinspektor" heißt und den sie gleich auch für einen Professor hielt, weil er so vornehm angezogen ist, das ist auch so ein glücklicher Moment. Kleines Glück, denn die beiden müssen natürlich ohne Martin dorthin gehen. Isa ist eine richtige Schönheit an diesem Tag, sie trägt das dunkelblaue Kleid, das die Großmutter aus irgendeiner Truhe zog und an sie hielt. „Das passt", sagt sie. „Es stinkt", gibt Isa zurück, „wo kommt denn das überhaupt her? Sag's schon, Oma, sag's mir!" „Es hat der Gerti gehört und es ist bestimmt allerbeste Qualität, sowohl im Stoff als auch in der Machart." Der Gerti, der Frau von Kurt Wolf, die ihrem Kind hinterher gestorben ist? Deren Kleid wird sie anziehen müssen an ihrer Abiturfeier? – Es kommt ein eleganter breiter Spitzenkragen drauf, den hat sie selbst gehäkelt! –

„Bitte, Oma, nicht schon wieder!" Mit Grausen erinnert sich Isa an die bestickten, weiten Ärmel von „Bulgarenblusen" und „Leibchen" mit eingezogenen Bändern, keines der anderen Kinder musste solche Sachen anziehen, die Tänzerinnen in der „Verkauften Braut" trugen so was, aber doch kein normales Schulmädel in den vierziger Jahren des zwanzigsten Jahrhunderts.

Aber, was soll's? Darauf kommt's eigentlich nicht an! Her mit dem Kleid, Isa kann den Geruchssinn abstellen, näselt vornehm und zukunftsorientiert „Meine Dame, darf ich bitten?" und macht sich mit der lächelnden Mama auf zur Überreichung der Zeugnisse, die hat sie nicht zu fürchten! Sie weiß, dass sie eine gute Schülerin war, besser als es ihre Noten sagen werden.

Kurz nach der Feier tritt Isa in das Lehr- und Forschungsinstitut der Technischen Hochschule als Chemie-Laboranten-Lehrling ein. Sie hat es dem Doktor Wolf zu verdanken, dem neuen Hausarzt, zu dem sie gefunden haben nach dem plötzlichen Tod von Doktor Zufall. Sie sollte nicht in die Rüstungsindustrie, das riet er den besorgten Eltern, ihr Körper hat die Vergiftung immer noch nicht so ganz ausgeschwitzt. Sie soll sich mal bei dem Professor Weyrich melden, der reicht sie an seinen Kollegen Körting weiter, dieser weist sie dem Kollegen Zankel zu, und es kommt Isa so vor, als ob jeder insgeheim Aha! sagte, wenn sie dort auftaucht. Irgendwann trifft sie Onkel Rudolf in der Straßenbahn und erzählt ihm, dass sie bald auch dort an „seinem" Institut arbeiten werde, ist ihm das recht? Forschend blickt sie ihn an, will ihm anmerken, was er darüber denkt, auch wenn er es nie und niemals offen aussprechen wird, darüber ist sie sich klar. Rudolf nickt, „gut", sagt er, „das geht in Ordnung. Wer hat dich eingestellt? Der Körting?" „Ja." „Und mit wem hast du es zu tun, mit dem Zankel?" „Ja." „Aha!"

Was denn aha, fragt sie daheim ihre Eltern. – Na, der Zankel ist auch M eins und der Professor Bunte, der Leiter, von dem ist doch auch etwas bekannt! Hat dessen Schwägerin nicht auch einen Juden geheiratet? – Doch, doch, der war Prosektor am Klinikum gewesen und wurde entlassen. Irgendwann einmal schickt man Isa vom Institut aus nach Hause zu Professor Bunte mit einer kleinen, unwichtigen Erledigung, und sie hat das Gefühl, begutachtet zu werden. Sie verhält sich zurückhaltend, höflich, so wie die Oma sie gedrillt hat, gibt Antwort, schaut den Menschen in die Augen, versucht ihre Erwartungen zu erfüllen. „Prüfung bestanden", sagt sie keck, als sie den Eltern die Begebenheit erzählt. Elisabeth und Martin tauschen vielsagende Blicke, dann seufzen sie erleichtert und unisono auf! Wieder mal ist etwas gut gegangen. „Herr, deine Hand behütet uns, danke“, betet Martin laut und sagt dann „Amen“. „Amen“ sprechen ihm die anderen nach, Elisabeth, Lise und sogar das aufrührerische Kind. Jeder will, dass etwas anderes so sei, wie es das Wort besagt, und doch ist es ein und dasselbe Wort.

Studieren wäre schön gewesen, kann ja aber noch kommen, sie ist gerade achtzehn und fröhlich, von Tag zu Tag fröhlicher, das Isale, unser Kind. Pflichtbewusst lernt sie die Elemente bezeichnen, Lösungen herstellen, sich hüten vor Säuren, Gasen, Dämpfen. Sie lernt auch, wie man miteinander umgeht, nicht familiär, nicht gesellschaftlich, nicht kameradschaftlich, sondern kollegial. Wer mit wem etwas hat, wird da getuschelt, und irgendwann fällt der Name ihres Onkels, da horcht sie auf und von nun an muss sie genauer hinschauen, wenn der Onkel Rudolf in seiner Pause mit Kollegen an einem Tisch sitzt. Da fällt ihr auf, dass immer das Fräulein Hannelore dabei sitzt, dass sie ihre Arme über dem Kopf räkelt, dass sich der Pullover über ihren spitzen Brüsten spannt, wenn sich der Onkel hinter dem Dunst seiner Zigarette verbirgt und man nicht erkennen kann, ob er dieses Fräulein Hannelore überhaupt wahrnimmt, ihre geröteten Wangen, ihre Füße, die sie aus den Schuhen gestreift hat, die sie ihm entgegenstreckt, den einen zuerst, dann den anderen, wenn sie die Beine übereinander schlägt, diese schlanken, langen Füße, die sie in den Gelenken dreht, deren Zehen sie spreizt in ihren Seidenstrümpfen, so dass man dabei den roten Lack auf den Nägeln feurig glühen sieht. Es liegt etwas in der Luft, das Isa nicht benennen kann. Es macht ihr Gänsehaut. Und Gänsehaut kriegt sie auch, wenn sie mit dem Studenten Jungnickel lange Spaziergänge unternimmt, vom Institut hinein in die Stadt, wenn sie dabei die Kälte nicht spürt, die Alarmsirenen sie nicht beeindrucken, das Gerenne in die Schutzkeller ihr kein Ärgernis ist, im Gegenteil, jeder Alarm, den sie mit ihm erlebt, bringt sie einander näher, und schließlich, als der Sommer schon fast vorbei ist, landet sie so nah bei ihm, dass er nicht mehr anders kann, er küsst sie, sie küsst ihn, da gibt es keine Gänsehaut mehr, nur noch ein

Glücksgefühl mittendrin in ihrem Bauch, und in der Luft liegt soviel Verheißung, dass sich der Schwefelgestank der Geschütze in Nichts auflöst.

Sie ist glücklich, und Glück macht geschwätzig. Über das Eigentliche will sie nicht reden, will nicht preisgeben, dass sie verliebt ist, aber reden will sie doch, und da erzählt sie der Oma von den Kollegen und davon, wie das Fräulein Hannelore ihre Arme über dem Kopf räkelt und dabei die rotlackierten Zehen spreizt. Am Abend macht Lise die Tür hinter sich zu, als Elisabeth nach Hause kommt und wie immer zuerst zur Mutter geht, um nach ihr zu schauen. Isa hört einen lauten Wortwechsel. „Sei doch nicht so hysterisch, Mutter!" – „Nicht in meinem Haus, nicht in meiner Familie!" – „Gerüchte, Mutter!" – „Dann muss man eben dafür sorgen, dass solche Gerüchte gar nicht erst aufkommen können!" Am nächsten Morgen fährt sie früh schon nach Durlach. Der Schwiegersohn muss ihr versichern, dass er seine Frau liebt, nur sie, dass er „nichts hat" mit dieser Kollegin. Da war nichts, wirklich absolut nichts! – Also gut, in Zukunft verlangt sie von ihm, ihrem Schwiegersohn, dass er sich ganz, „hörst du?", ganz von diesem Fräulein zurückzieht!

Das Institut wird verlagert, einige Abteilungen jedenfalls, nach Niefern und nach Bretten, mit Sack und Pack und Maus und Mann und Frau und Kind, Karola geht mit ihrem Mann mit, die Kinder sind auch dabei, Gott sei Dank, dann kommt alles wieder ins Lot. Aber Isa will nicht mit, sie will doch die Eltern nicht allein lassen, die Oma braucht sie auch, sie gehören zusammen! Also bleibt sie, wird in Zukunft dem Baurat Struck zugeordnet. Der Jungnickel jedoch setzt sein Studium fort.

„Ich denke, es ist besser, wenn wir uns nicht mehr sehen. Unsere ... Beziehung hätte ohnehin keine Zukunft." – Warum denn nicht? – Er will sich nicht so fest binden, jetzt noch nicht. Lebwohl und Heil Hitler!

Sie geht auf die Toilette und schnieft dort in ihr Taschentuch, bis es ganz durchnässt ist. Dann muss sie zurück an ihren Arbeitsplatz, und als sie an Fräulein Hannelore vorbeigeht, hat sie das Gefühl, dass in deren Augen nicht etwa Mitleid liegt, sondern

Triumph. Das kann sie lange noch nicht verstehen. Kein Wort zur Oma, keine Silbe zu den Eltern. Es gibt Wichtigeres als eine zerbrochene Liebe, denkt sie. Ich hab doch meine Familie, ich hab meine Freunde, und ich hab meine Zukunft, die vor mir liegt.

Beim großen Luftangriff im April vierundvierzig bleibt die Innenstadt weitgehend verschont. Ein Gewittersturm verweht die Zielmarkierungen, so treffen die Geschosse vor allem die Vororte. Das Haus in der Lebrechtstraße schräg gegenüber wird fast völlig zerstört, die Bewohner überleben im Keller. Das Haus in der Fronstraße, dessen Garten an ihren Garten anstößt, wird getroffen, die Tochter der Familie kommt dabei zu Tode, sie ist so alt wie Isa. Was für ein Glück haben wir gehabt! Das Glück macht sie stumm und starr, weil sie um seine Flatterhaftigkeit wissen und weil der schwarze Rabe Angst seine Krallen in ihre Schultern schlägt.

14

1944. Da schlägt es zu, das Schicksal, es macht kaum noch Unterschiede. Der Tod geht um und frisst sich dick und fett. Das Grauen begleitet ihn.

„Mein Gott, mein Gott", sagt Martin eines Abends. „Sie haben ein Attentat auf Hitler verübt!"

„Wer? Wer denn, die Alliierten?"

„Nein, einige Offiziere, feige Vaterlandsverräter, sagen sie."

„Und?"

„Hitler hat wie durch ein Wunder überlebt und die Verantwortlichen wurden sofort hingerichtet."

Als in den frühen Morgenstunden am 27. September 1944 die Sirenen zum dritten Mal in dieser Nacht aufheulen, fehlt Isa.

„Martin! Das Kind!"

Er sucht sie überall, im Garten, in jeder der Wohnungen, Elisabeth steht am Kellereingang und verfolgt die Geräusche, die er macht, von unten tönt die schwache Stimme der Mutter: Elisabeth, komm! Jetzt öffnet Martin die Tür zum Speicher, Elisabeth kann jeden seiner Schritte hören auf der steilen Holztreppe, die hinaufführt unters Dach, dann ist es still.

Dort findet er sie, Isa steht an der Luke, deren Glas längst zersplittert ist und schaut hinaus auf das Inferno, die grünen Leuchtkaskaden.

„Es geschieht ihnen recht! Sie haben es verdient, diese Deutschen!", sagt sie.

Vorsichtig nimmt Martin seine Tochter bei der Hand und zwingt sie zurück, redet ihr den Hass nicht aus, den sie empfindet, weist sie nicht auf den Gedankenfehler hin, den sie macht: Sie ist doch auch nichts anderes als eine Deutsche.

Lise, Elisabeth, Martin und Isa sitzen endlich im Keller beieinander, vorerst in Sicherheit. Die Geräusche der Geschütze rollen wie Donner, dann das Vibrieren, weil es Einschläge gibt in der Nähe. Wie gut, dass wir beieinander sind. Lises andere Tochter, ihr Sorgenkind, Karola, sie ist doch auch in Sicherheit? Und die Kleine, Lotte, als Hilfsschwester tätig wie einst die Tante, ist sie in Gefahr? Wer ist es nicht? Wer weiß schon, was der nächste Morgen, die nächste Stunde bringt, es sieht ja so aus, als wollten sie uns ganz und gar vernichten, und verdient haben wir es doch auch. Einen schrecklichen Weltbrand angezettelt, aus purem Machtüberschwang, geschwelgt in wahnsinnigen Allmachtsfantasien.

„Was heißt da wir? Wir hier, du und du, Mama, Papa und du doch auch Oma, gell? Wir haben doch diesen Krieg nicht gewollt?“ Isas Appell dringt ein in die Dunkelheit, in das Grollen der Geschütze, ein flackerndes Licht, Elisabeth und Martin tauschen einen ihrer sprechenden Blicke, Lise starrt vor sich hin, ihre Augen sind rot gerändert, glänzen feucht. Langsam hebt sie ihre Hand und legt sie auf die Hand ihres Schwiegersohns, streichelt diese Hand sacht, kaum ist die Bewegung zu sehen.

„Danke dir!“, flüstert sie und Elisabeth senkt ihren Blick.

Der Angriff im September war nur die Vorhut.

Am 4. Dezember starten in East Anglia über 1.000 Bomber, um Karlsruhe und Heilbronn von der Landkarte zu tilgen. 186 Luftminen, 3.700 Spreng- und 185.000 Brandbomben, bis zu zehn in jeder Sekunde, schlagen ein wie ein göttliches Urteil. Es ist aber eine menschengemachte Apokalypse. 100 Menschen werden im öffentlichen Schutzraum unter dem Gasthof „Drei Linden“ in Mühlburg unter Schutt und Asche begraben. Weitere 275 werden getötet, da und dort in den eingemeindeten Dörfern, einstmals Orte der Beschaulichkeit, weitab vom Schuss! Aber nicht in Rüppurr, darüber halten die Glücksfeen ihre gespreizten Finger, nur wenige Bombensplitter rutschen durch, rutschen an Elisabeths Haus vorbei, um Haaresbreite und wie mit Absicht!

Es sind jetzt nur noch 20.000 Menschen in der Stadt. Auch sie sollen noch vernichtet werden, aber der letzte schwere Angriff in der Nacht vom 2. auf den 3. Februar scheitert an widrigen Wetterbedingungen.

Es ist bald vorbei, so beschwört Martin seine Familie zum Durchhalten. Es kann wirklich nicht mehr lange dauern, eigentlich müsste es schon zu Ende sein, es ist eigentlich schon zu Ende, das sind nur noch Zuckungen, sie bäumen sich noch einmal auf, „unser" Führer und die Seinen.

Und so sieht das aus, dieses Aufbäumen: Am 6. Februar 1945 erhalten Isas Freunde, der Junge und das Mädchen aus dem Weiherfeld, eine „Ladung betreffs Arbeitseinsatz" für den 9. Februar auf die Staatspolizeistelle der Gestapo.

Geh doch nicht hin, sagt Isa. Versteck dich doch, so wie die Goldine Zweifel, das hat sie von Olly Goyert erfahren, die weiß darüber genau Bescheid, was es da für Möglichkeiten gibt. In Schrebergärten, wo keiner sucht. In Kellern. Auf Speichern. In Schränken. Man kann sich entziehen! Abwarten! Ihr Vater sagt, es geht nicht mehr lang, er hört Feindsender, die Alliierten sind auf dem Vormarsch, es ist nur noch eine Frage von Tagen.

Der Freund hat keinen Vater mehr, der ihn beraten könnte. Seine Mutter ist von Angst gelähmt. Er muss also selbst entscheiden über sich. Warum, warum soll er sich verstecken, wird womöglich dann doch gefunden und abgeknallt wie ein Kaninchen. Nein, das sieht er nicht ein. Also geht er dorthin mit seiner Schwester und zusammen mit den ersten 30 „privilegierten", doch noch getauften, „halb-arischen" Karlsruhern nach Theresienstadt. Es sind die ersten „Mischlinge" und die letzten. Alle weiteren werden durch das Ende des Krieges verschont.

Isa beginnt ein Tagebuch zu schreiben für den Freund, hält ganz genau darin fest, was sie erfahren kann. Denkt an ihn und seine Schwester jeden Tag. Fürchtet und wartet darauf, dass sie auch so ein Schreiben erhalten werden, sie und ihr Vater. Stellt sich ihren Papa vor mit seinen blank polierten Stiefeln und dem steifen Kragen, immer noch hat er Dutzende Ersatzkrägen, geht sparsam damit um, bleibt so ganz Herr in seinem Aufzug. Wie würde er sich dort anstellen, beim „Arbeitseinsatz“? Sie müsste seine Arbeit mit übernehmen, und das wird sie auch, das hat sie fest vor. Außerdem, da ist sie sich inzwischen ganz sicher, die Mama wird mitkommen, sie bleiben zusammen.

Die Franzosen besetzen die Stadt. Man tuschelt über Vergewaltigungen. Martin fängt die Soldaten an der Haustür ab und bietet ihnen in seinem besten Französisch Lises letzten Wein an. Sie trinken, danken und gehen.

Dann kommt aus der Sofienstraße ein Anruf: Hans Spoerin, der heiß ersehnte Sohn von Jenny und Karl Spoerin, Lises Patensohn, ist gefallen. Lise kann nicht weinen, sie starrt vor sich hin und plötzlich kippt sie vom Stuhl. Schlaganfall! Sie erholt sich wieder, sitzt wieder aufrecht da, wie ein Standbild, und keiner weiß, ob sie noch wahrnimmt, was um sie her geschieht. Eine Woche später folgt ein weiterer Schlag. Sie ist nicht mehr ansprechbar, muss ins Krankenhaus. Nun ist doch die Wohnung frei, schreibt Karola aus Niefern und kurz darauf ist sie da, zieht ein, bemächtigt sich der schönen, alten Möbel aus der Karl-Friedrich-Straße 4. Und die Mutter ist noch nicht tot! – „Bitte, Martin, sag das nicht so laut, sie ist doch ausgebombt, hat alles verloren!“

Als Deutschland endlich kapituliert, fragt sich Isa, was nun geschehen wird. Werden die Menschen herumlaufen und einander um Verzeihung bitten?

Lise stirbt. Aus den Trümmern heraus kommen Männer und Frauen – es sind noch viele da, die sie gekannt haben – und verabschieden sich von ihr wie von der Erinnerung an eine andere Zeit. Eine persönliche Nullstunde schlägt für Elisabeth und Karola: Sie sind ganz oben auf der Familienpyramide angelangt.

Und dann stirbt auch Jenny. Wenige Monate, nachdem sie die Todesnachricht ihres Sohnes erhalten hat, darf sie zu ihm in den Himmel, denn da ist er hoffentlich gelandet, da er doch sein Leben dem Vaterland geopfert hat. Ach, Mama, jetzt fängst du schon an zu reden wie die Oma, so furchtbar theatralisch! Isa ist leer. Sie fühlt keine Trauer. Aber sie beginnt daran zu glauben, dass jetzt ihre Zukunft beginnen kann.

15

Es gibt nichts mehr zu fürchten, außer Krankheit und Tod.

Elisabeth hält Kontakt zu all jenen, die sie in der gleichen Situation weiß wie sie selbst. Man trifft sich und gibt einander Ratschläge, man lädt diejenigen ein, die heimkommen aus Gurs, aus Theresienstadt.

Die christlich-jüdische Gesellschaft nennen sie sich, und sobald es geht, wird diese Gesellschaft eingetragen in ein Register als Verein, denn die Militärregierung braucht einen Partner für den Aufbau einer neuen Ordnung. Das, was man ihnen vorgeworfen hat, dass sie zueinanderhalten, das tun sie jetzt: Sie flechten ein Netz und spinnen es um sich als Schutz, den sie eigentlich nicht mehr brauchen und doch nötiger brauchen als vieles, denn wie kann man leben, wenn man jeden Tag neue Tote beweinen muss. Und schlimmer noch, wenn man erfährt, was diese anderen, die man selbst hätte sein können, aber dann doch nicht war, erlitten haben, bevor sie starben. Man glaubt, selbst zu leiden. Dieses Ausgestoßensein, Entwürdigtsein hat manch einen von ihnen in den Selbstmord, in den Wahnsinn getrieben, und nun erfährt man, wie privilegiert man wirklich war. Man müsste Scham empfinden über dieses große Glück.

Wieder sitzt man dazwischen, zwischen den Toten und den gerade noch Davongekommenen. Die Heimkehrer aus den Lagern treffen auf die Verschonten, sie lächeln, sagen guten Tag, auf Wiedersehen, was kann ich helfen. Keiner von ihnen erzählt, was er dort erlebt hat. Irgendwann aber wird doch darüber gesprochen. Hinter vorgehaltener Hand wird geflüstert, in Andeutungen, verstohlen schaut man sie an, diesen, ja, den dort meine ich, nicht mit dem Finger auf ihn deuten, das tut ihm weh! Man erzählt, dass man sie kahl geschoren, ihnen alle persönlichen Gegenstände weggenommen hat, wie Streit ausbrach zwischen ihnen, weil der Hunger sie plagte und der Durst, dass sie sich freiwillig zur Schwerstarbeit meldeten, weil dann die Essensrationen größer waren. Elisabeth fühlt die Last der anderen auf ihren Schultern und erkennt ihr eigenes Glück. Daraus schöpft sie ihre Milde, zu vergessen und zu verzeihen. Sie beginnt sogar zu verstehen, die Verblendung, wenn sie nicht allzu groß war, als menschlichen Irrtum zu betrachten, richtet sich ein neben den Mitläufern als auch nur Mitleidende und wird ruhig in der Normalität des Zwischendrin. Martin lächelt und vergräbt sich in den Psalmen. Isa spürt, dass das, was in ihr kocht, sie trennen würde von den Eltern. Also schluckt sie es hinunter, lässt es in ihrem Inneren gären.

Berta ruft an, teilt mit, dass Hedwig zurück sei, und so habe sie endlich wieder jemanden, für den sie sorgen könne. Aber man solle die Frau Engelmann noch in Ruhe lassen. Sie habe die Toten noch nicht losgelassen, rede nächtelang mit Vater, Mutter, Bruder, Schwester und finde keinen Schlaf.

Kurz nach Kriegsende stirbt der Junge von gegenüber mit noch nicht achtzehn Jahren an Leukämie, der Sohn des Gestapomannes, der Martin damals abholen musste, und zu Elisabeth sagte, dass sie nach Hause gehen sollte, es werde alles gut. Man geht hinüber zu den Eltern und der kleinen Schwester und kondoliert, respektiert das Leid der Familie. Man lebt in guter Nachbarschaft, in gegenseitiger Anerkennung und Achtung. Das muss reichen, miteinander reden kann man nicht, muss man auch nicht, wenn man weiß, was man weiß, so wie Martin, so wie Elisabeth, die alles erfahren hat in einer schlaflosen Nacht.

Elisabeth arbeitet nicht mehr bei Hammer und Helbling, Martin arbeitet ja wieder, das Amt für Vermögensverwaltung hat ihn sofort als kommissarischen Leiter in der Maschinenfabrik Pfeiffer in Ettlingen eingesetzt.

Den ersten Besuch bei Hedwig machen sie gemeinsam, Elisabeth, Martin und Isa, alle drei zusammen gehen die steinerne

Treppe hinauf im Haus in der Kronenstraße, wo sie inzwischen wieder gelandet ist, sehen im Türspalt Berta stehen, die ihnen winkt, sie mit Verschwörermine schnell in die Wohnung hineinzieht, an Kisten, Kasten und Koffern vorbei vor ihre Küche. „Es geht ihr heute schlecht", flüstert sie. Wie eine Gipsfigur sitzt Hedwig dort, in Schals und Decken gehüllt, im Stuhl ihrer Schwester, dessen Position sie nicht verändert zu haben scheint, noch immer kann man von ihm aus in den Hof schauen und weiter dorthin, wo einmal die Synagoge stand.

Hedwig blickt sie an, als ob sie sich alle in einer anderen Welt befänden. Nickt unter abgesenkten Lidern, die Lippen hat sie schmal gepresst, eine Augenbraue zuckt. Dann wendet sie sich ab, es gibt nichts zu reden, nicht viel, heute noch nicht. Berta bewacht sie, wacht über sie. Berta erfährt nach und nach viele Einzelheiten, und sie gibt sie weiter, möglicherweise ist das im Sinne Hedwigs. Hedwig spricht nie viel mit ihren Besuchern, sie hört zu, wenn man ihr erzählt. Elisabeths Erzählungen gehen bald zum Alltäglichen über. Die schöne Naive, man hat sie nicht zerbrechen können, denkt Hedwig dann. Martin erzählt von den neuen Herren, den Amerikanern, die daherkommen, breitbeinig, kaugummikauend, mit schlechten Manieren wie Parsival beim ersten Besuch der Gralsburg Munsalvaesche, ungeformt, und doch, sie sind die Former dieser neuen Welt, die auf den Trümmern entstehen wird, kaum zu glauben.

„Eine andere Zeit, Herr Mayer."

„Die Endzeit, Frau Engelmann. Apokalypse. Zeit, gemessen mit göttlichem Maß, nicht mit Menschenmaß, also nicht in Tag und Jahr, aber doch Zeit! Letzte Zeit!" – Er ist jetzt ganz in seinem christlichen Traum verloren, denkt Hedwig. Ein bisschen abschätzig. Ihre Dankbarkeit Jesus Christus gegenüber, der immerhin die Menschen erleuchtete, die sie aus dem Lager geholt haben, ist durchaus nicht gering, aber maßvoll. Eigentlich glaubt sie, wenn überhaupt, lieber an den alten, strengen, jüdischen Gott, den strafenden, verborgenen, mächtigen Unaussprechbaren. Wenn Isa kommt voller Tatendrang, voller Aufruhr, voller Ideen, dann glaubt Hedwig, dass es vielleicht doch weitergehen kann, nicht besser, aber doch auch nicht schlechter als damals vor dem Alptraum.

Isa fährt ins Weiherfeld, wird empfangen, fragt nicht, ist einfach nur da und schaut ihn an, den Freund. Sieht, dass er sich verändert hat, sieht, wie sehr sie aneinander festgewachsen sind, die beiden Geschwister, trägt ihnen erneut ihre Freundschaft an, die unverändert ist von ihrer Seite her. Freundschaft! Das muss doch möglich sein. Fordert ihn auch auf zum Mitwirken in der neu gegründeten „Gesellschaft für rassisch Verfolgte" und muss nicht lange darum bitten, denn in ihm schlummert der Unternehmergeist seines Vaters.

Elisabeth sorgt sich sehr um ihre Schwester, die unter einer schmerzhaften Polyarthritis leidet und deren Nerven so schlecht sind; sie ist so zart, man muss sie schonen. Karola jammert, dass sie kein Geld haben, keine Kleider, Rudolf hat keine Arbeit, die Tochter hat die Schule nicht beendet. Wenn die Mama noch da wäre, was würde sie zu all dem sagen? Während Karola sich nach der Mutter sehnt, sie ehrlich vermisst, taumeln muss beim Abschreiten ihres Lebensweges, weil deren führende Hand fehlt, hat Elisabeth das Gefühl, dass das Leben der Mutter an sein Ende gelangt war. Eine Erlösung war der Tod, auch eine Erlösung von einer Zukunft, die sie immer mehr verwirrt hätte. Noch eine neue Zeit, das hätte Lise nicht mehr verstanden. Sie hat ihren Frieden verdient. Das erklärt sie Karola immer wieder, die großäugig auf die Schwester blickt und schon beginnt, sie als neue Autorität in ihr Leben einzugliedern. Da lässt das Taumeln nach. Daran wächst Elisabeths schwesterliche Verantwortung. Sie bespricht sich mit Martin. Können wir nichts tun für die Fischers? Was könnten wir denn tun?

Der Rudolf muss erst mal zur Spruchkammer, daran kommt er nicht vorbei.

Kannst du nicht mit ihm gehen, Martin?

Er geht mit ihm, mit seinem Schwager.

Und? Ging alles gut? fragt sie bang, als die beiden Männer schließlich zurückkommen ins gemeinsame Haus in der schönen, stillen Vorstadt.

Martin zieht Luft ein, tief, tief, dann streicht er sich mit beiden Händen seine Haare hinter die Ohren, spannt die Augenbrauen, stellt sich breitbeinig vor seine Frau: „Ja“, sagt er, „ja, es ist gut gegangen. Er hat Glück gehabt. Als der Richter ihn fragte, warum er in die Partei eingetreten ist, antwortete er: aus Eigennutz. Er wollte Karriere machen, und das ging eben nur so.“

Stumm schauen sie einander an.

Martin, kannst du denn nicht mal mit dem Körting vom Institut reden, das ist Elisabeths nächste Idee.

Martin nimmt Kontakt auf, telefonisch, lässt sich von seiner Sekretärin anmelden: Maschinenfabrik Pfeiffer, Direktor Mayer, lässt er sagen, greift zurück auf fast vergessene Verhandlungsmuster von damals, fragt nach Frau und Tochter, nach dem eigenen Befinden. Dann grüßt er von seiner Tochter, die ja, und da war man dankbar, als Laborantin untergekommen ist im Institut, und grüßt auch von seinem Schwager, der doch so froh war, dass seine Nichte diese Stelle dort bekam, wo er ein Auge auf sie halten konnte, ein schützendes, ... er sei ja suspendiert, vorübergehend, nun aber sei er durch die Spruchkammer entlastet, der Schwager ...

„Der Körting hat dann eben seine Forderungen gestellt, weißt du, Elisabeth, er will Maschinen bekommen für den Wiederaufbau, wer Maschinen hat, ist König, das sage ich dir. Der Rudolf fängt am nächsten Ersten wieder an im Institut!“

Und die Lotte soll sich in der Schule anmelden.

Sie hat keine Lust. Sie will doch sowieso heiraten, Kinder haben.

Isa ist sicher, dass ihre hübsche Cousine frei wählen kann unter all den Männern, die noch zu haben sind, an erster Front sozusagen, so wie sie aussieht und mit ihrem Liebreiz, aber schädlich wird es keinesfalls sein, wenn sie dazu auch noch ein Abitur in die Waagschale werfen kann. Sie wird ihr dabei helfen. Und sie hilft. Fast zwei Jahre lang. Büffelt Mathe, Physik, Chemie, Französisch mit ihr.

Die Tage sind gefüllt mit Aktivitäten. Die Menschen gehen durch ihre Stadt, die aussieht wie ein kariöses Gebiss, und trauern und organisieren. Die Zeit der Lebensmittelknappheit beginnt, der Hunger macht sie alle dünn und durchsichtig. Am Abend fallen sie müde in ihre Kissen, lauschen auf die Atemzüge des anderen, auf die Vögel, die es noch gibt, die Katzen, die sich zusammenfinden zu Rangkämpfen und schließlich, um sich zu paaren und eine neue Katzenpopulation zu etablieren, die strubbelhaarig und verlaust durch die staubigen Ruinen schleicht. Hungern müssen nur diejenigen, die sich fürs Jagen nach Ratten und Mäusen zu schade sind. So ist das nach jedem Krieg.

16

Elisabeth setzt sich mit Karola zusammen und nimmt jedes „Stück" ihres Erbes in die Hand. Das für dich und das für mich. – Ja, nickt Karola, du machst das so gut und gerecht, Elisabeth, bitte entscheide du! Wenn ich wählen müsst, ich müsst mir doch immer das Schönere nehmen, deshalb bin ich froh, wenn du das machst! Karola kann auch sehr gut verzichten, sie wählt nach Schönheit, macht klein oder lässt fallen, was ihr nicht in ihr Konzept passt, fürs Erinnern braucht sie keine Gegenstände, die fallen alle auf Elisabeth, die sie immer wieder in die Hand nimmt, als ob sie zu ihr sprechen könnten und ihr endlich jene Geheimnisse enthüllen würden, die geblieben sind, stecken geblieben sind in ihrem Hals.

Und mit den Erinnerungen verfährt Karola nicht anders als mit den Gegenständen. Sie verwirft alles, was sie belasten könnte, da kann man auch nicht erwarten, dass sie sich Gedanken macht um die Tatsache, dass Elisabeth sich quasi selbst beerbt hat, teilweise jedenfalls, da doch auch ihr Geld im Haus steckt, undokumentiert allerdings. Jetzt müsste man es dokumentieren, tut es nicht, weil man so glücklich ist, dass man überlebt hat. Wenn überhaupt, könnte jetzt doch nur die andere Tochter darauf bestehen, dass das dokumentiert wird, könnte das Recht, das so lange gebeugt worden ist, endlich anerkennen, damit zeigen, das sie erkannt hat, was so falsch gewesen ist.

Aber Karola will nicht erinnern und nicht erkennen, sie will sich einrichten mit dem Schönen, redet es noch schöner, wunderwunderschön, bis es all ihre nur denkbaren Sehnsüchte erfüllt und sie sich zufrieden und glücklich fühlt. Karola baut auf, Elisabeth baut auf. Trümmerfrauen, nicht im eigentlichen Sinn. Keine Steine. Einfach nur weiterleben.

„Mensch Mama, ist das denn nötig, dass der Onkel Karl Spoerin jeden Monat zu uns zum Essen kommt? Wann hat der uns denn mal zum Essen gebeten? Jahrelang hat der doch einen Bogen um uns gemacht! Nie, nicht ein einziges Mal hat er uns eingeladen in sein Wochenendhaus auf dem Thomashof. Immer nur die Tante und ihre Familie und uns nicht! Soll er doch zu den Fischers gehen!" Aber Elisabeth diskutiert das nicht. Selten genug kommt er, der arme, alte, einsame Onkel Karl.

Ihre Eltern haben den Großonkel Spoerin, den Major, damals jeden Tag zum Essen gehabt! – „Also gut, aber dann muss man mal mit ihm reden!" – Reden? Was soll man denn mit ihm reden? Was erwartet sie denn von einem alten Mann, der am Ende seiner Tage angelangt ist? Erkenntnis? Was soll er denn erkennen? Dass er falsch gehandelt hat? Hat er denn nicht den höchsten Preis dafür gezahlt, den man zahlen kann, seinen einzigen Sohn hat er geopfert!

„Ach Gott Mama, geopfert! Das hätte vielleicht die Oma so sagen können, aber du ..."– Ein anklagender Blick. „Wir sind alles, was er jetzt noch hat."

Es bleibt, wie es ist, der Onkel Karl kommt zum Essen. Isa trainiert sich Mitleid mit ihm an, und es gelingt ihr gerade, da erkennen sie alle, dass Onkel Karl nach dem Tod seiner geliebten Jenny noch einmal auflebt, Konzerte, Vorträge besucht, sich ein seidenes Tuch mit Paisley-Muster umbindet und eine Nadel mit Perle hineinsteckt, die Weste engschnallt um die Taille, die Stiefel auf Hochglanz poliert, das Schnurrbärtchen mit einer kleinen Bürste ordnet, dann ins Theater geht. Die Partitur hat er auf dem Schoß liegen zum Mitlesen, aber er schließt die Augen und lässt sich ganz hineinfallen in die Musik, wie sehr, wie lange hat er das vermisst! Die rauschenden Töne nehmen ihn auf und tragen ihn weg: „Friede, Friede, Herr schenke mir Friede, schenke mir Friede!" singt Leonore di Vargas und bereitet sich darauf vor, die „Macht des Schicksals" anzuerkennen.

Am 12. Mai 1946 gibt es eine kleine Feier: 25 Jahre sind Elisabeth und Martin verheiratet! Isa, Lotte und Kuno sind eigentlich noch Kinder, denkt Elisabeth, als sie alle beieinander sitzen, die Fischers und die Mayers und der alte Onkel Spoerin mit seiner verwitweten Schwiegertochter. Sie sind einundzwanzig, zwanzig und vierzehn Jahre alt. Kuno sitzt am Klavier und klappert darauf herum, Lotte und Isa singen dazu, kichern dabei, stoßen einander die Ellbogen in die Rippen, sie haben sich kleine Reime ausgedacht, mit denen sie das Silberpaar feiern. – „Er guckt dich an, noch so verlibbt, Schwesterle, du hast doch Glück gehabt, gell?“ – Oh ja, sicher! Werden die zwei Mädchen es schaffen, eine eigene Familie zu haben eines Tages? Und Kuno, der Kronprinz mit dem schönen Namen, was wird aus ihm werden? Karola erträumt sich was Besonderes für ihn. Kaufmann, ach Gott, nein, ein Kaufmann steckt nicht in ihm. Ingenieur wie der Papa, das ja, vielleicht, oder doch lieber Künstler, wie würde sich da der Papa freuen, wenn es mal wieder einen Künstler in der Familie gäbe!

Zunächst einmal beendet Isa jedenfalls ihre Arbeit im Bunte-Institut und meldet sich für einen Schnellkurs beim Schulamt. Schulhelferin wird sie, noch sind so viele Männer in Gefangenschaft oder eben noch nicht entnazifiziert, also braucht man dringend Ersatz. Isa ist in ihrem Element. Diese Kinder mit ihren Rotznasen und ihren schlecht sitzenden Kleidern, mit ihren dünnen Hälsen, manche schwarz oder grau, mit ihren großen, melancholischen Augen, Isa würde sie am liebsten alle einzeln in den Arm nehmen und jedem Kind genau die Geschichte erzählen, die es braucht, um wieder zu lachen. Das glaubt Elisabeth, das kann sie sich vorstellen! Jetzt sitzt sie da am großen Ausziehtisch unter der rot seidenen Lampe und wartet, bis Isa heimkommt, wartet darauf, dass Isa ihr erzählt, so wie sie damals der Mutter erzählt hat, was sie erlebt hat, Tag für Tag.

An diesem Weihnachtsfest hätte es Geschenke geben können, denn die Firma der Verwandtschaft hat eine Entschädigung gezahlt, dafür, dass sie aus der Karl-Friedrich-Straße vertrieben worden waren, dafür, dass man Elisabeths Versandhandel, ihre Existenzgrundlage vernichtet hatte. Aber es gibt nichts zu kaufen. „Lass uns dieses Geld doch anlegen, Papa“, sagt Isa, „lass uns ein Grundstück dafür kaufen.“ Der Wappnitz, der Nachbar, der verkauft seine Äcker, das hat sie gerade gehört. – Der Wappnitz? Nein, mit dem macht er keine Geschäfte! Das kommt nicht in Frage. „Ach Gott, Papa, warum denn nicht?“ „Er ist gar kein anständiger Mensch!“ „Es ist vorbei“, sagt Isa. „Es wird niemals vorbei sein“, erwidert der Vater und schon ist seine Stimme lauter. – Bitte nicht streiten! Lasst uns nett zueinander sein, in Frieden miteinander auskommen, wir brauchen einander, wir lieben einander doch! – Natürlich lieben wir einander, aber deshalb sind wir trotzdem anderer Meinung! Martin und Isa sind gleich starke Gegner. Sie ist wie ihr Vater, denkt Elisabeth, wird ihrem Vater von Tag zu Tag ähnlicher. Und dann denkt sie, ich hab's ja gewollt, ich wollte etwas, das mir von ihm bleibt, wenn ich ihn verliere, und so wird es sein. Aber noch hat Martin das Sagen, also wird das Geld auf ein Konto bei der Badischen Bank gepackt. „Die hat sich doch damals nicht gerade mit Ruhm bekleckert, Papa!“ – Es sind ganz andere Leute jetzt dort. Es ist ein Polster, das man eines Tages brauchen wird, denn es wird Martin nicht gelingen, eine Rente zu bekommen, von der sie leben könnten. Und Elisabeths Rentenanspruch wird auch gegen Null gehen.

„Aber vielleicht werde ich Beamtin, Papa, dann sind wir alle sicher.“

So soll das doch nicht kommen, dass sie auch noch ihre Eltern ernähren muss! – Da hat sie dem Papa seinen Stolz verletzt, das flüstert die Mama ihr zu, weil sie Verständnis haben will in jede Richtung. Isa schluckt ihren Widerspruch und nimmt ihr Fahrrad. „Jetzt noch? Es ist schon Abend.“ – Ja, sie ist nicht allein. – Wer ist es denn, wen wird sie treffen? – „Lass mal Mama, wenn's wichtig wird, dann sag ich's euch schon.“

Alle drücken Lotte die Daumen für ihre Abitursprüfung, die ihr wirklich gut gelingt. Mit Hilfe der lieben, lieben „Biene“. „Ach Isale, ich bin so froh und dankbar“, sagt Lotte und hält ihrer Cousine einen Umschlag vor die Nase: Es ist eine Eintrittskarte für die Architektenfete! „Da gehen wir hin, Biene und prüfen unseren Marktwert!“

Es ist Februar, das Fest wird ein Maskenball sein. Deshalb steigen die beiden Mädchen hinauf in den Speicher, öffnen Kiste um Kiste und ziehen daraus hervor, was ihnen brauchbar erscheint, tragen alles hinunter in Isas Zimmer, breiten es auf dem Boden aus und suchen sich zusammen, womit sie sich schmücken wollen: Lotte einen weiten, weißen Rock, den wird sie noch ein bisschen aufmöbeln, sie schneidet schwarze Figuren aus und appliziert sie auf den pompös knisternden Taft, dazu trägt sie ein Mieder, das ihren kleinen Busen vorteilhaft stützt, Isa wählt eine Pumphose und eine der einstmals verpönten Bulgarenblusen mit den weiten, bestickten Ärmeln. – „Warte mal“, sagt Elisabeth, kramt etwas hervor und gibt es ihrer Tochter in die Hand. Es sind die großen Ohrringe mit den feinziselierten Schrauben, Tante Ida trug sie damals, als sie sich in eine Kreolin verwandelte, um an meinem fünfzehnten Geburtstag Aufsehen zu erregen.

„Ich dank dir, Mama!“

Elisabeth lächelt. Und Isa lächelt, hat längst erkannt, um was es der Mutter geht, sie will die schönen Elemente ihrer Jugendzeit wieder aufleben lassen, will dort anknüpfen, wo noch alles heil und in Ordnung war. Diese zwei Mädels sind einander nicht im Weg, so denkt Elisabeth, und so denkt auch Karola. Jede ist besonders in ihrer Art. Man kann sie miteinander losziehen lassen.

Auf geht's nach Durlach in die Festhalle, bewaffnet mit Schneckennudeln und Gugelhupf, es sind sogar Rosinen drin, dazu mehrere Flaschen vom selbst gekochten Himbeersirup, und jetzt hinein ins Gewühle. Klirrende Kälte umfängt sie. Der Schnee liegt an die Bordsteine geschaufelt, wie ein Pelzrand schmückt er die Straßen. Die beiden hängen einander ein, um sich zu wärmen, sie kichern und lachen und freuen sich auf das, was kommen mag. Sie platzen in die Festhalle hinein und schrecken zurück vor dem Geschrei und Gelächter. „Ich tanze mit dir in den Himmel hinein, in den siebenten Himmel der Liebe“. Mein Gott, denkt Isa, es ist ein Fleischmarkt!

„Darf ich bitten?“, klingt es neben ihr, da steht einer, der hat einen Kasack an, der zu ihrer Bulgarenbluse passt, und einen dunkelroten Fez auf dem Kopf, unter dem seine braunen, gewellten Haare sichtbar werden. Bevor sie nein oder ja sagen kann, nimmt er ihre Hand und zieht sie auf die Tanzfläche, schiebt sie hin und her, hält sie vorsichtig und auf Abstand im Arm. Dann führt er sie an den Rand der Tanzfläche, setzt sich mit ihr in eine der Hollywoodschaukeln, die dort zum Sitzen und Träumen und Schmusen einladen sollen. – Ist sie Studentin? – Nein, sie ist Lehrerin. Und er? – Er studiert Bauingenieurwesen, aber noch nicht lange verständlicherweise. Er zieht ein Taschentuch aus der Hose und wischt sich über Stirn und Hals, schlägt die Beine übereinander, da sieht sie seine dunkelroten, glänzend polierten Schuhe und muss an ihren Papa denken. Sie sieht die scharf gebügelten Falten seiner Hose, den feinen Tweedstoff, den Fez hat er jetzt abgenommen, als ob nicht nur das Tanzen, sondern die ganze Maskerade ihn anstrengen würde, fährt sich mit beiden Händen durchs dichte Haar und betrachtet sie, rückt vorsichtig näher und legt den Arm um sie. Ein Teil von ihr will sich in diesen Arm schmiegen, ein anderer sträubt sich dagegen. Es soll nicht so enden wie beim letzten Mal, als sie verliebt war.

„Bevor wir weiterreden oder weitertanzen, muss ich dir etwas sagen. Ich bin, ich war M eins, verstehst du, mein Vater ist oder besser gesagt war Jude.“

„Ist er tot?“

„Nein, er ist getauft, seit Langem schon und sehr fromm.“

Er nickt: „Da hast du manches erlebt, was bestimmt schwer war für dich.“

Dann will er ihr auch was sagen. Er war bei der SS. Aber das ist eine lange Geschichte. Will sie die hören? Ja, sie will. Er beginnt zu erzählen. Er war gut im Sport, aber mit zwölf hatte er einen schweren Unfall, das Knie wurde total zertrümmert. Er hinkte, und um das zu bessern, habe man zuerst sein Wachstum gestoppt, mit Hormonen, war mehr oder minder ein medizinisches Experiment, verstehst du? Dann sei er ein Jahr lang in Schriesheim in der Uniklinik von einem berühmten Arzt behandelt worden, mehrfach operiert, und schließlich immerhin wiederhergestellt, einerseits tauglich als Kanonenfutter, aber andererseits auch als Tänzer, wie sie sich selbst überzeugen konnte! – Und dann? – Ja, dann sei als Sport nur noch Segelfliegen in Frage gekommen! Er habe also mit sechzehn den Segelflugschein gemacht und sei schließlich bei der Luftwaffe gelandet. Mit achtzehn, freiwillig gemeldet, damit er die Waffengattung hatte wählen können. Jetzt muss er eine rauchen. Er steckt sich die Zigarette an und gibt ihr Gelegenheit, seine Hände schön zu finden. Sie lehnt sich zurück. Wie ging es dann weiter? – Er war also Testpilot, bei Bachmann Blumenthal. Hat die Vögel in- und auswendig kennengelernt. Er war überall, Kopenhagen, Athen, Paris, Moskau. Hat Flugzeuge hin- und hertransportiert. Das ist ein Scheißjob, weil du nie weißt, ob der Kasten droben bleibt. Aber er war gut, hat sie alle gestreichelt und gekitzelt, keine ist ihm abgeschmiert. Im Einsatz jedenfalls. Dann kam die Hybris, kannst du dir das vorstellen? Du meinst, du bist unschlagbar. Er hatte eine Freundin und wollte vor ihr angeben, ist mit einer Me 110 unter der schönen, geschwungenen Räuberbrücke im Odenwald durchgeflogen, der Vogel ist ihm dabei abgeschmiert, war nicht hin, aber doch reparaturbedürftig, und er hat sich das Schlüsselbein gebrochen und alle acht Vorderzähne ausgeschlagen bei diesem Abenteuer. Er hat also das Vögelchen in seinen Käfig zurücktransportieren lassen und das von seinem Sold abgezogen bekommen, soweit so gut. Aber seine Vorgesetzten hatten keinerlei Verständnis für seinen Liebeswahn und die Blüten, die der trieb. Er lehnt sich zurück, hat jetzt die Augenlider halb geschlossen, zieht an seiner Zigarette. „Lass mich auch mal", sagt sie, nimmt ihm die Zigarette ab, und als sich ihre Finger berühren, schaut sie ihm in die Augen.

„Weißt du, dass du aussiehst wie Nofretete, die ägyptische Königin?" Da muss sie lachen, beugt sich zurück, die Schaukel schwenkt nach hinten und sie erschrickt. Er reagiert sofort, stellt den Fuß auf den Boden, bremst den übermütigen Schwung ab und fängt sie auf, es braucht nur ein kleines bisschen Neigung ihres Kopfes ... „Du küsst aber nicht zum ersten Mal", stellt er fest. – Natürlich nicht, was denkt er denn? – Er denkt und denkt es nur, dass sie ein ganz behütetes Bürgermädchen ist, so eine, die Klavier spielen gelernt hat und Goethe- und Schillerzitate lässig aus dem linken Ärmel schütteln kann, aber sonst von Tuten und Blasen keine Ahnung hat. – „Erzähl doch weiter." – In dieser einen Sache gibt's nicht mehr viel zu erzählen. Er wurde degradiert, Schluss mit der Offizierslaufbahn und als Hermann-Göring-Spende kam er dann eben zur SS in einen Panzer und an die Front. Nach den vorgeschriebenen Tagen im Bau natürlich! Dort hat er sich eine Darmgeschichte eingefangen, an der er immer noch seine Freude hat. Manchmal bleibt nichts länger als zwanzig Minuten bei ihm, und es fehlt ihm so die Kraft für alles, vor allem fürs Studieren. Aber es ist nicht so schlimm, weil sein Geld meistens nur bis zum zwanzigsten des Monats für Essen reicht, die restlichen Tage fastet er sozusagen wie Franz von Assisi und hofft auf die Klarheit des Geistes. Isa amüsiert sich über diese Mischung aus unverblümtem Soldatenjargon und mit Bedacht gedrechselten Sätzen. Sie vergisst die Zeit, vergisst Lotte, die irgendwann auftaucht und heim will.

„Geh du!", sagt sie zu ihr, „lass mich hierbleiben!"

Lotte sieht die beiden an und ahnt etwas. Sie dreht sich um und geht.

„Erzähl weiter", bittet Isa.

Tja, also er hat eine Schwester, so ungefähr in ihrem Format, Höhe, Breite, Alter, würde er sagen. Er hat überhaupt eine große Familie. Seine Mutter war eines von zehn Kindern. Der Großvater war Künstler, Hofkapellmeister in Mannheim beim Theater. – Nein! Das ist lustig, ihr Großvater war auch beim Hoftheater. Sie reden und reden, bis sie fast alleine sind in der großen, rauchigen, schummrigen Festhalle.

In dieser Nacht muss Elisabeth aus ihrem Bett herauskrabbeln, denn Isa hat ihr etwas Wichtiges mitzuteilen. Sie hat einen Studenten kennengelernt und sein Name ist Richard.

Richard wird eingeladen in die Lebrechtstraße zweiundzwanzig. Vor allem zum Mitessen, behauptet Isa zunächst, denn er hungert wirklich. Aber dann sind Elisabeth und Martin einverstanden, dass die beiden sich schon nach drei Monaten verloben und für das nächste Jahr die Hochzeit planen. Sie nehmen den jungen Mann auf – und an. Man hört Richard zu, wenn es aus ihm herausquillt, alles, was ihn verletzt hat, vor allem seine Enttäuschung über den Missbrauch, der an den jungen Menschen getrieben wurde durch Vorspiegelung falscher Ideale, denen sie gefolgt sind im Vertrauen auf die Redlichkeit derer, die sie großzogen. Sie waren keine echten Nazis, seine Eltern, sagt Elisabeth, sondern eigentlich anständige Leute. Der Vater musste in die Partei eintreten als Beamter, was hatte er denn für eine Wahl? – Ja, ja, es ist gut, sie braucht ihn nicht zu verteidigen. Martin ist einverstanden mit ihm, aber vor allem deshalb, weil er sieht, wie verliebt die Kinder sind. Alles andere wird sich zeigen. Er ist ein Geschichtenerzähler, das steht bisher als Einziges fest und für eine gute Geschichte biegt er so manches Krumme grad, das meint Martin jedenfalls. – Ist denn nicht jede Erzählung ein Hinbiegen? Verbiegen wir nicht schon beim Denken das, was geschehen ist, würde es anders in unsere Köpfe passen? Würde es so wie es ist nicht unsere Köpfe sprengen?

Als Isa einen Brief bekommt von der Schulbehörde, dass man sie nun nicht mehr brauchen könne, ist Elisabeth traurig. Was liegt denn da vor? – Das kann Isa ihr sagen, die Männer sind zurück aus der Gefangenschaft oder aus der Entnazifizierung. – „Aber andere junge Frauen wurden trotzdem behalten."

„Ja, Mama, wahrscheinlich waren meine Methoden nicht die richtigen." Auf die Entlassung pfeift sie! Isa ist ganz und gar unabhängig vom Wohlwollen der Obrigkeit! Es ist Zeit, was anderes auszuprobieren.

Sie studiert jetzt Volkswirtschaft, unsere Tochter, das erfüllt Elisabeth mit Stolz. Fürs Studium bekommt sie als „rassisch Verfolgte" einen Zuschuss, der gut eingeteilt wird, so dass alle davon profitieren, denn Richards Eltern können nur wenig Geld schicken, das meiste Geld brauchen sie doch für die teuren Medikamente. Richards Mutter ist schwer krank, sie kann kaum noch gehen.

Isa und Richard fahren zusammen mit den Rädern nach Mosbach, damit sie ihre neue Familie kennenlernt. Richards Vater liebt sie sofort, und die fröhliche, dünne Inge, seine Schwester, nimmt sie in den Arm und setzt damit ein gutes Zeichen. Das Lächeln, das Richards Mutter ihr schenkt, der vorsichtige Händedruck geben Isa viel Stoff zum Nachdenken. Helene legt sich nach dem Besuch des Sohnes und der zukünftigen Schwiegertochter ins abgedunkelte Zimmer. Sie braucht Ruhe, Ruhe, Ruhe. Sie will nicht nachdenken, muss es aber, hat ihrem Sohn angesehen, dass er verloren ist an dieses sehr wohlerzogene, ein bisschen hochmütige junge Mädchen, das strotzt vor Energie und einer anderen Kraft, die Helene noch nicht richtig benennen kann, Wut vielleicht? Aggression? Oder ist sie einfach nur auf der Hut, angespannt wie eine Feder, bereit zum Aufschnalzen? Sie werden wenig Gelegenheit haben, einander kennen zu lernen, diese beiden Frauen, immer auf Distanz leben zueinander, verbunden durch den Sohn und Mann, den beide lieben, und später durch das Kind, das einzige Enkelkind, das Helene jemals haben wird.

An einem heißen Sommertag im August siebenundvierzig pilgern Elisabeth und Isa zusammen in die Stadt, in die Waldstraße. Nach so langer Zeit! Aber es ist noch da, das Miedergeschäft von Frau Denninger. Sie öffnen die Tür und werden von einer jungen Frau in Empfang genommen. Wo ist denn Frau Stein-Denninger? Ihre Mutter ist nicht mehr jeden Tag im Geschäft, sie hat jetzt die Leitung übernommen. „Huckelmann ist mein Name. Huckelmann-Stein-Denninger."

Huckelsteindennmanninger, Huckeldennmannsteininger, Steinelhuckmanndenninger, Richard mokiert sich über dieses Relikt aus der Kaiserzeit, eine Korsettmacherin! Ob er es versteht oder nicht, Elisabeth braucht ein neues Korsett, damit sie schön ist im eleganten, schwarzen Königinmutterkleid, wie Isa es nennt, das Elisabeth an der bevorstehenden Hochzeit tragen wird. Sie will schön sein, für das Kind, aber auch für Martin, ihren Mann!

Elisabeth lächelt an gegen die Wut ihrer Tochter, gegen das Lauern auf die Erfüllung der Endzeit, mit dem sie ihr Mann schreckt, gegen die Extravaganzen ihrer Schwester, das Schweigen ihres Schwagers, die Dickhäutigkeit all der Menschen, die nur noch nach vorn schauen wollen und über das, was war und was doch so falsch war, nicht reden wollen.

Die beiden jungen Leute, sie sind verliebt, sie geben einander Rückhalt und Verstehen, aber sie stoßen auch immer wieder an die Grenzen ihrer Zweisamkeit. Manchmal hallen gequälte Schreie durch die nächtens geöffneten Fenster, wenn Richard von Angstträumen überrollt wird, wenn er wieder und wieder erleben muss, was der Krieg ihm abverlangt hat. Manchmal muss er vorzeitig die Vorlesung verlassen, einige Male wird er auch ohnmächtig, kippt einfach von der Fensterbank im hoffnungslos überfüllten Hörsaal, wird hinausgetragen, man holt seine Frau, und sie hält seinen Kopf im Schoß, bis wieder Farbe und Kraft in ihn einkehren. Er ist nicht glücklich. Er hat Mühe, seine Prüfungen zu bestehen, ihm fehlt die Kraft zu lernen. Statt zu lernen, sitzt er stundenlang hinter Zigarettenrauch in ein Buch vertieft, liest, zupft an seiner Gitarre Melodien, die nur in seinem Kopf vollständig sind. „Il lui manque le sacré feu de la jeunesse!", das fehlende jugendliche Feuer, sagt Martin. – Hitler und die Seinen haben diese jungen Männer ausgebrannt, erwidert ihm Elisabeth. – Also hat sie ihn endgültig als Sohn angenommen, verteidigt ihn wie eine Mutter, seine Schwächen redet sie schön, harmonisiert die Reibungspunkte. – Ja, das will sie, wenn es weitergehen soll, müssen wir viel Verständnis füreinander haben.

Martin sollte ein bisschen kürzer treten, rät Doktor Brauns; ein Mann von achtundsechzig mit einer ausgewachsenen Angina Pectoris sollte sich nicht mehr so an die vorderste Front stellen. Da kommt die Benachrichtigung, dass man Isa zu ihrer Vermählung gratuliert. Nun brauche sie sicherlich die Zuschüsse nicht mehr, da sie ja einen Ehemann habe, der für sie sorgen könne. – Was hat das eine denn mit dem anderen zu tun? Wenn sie gleich nach dem Abitur hätte anfangen können zu studieren, wäre sie längst fertig damit! – Es wird schon weitergehen!

Zunächst einmal aber treten beide gleichzeitig für ihre Mathematikprüfung an, Richard und Isa. „Scheiße", sagt er, „siehst du das? Wir sind die Allerletzten. A bis K am Dienstag, hier, wir sind um 22 Uhr und um 22.45 Uhr dran. Das bedeutet, die sitzen dort oben und haben die Nase voll vom Prüfen." – Nicht nur das. Ab zwanzig Uhr fallen alle durch. Es wäre ein trauriger Abend geworden für alle vier, wenn Isa nicht ein Licht hätte anzünden können. Diese Prüfung hat sie nicht allein gemacht, sie sind zu zweit durchgerauscht. Oder zu dritt genauer gesagt: Mama, Papa und Kind! Richard lacht! So werden sie also bald zu fünft sein? – Ach, diese Freude! „Diese Erfüllung!", sagt Elisabeth mit Tränen in den Augen.

Vorerst wird es eng und enger, denn die Entschädigung der Verwandtschaft aus der Seifenfabrik ist im Schlund der Währungsreform verschwunden. Wie soll es denn finanziell weitergehen? Sie werden sich eben noch mehr einschränken, das können sie doch!

Es müssen noch weitere Prüfungen bestanden werden. Chemie schafft Isa mit glatter Eins, nach dem Vortraining, das sie hatte am Institut! Aber Richard schiebt sich nur knapp über die Ziellinie, wie er es nennt. Er hat jetzt die Schnauze voll von dem ganzen Hochschulsystem, den aufgeblasenen Herren Professoren, er möchte nicht wissen, welche Farbe ihre Westen hatten, „verdammte Korinthenkacker sind das, richtige Arschlöcher zum Teil."

Elisabeth und Martin erschrecken, wenn ihr Schwiegersohn in solche Beschimpfungen ausbricht. Isa kennt das schon, sie weiß, was es bedeutet, wenn er mit gekrümmtem Rücken dasitzt, die Hände ineinander faltet wie zum Beten und seine Wörter immer vulgärer werden, wenn sich die Wut und Enttäuschung einen Weg aus seinem Innersten nach außen bahnt. Schweiß rinnt ihm von der Stirn, er rennt auf die Toilette, kaum ist er zurück, rennt er schon wieder. Nein, er kann nichts essen, bleibt sowieso nichts drin. Er wirft sich aufs Bett, schlägt die Beine übereinander, zündet sich eine Zigarette an.

Die letzte Prüfung macht Isa Anfang März. Man gratuliert ihr herzlich und wünscht ihr alles Gute für die bevorstehende Geburt. Sicherlich wird sie sich nun ja ihrer natürlichen Bestimmung ganz und gar widmen wollen, gnädige Frau wird bei ihrem

Kindchen bleiben. Ja, das wird sie. Das kann sie auch. Martin hat inzwischen die Leitung des Kaufhauses Merkur übernommen und sofort seinen Schwiegersohn als Einkäufer eingestellt.

Isa bügelt weiße Hemden für Richard, die braucht er in seiner Position! Sie bügelt und bügelt und die Nacht verwandelt sich schon in einen neuen Tag, da kündigt sich das Kindchen an. Richard bringt sie in die Klinik, und bereits eine Stunde später ruft man ihn an das Bett seiner Frau, zeigt ihm sein kleines Mädchen.

„Ach, ein kleines Isale!“ – Nein – „Also ein kleines Ingele?“ – Nein. Dieses Kind soll einen eigenen Namen haben. Es soll ein neuer Anfang gemacht werden. Es wird Bea heißen. – Bea? Ein merkwürdiger Name. Ein Programm? Ein Appell? Ein Vorschlag? Ein Wunsch? Wie auch immer, er ist einverstanden damit. Dieser Name wird es nicht schaffen, ihn seiner kleinen Tochter zu entfremden. Genau das hat er sich gewünscht, ein kleines Mädchen! Söhne und Väter, das ist ein schwieriges Leben, aber mit einer Tochter, ... ja, Vater und Tochter, das weiß Isa auch, was das bedeuten kann, und so freut sie sich vor allem für ihn, für ihren Mann, dass sich für ihn mit der Geburt dieses Kindes endlich wieder einmal das Glück auf seine Seite geschlagen hat.

Nach einer Woche bringt er sie nach Hause, seine Frau und das Kind, das Martin ihm sofort abnimmt. Es hat lange, schwarze Haare, aber schöne hellgraue Augen. Martin sagt es nicht, er denkt es nur. Es sieht eigentlich nicht jüdisch aus. Es wird nicht lange dauern, bis er seine Meinung ändern muss, denn der graue Schleier ist eines Tages wie weggewischt, und zwei aufmerksame, schwarze Augen tauchen in seinen eigenen schwarzen Blick. Das macht ihn ein bisschen nachdenklich. „Deine Augen, Martin“, lacht Elisabeth! Kurz darauf sind die schwarzen Härchen alle ausgefallen. Und ganz allmählich wächst ein fuchsrotbrauner Flaum nach, den Martin sehr hübsch findet. Er ist zufrieden. Trägt das Kindchen auf seinen Armen hin und her, singt ihm Lieder und erzählt ihm Geschichten, so lange, bis Elisabeth zu ihm sagt, jetzt gib's mal seinem Vater in den Arm, der wartet schon, es ist sein Kind, Martin!

Während Isa und Richard stundenlang spazieren gehen und reden, sich überlegen, wie das Leben weitergehen soll, hüten Elisabeth und Martin das Kind, sitzen neben seinem Körbchen, das sie in den Garten unter die großen, alten Obstbäume geholt haben, bestaunen die winzigen Fäuste, die es neben seine Ohren presst, die Falten, in die es seine Stirn wirft, als ob sich schon Gedanken dahinter stauten, das Zucken seines Mundes – „Sie hat den Mund ihres Vaters", flüstert Martin, – „Aber deine Augen, Martin", beschwört ihn Elisabeth.

Alle kommen, Karola streckt dem Kindchen einen Finger hin und sagt, „Schau mal, sie schnappt schon danach, die ist so schlau wie ihre Mama und wie ihr Opa, der gute Martin, gell Rudolf?"

Und sogar der stille Rudolf schaut versonnen in den Korb, kann seine Bewunderung für dieses Kind kaum verbergen. Lotte nimmt es auf den Arm und tanzt im Kreis herum, wenn sie gerade mal Zeit hat zwischen ihren vielen Verabredungen mit allerlei jungen Herren, die sie umflattern wie die Motten das Licht. Sogar Kuno, der scheu in sich versunkene Gymnasiast, kitzelt die kleine Bea an ihrer faltenlosen Fußsohle und freut sich daran, wie sie die Zehen krümmt, als ob es Affenfüße wären, so meint er, die sich demnächst an einen Urwaldbaum krallen müssen.

Es ist nicht einfach nur ein Kind, das da im Zentrum des Interesses und der Aufmerksamkeit von acht Erwachsenen liegt, schläft, schreit. Das Leben selbst hat sich offenbart. Ein neuer Anfang ist gesetzt.

Epilog

Am 14. Juli 1950, einem drückend heißen Tag, man wusste nicht, was man anziehen sollte, weil man am liebsten alles ausgezogen hätte, vor allem das Korsett, das jetzt nicht nur drückt, sondern viel zu viel Hitze erzeugt, und das zu einer Zeit, in der die „fliegende Hitze“ beginnt, Elisabeth zu tyrannisieren, machen sich Elisabeth und Isa auf, mit einem großen, hellrosa Nelkenstrauß in der Hand, fahren in die Stadt, gehen mit festen Schritten von der Hauptpost auf die Münze zu, dann nach links in die Stephanienstraße, starren auf die Ruine der Nummer dreißig und biegen in die Seminarstraße ein. Beide Frauen sind in ihre Gedanken versunken. Isas Denken konzentriert sich auf ihr Kind, das jetzt zu Hause von der Cousine Lotte gehütet wird. Lieder wird sie ihrem Kind singen und Geschichten erzählen, wird es herumtragen, wenn es weint, und nicht aus den Augen lassen, wenn es schläft. Elisabeth öffnet die Tür zum Haus, in dem Lisa wohnt, die nicht geborene, sondern adoptierte Wolff. Sie richtet heute den 80. Geburtstag der Tante Emma Wolf aus, und alle kommen zum Gratulieren. – Wieso eigentlich die Lisa, was hat die denn mit der Emma zu tun? – Ist ihre Nichte! Und die Familie ist eben nun zusammengerückt! – Also, muss das sein? – Doch, doch, das ist klar, Elisabeth wird hingehen zum Gratulieren. Immerhin, es ist auch ihre Tante, man hat so viel Zeit miteinander verbracht, war miteinander in Schrunz, noch zu Friedenszeiten, diese wunderwunderschönen, heiteren Urlaube, die man miteinander erlebt hat, gefeiert, oh ja, wie viele schöne Feste hat man miteinander gefeiert – es ist und bleibt doch ihre Familie!

Die schwere Eingangstür fällt quietschend in ihr Schloss, das Auge muss sich an die Dunkelheit gewöhnen. Drei blank gescheuerte Stufen muss man nun erklimmen, bevor man durch die Butzenglasscheiben der Wohnungstür eintreten kann. Zögerlich bewegen sich die beiden auf diese Treppen zu, da öffnet sich die gläserne Tür. Eine Frau kommt heraus, hinter ihr ein Mann. Schwerfällig, auf zwei Krücken gestützt. Das ist Emmas Sohn, Kurt Wolf. Isa weiß es, obwohl sie ihn nie gesehen hat. Und das muss wohl seine neue Frau sein, die er geheiratet hat, noch im Lazarett, weil sie ihm geholfen hat, wieder auf die Beine zu kommen, was ein zynischer Ausdruck dafür ist, dass man ihm zwei Prothesen anpasste, da er im Kampf beide Beine verloren hat.

Sie haben sicher auch gratuliert. Isa schaut die Frau an, dann wandert ihr Blick zu Kurt, den sie Onkel Kurt würde nennen müssen, der ihren Vater weghaben wollte, dorthin, wo die vielen anderen verschluckt worden sind von Massengräbern, nachdem man sie unter Duschen betäubt, getötet hatte. Unwillkürlich sucht Isa Schutz hinter ihrer Mutter. Sie fühlt sich gelähmt von hilflosem Mitleid mit diesem Krüppel und seiner immerhin treuen und doch auch tapferen Frau!

Elisabeth zögert keine Sekunde, obwohl sie abwartet, bis die beiden die Treppe herabgestiegen sind zu ihr. Stolz und still steht sie da, unerbittlich. „Tag“, sagt sie, „Tag“, kommt es zurück, dann geht Elisabeth einfach weiter, steigt die Treppe hinauf, drückt die Glastür auf und tritt ein in Lisas Wohnung, Isa zitternd hinter ihr her. Nie in ihrem Leben hat sie in den Augen ihrer Mutter solch einen kalten, hasserfüllten Blick gesehen. Elisabeth dreht sich um, sieht ihre Tochter an, spürt die Panik in ihrem Körper, den Aufruhr in ihrer Seele. Sie nimmt ihr Kind in den Arm, drückt es fest an sich und flüstert ihr ins Ohr: Es ist vorbei! Komm jetzt. Als sie sich wieder voneinander lösen, sieht Isa, dass die Mutter lächelt. Es ist das gleiche Lächeln, das sie von ihrem Vater kennt, das Lächeln der Überlebenden, das jeden ihrer Einwände ins Leere laufen lässt.

Stammbaum

SPOERIN

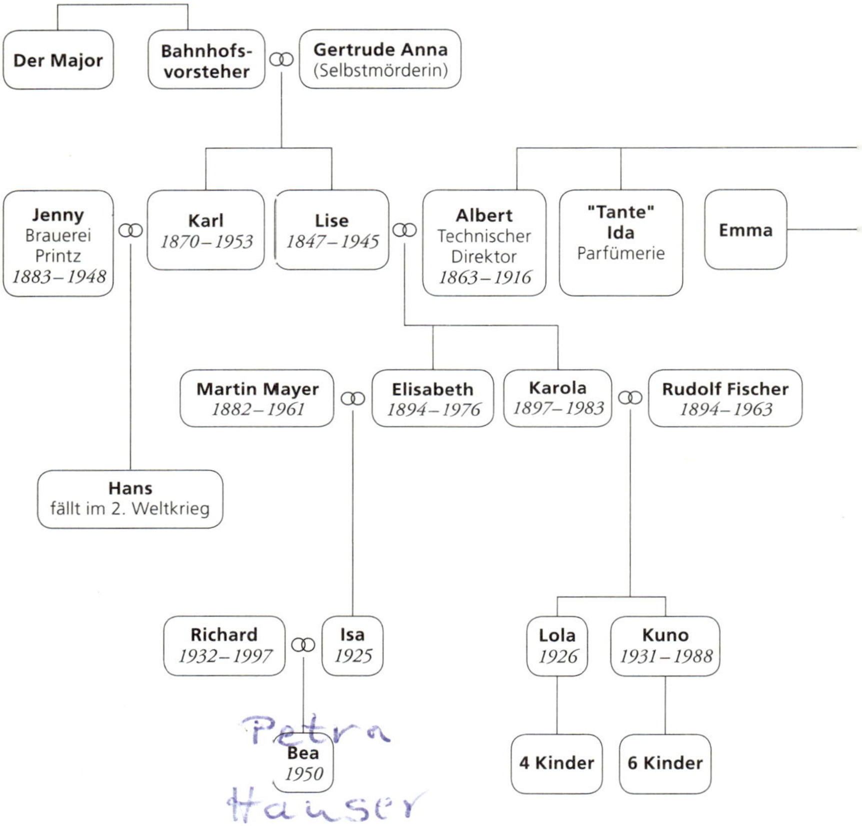

Haus Karl-Friedrich-Straße 4
Dach: die "Mädchen" Mina (bei Louise Wolf), Lina (bei Lise und Albert)
Berta (bei Familie Wachenheimer), Frl. Lanzmann Weißnäherin
später Julius Süß Besenfabrikant
2. OG: Albert und Lise, Elisabeth, Karola / Später Lise, Elisabeth, Martin, Isa
1. OG: Familie Wachenheimer: Herr und Frau mit Manfred, Hedwig und Regina
EG : Pafümerie; Tante Lousie, Tante Ida

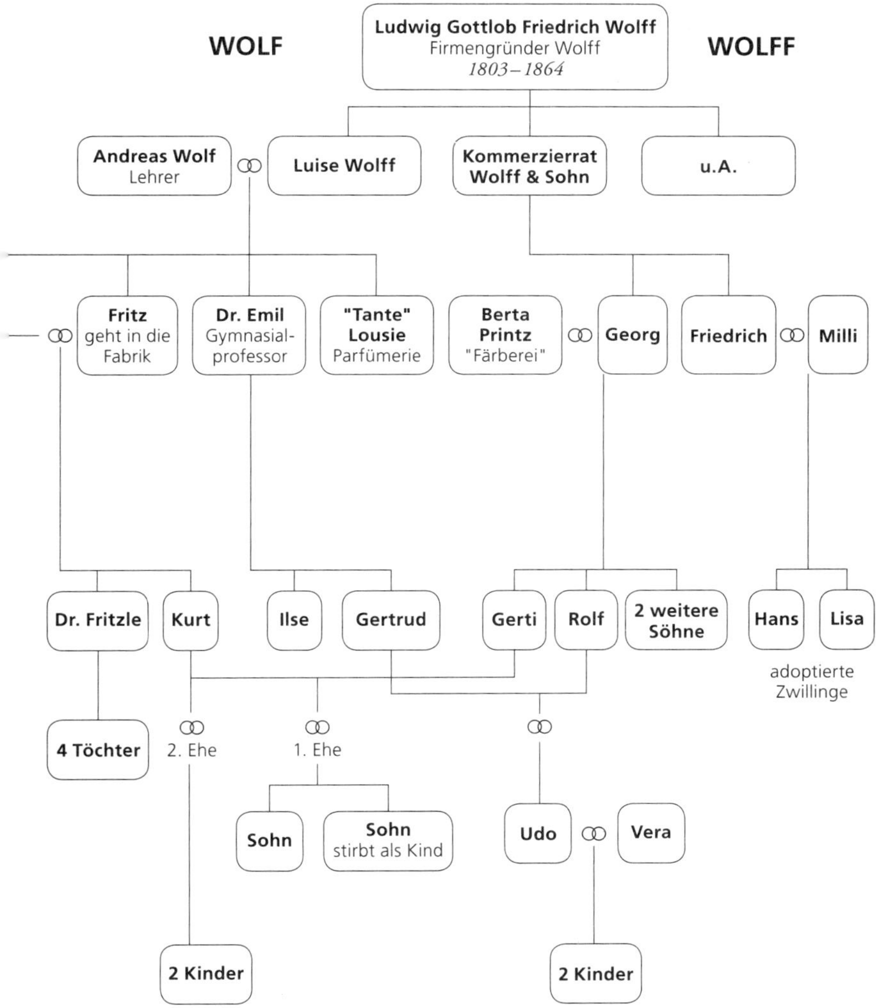
WOLF
Ludwig Gottlob Friedrich Wolff
Firmengründer Wolff
1803–1864
WOLFF
Andreas Wolf
Lehrer
Luise Wolff
Kommerzierrat
Wolff & Sohn
u.A.
Fritz
geht in die
Fabrik
Dr. Emil
Gymnasial-
professor
"Tante"
Lousie
Parfümerie
Berta
Printz
"Färberei"
Georg
Friedrich
Milli
Dr. Fritzle
Kurt
Ilse
Gertrud
Gerti
Rolf
2 weitere
Söhne
Hans
Lisa
adoptierte
Zwillinge
4 Töchter
2. Ehe
1. Ehe
Sohn
Sohn
stirbt als Kind
Udo
Vera
2 Kinder
2 Kinder